KB071092

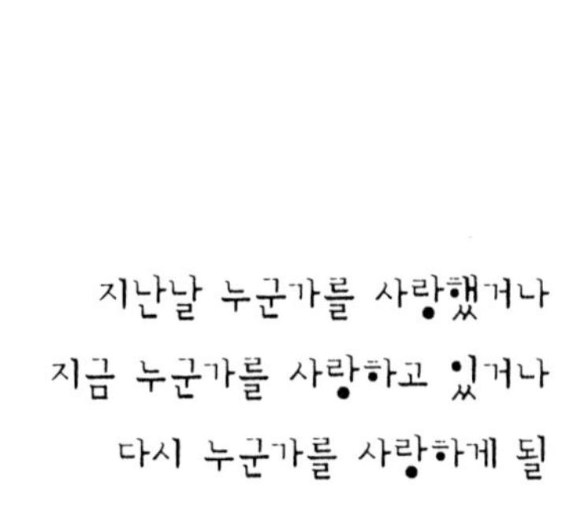

지난날 누군가를 사랑했거나
지금 누군가를 사랑하고 있거나
다시 누군가를 사랑하게 될

당신에게

두번째사랑 2권

초판 1쇄 2017년 12월 22일

지은이 손성조
발행인 김재홍
디자인 이근택
교정·교열 김진섭
마케팅 이연실

발행처 도서출판 지식공감
등록번호 제396-2012-000018호
주소 경기도 고양시 일산동구 견달산로225번길 112
전화 02-3141-2700
팩스 02-322-3089
홈페이지 www.bookdaum.com

가격 15,000원
ISBN 979-11-5622-326-9 04810
SET ISBN 979-11-5622-324-5 04810

CIP제어번호 CIP2017028232
이 도서의 국립중앙도서관 출판예정도서목록(CIP)은 서지정보유통지원시스템 홈페이지(http://seoji.nl.go.kr)와 국가자료공동목록시스템(http://www.nl.go.kr/kolisnet)에서 이용하실 수 있습니다.

두번째사랑 2권

손성조 장편소설

|차례|

제3부

제4부

제3부

젊은 날엔 젊음을 모르고
사랑할 땐 사랑이 보이지 않았네.
하지만 이제 되돌아보니
우린 젊고 서로 사랑을 했구나_

살며 사랑하며

"난, 그냥 복학하고 졸업하고… 그리고 군대 가려고."

"군대 간다고?"

"당근 가야지. 그것도 국민의 의무라는데…."

군대에 가겠다고 한 사람은 나였습니다.

채 공부가 다 되지는 않았지만 연습 내지는 전략 계획에 따라 사법고시 1차 시험을 보았던 태식에게 시련이 닥쳤습니다. 입영통지서가 날아온 겁니다. 그날 태식은 책을 덮고 나와 막걸리를 마셨습니다. 1989년의 그 소리 없는 개악(改惡)이 젊은 우리의 앞길에 결국 현실적인 장애물로 다가왔습니다.

태식은 당시 '양심수 군 문제 해결을 위한 모임'에 참여하고 있었습니다. '양군모'라는 약칭으로 불리는 그 모임은 '양심수에 대한 군 징집은 이들에게 이중으로 정치적 억압을 가하는 것'이라며 양심수들의 군 면제를 요청하는 모임입니다.

실제 출소한 양심수들이 다시 군대에 가게 되면 도합 4~5년간 사회와 격리되는 현실로 교도소 밥 먹다 군대 밥 먹다 이십 대의 반을 짬밥으로 보낼 지경이었습니다. '대부분 자신의 의지와는 상관없이 일정한 형을 살고 나온 양심수들의 문제는 정치적인 문제이고, 군 문제의 해결 없이 자신들의 희생을 묻어 두기에는 이후 사회생활에 막대한 지장이 있다'고 '양군모'는 주장했습니다. 전국적으로 사발통문을 돌리자 그런 사정의 젊은이들이 한둘이 아니었습니다.

"어차피 1차는 한 번 더 볼 수도 있는데 군 문제를 해결하지 못하면 내 계획대로 준비해 나갈 수가 없어. 이번에 입영통지서가 빵 동지들한테 많이 나왔나 봐. 모두 연기 신청했고, 대책위를 꾸리고 평민당도 찾아가고 적극적으로 문제 삼기로 했어."

종로 5가 기독교회관 한구석에 연락사무실도 차려 놓고 본격적으로 조직이 만들어졌다고 했습니다.

"내가 너처럼 실형을 산 것도 아니잖아. 난 집행유옌데 뭐."

그가 내게도 '양군모' 활동에 가담할 것을 권유했을 때 나는 소극적이었고 나아가 진로에 대한 생각마저 달랐습니다.

"괜찮아, 너도 '국보'잖아. 같이 힘을 모아야지. 89년도 개정이 법률적 요건을 완전히 갖추지 못했고 시행령이기 때문에 소급해서 문제를 제기하면 어느 정도 해결의 실마리가 있다는 거야. 특히 우리 1심 판결이 89년 상황이기 때문에 더 나서야 한다는 거지. 케이스 바이 케이스로 갈 수도 있겠지만…."

태식은 '양군모' 활동을 둘러싼 정황을 말해주었습니다. 법서를 뜯어 먹을 듯 정진하던 그에게 입대는 현실적으로 건너가기 힘든 깊은 강이었습니다. 그는 앞길을 가로막은 군 문제를 해결해야만 했습니다.

"아니야. 난 갈래. 군대! 자꾸 군 문제 해결됐냐? 안됐다. 참 안됐다. 그런 위로 아닌 위로를 듣는 것도 인제 솔직히 짜증 나. 우리가 2년 전에… 그러니까… 도대체 우리가 무슨 투쟁을 했는지는 아무 관심이 없는데. 정말 의미 없는 짓거리를 한 걸 수도 있지. 운동이

참… 객지에서 고생하는 꼴이다."

막걸리 한 잔을 쭉 들이켜며 말을 하고 보니 속 좁고 옹졸한 말이었습니다. 하지만 태식은 나를 탓하지 않았습니다.

"그래도 수연이가 있잖아."

이번에 그는 색다른 이유를 갖다 댔습니다. 그 말에 나는 좀 누그러졌습니다.

"그래. 그치만 그것도 수연이의 운명이지 뭐. 어쩌겠어."

어스름한 저녁이 찾아와서 어디선가 한줄기 서늘한 바람이 지나갔습니다. 술집에는 어느새 불이 켜지고 들고 있는 막걸릿잔마다 노란 백열등이 한 등씩 담겼습니다. 늦겨울의 싸늘한 풍경을 따뜻하게 담은 술잔 위에 젊은 날의 고민이 찰랑거렸습니다.

그때 나는 완벽하게 혼자임을 느꼈습니다. 써클도 없었고 학생회도 없었고 '반제애국전선' 그 조직도 내 곁에 없었습니다. 이제 아무도 나에게 어떤 오더(order)도 내리지 않았고 비상연락도 없었습니다. 자유와 고독이 함께 찾아온 듯했지요.

수연과 '반제애국전선'의 곁을 떠난 나는 집과 태식의 자취방을 왔다 갔다 하며 지냈습니다. 새로 시작한 어머니의 작은 식당에서 매일 반나절 정도 일을 도와드렸습니다. 그러면 어머니는 약간의 돈을 일당처럼 주셔서 마치 아르바이트를 하는듯했지요. 그 돈이 있어 식당 아래 비탈길을 터벅터벅 걸어 내려갈 때면 마음이 평안했고 학교 후문 근처 서점에 들러 이것저것 책을 살 수도 있었습니다. 아침나절과 저녁에는 학교 도서관에서 자리를 잡고 책을 펼쳤습니다.

드디어 『한국문학통사』를 잡고 앉았습니다. 조동일 교수의 그 역작은 어느새 다섯 권이나 출간되어 한 번 읽어나가기도 만만찮았습니다. 『한국문학통사』는 저자의 성향이 충분히 반영되어 있기는 하지만 시대, 계층, 갈래의 세 축을 설정하여 원시시대부터 근대문학에 이르기까지 입체적이고 방대한 한국 문학사를 서술하고 있습니다. 이름 그대로 통사(通史)였습니다. 학과 공부를 전혀 하지 못했던 지난 몇 년간의 빚을 갚는다는 심정으로 줄도 치고 노트도 정리하면서 그 책을 한 권 두 권 읽어나갔습니다. 어느새 나는 그 책이 전혀 지겹지 않고 그다음 권이 궁금해질 정도로 흥미를 붙였습니다.

"수연이와 완전히 헤어진 거니?"

태식은 꿋꿋하게 내게 물었습니다.

"글쎄. 나도 잘 모르겠는데… 헤어진 건지 아닌 건지?"

다 잡아놓은 평정심을 흐트러뜨리지 않으려고 무심하게 받았습니다.

"민수야. 실은 얼마 전에 내가 수연이를 만났어."

그도 의연하게 계속 털어놓았습니다. 그 말을 하는 그를 담담하게 바라보았습니다.

"내가 수연이한테 삐삐를 쳤거든."

아직 학생인 우리와 달리 기자였던 수연은 당시 '삐삐'라고 널리 불렸던 '무선호출기'를 달고 다녔더랬습니다.

"약속을 해서 성남에 만나러 갔지."

태식은 버스를 타고 복정동 고개를 넘어 성남으로 갔답니다.

"수연이 말로는 니가 좀 오해가 있다면서…."

중간에 '왜 그런 쓸데없는 일을 했니?'라는 식의 말을 내가 했던 것도 같지만, 본심이 아닌 투정 같은 말인지라 그는 전혀 개의치 않았습니다.

'수연이 잘 지내더라, 너에 대해 걱정 하더라'하는 얘기와 더불어 자기 고시 공부에 대해서도 얘기 나누었다고 주절이 늘어놓던 태식은 마지막에 이런 말로 결론을 전달해주었습니다.

"수연이가 너를 만나고 싶어 하더라."

야속한 연인의 그런 무덤덤한 소식을 그는 막걸릿잔과 함께 건네주었습니다. 김이 모락모락 피어나는 겨울 술집의 그런 이야기꽃 위로 지구 반대편의 소식이 끼어들었습니다.

벽에 매달린 TV에는 지구 저편 바그다드의 밤하늘 위에 섬광이 번쩍이는 모습이 방영되고 있었습니다. 역사상 최초로 전쟁이 중계방송되고 있었어요. 어느 날 뉴스만 24시간 방영한다는 CNN이라는 미국의 뉴스 채널이 갑자기 화면에 자주 등장하더니 그들이 리얼타임으로 전쟁을 중계한다는 겁니다.

지금 미군과 유엔군이 이라크 본토를 공습하고 있답니다. 이른바 '걸프 전쟁'이었습니다. 지난해 쿠웨이트를 침공한 이라크를 물리치기 위해 유엔의 지루한 봉쇄와 압박이 있었고 드디어 미국을 중심으로 유엔군의 전폭기가 바그다드 폭격에 나섰다고 합니다. 사실 화면만 보아서는 거기가 바그다드인지 아닌지 알 수도 없지만 말입니다.

밤하늘을 가로지르는 녹색 불빛이 대공포라고 중계하는 화면을 막걸리 집에 앉아 물끄러미 바라보는 시대가 되었습니다. 불꽃놀이보다도 못한 섬광 쇼였지만 그것도 엄혹한 전쟁이었습니다. '사막의 폭풍'이라는 멋진 이름의 작전명이 세계인들에게 알려지고 전쟁은 방송사 카메라 앞에서 펼치는 고도의 정치 쇼처럼 다가왔습니다. 마치 걸프전은 뉴스방송사 CNN의 성공적인 런칭(launching)을 위해 일어난 것 같다는 씁쓸한 뒷말도 있던 시절이었습니다.

국제전이 벌어졌는데 전쟁의 스토리가 너무 일방적이었습니다. 조기경보기와 미사일과 F-16이 전쟁의 대부분을 담당하는 타격전을 한 달 내내 모두들 물끄러미 바라보았습니다. 그런 것이 이른바 '현대전'이라는 해설이 뒤따랐습니다. 영어를 듣는 즉시 통역한다는 사람들이 앞뒤가 맞는 말인지 헛갈리는 우리말을 더듬더듬 읊었습니다. 그런 장면을 브라운관 텔레비전을 통해 바라보는 시대가 왔습니다.

옆자리에 앉은 손님의 삐삐가 중간중간 울리는 소리도 들렸습니다. 학생들 사이에도 '삐삐'라는 무선호출기가 점차 스며들었습니다. 그와 함께 영어의 시대, 미디어의 시대가 백열전구에 꺼먼 그을음이 맺혀가는 대학가 막걸리 집 앞에까지 바짝 다가섰습니다.

"민수야, 니가 옛날에 안기부 요원들이 '페이저'라는 걸 몰래 차고 다닌다고 했잖아. 그런 걸로 연락하고 정보를 보고한다고. 그게 '삐삐'라고. 하여튼 그 삐삐가 대단하더라. 딱 전화가 오니까."

며칠이 지나도록 나는 태식에게 어떤 재촉도 하지 않았고 어떤 것도 묻지 않았습니다. 그는 또 수연에게 연락을 했나 봅니다.

"애기능 과도관(과학도서관) 스낵바에 오늘 저녁 여섯 시까지 수연이가 오기로 했어. 너 꼭 과도관에 나가 있어. 꼭!"

뭔가를 해낸 듯 그는 신이 나서 말했습니다. 약속한 애인은 그렇게 타인을 통해 만날 약속을 전해왔습니다. 태식은 두 번이나 당부하며 메신저로서 역할을 성실하게 수행했어요.

"여행 갔다 온 건 알지?"

"응, 태식이한테 들었어."

"신문사 일은 바쁘지?"

"응, 그렇긴 한데…."

"일은 괜찮아?"

과학도서관 스낵바는 주전부리를 찾는 학생들로 어수선했습니다. 테이블에 굴러다니는 빈 캔들을 한쪽으로 치우고 앉았습니다. 수연은 다소 먼 길에 피곤했던지 숄더백을 벗어 바로 옆에 놓고 털썩 주저앉았습니다. 보풀이 막 일어나기 시작하는 머플러는 채 풀지도 않고 더 깊숙이 턱을 파묻었습니다. 인사도 없이 시작한 내 질문에 흔들림 없는 눈동자를 깜박이며 말없이 고개를 끄덕였습니다.

처음부터 우리가 왜 이렇게 오랜만에 만나게 되었는지 그 이유를 서로 캐지는 않았습니다. 마음을 내보이지 못해 눈물을 보이고 서로 그리워하고 서로를 유혹하고 견인했던, 서툴렀지만 열정적이었던 지난날의 사랑도 들추지 않았습니다. 혼자만의 시간을 가져본 뒤로 식어버렸는지 아니면 더 깊어진 것인지 알 수 없는 우리의 담담함도 따져보지 않았습니다.

그네가 직장인 신문사 이야기와 성남에서의 일상을 먼저 했던 것 같아요. 어떤 취재를 했다는 얘기, 누구를 만났는데 느낀 얘기, 당시 성남시장이 일으킨 물의와 성남시를 구성하는 여러 직능단체와 상대원동에 있는 노조들의 움직임에 대한 얘기도 했던 것 같습니다.

나는 간단간단하게 응하며 그네의 얘기를 들었습니다. 어제 만났다가 오늘 다시 만난 것처럼 그리 어색하지는 않았지요. 그네는 쉽게 나에 관해 묻지 않았습니다.

자리를 옮겨 가스 불에 즉석 찌개를 끓이는 집에서 저녁을 같이 했습니다. 내가 물어보고 싶었던 것 아니 따지고 싶었던 것은 '왜 그날 어떤 사람과 같이 있었느냐?' 하는 것보다 '왜 그날 나를 위로하지 않고 야속하게 돌려보내었냐?' 하는 것이었습니다. 한참 후에 나는 그 질문 하나를 이 사태에 대한 신선한 접근으로 남겨놓고 마음속에서 만지작거리고 있었습니다. 몇 번이나 그 항변을 하나의 질문 문장으로 만들어 내심 연습을 해보았는데 쉽게 입이 열리지 않았습니다.

하지만 그네는 내 눈치를 살피지도 않았고 질문에 친절하게 답해줄 것 같지도 않았습니다. 단지 달그락거리며 수저를 챙겨주고 사리를 시켜 뒤적이며 찌개를 잘 끓여주려고만 할 뿐이었습니다.

불이 약한지 찌개는 더디 끓었고 자잘한 직장 이야기가 사라진 자리에 감출 수 없는 어색함이 찾아들었습니다.

"소주 한잔?"

"소주는 잘 마시지도 않잖아."

"그래도…."

평소에 소주는 전혀 시키지 않던 그네가 살짝 미소를 지으며 권했습니다. 더디 끓는 찌개 앞에서 우리 사이에 놓인 그 어색함이 싫었습니다. 참지 못하고 내가 먼저 풀었습니다.

"이거 더 비싼 술을 얻어먹어야 되는데…."

내 말에 그네는 참지 못하고 배시시 웃었습니다.

찌개를 나누고 소주를 나누고 달그락달그락 숟가락 소리를 나누었습니다.

"민수야, 니가 오해하는 그런 일은 없어."

소주 한잔에 금세 볼이 발그스레해진 그네가 지나가는 얘기처럼 이런 얘기를 던졌습니다.

이런 순간에 사람들은 애인에게 어떤 이야기를 듣기 원할까요? 당신이 생각하는 그런 일이 있었기에 정말 미안하게 생각한다는 얘기를 듣기 원하나요? 아니면 그런 일은 없었기에 별로 미안하지 않다는 얘기를 듣길 원하나요?

"알았다."

'내가 뭘 오해하는데?'와 같은 유치한 말꼬리는 잡지 않았습니다. 그러나 끝내 '왜 그날 나를 위로하지 않고 야속하게 돌려보내었냐?'라는 질문도 하지 못했습니다. 그냥 맑은 소주를 한잔 부었습니다.

"이중하 씨가 찾고 있어."

"이중하 씨가…?"

그때야 그네가 내 눈치를 살피는 것 같았습니다. 순간 나는 그네가 나의 비상 연락선임을 깨달았습니다.

"그래, 그렇겠네. 내가 갑자기 사라졌으니…."

"내가 여행 갔다고 얘기했어. 한번 만나자고 하는데."

그래. 이것이 그네가 나를 찾아온 용건이구나.

"그래? 난 뭐 특별히 만날 일은 없는데."

"민수야, 미안해…."

막상 듣고 보니 '미안하다'는 그 말, 내가 원치 않았던 말이었습니다.

"민수야, 예전처럼 강요하는 거 아니고. 니가 생각하는 것 있으면 그대로 얘기하고…."

"그래 어떤 식이든 마지막 인사라도 해야겠지."

그네는 내 말을 승낙으로 받아들이고 더는 재촉하지 않았습니다.

"수연아, 나 졸업하고 바로 군대 가려고 해."

"음… 그래?"

저녁을 마칠 때쯤 혼자만의 시간에 내가 결정한 바를 얘기했습니다. 그것은 짧고 간단한 계획이었지만 새로운 이별이 숨겨져 있는 말이기도 했지요. 그네는 입술을 오물거릴 뿐 쉽게 반응하지 못하고 나를 쳐다보았습니다.

그날 우리는 그냥 그렇게 헤어졌습니다. 마지막에 내가 이런 말을 덧붙였지요.

"성남에서 약속 잡지 마. 너무 멀고 가기 힘들어."

"도대체 그렇게 갑자기 사라지면 어떡합니까? 사고가 난 게 아닌가 걱정했습니다."

이중하는 두 가지 경우의 사고 모두를 설명했습니다. 하나는 말 그대로 사고(事故)이고, 다른 하나는 수사기관에 의한 변고를 의미했습니다. 나로 인해 일주일간 조직에 비상경계령이 떨어지기도 했다고 합니다.

"방북 투쟁 준비 중이었고 조직적으로 민감한 시기가 아니었습니까? 경미 동지의 비상선도 닿지 않고 도대체 무슨 일이 있었습니까?"

"죄송합니다."

이유야 어찌 되었던 이중하의 진정 어린 걱정과 조직적 염려에 대해 사과를 하지 않을 수 없었습니다.

그를 다시 만날 때쯤 어이없는 전쟁의 겨울이 지나가고 있었습니다. 쿠웨이트를 점령했던 이라크군은 완전히 밀려났습니다. 전쟁이 막바지로 치닫고 있었어요. 모래 속에 참호를 파고 방어선을 친 40만 명의 이라크 혁명수비대는 그 자리에서 그대로 무너져 내리고 있다고 합니다. TV 전쟁 중계는 용맹한 군인들이 나와서 뛰어다니는 전쟁영화와는 전혀 달랐습니다. 날마다 전투기가 한밤중에 이륙하려는 모습과 밤하늘에 대공포 올라가는 불빛 소리에 종군기자라는 사람이 호텔 방에서 전화를 걸어 영어로 떠드는 내용이 대부분이었습니다. 특파원의 흥분된 목소리와 달리 재미라고는 별로 없었습니다. 그런 사이 너무 일방적으로 전쟁이 끝나니 작년 쿠웨이트를 밀고 들어갔던 이라크군은 도대체 실제로 존재했던 군대인지 알 수 없을 정도였습니다.

그렇게 수연과의 비상 연락선이 작동되어 종로 2가 어디쯤 어느 커피숍에서 그를 겨우 만났습니다. 그 자리에 나설까 몇 번 망설였지만 내 입장을 분명하게 전달하고 마무리 지어야겠다는 생각이 들었습니다.

"여행 갔다고 들었는데… 하여튼 지난 일은 불문에 부치겠소."

늦은 오후의 커피숍, 창가에 앉았는데 자리가 널찍널찍 떨어져 있어 다행이었습니다. 출입구 쪽에 사람들이 북적거리고 출입이 잦았습니다. 출입자를 모두 눈으로 체크할 수 없는 번잡한 곳이라 보안상 약속장소로는 걸맞지 않아 피해야 할 곳이었습니다. 하지만 당시 우리에게는 그런 사정이 중요하지 않았습니다.

실내 가득히 가수 김현식의 〈내 사랑 내 곁에〉가 흘러나왔습니다. 그 걸걸하고 뭉클한 절규 같은 유행가 소리는 어찌나 사람의 심금을 울렸던지 그런 노래와는 담을 쌓은 듯했던 학생회 사무실 구석에서도 가끔 들려왔습니다. 술 한 잔 걸친 후배들이 서툰 기타를 뚱땅거리며 심심찮게 '나의 모든 사랑이 떠나가던 날'을 읊조리곤 했지요.

다방에서 현대적 커피숍으로 넘어오는 중간쯤에 해당하는 그런 90년대 커피숍에 우리는 마치 오후의 거간꾼처럼 마주 앉았습니다. 그날은 그렇게 대중 속에 숨어있었습니다.

"예전에 조직적 결의로 내놓은 방북 자금 모금에 참여하는 문제는 어떻게…?"

"그건 못할 것 같습니다."

그의 말이 채 끝나기도 전에 나는 대답했습니다. 그는 무거운 표정을 지었고 잠시 침묵이 흘렀습니다.

"음… 방북 준비는 잘되고 있습니다. 그 어느 때보다 조직적 결의도 높고 활동 역량도 고조되었소. 김다정 동지도 결의를 내놓았고 말이오."

"그 문제는 제가 더 듣지 않는 게 좋겠습니다. 오늘 얘기는 그런 거로 나온 건 아닙니다. 제 얘기가 있어서 나온 거니까요."

그가 말을 다 마치기도 전에 바로 잘랐습니다.

"음. 그래요. 그럼 재우 씨 얘기 먼저 듣죠."

"그 전에 제가 물어볼 게 있습니다."

그는 별말 없이 고개를 끄덕이며 표정으로만 수락했습니다.

"제가 소개했던 경호는? 혹시 어떻게 됐나요?"

나는 정종욱의 거취를 확인하고자 했던 생각이 있었기에 그의 가명을 대며 이중하에게 물었습니다.

"그건 왜 묻죠?"

"좀 후회스러웠어요. 그를 소개시켰다는 것이…."

이 말을 하는 그 순간이 그렇게 시원하고 편안할 수가 없었습니다. 오랫동안 맺혔던 응어리를 풀듯 내놓았습니다.

"무슨 말이오?"

"소개한 사람을 통해서 조직과의 인연이나 관계가 확대되는 것이 제 개인적으로는 부담스럽습니다."

이중하는 내 말에 찬찬히 내 눈을 쳐다보았습니다. 나는 아랫입술을 살며시 깨물며 눈빛을 부드럽게 하고 숨을 길고 고르게 쉬려고 했습니다.

"그게 무슨 뜻이요?"

"제가 소개한 사람, 그러니까 경호. 제가 경호를 조직에 소개한 걸

후회합니다. 제가 제 행동을 후회한다는 겁니다."

나는 차갑고 단호했으나 거짓 없는 솔직함으로 무장하고 나섰습니다.

"그럼, 반애전 자체도 부인하는 겁니까?"

"제가 부인하고 말고 할 것이 뭐 있겠습니까? 제가 수준이 안 되는데… 아시잖아요. 그런 척하기가 못 봐줄 정도가 아닙니까?"

평소와 같이 이중하가 사설을 늘어놓지 못할 정도로 짧고 굵게 대거리를 주고받았습니다.

그는 잠시 말을 끊고 천천히 담배를 피워 물었습니다. '힘겨운 날에 너마저 떠나면 비틀거릴 내가 안길 곳은 어디에'라는 김현식의 절규가 절정으로 치닫고 우리 사이에는 어수선한 침묵이 흘렀습니다.

우리의 침묵에 아랑곳하지 않고 오후의 커피숍은 점차 소란스러워졌습니다. 노래 중간중간에 카운터에 걸려온 전화를 손님 중에서 찾는다는 실내 스피커의 안내가 끼어들었습니다. 사람들이 점점 '삐삐'를 사기 시작하면서 '몇 번 전화하신 분, 카운터에 전화 왔습니다.' 하는 사람 찾는 소리가 잦았습니다. 그런 커피숍이 삐삐치고 전화 받는 일종의 연락 방으로도 쓰이던 시절이었지요.

그런 소란함 사이로 그는 낮은 목소리로 말했습니다.

"경호 씨는 안 하기로 했고… 조직은 강요하지 않습니다. 강요해서 될 일도 아니지만. 우리 존재 자체의 비밀을 지켜주는 것으로 하고 조직 활동은 하지 않기로 했습니다. 본인이 안 하겠다고 했어요."

"그럼 됐습니다."

"하여튼 조직도 재우 씨의 사정을 어느 정도 양해하기로 했습니다. 다만 한 달간 근신하는 것으로 하고… 그 뒤에 다시."

이중하는 가느다란 선을 다시 이어보려 했나 봅니다. 그는 내가 하는 얘기를 듣고도 조직의 입장을 전달해야 하는 성실한 전달자와 같이 담담하게 말했습니다.

"아니요! 근신은 받아들이지 않겠습니다. 저는 그만두겠습니다. 조직에서 탈퇴하겠습니다. 아니 조직적으로 제명이라 해도 상관없습니다. 결과는 같은 거니까요."

그 날 준비해온 내 입장을 단호하게 내놓았습니다.

"앞으로 다른 계획이 있는 겁니까?"

"계속 살아간다는 것밖에 별다른 계획은 없습니다. 이 자리가 그런 얘기 하는 자리도 아니지 않습니까?"

"그럼, 무슨 이유라고 받아들일까요?"

"별다른 이유는 없습니다. 그냥 절이 싫으면 중이 떠난다고 생각해주세요. 절이 떠날 수는 없지 않습니까?"

"음…."

그는 입이 쓴지 메마른 입술에 붙은 담배를 비벼 끄고 찬물을 마셨습니다.

"원칙적이라면 경미 씨도 나와 연인 관계이니 그만두는 것으로 해야 하지 않겠습니까?"

나는 덧붙였습니다. 이중하는 무슨 뜬금없는 소리냐는 표정을 지었습니다.

예전에 조직 가입 초창기에 그가 말한 대로 '연인은 반드시 조직 활동을 함께한다.'는 원칙을 상기시켰습니다. 그럼 반대로 한 사람이 그만두면 그 상대도 같이 그만두어야 하지 않겠냐는 뜻이었습니다. 속내는 그 자리에서 그것을 꼭 관철시키기보다는 논쟁도 불사하겠다는 치기로 치받았던 겁니다.

"경미 씨 부분은 좀 더 생각해 보겠습니다. 좀 특별한 상황이고 경미 씨 본인의 얘기를 들어보지 않았고…."

"칫! 이 조직의 원칙은 그때그때 오락가락하는군요. 처음부터 믿지도 않았지만… 알아서 하세요."

내 말에 그는 불쾌했을 겁니다. 하지만 표정을 굳히고 감정을 드러내지 않으려 애쓰는 것 같았습니다.

"재우 씨 하고는 일단 여기서 끝냅시다."

"저도 동의합니다."

"마지막으로 부탁할 건 그동안의 조직 활동이나 조직 자체에 대해서 보안을 지켜줘야 합니다. 그건…."

"그 정도로 나를 모독합니까? 아니면 아닌 거지. 나는 당신네들처럼 뒤에서 수군대지 않을 겁니다. 그리고 보안은 어설픈 당신들보다 더 잘 지킬 테니 그건 걱정하지 마세요."

이중하는 무슨 말인가 더 하려다가 내 패악에 가만히 침묵을 지켰습니다. 그 사이 실내는 더욱 소란스러워졌고 우리는 더욱 조용해졌습니다. 별다른 인사 없이 그가 먼저 자리를 일어선 뒤 5분 정도 지나서 내가 그 자리를 떠나는 것으로 헤어지기로 했습니다.

그가 일어섰습니다. 그 만남을 마지막으로 나는 내 인연에서 '이중하', 그를 떠나보냈습니다. 담배 연기 사이로 문을 열고 나가는 그의 뒷모습이 금세 사라졌습니다.

김현식의 전성기 시절이라 그런지 '새끼손가락 걸며 영원 하자던 그대는 지금 어디에'로 시작하는 노래가 흘러나왔습니다. 5분 뒤에 일어나기로 했지만 실은 그 자리에서 20분이 넘게 혼자 더 앉아 있었습니다. 무슨 사업을 하는지는 알 수 없지만 몇 명의 '김 사장'이 카운터 앞에 나와서 전화를 받았습니다. 삐삐 연락방 같은 그 시절의 커피숍에서는 노래 한 곡을 온전히 감상할 수가 없었습니다.

그날 밤 나는 오랫동안 혼자 길을 걸었던 것 같습니다. 거리의 버스들이 도로 위에 엉켜 있어서 종로에서 차를 타기를 아예 포기했습니다. 시내에서 시위가 있었는지 거리에는 방패를 든 전경들이 지친 듯 어두운 골목 구석에 무리 지어 앉아있었습니다. 내가 가는 방향이 시위대의 본류가 지나던 명동에서 차츰 멀어지는 길이라 평화로운 행인처럼 슬며시 그들 옆을 지나갔습니다. 전경들은 대부분 무표정하게 사물을 쳐다보았습니다. 아마 걸어서 종암동까지 왔을 겁니다. 밤바람이 차갑다 못해 상쾌하기까지 한데 엉킨 상념이 그림자처럼 따라왔습니다.

개인적 방황의 그늘 아래 내가 감정적이었다면 조직은 냉정했습니다. 반대로 조직이 복잡했다면 나는 단순했습니다. 나를 조직에 맺어주었고 다시 복원시켜줄 수도 있었던 단 한 사람, 수연과의 관계가 소원(疏遠)해졌기에 나는 '반제애국전선'을 계속할 이유가 없었습니다. 역시 문제는 그 조직보다는 수연과의 관계가 아니었나 하는 생각이 듭니다.

그렇게 본다면 나는 애국적 전위 활동을 비합법 지하조직에서 한 것이 아니라 단지 비장한 사랑놀이를 한 것일 수도 있습니다. 관념이 실천을 압도하여 이상주의자(理想主義者)들의 비장미(悲壯美) 넘치는 연애 이야기만 펼쳤습니다. '반제애국전선', 그 조직 활동은 3년 차 연애에 접어든 그네와 나의 데이트 코스였고 만남과 대화의 장이었는지도 모릅니다.

누가 나에게 당신은 왜 '반제애국전선' 같은 조직에 가담했고 또 무슨 이유로 떠났냐고 물어본다면 나는 무어라 정리된 말로 설명하지 못할 것 같습니다. '그냥 우리가 알 수 없는 어떤 운명 같은 것이 있어 그런 만남도 있었다.'라고 둘러댈 뿐.

실은 이중하 외에도 조직 활동을 통해 깊게 만난 사람도 있고 몇몇 기억나는 사람들도 있지만 새삼스레 떠올리지는 않겠습니다. 이 이야기는 그런 활동에 대한 이야기가 아니니까요.

나와 '반제애국전선'과의 지난 사연은 그렇게 허무하게 끝났습니다. 마치 우연히 만났다, 우연히 헤어진 사람처럼 끝이 났습니다.

그러나 그 후로도 오랫동안 반제애국전선과 엮였던 그 인연은 쉽게 끊어지지 않더군요.

"저쪽에 전망 좋은 레스토랑이 있는데 조금만 걸어가면 돼."

그해 초여름쯤 성남에서 수연을 다시 만났습니다.

내심 성남이 싫었던 나는 일부러라도 그곳에 가지 않았고 그네도 나를 쉽게 성남으로 부르지 못했습니다. 하지만 그날은 그네가 월급을 받은 날이라며 성남에서 만나자고 했습니다. 회사 일이 있어 끝나고 서울까지 가려면 서로 너무 늦을 것 같다면서 간곡히 청했습니다.

남쪽으로 천천히 흘러가는 구름 저 끝에 검은 먹구름이 스며드는 것을 보면서 버스를 탔습니다. 퇴근 시간 이전이라 다행히 버스 창가에 머리를 기대고 앉을 수 있었습니다. 장마가 시작된다는 얘기를 들었습니다.

그사이 나는 좀 더 차분해지고 진중해졌습니다. 주도적이지는 않았지만, 또 다른 시대의 격랑을 옆에서 지켜보아야 했기 때문이었습니다. 그해 봄을 지나면서 수연에 대한 이해도 생기고 다시 만나고픈 마음도 새로이 돋아났습니다. 아니, 나는 그네를 한 번도 잊지 않았습니다.

그해 5월은 나를 도서관에만 앉아있게 하지 못했습니다. '강경대'라는 불행하고 슬픈 비명(非命)에서 촉발된 1991년 5월의 격동이 있었기 때문입니다.

학원자주화투쟁이라는 학내 투쟁과정에서 명지대학교 총학생회장이 연행되어 구속되는 사태에 이르자 명지대학교 학생들의 투쟁은 양상이 바뀌어 경찰에 대한 강력한 항의 시위가 되었습니다. 그해 4월 26일 시위대에 있던 강경대라는 1학년 학생이 골목에서 밀려오는 경찰들에게 차단될 위험에 처한 사거리에 있던 학생들을 도와주는 임무를 수행하다가 추격해온 전투경찰에게 집단구타를 당했습니다. 그는 끝내 학교 안으로 들어오지 못하고 학교 담벼락 밑에서 숨졌습니다.

그 시절 도시 지하도 입구나 전경 대열 뒤에 서 있던 '백골단'이라는 별명의 체포조가 크고 작은 시위현장에서 골목 끝까지 시위대를 뒤쫓아가 뒷덜미를 낚아채며 무자비하게 두들겨 패는 모습 또한 낯설지 않았지요. 대학가 시위현장에서 학생들이 거리진출을 시도하려 할 때 다연발탄이 우박처럼 쏟아지는 최루탄 연기 속을 헤치고 '백골단'이 곤봉, 쇠파이프 등을 들고 대열 속으로 돌진해 가는 모습은 드문 일이 아니었습니다. 그런 일이 결국 한 학생의 죽음이라는 불행한 사태를 일으켰습니다.

대자보가 붙었고 후배들의 술렁거림을 듣고 시신이 옮겨졌다는 연세대 세브란스병원으로 가 보았습니다. 명지대생을 중심으로 서울시내 대학생들이 모여드는데 그들은 격앙하기 시작했습니다. 슬프고 안타까운 또 다른 봄, '91년 5월 투쟁'의 시작이었습니다.

잠시 책을 덮은 태식과 함께 '강경대 사건' 항의 집회의 끄트머리에 앉아 있기도 했습니다. 그 시절, 6월 항쟁 이후 전국적 조직력을 편재하고 있었던 민주화운동단체의 세력도 대단했습니다. 거기엔 전대협(전국대학생대표자협의회)이 있었고, 전노협(전국노동조합협의회), 전민련(전국민족민주운동연합), 전교조(전국교직원노동조합), 전농(전국농민회총연맹) 등 1987년 이후 결성된 전국 단위 대중 부문 조직들이 견고하게 대오를 지탱했습니다. 학생을 비롯한 각 조직의 참여도 활발했고요. '범국민대책회의'로 신속하게 결집했고 조직의 동원 능력은 87년 '국민운동본부'에 못지않았습니다. 명동성당 집결을 위해 을지로 거리 위에 서 있을 때는 마치 6월 항쟁과 같은 착각이 들기도 했습니다.

하지만 박승희에서 시작해 김영균, 천세용, 김기설, 윤용하 등으로 이어진 11명의 연쇄 분신과 투신은 엄습한 죽음의 그림자를 드리우며 투쟁을 무섭고 몸서리치는 것으로 서서히 바꾸었습니다. 젊은이의 죽음에는 안타까워했지만, 시민들의 정서는 아직 6월 항쟁에 이르지 않았습니다.

김지하 시인은 조선일보에 '죽음의 굿판을 걷어치워라'라는 시론(時論)을 통해 마치 사악한 주술(呪術)과 같다고 비판을 가했고 운동세력은 당황했습니다. 시위과정에서 또 한 명의 학생이 비명에 갔지만 죽음의 의미는 50여 일의 짧고도 긴 시간 속에서 확대되거나 축소되거나 심지어 비틀어져 훼손되기도 했습니다. 싸움의 목표나 대안에 대한 고민보다는 언제쯤 이 불가사의한 죽음의 행렬이 끝날 것인가를 고민해야 했습니다. 명동성당의 지도부는 고립되어갔고 사람들은 서서히 진저리를 쳤습니다. 그러나 감정으로 뭉친 시위 세력의 정서와 행동을 근본적으로 제어할 수 있는 운동의 지도부는 존재하지 않았습니다. 조직은 있었지만 물살을 헤치고 나가는 기관선(機關船)은 되지 못하고 거대한 물결에 휩쓸려가는 무동력의 편주(片舟)와 같았습니다.

그러던 과정에 6월 초 새로 선임된 정원식 국무총리 서리가 한국외국어대에서 마지막 강의를 마치고 나오다가 학생들에게 밀가루와 달걀 세례를 받았습니다. 이는 그가 문교부 장관으로 있을 때 전교조를 불법화하고 전교조 인사들을 구속시키고 탄압한 데 대한 학생운동권의 항의였습니다. 총리의 외대 방문에는 수십 명의 기자들이 동행했는데 그날 학생들의 행동은 고스란히 신문과 TV에 전해졌습니다. 정원식 총리가 얼굴과 온몸에 깨진 달걀과 페인트를 뒤집어쓰고 밀가루로 뒤범벅되어 쫓겨나는 모습을 방송과 호외로 내보냈습니다.

당일 저녁부터 사회 분위기는 일순간 반전되었지요. 다음날 각 조간신문에는 달걀과 밀가루 세례로 범벅된 정원식 총리가 마치 집단구타를 당한 뒤의 모습인 양 정신을 차리지 못하는 사진이 대문짝만하게 1면 톱으로 실렸습니다. 학생운동권의 도덕성은 땅에 떨어지고 시위 정국은 급속히 식어버렸습니다. 신문 1면을 장식한 정원식 총리의 밀가루를 뒤집어쓴 한 장의 사진은 모든 사태를 전변시켰습니다. 슬프고 안타까웠던 봄이 지나갔습니다.

성남시청 뒷골목에 부슬부슬 비가 내리기 시작했습니다. 나는 우산이 없어 그네의 우산 한 밑에 붙어서 종종걸음을 쳤어요. 그래도 아직 우리는 연인이었기에 하나의 우산만으로도 충분했습니다.

그네와 나는 헤어지지 않았습니다. 그러나 예전처럼 매일같이 있지도 못했지요. 그렇게 나는 학교에서, 그네는 성남에서 각자의 생활을 이어갔습니다.

그 날은 평소와 다르게 그네가 화장까지 했더군요. 립글로스만 바른 게 아니고 눈 화장까지 했기에 내가 알아차릴 정도였습니다. 빗물을 한두 방울 튕기며 그네는 나를 어떤 빌딩으로 인도했습니다.

작지만 밖이 보이는 전망 엘리베이터를 타고 13층인가 14층인가 하여튼 그 건물의 가장 높은 곳으로 올라갔습니다. 스카이라운지 레스토랑 널찍한 창가에 앉으니 성남의 야경(夜景)이 발아래 펼쳐졌습니다. 잔잔한 라운지 음악이 흐르고 제법 격식을 갖춘 서빙이 기다리고 있었습니다.

유리창에 흘러내리는 빗물이 생생하게 살아있어 비를 좋아하는 그네에게는 안성맞춤의 자리였지요. 높은 곳에 부는 바람으로 창에 맺힌 물방울들이 거꾸로 올라가는 것처럼 보이기도 했습니다. 그 창가에 비에 살짝 젖은 성숙한 여자가 마주 앉았습니다.

“수연이 좋아하는 빗님이 계속 오시네.”

우리는 맥주도 몇 병 시키고 때때로 담배 연기도 피워 올리면서 창밖과 서로를 번갈아 바라보았습니다.

“성남도 대단했었어. 시청 앞에서 집회가 있었는데… 도로를 꽉 메웠고. 전경들은 아예 외곽으로 빠졌어. 오히려 해산할 때까지 별다른 충돌이 없었을 정도였어.”

“서울로 몰리니까 병력이 모자랐겠지.”

문화부였던 그네가 사회면 기사까지 작성했다면서 한 얘기였습니다. 밤이 되자 대열에 횃불이 오르고 시청 앞에서 세 시간이 넘게 집회가 이어졌다고 했습니다. 마치 제2의 6월 항쟁이 일어날 듯이 느꼈다고 하더군요.

돌이켜보면 그해 5월의 시위는 1990년대 최대의 대중적 투쟁이었습니다. 그러나 내가 그 전해 겨울의 아픔을 얘기하지 않았듯이 사람들은 ‘91년 5월’을 공개적으로 입에 올리는 것을 오랫동안 저어해 왔습니다.

사건이 남긴 상처와 후유증이 너무도 컸던 탓이겠지요. 누군가는 짙게 드리워진 '죽음의 그림자' 때문이라고도 합니다. 연이은 분신과 죽음에도 투쟁이 처절한 패배로 막을 내렸을 때, '살아남은 자들'의 자괴감은 대단했을 것입니다. 어찌할 수 없는 절망과 자괴감 앞에서 흩어진 개인들의 반응은 회피와 망각입니다. 세상은 슬픔과 분노만으로 폭발시킬 수 없는 견고한 것이었습니다.

다시 생각해보면 그 사태는 1980년대와 1990년대를 갈음하는 사건이기도 합니다. 대규모 시위와 행동에 따른 '기동전'으로 시대를 전진시켰던 것이 80년대였다면 90년대는 좀 더 명확한 '진지전'을 요구하고 있었다고나 할까요?

"십자가가 진짜 많네."

어지럽고 혼란한 야경 속에 우리나라 어디 가나 넘쳐나는 빨간 십자가의 행렬이 언덕 넘어 무수히 이어져 있었습니다.

하나, 둘, 셋… 스물여섯, 스물일곱, 스물여덟…

우리는 낄낄대며 그 십자가의 숫자를 세어보기도 했어요. 도시의 밤하늘 아래 빨간 등을 켠 십자가의 숫자는 많았지만 구원의 길은 멀기만 했습니다.

"수연아. 너 기사 봤는데… 너 글 잘 쓰더라."

"내가 뭘?"

"아니야. 너 담백하게… 난 말은 좀 과장하고 웃기고 해도 글은 과장하는 것 싫어. 재미있고 유머 있게 서술하는 것과 너무 과장하거나 호들갑 떠는 건 다른 얘기지. 네 글에는 그런 거짓이 없어. 니가 꾸준히 독서한 게 배어 나오더라."

"난, 그래도 민수 너 얘기 하는 거. 니가 얘기해주는 거 좋고 재밌고. 너도… 글 쓰는 거 좋아했잖아. 초록도 잘했고."

"아니야. 난 좀 두려워… 뭘 쓴다는 게. 뭘 써서 남긴다는 거. 그런 거 이제 안 할 거야."

어느 때 그네가 창밖을 보고 있는 내 얼굴을 손으로 쓰다듬었습니다. 보통 남자가 여자에게 그러하듯이. 그네가 술을 마신 탓인지 아니면 내가 약간 슬픈 표정을 하고 있었기 때문인지. 나를 만지는 그네의 찬 손을 그냥 내버려 두었습니다.

"얼마 전에 우연히 이중하 씨를 만났는데… 나한테 어떻게 할 거냐고 묻더라고."

"난 그쪽 얘기, 별로 듣고 싶지 않은데…."

본능적인 방어기제로 나는 그네의 말을 자르려고 했습니다. 이미 지난 얘기인데 또다시 그네가 비상 연락선으로 작동하려는 것이 싫었기 때문입니다.

"아니야. 그런 얘기 아니야. 민수야. 그냥 우연히 만났다고…."

그 말이 사실일 수도 있고 아니면 하얀 거짓말로 우연히 만난 건 아닐 수도 있습니다. 성남은 조직의 중요한 거점이었고 그네는 그 지역에서 살고 있는 중이니까요. 그네가 어떤 얘기를 돌려서 한다고 느껴졌습니다.

"그 사람은 조직을 계속하자고 했는데…."

"그래. 그 사람은 널 높이 평가했어. 나라도 그랬을 거야."

"높이 평가하긴 뭘. 난 하지 않겠다고 했어. 더 이상은 원치 않는다고…."

수채화 같던 창밖 풍경이 이리저리 이지러지는 물방울로 인해 인상파의 그림처럼 변해갔습니다.

"그리고 나, 성남 떠나려고…."

그네는 가만가만 자기 얘기를 이어갔습니다. 도시는 하나둘 불빛이 꺼져가면서 빗속에서 어두워져 갔어요. 비 내리는 거리에 우산을 쓰고 오고 가는 이마저 점점 줄어들고 있었습니다.

"성남을 떠나려고. 다른 쪽 신문사… 일간지야. 알아보고 있거든…."

나는 아무 말하지 않고 그네의 붉은 립글로스가 묻은 맥주잔을 쳐다보았습니다. 내가 성남을 싫어한다는 걸 안 걸까요? 내게 돌아온다는 표현을 직접적으로 하지 못하고 수연은 성남을 떠날 거라고 말했습니다.

"민수야, 작년 겨울에 아침에 본 사람 있잖아. 그 사람이 그러는데… 나는 너무 무거운 사람이래. 자기가 들기에는…."

그동안 내가 상처 입은 수컷의 씁쓸한 표정을 지었기 때문에 그런 얘기를 했을까요?

"그때 추운 날, 너 서울 가고 나도 금방 후회했는데… 왜 민수, 너를 잡지 못했는지? 그때 나도 너에게 바로 연락할 길이 없었어. 네가 삐삐도 안 하니까. 할 줄 알았거든. 지금처럼 네가 삐삐도 없었고… 다음 날인가 밤에 무작정 태식이 집까지 찾아갔는데 불이 꺼져 있더라고. 불러도 아무도 없고. 나도 혼자 돌아오면서… 니 생각했어. 혼자 가는 길이 춥긴 엄청 춥더라."

어떤 회상처럼 읊조리는 그네의 얘기에 나는 침묵을 지켰습니다. 거리의 불빛도 대부분 꺼지고 구원의 약속은 미덥지 않은 새빨간 십자가만 비에 젖어갔습니다.

"민수야. 오늘… 서울 갈 거야?"

그네도 비처럼 술에 젖어갔습니다.

그날 나는 서울로 가지 않고 그네와 함께 있었습니다. 우산을 펴고 팔짱을 끼고 그네가 이끄는 대로 갔습니다. 아니 내가 그네를 부축해서 데리고 갔는지도 모릅니다.

우리는 성남시청 뒤편에 있는 어느 모텔로 들어갔습니다. 비에 젖어 이미 그네의 어깨와 가슴이 붉게 비치었어요. 빗물이 떨어지는 숄더백을 내려놓고 수연은 젖은 옷을 벗었습니다.

욕실에서 나온 그네는 맨몸으로 안겨 왔습니다.

"미안해…."

"미안하긴… 뭘. 괜찮아."

그네가 다시 내 얼굴을 손으로 쓰다듬었습니다. 손이 서늘하고 차가웠습니다. 푸른빛이 도는 눈 화장은 채 다 지워지지도 않았더군요. 물기가 덜 마른 머리카락이 내 가슴을 간지럽혔습니다.

그때까지 나는 가만히 있었는데 그네는 나를 가만두지 않았어요. 남은 립글로스를 내 입술에 닦고 손으로 내 머리칼을 헝클어뜨렸습니다. 그네의 입술이 내 얼굴로 어깨로 가슴으로 여기저기 찍혔습니다. 나도 손을 뻗어 그네가 민감해하는 유두를 쥐었습니다. 낯설지는 않은데도 비가 와서 그랬는지 아니면 오랜만이라 그랬는지 그네가 파르르 떨었습니다.

이윽고 그네가 내 위로 올라왔습니다. 젖은 몸에서 아직 물기가 배어 나왔습니다. 나도 차츰 젖어갔습니다.

좌절한 운동, 질책받은 사랑, 흔들리는 감정의 나날들, 사랑의 과정에서 맞닥뜨리는 상실과 시련.

책장을 넘기다가도 그 약한 종이에 살짝 베일 수도 있는데 어두운 골목을 내달렸던 우리는 어떤 돌부리에라도 걸려 넘어질 수도 있었겠지요. 살며 사랑하며 서로 주고받을 수도 있는 얕기도 하고 깊기도 한 상처. 우리의 애무는 사랑하는 과정에서 필히 생길 수 있는 서로의 상처를 핥아 주는 것 같았습니다.

개인적 호불호(好不好)에 의한 인간관계에 앞서 운동가 경미, 오수연은 지역 활동에 뿌리내리기 위해 노력했을 겁니다. 애국적 전위는 또 다른 성원을 찾아 또 다른 협력자를 찾아 성실하게 세포 활동을 해야 합니다. 여성 특유의 새침함을 누르고 조직 활동을 위해서 사람에게 목적의식적으로 접근해야 합니다. 마치 모든 종교인들에게 포교(布教)의 사명이 있듯이 말입니다. 그런 것이 어떤 이에게는 오해를 불러일으킬 수도 있었겠습니다.

사적 관계도 공적 영역으로 연결하려고 했던 우리의 노력. 그것은 개인주의를 물리치고 집단주의로 나아가려 했던 의식화 시대의 활동가들에게 요구되었던 덕목입니다.

하지만 우리 내면에 뿌리내린 개인주의의 엉킨 뿌리는 강렬하고 집요한 것입니다. 사랑은 어떤 시대를 막론하고 개인주의의 욕망과 집단주의의 당위 속에서 긴장감 있게 흔들리는 추와 같은 것입니다.

당위는 욕망을 쉽게 이기지 못합니다.

내가 갈 곳은 없다

"어디야? 서울인가 보네?"

"응. 서울 왔어. 지금 명일동이고, 우리 내일 만날까?"

호출기에 찍힌 번호로 전화를 거니 바로 수연이가 받았습니다.

그해 장마철에 수연은 말한 대로 신문사를 퇴사하고 성남을 떠났습니다. 처음에는 명일동에 있는 이모네로 들어간 것 같습니다. 그리고 몇 군데 신문사를 알아보다 얼마 뒤에는 고향 전주로 내려갔습니다. 금방 취업이 쉽지 않은 데다 고향 집에서도 계속 호출이 왔나 봅니다.

그네는 여고 시절에 그 도시가 작고 답답하게 느껴져서 크고 복잡한 서울을 동경했다고 그랬습니다. 그래서 스스로 유학을 희망했다고도 했는데요. 그러나 객지에서 칠 년 만에 돌아간 고향은 오히려 고적하면서 아름다운 곳이었다고 말했습니다. 어릴 때의 골목길이 남아있는 고향을 다시 찾으니 감회가 새삼스러웠답니다. 그네는 그때 대학 입학 이후 가장 오랜 시간 고향에서 머물렀습니다. 떠나온 고향을 이번 기회에 새롭게 느끼려는 것 같았어요.

그곳에서 어머니를 따라 오랫동안 냉담했던 천주교회에도 나가 앉았다고 합니다. 한옥마을에 있는 동학혁명기념관도 찾아가고 태조의 어진(御眞)이 있는 경기전(慶基殿)에도 들렀답니다. 그곳에서는 낙엽이 지는 협문(挾門)을 지나 어느 툇마루에 앉아 다도(茶道)를 즐기기도 했답니다.

어느 날은 유서 깊은 전동성당의 텅 빈 본당에 홀로 앉아있기도 했답니다. 순교지이기도 한 그곳은 명당성당과 같은 로마네스코 식으로 지어졌는데 80년대에는 그 지역 민주화운동의 성지와 같은 역할도 했습니다.

"아흔아홉 칸으로 지었는데… 대원군하고도 관계가 있고, 지을 때부터 본채를 아예 판소리 공연장으로 쓰려고 지었다는 거야. 보통 한옥과 달리 천장이 아주 높더라고."

전주는 예향(藝鄕)입니다. 사연 많고 유서 깊은 전주 교동의 고택 '학인당(學忍堂)'에서 판소리를 듣기도 했답니다. 당대의 만석꾼이 판소리와 명창들을 위해서 특별히 지은 고택이라니 비유하면 우리 전통의 오페라하우스이고 일종의 살롱 문화이기도 합니다.

익산의 무너져가는 미륵사지탑도 찾아보았답니다. 미륵사는 서동이 백제 무왕이 된 다음 왕후인 선화공주의 간청으로 그들의 사랑이 깃든 자리에 사찰을 세웠다는 전설이 전해집니다. 그때 발굴이 한창이었다고 했습니다. 우리나라의 오래된 고찰 중에는 여러 가지 사연으로 절멸하고 그 터에는 석탑만이 남아있는 경우가 있지요. 미륵사지 석탑은 우리나라에서 가장 오래되고 장대한 석탑이라는데 그마저 주저앉고 있었습니다. 일제시대 때 방지책으로 탑에 시멘트를 발라놓았는데 보기가 안쓰러울 정도였답니다. 시멘트는 그 유적을 아예 망쳐놓고 있었던 겁니다. 절이 땅속으로 묻히고 그 석탑만이 남아 논밭 위에서 천 년을 홀로 버텼으니 외로운 세월의 무게가 대단했을 겁니다.

'어머니'란 이름을 가진 눈 덮인 모악산(母岳山)을 혼자 올라보았다고도 했습니다. 김제평야와 만경평야를 거느린 어미와 같은 그 산의 만개한 겨울 눈꽃을 한참 바라보았답니다. 그리고 서울에 있는 나를 생각했다고도 했습니다. 고향을 떠나야 느낄 수 있는 향수(鄕愁)가 고향을 다시 생각하게 만들 듯, 서로 떨어져 있음이 가끔 서로를 그립게 하기도 합니다.

그러다 어떤 출판사의 프로젝트 일을 맡아 서울에 한 달 정도 머문 적도 있었는데 그럴 때는 예의 그 명일동에 있었습니다. 그렇게 그네는 나를 만나거나 일자리를 알아보러 가끔 서울로 왔습니다.

"김광석 보고 싶다. 학전에서 한데."

그때 우리는 학교 근처보다는 대학로에서 주로 만났습니다. 당시 대학로는 주말이면 차량통제를 하여 도로를 보행로로 만들었기에 사람들로 넘실거렸습니다. 그 인파를 뚫고 당시 학전소극장에서 장기 공연에 들어간 김광석의 콘서트를 보러 가기도 했지요. 젊은 날의 열정이 넘치던 노래가 김광석을 통해 연인들의 데이트에도 충분히 젖어 들어오는 감성적인 공연이 되었습니다. 수줍은 듯 느리게 말하면서도 일상의 공감을 자아내는 그의 진행과 맑고 호소력 깊은 그의 목소리로 꽉 찬 친숙한 레퍼토리가 좋았습니다. 김광석은 정말 시대적인 사랑의 가객(歌客)이 되었더군요.

"엄마한테 얘기했어… 민수 너 얘기."

그네는 처음으로 그네의 어머님께 내 얘기를 했다고 했습니다. 하지만 그네를 만나러 전주로 쉽게 내려가지는 못했습니다.

나는 『한국문학통사』의 마지막 페이지를 덮고 그해 가을에 다시 복학했습니다. 빠진 학점을 메우려고 수강 신청을 하니 복학생의 여유는 없고 일주일이 거의 꽉 찼습니다. 김유정을 읽고, 김승옥을 읽고, 이문열을 읽고, 김주영을 읽고 리포트로는 강경애의 『인간문제』에 대한 평(評)을 적어 냈습니다. 교수 학습법에 수업 운영 도표도 만들어 보았습니다.

"자, 수업시간에는 호출기 끄세요."

이제 '무선호출기'는 '김 사장' 이외에도 많은 이들이 가방이나 바지춤에 넣고 다녔습니다. 종류도 다양해져서 여학생들은 분홍색이나 빨간색 호출기를, 남자들은 주로 검은색을 가지고 다녔어요. 젊은이들은 무선호출기에 받기를 원하는 전화번호뿐 아니라 '8282', '5882', '1004' 같은 각종 숫자로 약속된 메시지를 암호처럼 보내기도 했답니다. 이런저런 이유로 공중전화통에 불이 나던 시절이었습니다. 나도 수연에게 전화하기 위해 전화카드를 항상 지갑에 넣고 다녔습니다. 공중전화기 앞에서는 거의 매번 줄을 서야 했던 시절이었습니다.

"태식아, 정말 잘 됐다."

수연은 기뻐했습니다. 눈이 포근하게 내린 그해 겨울 어느 날 수연과 대학로에서 만난 자리에 태식도 오랜만에 함께 했습니다.

'양군모'는 드디어 병무청과 타협을 이루어냈습니다. 태식이 예상한 대로 방식은 개별 사정에 따른 몇 개의 케이스로 결정되었습니다. '양군모'에 참여한 모든 사람이 병역 면제가 된 것은 아니지만 실형을 복역한 사람을 중심으로 어느 정도 타협점이 이루어졌나 봅니다. 다행히 태식은 '제2국민역'으로 편재되었습니다. 즉, 군 면제가 이루어진 겁니다.

그날 자리는 태식의 군 문제 해결 축하 자리이기도 했습니다. 태식은 자신의 목표를 향해 나아갈 수 있는 귀중한 시간을 쟁취했습니다. 나도 내 일처럼 기뻤습니다. 장애가 사라진 그 날 태식도 의기양양했습니다. 지난날 '반노투본' 시절 얘기도 하며 우리는 밤늦도록 잔을 기울였습니다. 그네도 얼굴이 빨개지도록 술을 마셨습니다.

"내가 빵에서 수연이가 넣어준 영치금으로 법전을 처음으로 사서 봤다니까. 수연이가 여러 번 차입도 해주고 돈도 넣어줘서 약도 사 먹고. 얼마나 고맙던지. 하하."

그네가 나를 면회하러 서울구치소에 왔을 때 태식도 그렇게 같이 챙겨주었나 봅니다. 뒤늦게 알게 된 사실로 태식이 고등학생 때 친모를 여위었다는 걸 알았습니다. 그네는 그 사실을 사회부 시절에 이미 알고 있었나 봅니다. 고향의 아버지가 보내주는 학비가 있었지만, 모친이 부재하시니 태식은 사람의 잔정에 쉬이 감복했고 오래 기억했습니다.

"그때 학생인권원가? '말'지를 매달 넣어줬는데 그때마다 같이 편지도 넣어 줬거든. 내가 애인이 없어서 빵에서 편지도 못 받아 봤는데 모르는 여학생이 위문편지 같을 걸 보내주는 거야. 하하. 그 편지 읽는 재미가 쏠쏠했지."

학생인권위 때 '말'지와 편지를 넣어준 사람은 아마 동아리 후배 서정원이었을 겁니다. 그때 정원이는 자신의 옥중 애인뿐 아니라 여러 옥중 선배들에게 안부 편지를 보내고 학교 소식 등을 알려주었거든요. 정(情)을 기억하는 그의 너스레에 우리는 오랜만에 유쾌했습니다. 다른 건 몰라도 학생인권위 활동은 잘했다는 생각이 들었어요.

크리스마스가 다가온 대학로는 북적였습니다. 복제 테이프를 파는 길거리 리어카 스피커에서 흘러나오는 소리는 캐럴이 반이었고 나머지 반은 드라마 〈여명의 눈동자〉 음악이었습니다.

그 시절 태식은 사법고시 스터디 팀과 함께 도서관에서 법전을 파고들었고, 나는 단지 졸업에 필요한 학점을 따기 위해 사범대 강의실에 앉아 있다가 중앙도서관에서 소설책을 빌려보는 정도였습니다. 수연은 전주에서 지내며 가끔씩 서울로 오갔습니다. 어디를 다니든 그네의 숄더백에는 항상 읽고 있던 책이 들어있었습니다. 그네는 책읽기가 끊어지지 않는 독서가였어요.

그해 연말 MBC 최우수 연기대상은 예상대로 드라마 〈여명의 눈동자〉가 휩쓸었습니다. 여자 연기상은 '윤여옥' 역의 채시라가 받았고 남자 연기상은 '최대치' 역의 최재성이 받았습니다. 그 장면을 그네는 전주에서, 나는 서울에서 시청했습니다.

"수연아. 새해 복 많이 받아."

나는 공중전화로 수연에게 새해 인사를 했습니다.

"박민수, 성일중학교!"

새봄이 왔습니다. 드디어 후배들과 교생실습을 나가게 되었습니다. 학점이 모자라 한 학기를 더 다녀야 졸업이 가능했습니다. 그러다 보니 가을 학기 졸업이 될 수밖에 없었어요. 마지막 남은 한 학기에는 뒤늦게 한 달간 교생 실습도 나갔습니다. 사범대이기에 당연히 그 교생실습 3학점을 받아야 졸업이 된답니다.

어머니께서 신촌에 있는 백화점에서 양복 정장을 한 벌 사주셨습니다. 넥타이는 그냥 장롱에 있는 것 중에서 하나 골랐습니다. 새벽에 일어나야 제시간에 학교로 갈 수 있었습니다. 배정받은 학교가 남자 중학교였기에 뭐 그리 요란하지는 않았습니다. 교생 담당 선생님과 '국어과' 주임 교사에게 설명을 듣고 연구부장 선생님을 만났습니다. 학교 현장은 어수선하면서 역동적이었고 교생들은 모두 얼떨떨했지요. 선생님들은 대부분 출석부와 한 자 정도의 몽둥이를 들고 다녔습니다. 그걸로 칠판도 두드리고 아이들 손바닥도 가끔 때렸습니다.

"박 선배가 교생 대표하세요."

휴학으로 인해 늦게 실습에 나온 곱상하게 생긴 미술교육과 여자 교생이 있었지만 내가 제일 고학번이라며 당연직처럼 대표를 맡았습니다. 나와 같은 학번이 벌써 정식 교사로 임용되기도 할 정도였습니다. 그 미술교육과 여자 교생은 부대표를 맡았어요. 실습 일지를 걷어서 연구부장 선생님께 도장을 맡으러 다녔습니다. 한 주일은 교실 뒤에 서 있다가 2주 차에 수업지도안을 작성했습니다.

"자, 저녁내기 축구 한판이야. 전후반 30분씩만 딱 뛰고 가는 거야."

남자 교사들이 교생들과 저녁내기 축구를 한 경기하자고 신청이 들어왔습니다. 물론 말은 그렇지만 교생들에게 술 한잔 사주려고 그런 자리를 만들었는데 구경하는 여교사와 여자 교생들로 나누어 응원하니 경기가 치열해졌습니다. 나도 뛰었지만 공만 쫓으러 다닐 뿐 실제는 체육과 교사와 체육교육과 교생들의 진검 승부였습니다. 대체로 체육 교사들도 상당히 잘했는데 우리 교생 중에는 국가대표급 현역 축구선수가 있었기에 시간이 갈수록 승부가 기울어졌습니다. 승리한 교생들은 당당하게 저녁을 받았습니다.

그 회식 자리에서 알게 된 사실인데 체육과 총각 선생 하나가 우리 교생 부대표에게 모종의 작업 중이었나 봅니다. 하긴 그 체육 선생이 언젠가부터 우리 교생 모임에도 불쑥 찾아와서 뭘 자꾸 사주려고 해서 고맙게 생각했는데 딴생각이 있었더군요.

"선배, 체육 정 선생님한테서 자꾸 삐삐가 온다니까요. 어제 미술 시간은 정 선생님 반이었는데… 글쎄 그 반 애들이 자기 담임하고 사귀라고 놀리고… 정 선생님 때문에 진짜. 에고 챙피해서 교생 못

다니겠어요."

그 여자 교생이 휴일에 삐삐가 와서 전화를 걸어보니 그 총각 선생님이 전화를 받더랍니다. 처녀총각 얘기니 지켜보는 우리야 즐겁지만 교생 부대표는 난감했나 봅니다.

그즈음에 '서태지와 아이들'이 등장하면서 가요계가 시끌시끌했습니다.

'오 그대여 가지 마세요, 나는 매일 울잖아요.'

감성이 없다고 할 수는 없는데 발라드와는 전혀 다른 감성이었습니다. 가사는 슬픈데 랩과 댄스가 어우러져 곡조는 도저히 슬플 것 같지 않은 분위기였습니다. 마치 대중가요의 '낯설게 하기' 같았습니다. 나도 TV에서 처음 그들을 보았을 때 생소하게 느꼈지요. 그러나 대단히 매력적이었습니다. 상표를 떼지 않고 입은 힙합 패션에서부터 서태지의 독특한 퍼포먼스와 아우라에 젊은이들의 호응은 대단했습니다. 그에 편승한 사회적 관심도 높았고요. 나중에는 서태지의 등장 이전과 이후로 한국 가요사를 구분할 수 있다고 할 정도였으니까요.

그 중학교도 쉬는 시간이면 교실 뒤에서 서태지의 춤과 노래를 흉내 내느라 시끌시끌했습니다. 아이들의 호응도 대단했습니다. 소풍을 따라가 보니 중학생들은 오락 시간 내내 '서태지와 아이들'을 따라 하기 바빴습니다. 어찌 보면 그게 진정한 그들의 음악적 감성이 아니었나 생각이 들었습니다. 오히려 발라드와 포크가 중학생들에게는 더 어울리지 않는 것이겠지요. 소풍 와서 체육과 정 선생은 교생 부대표 옆에서 도시락을 먹으며 기회를 엿보고 있었습니다.

교생 대표를 한 덕분에 마지막 주에 발표 수업도 내가 해야 했습니다. 분필만 몇 개 분지르면서 시끄럽기만 했는데 참관한 선생님들이 진지하게 지적도 해주고 격려도 해주었습니다. 나중에 받아보니 교생 실습은 A+로 나왔습니다.

"졸업한 거니?"

누나가 물었습니다.

"학점을 다 채웠으니 졸업장은 나오겠죠."

학생회 활동과 구속, 복학, 휴학 그리고 다시 복학을 거듭하며 칠 년 육 개월 만에 졸업했습니다. 그 여름 나는 길고 길었던 학점 따기를 끝냈습니다. 하지만 계절학기 졸업식도 참석하지 않았고 졸업 사진도 찍지 않았습니다.

학과 공부를 스스로 갈구하지 않아서 대학에서 배운 것도 별로 없다고 느껴지지만 젊은 날 팔 년을 보냈던 그 세월만큼 나는 성장했으리라 자위했습니다. 꼭 수업에서 배운 것은 아니지만 책과 동기 선후배들과 동아리와 학생회 활동이 그런 기회를 제공했습니다. 그러나 한편으로 생경한 몇 권의 이념 서적이나 고민이 대부분이었던 학생회 활동과 조직 활동이 그 세월의 전부라고 말할 수도 없을 것 같습니다. 오히려 나를 채웠던 것은 두려웠던 망설임과 혼란스러운 고민 그 자체였다고 '있는 그대로' 받아들이고 싶습니다. 그래도 첫사랑의 경험이 있어 그 팔 년을 아름답게 수놓았습니다.

그러나 투신했던 학생운동은 너무 질질 끈 느낌이었고 사회 진출은 군대 문제로 막혀서 아무런 준비도 없었습니다. 병무청에 알아보니 9월쯤 입대할 수 있다고 했습니다.

"전주에 한 번 오면 안 될까? 엄마가 한번 보고 싶어 해."

그네가 전주에 다녀가기를 청했습니다. 더운 여름이었지만 그래도 재킷 하나를 걸치고 용산역에서 호남선 기차를 탔습니다. 그네가 전주역까지 마중을 나왔더군요.

수연의 부모님에게 혹시 결혼 상대일지도 모르는 남자로 인사를 가는 내 모습은 실은 좀 초라했어요. 취직은커녕 군에도 다녀오지 않은 처지였기에 앞으로의 계획도 없고 별다른 자기주장도 없었습니다. 아파트 단지 입구 마트에서 배 주스 한 박스를 샀습니다.

그래도 그네의 어머님은 반갑게 맞아주셨고 아버님은 다소 무겁게 아무 말씀이 없었습니다. 어려운 저녁 식사자리에 앉았는데 수연이 어찌 애기했는지 이런저런 호구조사는 별로 없었습니다. 누구나 겪을 수 있는 일이지만 처음 뵙는 어른들과 같은 식탁에서 갑자기 밥을 같이 먹으니 긴장되어 숟가락이 무겁게 느껴질 정도였습니다.

하지만 그네의 집에서는 오랫동안 애착하고 서로 신뢰하는 가정이 가진 따뜻하고 안정된 내면의 무게감이 느껴졌습니다. TV 옆 테이블에 도자기로 만든 작은 성모 마리아의 기도상이 있었고 그 앞에 아기 예수가 구유에 누워있었습니다. 그네의 방 책장에는 인문학, 사회과학 책들과 함께 묵주가 걸려 있었습니다. 나는 그 방에서 잤고 그네는 어머니와 함께 잤습니다.

전주에서 돌아왔을 때 집으로 입영통지서가 와 있었습니다.

무엇을 꿈꾸었던 6월 항쟁은 '선거'라는 새로운 게임의 룰(rule)을 만들어 놓았습니다. 정권은 국민의 손으로 직접 선출되어야 정통성이 있다는 당위성으로 주장했던 직선제, 빼앗긴 국민의 대통령 선거권을 되찾기 위해 외쳤던 직선제가 알고 보니 '혁명'을 밀어내고 그 자리를 '선거'라는 게임이 차지하게 했습니다.

'혁명'과 결코 양립할 수 없는 것이 '선거'라는 생각이 듭니다. 언제 어떻게 일어날지 알 수 없고 너무 폭력적이라 쉽게 제어할 수 없는 '혁명'에 비해 '선거'는 일정이 명확하고 승패가 분명했습니다. 언론 환경의 문제, 강고한 지역주의 등 부분적 한계에도 불구하고 그 승패는 거역할 수 없는 운명처럼 받아들여져야 했습니다. 혁명적 기운이나 정치적 불만은 선거를 통해 해소되어 갔습니다. 어떤 결과가 나오더라도 국민이 직접 선출했다는 것은 누구도 쉽게 거역할 수 없는 정당성이었습니다.

한편 아무리 절망스럽더라도 그렇게 또 몇 년이 지나면 새로운 승부를 기약할 수 있는 것이 선거였습니다. 그사이에 도저히 해결할 수 없는 모순이 폭발하지 않는 한 선거의 역할은 나날이 중대해지고 혁명의 역할은 갈수록 쪼그라들 것입니다. 선거전문가는 미디어 앞에서 점점 세련되어가고 혁명가는 어두운 뒷골목에서 점점 초라해질 밖에요. 6월 항쟁의 혁명적 열기를 중재했던 1987년의 헌법 체제가 이토록 오랫동안 안정을 구가할지 막상 그 시절에는 누구도 예측하지 못했다고나 할까요?

'호랑이를 잡기 위해 호랑이 굴로 들어간다.'는 그의 장담처럼 김영삼은 민주자유당의 대통령 후보로 나섰습니다. 그 반대편에 김대중도 대통령 후보로 나왔습니다. 1987년 우리를 그토록 황망하게 만들었던 두 사람은 다시 대척점에서 선거를 준비하고 있었습니다. 오랜 정치적 경쟁에서 그들은 마지막 승부를 펼치려는 듯했습니다.

전주에 다녀온 지 얼마 되지 않아 나는 드디어 의정부 306 보충대 정문 앞에 섰습니다. 입대 전날 동네 이발소에서 머리를 깎았어요. 중학생 시절 이후 그렇게 짧게 깎아본 적이 없었는데 별 감흥은 없었습니다. 스물일곱 나이에 나는 병역의 의무를 이행하기 위해 집을 나섰습니다.

보충대 가는 길은 벌써 차량이 뒤엉키고 사람들로 장날처럼 붐볐습니다. 부대 앞까지 그네가 따라왔지만, 사람들이 너무 많고 어수선했기에 별다른 작별 인사도 못 하고 우리는 헤어졌습니다.

이제 이거 정말. 여자들이 진정으로 듣기 싫어하는 군대 얘기를 해야 할 차례네요. 뭐 군대에서 축구한 얘기는 아니니 다행이지만 한 번도 총을 쏘아보지 않거나 수류탄을 던져본 적 없는 사람들에게는 딴 세상 얘기 같은 거겠지요. 물론 군 복무 기간에 월남전이나 이라크전 같은 전쟁에 참여한 것은 아니지만 몇 가지 기억할만한 사건들이 지나갔기에 피할 길 없이 이야기를 이어가겠습니다.

나는 나름대로 보안의식이 투철하고 군대 이야기에는 군사 보안의 문제도 있기에 이를 고려하면서 얘기하겠습니다.

보충대에서는 연병장에서 줄지어 서 있다가 개인 신상에 대한 서류 작성과 별도의 신체검사를 다시 받았습니다. 여기서 사흘 밤을 자고 나흘째 되는 날 60 트럭을 타고 고개를 몇 개 넘어서 더 깊은 산속으로 들어갔습니다.

'말머리 고개'라고 불리는 가파른 고갯길 바로 아래에 89사단 신병훈련소가 있습니다. 89사단은 1군단 소속으로 다행히 서울에서 멀지는 않지만 1군단이라는 것 자체가 서부전선의 전방이라 할 수 있습니다. 1군단이 강군이라는 것 외에 특별히 아는 것이 없었습니다.

89사단의 신병 훈련은 나름 빡셌는데 그 해는 조금 나아졌다고 수군거렸습니다. 나중에 안 사실이지만 그전 해 폭염 속의 행군으로 두 명의 병사가 아스팔트 위에서 죽고 난 뒤 다소 조심스러워졌다고 합니다.

총기를 부여받고 '육군 복무신조'와 10대 군가를 외우고 '뒤로 돌아', '제자리 서' 같은 제식 훈련에 조교의 수류탄 투척을 구경하면서 며칠이 지났습니다. 일주일이 지나자 훈련병 스스로 내무반과 초소 불침번이 시작되었습니다.

"지난 기수는 더워서 엄청 고생했는데 이번 기수는 가을이라 행운이네."

말이야 그렇지만 날이 좋은 대신 훈련하기도 좋은 날이었기에 우리 기수는 정통 신병 훈련에 여념이 없었습니다. 본격적인 개인 화기 훈련이 시작되고 그 지겹고 이 갈리는 PRI를 실컷 하고도 사격장 앞마당에서 소대 전체가 어깨동무하고 '앞으로 취침, 뒤로 취침'으로 구르기도 했습니다.

"여러분은 보충대 정문을 통과하는 순간부터 군인이 된 겁니다. 이는 여러분이 군법의 적용을 받는 사람이 되었다는 뜻이기도 합니다. 여러분이 제대하는 그 날까지 군 생활을 잘 마치기를 바라면서 민간인과는 다른 군법에 대해 교육하겠습니다."

군법 교육을 위해 군단 법무부에서 여군 장교가 출강을 왔습니다. 주된 내용은 '군무 이탈'은 공소시효가 없는 죄이므로 평생 쫓아다닌다는 겁니다. 군무 이탈의 공소시효를 벗어나도 복귀 명령을 2년마다 내리므로 제 발로 부대로 복귀하지 않는 이상 다시 '명령 불복종'의 죄가 계속되어 결과적으로 절대 벗어날 수 없다는 겁니다. 쉽게 말해 군대에서 도망갈 생각하지 말라는 얘기였습니다.

저녁마다 내무막사 근처 야외 교장(敎場)에서 정신 교육이 있었습니다. 가을바람이 살살 부는 상쾌한 저녁인 데다 가장 편한 교육시간이었지만 모두 졸음 때문에 교육이 끝나고 나면 교육 불량으로 따로 얼차려를 받는 것이 순서였습니다.

중간에 추석이 있어 속은 별로 없고 이미 말라서 굳었지만 식판 위에 송편 몇 개가 있었습니다. 사병 식당에서 합동 제례도 있었습니다. 나는 입대한 뒤로 긴장한 탓인지 일주일 동안 배변을 보지 못했습니다. 나중에야 저녁을 먹고 시꺼멓고 바짝 마른 똥을 누느라고 다리가 저리도록 변소에 앉아 있어야 했습니다.

일주일 지나서 담배가 공급되었습니다. 보행 중에는 흡연할 수 없고 한자리에서 정지해서만 담배를 피울 수 있었습니다. 그게 훈련소의 규정이었지요. 흡연 병사들은 막사 뒤 흡연 장소에서 줄을 맞추어 서로 얼굴을 마주 보며 그 맛있는 담배를 피웠습니다.

"야 이 새끼들아! 정신 차려! 사격장에서는 구타가 허용된다."

교관과 조교들의 고함과 함께 영점 사격부터 본격적인 사격 훈련이 시작됐습니다. 절대 총구를 들지 말 것과 '엎드려 쏴'에서도 팔을 들지 말고 누워서 발을 들것을 엄히 통제받으며 짱짱 M16 사격을 했습니다. 문무대에서 총을 쏴본 적이 있었지만 다시 느끼는 총소리는 상상 이상으로 셌습니다. 멀리서 들리던 최루탄 소리와는 달리 귀청에서 울리는 짱짱대는 소리를 감당하기 위해 사격 중에는 입을 벌리고 있었습니다.

화생방 훈련은 최루탄의 기억을 일깨우는 것으로 항상 적응되지 않는 고통이었습니다. 최루탄과는 다른 메스꺼움과 구토로 눈물 콧물을 다 흘리며 모두들 허둥댔지만, 저녁에는 제법 짬밥을 맛있게들 먹는 단계에 이르렀습니다. 육군 신병 훈련은 대학 1학년 때 받은 문무대 일주일 훈련과 비슷한데 이를 더 심화한 것으로 유격만 빠져 있었습니다.

저녁 정신 교육은 군인의 자세를 마치고 북한의 현실, 주한미군의 필요성과 동북아 정세, 특히 북핵 문제가 다루어졌습니다. 이때가 '1차 북핵 위기'가 있기 직전이었는데 IAEA가 북한 핵시설에 대한 임시 사찰을 시행하고 있었습니다. 강사는 '한반도 비핵화 선언'을 강의하며 북핵의 위험성을 나름대로 조리 있게 설명했습니다. 핵의 위험성과 현대전의 의미에 대한 성의 있는 강의였기에 나는 정신교육 중 가장 흥미롭게 집중해서 들은 강의였는데 다른 동기 녀석들은 그러지 않았나 봅니다. 교육 태도 불량으로 내무막사까지 모두 오리걸음 단체 기합으로 내려갔습니다.

"판초우의 입고 집합!"

각개전투가 있던 날은 영화처럼 비가 내렸습니다. 처음으로 신병들이 판초우의를 두르고 훈련 중대별로 모였는데 가관이었습니다. 우의를 제대로 입지를 못해 비가 옷 속으로 스며들었지만, M16을 걸어 메고 구보로 시작했습니다. 산기슭에 만들어진 각개전투 훈련장은 전쟁영화 세트장 같았습니다.

내리는 빗발로 인해 그 훈련은 더욱 실감이 났습니다. 철조망 밑을 기고 언덕을 구르니 진흙이 입속으로 들어왔습니다. 쏟아지는 빗줄기가 오히려 얼굴에 묻은 흙더미를 씻겨 내리기도 했습니다. 흙탕물에 얼굴을 파묻고 엎어진 훈련병도 있었으니 치열한 신병 각개전투 훈련이었습니다. 야속하게도 비는 훈련을 마치고 막사로 들어오니 그때야 조금씩 그치기 시작했습니다.

"총기 검사에서 먼지 하나라도 나오면 안 된다."

사람은 물로 한번 씻으면 그만이지만 진흙이 총구를 다 틀어막은 총기가 더 문제였습니다. 총기를 분해하고 밤늦도록 총을 씻고 칫솔까지 동원해서 진흙을 닦아내고 다음 날까지 부산스러웠습니다.

행군 훈련이 시작되었습니다. 훈련병 내내 군화가 발에 맞지 않아 고생이었는데 행군이 가장 걱정이었죠. 걷는 것보다 발이 아픈 것이 더 문제였거든요.

"민수 형, 이거 써 봐."

준비성이 철저한 내무반의 동기 녀석이 생리대를 내밀었습니다. 원래 용도는 그런 게 아니지만 아마 그게 없었으면 무척 힘들었을 겁니다. 폭신폭신하니 발에 편하고 땀을 잘 흡수하니 물집이 잡힐 염려가 없었습니다. 덕분에 25kg의 군장을 지고도 가뿐하게 행군을 잘 마쳤습니다.

마지막 주에는 제3 땅굴과 오두산 통일전망대로 견학을 갔는데 견학이라기보다는 그것도 견학 훈련에 가까운 것이었습니다. 버스에서 내리면 바로 오와 열을 맞추어 정렬했습니다. 관광객들이 오합지졸의 병사들을 재미있게 쳐다보았습니다.

그리고 '제3 땅굴 밑에까지 뛰어!' 하면 후다닥 뛰어갔다 오는 겁니다. 땅굴은 처음 가보았는데 내려갈수록 후덥지근한 공기와 함께 폭이 점점 좁아지는 것이 절로 답답했습니다. 땅굴을 견학한 것인지 땅굴 밑으로 뛰어갔다 온 것인지 알 수 없는 나들이였지요. 오두산 통일전망대도 마찬가지였습니다. 밑에서부터 전망대까지 뛰어 올라갔다 내려온 기억으로 남습니다.

신병 훈련소 퇴소식 예행연습까지 마치고 마지막 날에 조교들과 훈련병들이 내무반 강당에서 TV를 틀어놓고 훈련 뒤풀이로 여흥 시간을 가졌습니다. 그 자리도 역시 '서태지와 아이들' 판이었습니다. 이십 대도 서태지에 매료되기는 십 대와 다를 바 없었습니다. 병사들이 '서태지와 아이들'처럼 3인조를 구성하여 춤을 추고 노래를 하는데 이미테이션 가수처럼 너무 잘하더군요.

난 알아요. 이 밤이 흐르고 흐르면
누군가가 나를 떠나버려야 한다는 그 사실을 그 이유를
이제는 나도 알 수가 알 수가 있어요.

하여튼 우리도 그 밤이 지나면 다음 날 사단 연병장에서 퇴소식을 마치고 각자 배치받은 부대로 떠나야 했습니다. 그 전에 나는 신병 퇴소 휴가를 짧게 받았습니다. 함께했던 내무반 훈련병들이 나이 많은 병사라고 고맙게도 훈련병 포상을 밀어주었기에 가능했습니다. 그렇게 사단 본부에서 출발하는 예비군 수송 버스를 타고 나와 구파발에 내렸습니다.

먼저 동네 목욕탕을 들러 뜨거운 온탕에 몸을 푹 담그고 있으니 시간과 공간이 한 바퀴 빙 돌다가 제자리를 잡는 것 같았습니다. 훈련소에서의 그 고단함이 한 편의 영화처럼 쭉 지나쳐 갔습니다. 마치 내가 나를 한 편의 이야기처럼 바라보는 느낌이 들었어요. 하지만 운명은 고요한 스크린이 아니었고 인생 영화는 한 편은커녕 반도 전개되지 않았던 겁니다. 왜냐면 집으로 한 통의 전화가 걸려 왔거든요.

"민수야. 후배라는데… 받아봐"

어머니가 전화를 바꿔주었습니다. 내게 있어 사건은 그렇게 시작된 겁니다.

"민수 형, 집에 있었네! 아이고 다행이다. 형. 나야 정원이."

지금은 졸업하고 고대병원에서 간호사로 일하고 있는 후배 서정원의 전화였습니다. 전화를 건 정원이는 무슨 이유인지 매우 감격해서 울먹일 듯했습니다. 그때 그녀는 내가 입대한 사실을 정확히 알지 못했습니다.

"형 어디 있었어? 겨우 형네 집 연락처 찾은 거야."

"아, 나. 군대 가게 됐지. 오늘 포상 휴가받아서 잠깐 나온 거야. 월요일에 다시 귀대해야 돼."

"형! 전혀 소식 모르고 있어?"

그녀가 다짜고짜 소리를 질렀습니다. 나는 의아스러웠지요.

"무슨 소식?"

"사건 터졌어요! 그것도 아주 큰 사건."

"사건?"

"예. 형, 저기… 박현순 변호사라고 있어요. 형이랑 같은 학번인데 우리 학교 법대 나왔는데 민변에 있거든요. 형, 한번 만나야 돼요."

그때까지도 나는 그녀의 말이 무슨 말인지 파악하지 못했습니다.

"왜?"

"형, TV 못 봤어요? 뉴스 같은 거."

"훈련소에서 뉴스 못 봤는데… TV 자체를 볼 수가 없었지."

"그랬구나. 형, 일단 신문을 사서 보세요. 지금 조직 사건 터졌거든요."

'조직 사건?', '조·직·사·건', 그 네 음절을 두 번 세 번 곱씹었습니다. 그때까지도 역시 그런가 하는 생각보다 설마 하는 생각이 더 강했습니다.

정원이의 요청으로 그날 저녁에 당장 무슨 변호사를 만나러 학교 쪽으로 향했습니다. 가는 길에 버스정류장에서 신문을 샀습니다. 점점 밀려오는 예감과 불안감으로 가슴이 두근두근 뛰기 시작했어요. 급한 마음에 버스 정류장 옆 건물 계단에 앉아 신문을 펼쳤습니다.

1면 왼쪽에 사건의 제목이 붙어 있었고 관련 기사는 사회면에 다섯 꼭지나 실렸습니다. 그 제목을 보고도 나는 금방 무슨 일인지 알아채지 못했습니다.

기사는 사회면 전체를 채우고도 그 옆면에도 관련 기사가 있었습니다. 내용은 상상 이상이었습니다. 그래요, '반제애국전선' 그 조직에 대한 사건이었습니다.

> 최대 규모 간첩단 적화 공작. 남한 지하당 조직 각계 포섭 지하활동 300명 추적. 북 거물 간첩 강성훈 잠입 암약.
> 95년 통일 목표 거점 구축. '반제애국전선', 민중당 지하지도부 등 조직.

이런 제목 아래 여러 꼭지의 기사들이 배치되어 있었습니다. 기사는 이렇게 적혀있었습니다.

> 북한이 95년 적화통일을 목표로 거물급 인사가 포함된 대규모 공작지도부를 남한에 직접 보내 10여 년 동안 활동케 하면서 남로당(南勞黨) 이후 최대 규모의 간첩조직을 구축해온 사실이 적발됐다.
> 국가안전기획부는 6일 '반제애국전선' 간첩사건의 수사결과를 발표, 북한은 당서열 22위인 당정치국후보위원 강성훈(70세가량)을 중심으로 장관급 등 거물이 포함된 10여 명의 간첩을 남한에 밀파해 10여 년 동안 암약케 하면서 남한 내에 '공작지도부'를 구축한 뒤 민중당을 정치적 별동대로 포섭하고 '반제애국전선'을 결성하는 등 정계, 학계, 언론계, 문화계, 노동계 등 사회 각 계층 인사 4백 명을 조직원으로 포섭, 대남적화공작을 해온 사실이 확인됐다고 발표했다.
> 안기부는 이에 따라 이들의 조직에 가담하거나 동조한 95명을 검거 이중 전 민중당 공동대표 김천성 씨(57세), 반제애국전선 총

책 한정오 씨(36), 민중당 내 지하지도부총책 서병민 씨(52, 민중당 조국평화통일위원장) 등 62명을 간첩 또는 국가보안법위반(반국가단체 구성 가입)및 군사기밀보호법 위반 등의 혐의로 구속하고 김영미 씨(30, 여) 등 2명을 불구속입건했으며 달아난 나머지 3백여 명을 계속 추적 중이라고 발표했다.
강성훈은 지난 80년 초 조총련 모국방문을 위장해 남한에 세 번째 잠입, 정우진(74)이라는 이름으로 주민등록까지 얻은 뒤 90년 10월 강화도를 통해 북한으로 돌아갈 때까지 10년 동안 북한에서 직파된 간첩 10여 명으로 구성된 공작지도부를 남한에 구축, 이를 총지휘해왔다.

반제애국전선

강성훈은 노동자 출신이며 구로지역 노동자 동맹파업의 주동자 중 한 명인 한정오 씨를 포섭하여 '반제애국전선'이라는 비밀 명칭으로 서울, 경기 등 수도권 지역과 충청, 강원에 이르기까지 중부지역에 점조직 형태로 통일전선 조직을 구축하였다.
한정오는 수도권 총책으로 천주교 인권운동가 출신의 이창섭을 포섭하여 임무를 맡기고 충청지역은 학생운동권 출신 정종욱을 포섭하였다.
강원도는 노조간부 출신의 양기훈을 포섭하여 맡겼다.

민중당 지하지도부

민중당을 제도 정치권 진출을 위한 북한의 정치적 별동대로 만들기 위해 전 민중당공동대표 김천성 씨와는 별도로 전 민중당 조국평화통일위원장이던 서병민 씨(52)를 포섭,

서 씨는 '민중당 핵심당원 2~3명을 포섭, 민중당 내에 비밀지도부를 조직하라'는 지령과 함께 3회에 걸쳐 姜으로부터 미화 15만 달러와 한화 3천만 원을 공작금으로 받았으며, 지난 5월에는 북으로부터 민중당해산 이후의 새로운 진보정당 결성과 관련한 지령을 받았다고 안기부는 밝혔다.

기사에 의하면 민중당 공동대표 중의 한 사람이었던 김천성 씨는 오래된 고정간첩이었고 서병민 씨는 새로운 지하 지도부로 새로운 임무를 맡았는데 두 사람은 서로를 아는 것인지 모르는 것인지 알 수는 없었습니다. 또 이들을 포섭한 강성훈은 북한 당 서열 22위인데 그가 체포되었다는 소식은 없었습니다.

신문 기사는 마치 무서운 소설과도 같았습니다. 옆에 관련 기사를 계속 읽어보니 '반제애국전선'에서 밀입북을 실행하였다는 내용도 나와 있었습니다. 모두 짚이는 바가 있는 내용이었습니다. 하지만 어디까지가 사실이고 어디까지가 안기부의 일방적인 주장인지 알 수 없었습니다.

신문 기사에는 모든 사람의 이름이 가명이 아닌 본명으로 나왔는데 기사에 나온 내용을 힌트 삼아 짚어보니 내 지도책이었던 '이중하'의 본명이 '이창섭'임을 유추하게 되었습니다. 천주교 인권운동 출신 그 이창섭이 '반제애국위원회'를 구성하였고 나중에 한정오라는 사람과 함께 '반제애국전선'을 결성하였다는 겁니다.

민중당 지하지도부 라인은 아는 바가 없어 도저히 짚이는 바가 없었습니다. '반제애국전선'에 이르러 이창섭이 서울, 경기를 망라하는 수도권 총책이라고 되어 있었습니다. 그런데 정종욱이 충청 지역책으로 기술이 되어 있는 겁니다.

그 대목에서 나는 '아! 종욱아!' 하고 탄식이 나왔습니다. 이중하가 종욱이는 그만두었다고 했는데 사실이 아니었군요. 내가 떠나는 마당에 이중하는 사실을 얘기하지 않고 보안을 지키려고 들었던 겁니다. 그런 것을 탓하기는 이제 의미 없지만 '이런 씨. 젠장'하는 혼잣말이 붙어 나왔습니다. 망점이 듬성듬성한 흑백사진에 무표정한 얼굴의 정종욱 사진이 '조직도'라고 그려진 도표의 작은 타원형 안에 들어있었습니다.

또 다른 꼭지의 기사에서 보니 이번에는 '최제원'이라는 이름이 나왔습니다.

'최제원? 그래, 그때 그 후배. 그래. 최제원은 종욱이의 후배였으니….'

그는 활동소조원이라고 소개되기도 하고 어떤 대목에서는 '반제애국전선 대변인'이라고 적혀있기도 했습니다.

미디어를 상대하지 않는 비합법 지하조직에 그런 직책이 무슨 의미가 있을까 생각이 들었습니다만 '대변인'이란 꼭 기자를 상대하지 않더라도 여러 가지 의미를 가지므로 그 역시 대단한 지경에 이르러 있었습니다.

나는 조직에서 스스로 탈퇴하여 떠났지만 그 조직에 종욱이가 있었고 최제원이란 후배도 있었습니다. '종욱아' 하고 그렇게 쉽게 부르던 이름이언만 신문에 박힌 그 활자는 낯설게 느껴졌습니다. 가슴이 주체 없이 뛰기 시작했습니다.

'2년 전쯤에 도대체 내가 무슨 짓을 한 것인가?'

난감한 자책이 밀려왔습니다. 곧이어 두려움도 몰려 왔습니다. 휘청거리는 몸을 가누지 못하고 벽에 기대어 주저앉았습니다. 버스를 두 번이나 타지 못하고 신문을 반쪽으로 접어들고 덜덜 떨었습니다.

정원이가 일러준 학교 앞 찻집을 어떻게 찾았는지 모르겠습니다. 아마 정원이가 큰길가까지 나와서 나를 기다려 데려갔던 것 같습니다. 찻집 실내는 어둑했고 아직 이른 시간인지 사람이 별로 없었습니다. 구석에 단정한 정장 차림에 나이를 가늠하기 힘든 어떤 여자가 먼저 와 앉아있었습니다.

"형, 박현순 변호사라고… 우리 학교 법대 85학번이셔."

정원이가 그녀를 소개했습니다. 그렇게 동기인데 스물일곱 살에 벌써 변호사 된 어떤 여자 변호사를 만났습니다. 안경을 쓴 그녀의 인상은 푸근했으나 언변이 하도 또박또박하여 나는 처음부터 긴장했습니다.

"박민수 씨, 도대체 어디 있었어요?"

그녀는 처음부터 직접적으로 얘기를 시작했습니다. 시간적으로도 급한지 여유를 두지 않았어요.

"민변이라면서요. 제가 어디 있었는지도 모른단 말이에요? 입대했잖아요. 신병 훈련받고 어제야 나왔다니까요."

"군에 갔다는 거 이제야 알았어요. 처음에는 도대체 박민수 씨가 어디 갔는지? 다 찾아 헤맸죠. 나중에 알았어요. 9월에 입대했다고. 그리고 사건이 한 2주일 있다가 터지죠."

확실히 박현순 변호사는 나를 변호하기 위해 그 자리에 나온 것은 아니었습니다. 그녀는 상황 파악을 하기 위해 일종의 조사 같은 것을 하려고 했습니다.

"내가 입대하고 사건이 2주일 있다가 터진다고요? 무슨 얘기죠? 무슨 뜻이죠?"

나 역시 바로 대거리를 했습니다.

"아뇨, 아뇨. 그런 건 아니에요. 지금 우리도 좀 혼란스러워서 그래요. 구속자가 너무 많고… 계속해서 사람들 이름이 막 튀어나와요. 이름이 나온 사람들 소재도 지금 다 파악되지 않고, 지금 박민수라는 이름도 많이 나오고 있어요."

테이블에 녹차가 놓이느라 잠시 그녀가 늦추어 주었습니다.

"그거야 그렇겠죠. 저도 그 사건을 전혀 모르는 일이라고 할 수는 없고요. 단지 저는 스스로 탈퇴했거든요. 시기적으로 좀 지난 일이고, 전 개인적으로 그냥 입대한 것뿐입니다. 무슨 오해가 있는 것 같은데…"

"지금 민가협 쪽에서도… 사실 우리 민변도 좀 혼란스러워서 그래요. 서로 오해는 하지 말자고요. 송치는 됐지만 아직 검찰 조사도 다 끝난 게 아니고 기소도 남았고 앞으로 재판에… 그리고 안기부에서는 계속 이름이 나오는 사람들을 파악하는 것 같고요. 참, 박민수 씨는 신분이 군인이니 안기부에서 기무사로 이첩시키겠군요."

훈련소 군법 강의 시간에 말한 대로 나는 그때 민간인이 아니라 군인이 되어 있었습니다.

"혹시 사람들 면회는 됐나요? 혹시 종욱이 면회는 가능해요?"

나는 종욱이가 걱정되어 물었습니다.

"예, 쉽지는 않았지만 절차를 밟아서 안기부에서 겨우 한번 면회는 됐어요. 변호사 선임은 민변 쪽에서 다 했고요. 정종욱은 내 동기이기도 한데… 음. 상당히 상층으로 걸려있어요. 근데 민수 씨가 구속자들 면회하려고 하지는 마세요. 문제만 복잡해지고, 가족이나 변호사가 아니면 되지도 않겠지만."

"예. 알겠습니다. 신문을 보니 전형적인 조직 사건에 제가 아는 사람도 있고 모르는 사람도 나오는데… 누구누구 이름이 나왔는지는 모르겠지만 구속자 명단을 볼 때 지금 다 튀어나온 게 아니에요. 염려되는 사람들이 있습니다."

"예, 알아요. 이름만 나오고 아직 안기부나 기무사가 신병을 확보 안 하거나 못하는 사람들도 있고요. 그래서 오해하지 마시고… 좀 물어볼게요. 군대에서 정말 아무 일이 없었나요?"

"아무 일? 기무사 말하는 건가요?"

"예, 현재 기무사가 민수 씨 신병을 확보하고 있는 건 아니잖아요. 구속도 아니고… 지금 이렇게 또 나왔다고 하니 더 이상해서."

"실은 훈련소에서 인사계 면담이 한 번 있었는데… 제가 전력(前歷)도 있고 나이가 좀 많아서 그냥 그런 식으로 관심 사병이라고 생각했죠. 지금은 훈련소 포상 휴가로 잠깐 나오게 된 거고요. 그 외는 아무것도 없었습니다."

숨길 것도 숨길 이유도 없었습니다. 어떤 오해를 풀기 위해 내가 취할 별다른 방법도 없었습니다. 그녀가 처음에는 어떻게 생각했던 지금 이 자리에 내가 앉아 있는 것만으로도 조금 오해는 풀려갈 거라는 생각이 들었습니다.

"지금까지 보면 '박민수'는 '반제애국전선'의 전신인 '반제애국위원회' 시절의 사람으로, 조직 초창기의 사람으로 나오는데… 또 정종욱을 당시 총책 이창섭에게 직접 연결한 사람으로 나오고, 그리고 반제애국전선의 방북 사건에도 이름이 나오고… 이건 어떻게 된 건가요?"

"제가 종욱이를 '이중하'라는 지도책에게 소개한 것은 사실입니다. 이후에 종욱이가 어떤 활동을 했는지는 알지 못하고요. 사실은 종욱이가 조직원인지 아닌지조차 확실히 알고 있지 못했습니다. 이중하는 종욱이가 조직 활동을 하지 않기로 했다고 말했거든요. '반애전'은 차단의 원칙이 있어서 직계 라인 이외에는 확실히 누가 조직원인지 알지 못합니다. 방북 사건이라고 하면은… 음. 다정 씨라고 제가 듣기로는… 본명은 잘 모르겠고요. 노동자였는데… 그러니까 누가 평양으로 가긴 갔나요?"

방북 사건은 오히려 내가 되물었습니다.

"다정 씨? 아, 예. 갔어요. 본명은 김혜숙이에요."

애긴즉슨 안기부 발표에 따르면 사건은 거기에서부터 시작한다고 했습니다.

김다정, 즉 김혜숙은 반제애국전선의 방북 대표가 되어 평양으로 가기 위해 먼저 일본으로 출국했다고 합니다. 거기서 며칠 뒤 그녀는 베를린으로 가는 비행기를 탔답니다. 그리고 다음 날 그녀는 베를린 주재 북한 대사관을 찾아갔답니다. 한국 안기부는 24시간 그 베를린 주재 북한 대사관을 감시하는데 일단 북한 국적이 아닌 남한 국적의 그녀가 그곳으로 들어갔으니 안기부의 정보 채널은 긴급하게 작동되기 시작했습니다.

이틀 뒤 김혜숙은 평양행 고려항공에 탑승하기 위해 베를린 공항에 나타났습니다. 그녀가 고려항공에 탑승하는 것과 동시에 안기부의 미행은 그녀를 잠시 놓치게 되지만 방북 루트가 너무도 단순하게 파악되었습니다. 얼마 후 그녀는 다시 베를린으로 돌아왔습니다. 이후 서울로 입국하는 모든 과정이 그들의 정보 수집 기록에 남았습니다. 더구나 김혜숙의 방북은 북한 보도에서도 전혀 다루지 않았고 남한의 어떤 단체도 발표하지 않는 전형적인 밀입북이었습니다.

이 밀입북 사건을 포착하고 특별반을 편성한 안기부는 배후 조직 전체를 파악하기 위해 그로부터 20개월 가까이 끈기 있게 조직을 추적하기 시작했답니다. 사건 초기 검거 당시 잡혔던 사람들이 말하기를 처음부터 안기부가 너무나 많은 채증자료와 사실관계를 파악하고 있어 모두 놀랬다는 얘기를 들었다는 겁니다.

그러나 안기부의 그런 발표 역시 진실인지는 아무도 모릅니다. 그리고 지금 중요한 것도 안기부가 어떻게 알게 되었나 하는 것은 아닙니다. 그때는 1992년 대선을 불과 두 달 앞둔 시점이었습니다.

"이중하 그러니까 이창섭과 함께 '방북제안서'라는 걸 만들었습니다. 제 개인 명의는 아니었고 그 문건을 바탕으로 이창섭이 조직적 결의를 모은다고 했는데 그때쯤 저는 개인적으로는 방북 투쟁에 회의가 들어 조직 활동에서 멀어졌습니다. 그가 요청한 방북 자금 모금에도 가담하지 않았고요. 아마 그 뒤 어느 정도 있다가 자진 탈퇴하는 것으로 끝을 맺었습니다."

"음. 그래서 어떤 시점에서 박민수 씨가 조직 내에서 갑자기 사라지는 것처럼 보이는군요. 그게 아니라면 중앙위원쯤으로 들어가 있어야 하거든요. 자진 탈퇴 하셨다…?"

"예. 제가 그만둔 겁니다. 사실이고요. 할 수 있는 얘기는 그게 다입니다."

"실례지만 그만둔 이후에… 혹시 조직적으로 다른 사람을 만났거나, 혹시… 경찰이나 뭐 다른 기관 같은 데를 만나 적도 없는 거죠?"

"예. 그런 일 없습니다."

박현순 변호사는 식은 찻잔을 들며 머리를 끄덕였습니다. 그 순간에 나는 혹여 수연에 관해 얘기를 해야 하나 망설였습니다. 이중하와 헤어진 이후에 수연을 다시 만난 것이 조직적으로 만난 것인지 그냥 애인이기에 만난 것인지 짚어 보았습니다. 그러나 신문 기사 어디에도 수연에 대한 언급이 없었기에 나는 가만히 가슴 속에 덮어두기로 했습니다. 이미 그녀도 사건에 대해 알고 있을 것입니다.

“안기부가 상당히 증거를 준비했더라고요. 저희가 보기에도 놀랄 정도로 일사천리로 사건을 진행시키고 있어요. 지금 정국이 사실상 대선 국면이 아닙니까? 정치적으로 DJ를 엮으려고 하는 게 너무 뻔한데.”

“저도 걱정했던 일입니다.”

“어쨌든 방북제안서를 작성한 사람은 가명 ‘이재우’ 그러니까 박민수 씨라고 진술이 되어있습니다. 그냥 넘어가기에는 좀 어려울 것 같은 데….”

우리 얘기가 하도 긴박했던지 눈치를 보던 옆자리의 정원이가 다 식어버린 차를 다시 주문해주었습니다. 덕분에 잠시 숨을 고르고 마른 입술을 적셨습니다.

“오늘 민수 씨한테 다시 한번 묻고 싶은 건, 기무사랑 아무 일이 없느냐는 거예요? 관련자들 중에 민수 씨처럼 현역 군인들도 있습니다. 기무사의 움직임이 잘 파악되지 않아서 그래요.”

“많이 애쓰시고 바쁘실 텐데 정확하게 말씀드릴게요. 전 일단 입대를 해서 군인이 됐고 지금까지 기무사에서 저를 찾거나 하는 일은 전혀 없었습니다. 아무 일이 없었어요.”

“그래요?”

“혹시 제가 기무사에 협조하고 있다고 생각하시나요?”

“꼭 그런 건 아니지만… 정종욱을 조직에 연결시킨 건 박민수입니다. 정종욱은 최제원을 조직에 연결시킨 것으로 나오고요. 종욱이와 제원이 그 두 사람은 바로 체포되어 지금 모두 구속됐는데 최초의 연결선이었던 박민수는 아직 그대로 있잖아요. 그래서?”

“충분히 오해하실 수도 있다고 생각합니다. 이런 문제에 대해서 제 양심을 걸고 정확하게 말씀드리겠습니다. 협조하고 있지 않습니다. 협조…? 그런 것보다 저는 아직 기무사를 만나지도 못했어요. 아니, 아무도 저를 잡으러 오지 않았습니다."

있는 그대로 얘기했습니다.

"박민수 씨 얘기는 알겠어요. 안기부가 기무사에 정보를 이첩시키지 않은 게 아닌가 생각도 해봤지만 현역 장교가 체포된 경우도 있어서 꼭 그런 것 같지도 않거든요. 그래서… 참 알 수가 없네요."

박현순 변호사의 의문은 정당하고 상식적인 것이었습니다. 그녀는 변론을 위해 먼저 사건의 실체를 파악하기 위한 것이라고 위로해 주었습니다. 정보기관의 깊숙한 곳에서 일어나는 판단과 계획을 누구라고 알 수 있겠습니까마는 하지만 내가 말한 것도 진실입니다. 그러나 진지하고 진실 되게 얘기하되 믿어달라고 애원할 수는 없었습니다.

그녀는 민변 차원에서도 걱정이 많다고 했습니다. 안기부가 파악한 사실관계가 너무 많은데 접견이나 주변 정보를 수집한 민변은 아직 실체 파악이 미비하고 관련자가 많고 복잡해서 힘에 부친다고 했습니다.

이 사건의 주관자는 안기부였습니다. 안기부가 기무사에 부분적인 정보를 제공하면서 사건을 주도하고 있는지도 모릅니다. 당시 한국 사회에서 안기부와 기무사는 그 자체로 권력기관이면서 오랫동안 협력과 견제의 이중적 관계였습니다. 80년대 내내 이른바 '시국사건'을 서로 주도하면서 정보와 권력 파워를 둘러싼 그들의 보이지 않는 알력과 경쟁도 대단했을 겁니다.

옛날 10·26 사건 때는 안기부의 전신인 중앙정보부가 기무사의 전신인 보안사로부터 죽다 살아났다고도 합니다. 보안사 부사관들에게 중정의 국장들이 개 맞듯 맞았답니다. 그들끼리 서로 거꾸로 매달아 놓고 반쯤 죽여 놓기도 했다는데 당시 시국을 무섭게 노려보는 정보기관끼리의 얘기였습니다.

박현순 변호사가 내 얘기를 완전히 믿는 것인지 아니면 일말의 의심을 가지고 있는지 알 수는 없었습니다. 침묵이 흘렀습니다. 그리고 그녀가 다 식어가는 차를 살짝 입에 대었다 내려놓으면서 물었습니다.

"혹시 도피할 생각이에요?"

"도피요?"

그녀가 물어보지 않았더라도 자문해 볼 수 있는 문제였습니다. 어차피 기무사가 나를 찾아오는 것은 시간문제였습니다. 입대한 나는 이미 잡혀있는 것이나 마찬가지였습니다.

하지만 당시 내게는 명분이 없었습니다. 스스로 조직을 탈퇴한 내가 무슨 명분이 있어 도피하겠습니까? 또 지금 도피를 한다면 그 자체로 탈영이 되는데 역시 부담스러운 일이었습니다.

"제가 무슨 대의가 있어 도피를 하겠습니까? 어떤 조직적 연결도 없는 상태에서 무슨 목표가 있겠습니까? 그건 오히려 사건과 조직에 대한 모독입니다. 사실 저는 조직에 개인적인 반감이 있었고 그래서 스스로 그만둔 겁니다."

"그럼 어쩔 참이에요?"

"변호사님. 제 입장을 좀 알아주세요. 제가 할 수 있는 게 없어요. 제가 갈 곳이 없습니다. 저도 문제가 될 거라는 것 알아요. 답답합니다. 하지만 어쩌겠습니까? 제가 계속 도피하고 투쟁할 명분도 어떤 의미도 없는데…."

내가 갈 곳이 없었습니다. 조직도 연결선도 명분도 없는 내가 결국 군대조차도 갈 수 없는 것인가 하는 생각이 들었습니다.

"그래도 자수 같은 건 할 수 없지만. 전… 전 그냥 잡힐 수밖에 없을 것 같습니다. 이런 처지에 있는 저를 좀 이해해주세요."

"음. 알겠어요. 민변은 그래도 끝까지 돕겠습니다. 사건이 실체가 전혀 없는 건 아니지만 분명히 과장이 있어요. 정국이 대선 정국이고요. 또 이런 식으로 안기부는 준비했군요."

사건은 컸습니다. 생각보다 엄청난 사건이었습니다. 학생운동의 시위사건과는 차원이 다른 문제였습니다. 이적단체(利敵團體)를 넘어 반국가단체(反國家團體)로 규정될 가능성이 농후했습니다. 아무리 국가보안법의 저촉을 받는다 하더라도 이적단체와 반국가단체는 천지 차이인데 말입니다. 국가보안법에서 반국가단체의 수괴는 사형까지 가능합니다.

"참 어렵네요. 안기부 발표와 내용으로 볼 때 이적단체가 아니라 반국가단체로 몰고 갈 겁니다. 어떤 차이인지는 아시죠?"

"예. 알고 있습니다. 음… 민변에서 잘 해주셨으면 합니다. 정말 부탁드립니다."

내 말에 그녀는 천천히 머리를 끄덕였습니다.

자리에서 일어나면서 그녀가 찻값을 내주었습니다. 인사를 하면서 그녀가 말했습니다.

"어쨌든 어려운 일이 있으면 연락주세요."

"예. 고맙습니다. 변호사님, 친구들을 도와주셔서 정말 감사합니다."

"당연한 거죠. 종욱이는 내 동기고, 제원이는 내 후배예요."

밖은 어두워졌고 버스는 더디게 왔습니다. 거리의 가로수 잎은 벌써 가지를 떠나려고 바람에 흔들리고 있었습니다.

집으로 돌아가는 길이 한없이 무거웠습니다. 친구가 걱정되었고 최제원, 그 후배도 마음에 걸렸습니다. 집 앞에 벌써 안기부 아니 기무사가 기다리고 있을 것도 같았습니다.

그러나 내가 갈 곳이 없었습니다.

국민에게 믿음을,
국군에게 사랑을

"이 총은 람보가 쓰던 거야. 같은 건데. 우리랑 람보랑 다른 점은, 람보는 권총처럼 한 손에 들고 갈기고 우리는 땅에 놓고 엎드려 쏜다는 거고."

"완전 개뻥이지. 이걸 어떻게 한 손으로 들고 쏜단 말이야?"

화기 분대에 배치받으니 개인화기인 M16 외에 주특기로 M60 기관총을 다루어야 했습니다. 11.4kg에 달하는 그 총은 손가락만 한 총알을 장전하고 쏘는 기관총입니다. 총알이 크다고 총을 쏘는 데 힘들 것은 없는데 문제는 행군이나 사격훈련이 있는 날이면 어김없이 그 무거운 총을 들고 다녀야 하는 것입니다.

하지만 실제로는 총보다는 삽을 들고 있는 날이 더 많았습니다. 삽질도 익숙하지 않은 신병 시절에는 빈 마대자루에 작대기 두 개를 꽂아 만든 '당가'라는 들 것에 흙을 퍼 담고 앞뒤로 들고 왔다 갔다 하는 작업이 대부분이었습니다. 마치 새마을 운동이나 재건 운동 시절의 모습을 연출했지요.

늦게 입대했지만 보통의 군인 생활과 다를 바가 없었습니다. 자대가 교육사단(教育師團)이라 훈련과 작업의 연속이었습니다.

"847번 올빼미. 정신 못 차립니까? 발 모읍니다. PT 4번. PT 4번 최초 16회. 마지막에 구령 붙이지 않습니다. 하나 둘 셋 시작!"

빨간 모자 밑에 앙다문 검은 하관만 보이는 수색대 조교들에게 이리 굴리고 저리 굴리는 유격훈련이 맨 처음 받은 훈련이었습니다. 잔뜩 긴장한 신병 시절에 첫 번째 훈련으로 유격을 받고 보니 일주일이 어떻게 갔는지 알 수가 없었습니다. 똥물에 빠지고 줄 잘못 찾아가고 어리바리해도 이번 신병들 군번을 잘못 받아 유격훈련부터 뛰게 되었다고 좀 봐주자는 선임들의 분위기가 있어 그럭저럭 넘어갔습니다.

이등병 시절 대대 ATT 훈련이 있어 처음으로 작계지역(作戒地域)으로 나갔습니다. 새벽부터 비상대기가 걸리고 몇 가지 도상 작전으로 퇴각 작전이 걸리더니 우리는 주둔지를 버리고 작전지역으로 나가는 명령을 받았습니다.

묵직한 M60을 화기 분대원들끼리 서로 주거니 받거니 하면서 숨 가쁘게 가파른 말머리 고개를 넘었습니다. 고개 정상에서 잠시 휴식을 취하는 사이 눈을 들어 보니 멀리 검은 산줄기들이 겹겹이 물결치는 것이 거칠 데 없이 펼쳐 보였습니다.

"저기 보이지. 저기 저 끝에 산 밑까지 가야 돼."

가을 아침의 찬바람이 가시고 햇볕이 따뜻한 고갯마루 아래 굽이치는 강물 같은 꼬부랑길이 끊어질 듯 이어질 듯 검은 산 밑으로 뻗어있었습니다. 병사들이 가야 할 길이었습니다. 코스모스가 무더기로 하늘거리는 그 길을 따라 걷고 또 걸었습니다. 나이가 좀 많은 관심 사병이었지만 고문관 짓은 하지 않고 나름 자기 몫은 하는 병사였기에 별다른 타박을 받지 않고 나는 잘도 걸어갔습니다.

걸음에 관성이 붙자 무거운 총을 들고 걷고 있다는 생각이 사라지고 어느새 몸에 붙은 그 치렁치렁한 엑스밴드와 묵직한 수통과 완전 군장의 무게감마저 잊혀져갔습니다. 내가 걷는 것인지 그냥 밀려가는 것인지 마치 길 위에서 나서 길 위를 떠도는 방랑자와 같이 무념무상(無念無想)하게 되기도 했습니다. 그 순간에는 가슴 한편을 짓누르고 있던 기무사에 대한 걱정도 잊어버릴 수 있었어요.

우리 부대 작계지역이라고 하는 이름 모를 야산 언덕에서 나흘간 밤을 지새웠습니다. 밤새 교통호를 따라 움직이며 참호 벙커에서 밀어내기를 하며 번을 서다가 새벽녘에 A형 텐트를 친 숙영지(宿營地)에서 침낭 속으로 들어갔습니다. 날이 밝아보니 숙영지는 바로 옆에 수 백기의 묘지가 펼쳐진 어떤 공원묘지의 한 끝자락이었습니다. 젊은 병사들은 훈련의 고단함으로 무덤의 음산함도 느끼지 않고 귀신들과 함께 곤히 잠들었지요. 사실 묘지(墓地)는 병사들에게는 좋은 곳이었어요.

"화기 분대, 석 씨네 무덤으로 모이시랍니다."

석물(石物)이 크고 상석(床石)이 넓은 한 무덤이 배식 장소로 자주 사용되었습니다. 흙먼지 펄펄 날리는 땅바닥보다는 평평하고 고르게 깎은 잔디가 있어 앉기에 좋았습니다. 대부분 묘지가 그렇지만 양지바르고 사방이 터져있어 따뜻하고 밝았습니다. 묘지 상석에 가끔 판초우의를 깔고 총기를 분해해놓고 손질을 하거나 식기를 쌓아 말리기도 했지요. 그 묘의 후손들은 알지 못했겠지만 말입니다.

바쁜 해가 지고 어둠이 찾아오면 모든 풍경이 사라지고 산속은 전혀 다른 세상으로 변했습니다. 달빛조차 가물가물하고 마른 잎을 매단 어지러운 나뭇가지 사이로 별빛마저 잦아들 때 고적한 참호 안에서 선임병들이 철모 속에 불빛을 감추고 몰래 담배 한 대씩을 피우게 했습니다.

어느 날은 한밤중에 숲속에서 파란빛을 튕기는 어떤 짐승의 눈과 마주치기도 했습니다. 훈련용 대항군에 맞서는 그 깊은 밤에 인적은 없는데 원래 그 산의 주인인 양 참호 속의 불청객을 뚫어보는 산짐승이 찾아왔습니다. 사람도 짐승도 서로 조심하는 그믐밤이라 침묵 속에서 서로 지켜보기만 했습니다. 그러다 푸른 눈빛을 거두고 사라졌기에 그게 무슨 짐승인지는 알 수 없었습니다. 그렇게 자대에 온 지 석 달이 지나갔지만 기무사는 오지 않았습니다.

갈수록 바람이 차가워지자 월동준비랍시고 싸리비를 만들자며 8초소 쪽문을 열고 부대 뒷산으로 올라갔습니다. 비무장에 가벼운 군모만 쓰고 나섰더니 일종의 유람객 부대 같았어요. 분대 분위기가 좋아서 싸리나무 추진처럼 분대 단위로 돌아다닐 때는 가을 소풍을 떠난 젊은이들처럼 잘 어울렸습니다. 나는 마른 회초리 같은 싸리나무가 어떤 건지 구별하지 못했는데 그런 걸 기차게 잘 아는 사병들이 꼭 있었습니다. 쇠파이프로 엮어 만든 개량형 지게를 진 나무꾼 부대는 싸리비 작업에 신이 났습니다. 싸리를 꺾어 추려서 수북하게 나무 한 짐을 메고 오는데 만산홍엽(滿山紅葉)이 늙은 병사의 등짝을 물들였습니다.

취사반에 지원 나가 식당 뒤편 양지바른 곳에 김장 구덩이를 팔 때쯤은 삽질도 늘어 어느 정도 요령도 붙고 능률도 나왔습니다. 부대원들이 이마에 하얀 김을 올리며 구덩이 100개를 다 팠을 때쯤 이른 눈발이 연병장 위에 어지러이 날렸습니다. 보급병이 창고에서 싸리비를 꺼내기 시작했습니다. 어떤 이유로든 푸른 군복에 묶이고 부대 철망에 갇힌 청춘들에게 처량함을 더하는 겨울이 바짝 다가왔습니다. 가뭇없이 한 해가 지나갔습니다.

육군은 행군을 멈추면 대부분 땅을 파기 시작했습니다. 김장 구덩이를 파고 참호를 파고 분침호를 팠습니다. 숙영지를 파고 수로를 파고 교통호를 팠습니다.

"깊이 파. 여기서부터 시작해서 저기까지 쭉 파야 돼."

분대장이 삽날을 가로 세워 길게 선을 그었습니다. 1월 혹한기 훈련, 찬바람 부는 산기슭에서 살기 위해서는 반지하 분침호를 해가 떨어지기 전에 파야 했습니다. 폭 2m에 길이 12m가 넘는 넓이의 땅을 무릎 깊이만큼 파야 합니다. 얼어붙은 땅을 녹이기 위해 부탄가스에 트랜치를 꼽고 화염을 쏟으며 곡괭이질을 시작했습니다.

"힘 조절 잘해. 곡괭이 부러지면 낭패다. 땅 못 파면 우리 얼어 죽어, 쌍."

얼어붙은 땅은 삽날이 들어가지 않고 단단한 반발 충격이 손에 그대로 전해져서 어깨가 저릿할 정도입니다. 화염으로 녹이면서 곡괭이로 땅 조각을 깨어놓아야 겨우 작업을 진척할 수 있습니다. 짧은 겨울 해가 지기 전에 무릎 정도 깊이로 내려앉은 널찍한 분침호의 바닥을 만들자니 찬바람 속에도 땀이 흐릅니다. 그 사이에 삽자루 두어 개가 부러져서 선임들의 욕설 소리가 터져 나오기도 합니다. 병사들의 두터운 야전 상의 위로 허연 김이 올라올 정도입니다.

이윽고 분침호의 기본 공사가 완성되고 그 위에 준비해온 비닐을 깔고 판초우의를 펼쳐서 얼기설기 덮습니다. 땅바닥의 냉기를 막기 위해 다시 그 위에 보급에서 준비해준 매트를 깔고 군용담요를 펼쳐 놓습니다. 그 사이 땅을 팔 때 흘린 땀이 한겨울 삭풍에 식어서 온몸에 스멀스멀 냉기가 스며들었습니다.

땅속 두더지 가족처럼 병사들이 좁은 분침호 안에 우글우글한데 반대로 그렇게 사람에게 의지할 수 있다는 것이 다행입니다. 불씨는 전혀 없지만 사람의 체온으로 분침호 안의 냉기는 점차 가시고 야상을 벗고 앉을 정도로 따뜻해집니다. 마지막으로 분침호 위를 미리 뜯어놓은 마른 나뭇가지로 무너지지 않게 조심스레 덮으면 산속의 비트가 완성됩니다.

"새벽에는 기온이 왕창 떨어지니 입구는 확실히 막아."

영하 20도의 산속에서 분대원들은 서로의 체온에 의지하여 서지는 못하고 겨우 앉을 수 있는 그 분침호 안 기온을 높입니다. 내부의 수분이 증발하여 분침호의 낮은 천정에 어느새 물방울이 맺힙니다. 물방울은 차츰 굵게 맺혀 중력을 이기지 못하고 심심찮게 얼굴이나 침낭 위로 다시 떨어집니다. 그 좁은 공간에서도 대류(對流)가 일어나는 것이지요.

"작년에 자는데 뱀 나왔다니까."

파충류의 동면을 난데없이 깨울 만큼 우당탕하는 작업으로 마련한 그 작은 잠자리 위로 별빛도 얼어 붙이는 칼바람이 밤새 몰아쳐 지나갔습니다. 이름 모를 산기슭 땅속에서 이백여 명의 병사가 동면하는 동물처럼 고요히 잠들었습니다.

"여이, 병사들. 군화 관리 잘해라."

약식 취침 점호 때 나온 얘기였습니다.

아예 신고 자든지 아니면 침낭 안에 군화를 넣었어야 하는데 관리를 잘못한 이등병 동기 녀석의 군화가 다음 날 아침에 얼어버렸습니다. 군화를 불로 녹이는 사이 당황하는 녀석 대신 내가 식사추진을 나갔습니다. 산 밑에 도착한 보급계 트럭에서 국통을 메고 오다가 그만 엎어지는 바람에 국물을 반쯤 쏟아버렸습니다. 모두 힘든 혹한기 훈련이라 별 쿠사리를 듣지는 않았는데 국물에 젖은 야전상의가 금세 얼어붙기 시작했습니다. 뻣뻣해지는 상의를 벗자니 얼어 죽을 것 같고 입고 입자니 뻐덕뻐덕한 동태를 쓰고 있는 듯해서 진퇴양난이었습니다. 이번에는 가스 불로 야상을 조심스럽게 말려야 했습니다.

"여. 일병들 진급 신고해라."

인사계가 우리 동기들을 양지바른 기슭 쪽으로 불러 모았습니다. 마른버짐이 왼쪽 입가에 피고 손등이 트고 영락없는 군바리 행색이 다 되고서야 그날 그 산속에서 일병 진급이 되었습니다. 나는 그렇게 군인이 되어갔는데 그때까지도 기무사는 오지 않았습니다.

겨울이 가고 봄이 왔습니다. 안개가 자욱했던 새벽, 준비태세가 내려 완전군장을 한 1대대는 연병장에 도열했습니다. 그렇게 전 부대원이 모여 인원 점검을 하고 열외(列外)를 점검하는 그 절호의 순간에도 기무사는 오지 않았습니다. 그들은 나를 잊은 듯했습니다.

무거운 M60을 나누어 매고 '선두 반보(半步)!', '선두 속보(速步)!'를 번갈아 외치며 나아가는 행군 길에 이름 모를 꽃들은 예쁘기만 했지요. 작은 시골 가게에서 사과 따위를 추진해서 한 입 베어 물고 뒤로 넘기면서 힘든 여정의 정을 다지기도 했습니다. 늘어선 행군 병사들 옆을 날렵한 승용차에 앉은 젊은 남녀가 빠르게 지나갔지만, 병사들은 가끔 주어지는 휴식과 담배 한 대를 더 그리워했습니다.

춘계 진지 공사는 마른 대지를 적시는 봄비와의 만남이었습니다. 부슬부슬 내리던 빗속에서 교통호를 보수하고 있는데 어느새 비는 얼어붙었던 골짜기에 물을 내려보내기 시작했습니다. 땅은 점점 진흙탕이 되어갔고 밤새 내린 비로 물에 젖은 A형 텐트 반쪽이 푹 젖어 무너져 내렸습니다.

비 오는 날 공친 노가다들처럼 그날 하루는 진지공사도 중지하고 텐트에서 대기령이 떨어졌습니다. 총기를 군용담요로 말아놓고 내리는 빗속 좁은 A형 텐트에 판초우의를 뒤집어쓰고 둘러앉아 반합에 라면을 끓였습니다. 비가 약간 그을 때는 후임병들이 뛰어나가 야전삽으로 땅을 갈아 주변 수로를 겨우 잡아놓을 뿐 진지 공사보다 봄비 마중을 나온 것처럼 숙영지는 점점 비에 젖어갔습니다.

수연이 언젠가 말했던 것처럼 추적추적 내리는 비는 어디서나 누구에게나 멜랑꼬리한 감정을 불러왔지요. 파전에 막걸리 한 잔 딱 걸치기 좋은 그 비 오는 날에 고향 집과 사랑하는 사람을 떠나온 병사들은 저마다의 감회에 젖어들었습니다.

“야 노래 좋다. 신곡이야?”

누가 시작했는지는 모르겠지만 노랫소리가 들려왔습니다.

젊은 날엔 젊음을 모르고
사랑할 땐 사랑이 보이지 않았네.
하지만 이제 되돌아보니
우린 젊고 서로 사랑을 했구나.

눈물 같은 시간의 강 위에
떠내려가는 건 한 다발의 추억
그렇게 이제 뒤돌아보니
젊음도 사랑도 아주 소중했구나.

언젠가는 우린 다시 만나리.
어디로 가는지 아무도 모르지만
언젠가는 우리 다시 만나리.
헤어진 모습 이대로.

젊은 날엔 젊음을 잊었고
사랑할 땐 사랑이 흔해만 보였네.
하지만 이제 생각해 보니
우린 젊고 서로 사랑을 했구나.

언젠가는 우린 다시 만나리.
어디로 가는지 아무도 모르지만
언젠가는 우리 다시 만나리.
헤어진 모습 이대로.

그때의 그 병사들이 다시 만날지는 모를 일이지만 후렴구에 이르러서는 모두 따라 불러 합창이 되었어요. 가수 이상은의 당시 신곡 〈언젠가는〉이었습니다. 노래 속에 수연이 묻어왔습니다. 수연과 함께 보낸 지나간 시절이 떠올랐습니다.

답답했던 군 생활, 기무사를 기다린다고 할 수도 없고 기다리지 않는다고 할 수도 없었던 그 애매했던 시절. 하지만 그 시절도 지나고 나면 젊음의 한복판이었을 겁니다. 한복판을 지나는 그 순간에는 매양 그 의미를 제대로 알 수 없는 것이 '젊음과 사랑'인가요?

"꽃마차다!"

저 아래 농로(農路) 끝에 '꽃마차'라고 불리는 PX 트럭이 끄덕거리며 천천히 올라오자 노래가 잦아들었습니다. 먹을 것 사기에 급한 병사들이 선임 후임 할 것 없이 판초우의를 걸치고 텐트에서 뛰어나왔습니다. 봄비에 하도 젖어 '당나라 군대'가 다 되어갔습니다.

예전에 서울구치소에 있을 때도 그랬지만 수연은 그림엽서를 보내는 것을 좋아했습니다. 물론 가끔 서신도 보냈지만 구구절절한 사연이 적힌 편지보다는 간단한 감상에 말미에는 '보고 싶은 민수에게' 또는 '전주에서 당신의 수연' 이런 표현을 덧붙였습니다. 엽서의 그림은 가본 적이 없는 외국의 멋진 풍광이나 아포리즘이 새겨진 하늘이나 바다 장면이 많았습니다.

"박민수 일병, 위병소로!"

토요일에 그녀가 면회를 왔습니다. 부대가 서울에서 멀지는 않지만 워낙 교육 훈련이 많아 주둔지에 없을 때가 많았습니다. 그냥 오면 허탕을 칠 수가 있는 데다 89사단은 잦은 훈련 준비 때문에 외박도 잘 안 시켜주었습니다.

"태식이는 사시 1차 붙었대… 2차 준비를 많이 못 했다고 정신없더라고."

그녀가 태식의 소식을 전해주었습니다.

"잘됐다. 태식이는 꼭 사시 붙을 거야. 올해 안 돼도 2차는 내년에도 볼 수 있으니까."

나는 그렇게 믿어 의심치 않았습니다. 그녀의 어머님께서 골절 사고로 입원을 하신 적이 있어 전주 집에 붙어있어야만 했다고 그녀가 말했습니다. 덕분에 살림살이가 꽤 늘었다고도. 내가 걱정을 하자 지금은 괜찮다고 나를 안심시켰습니다.

외출은 위수지역 때문에 서울로 들어갈 수는 없었고 의정부 시내를 한 바퀴 도는 정도였습니다.

"혹시 안기부나 이런 데서 별일 없지?"

내가 물었습니다.

"응. 아무 일 없어."

"다행이다."

그네는 천진한 표정으로 닭다리를 뜯으며 생맥주를 마시는 나를 빙긋이 쳐다보았습니다. 일상의 함께 하기가 없는 남녀관계는 쉽게 대화의 소재를 찾지 못했습니다. 처음도 아닌데 그네에게 군대 이야기, 훈련 이야기를 하기도 싫었습니다. 그네는 점점 말수가 줄어들었습니다. 언젠가부터 수연의 내면을 내가 잘 알지 못한다는 생각도 들었습니다. 여자는 읽기 어려운 원서(原書)와 같았습니다.

"표어 말입니까?"

"예, 정훈에서 국군의 날 표어를 전군 차원에서 모집하고 있는데… 각 중대에서 의무적으로 두 편씩 내야 돼요. 박 일병이 그래도 국문과 졸업했는데… 좀 써줘요."

하계 군복 지침에 맞추어 군복 접어 입기를 한 지도 한참 지나 장마가 끝나자마자 바로 불볕이 시작되었습니다. 그날 오후는 비에 무너진 전술 사격장 복구 작업에 온 중대가 매달린 날이었을 겁니다. 그때는 환경보호에 별 의식이 없을 때라 이른바 '폐타이어 공법'이 대유행이었습니다. 시멘트 없이 쌓은 토목이 매번 비에 무너지자 폐타이어를 이용하여 축대 같은 걸 만들던 때였습니다.

뙤약볕이 내리는 연병장에 집합하여 사격장 복구 작업 출발 직전에 행정병이 나를 찾았습니다. '국군의 날' 표어(標語)를 모집하는데 마땅히 써내는 병사가 없어 자기가 한 편 쓰고 나에게 한 편을 부탁했습니다.

"오후 작업 빼 줄게요. 오늘까지 내야 되거든요. 인사계가 자기한테 꼭 보이고 내라고 닦달하는 데다가…."

행정고시 공부를 하다가 입대한 선임병이었지만 자기가 학번이 낮다고 나에게 하대(下待)하지 않았던 그는 특별히 원고 청탁을 했습니다. 작업도 작업이지만 땡볕에 작업장까지 가는 고갯길이 까마득하여 승낙했습니다. 작업 연장을 내려놓고 시원한 행정실 선풍기 앞에 군모를 벗고 앉았습니다. 그 행정병이 대접한다고 냉커피까지 내왔습니다.

초등학교 때는 상투적인 '반공 표어' 뭐 이런 걸 좀 써보고 반대로 대학 때는 16자 '반정부 구호'를 좀 만들어보았는데 '표어'라는 것이 그 비슷한 것이 아니겠어요. 그런데 오후 나절에 갑자기 '국군의 날 표어'를 한 편 지어내라니 막막하더군요.

대체로 우리 언어는 두 음절의 단어와 그 복합어가 많으므로 자연스레 그런 단어들이 떠올랐지요. 그때는 김영삼 대통령의 문민정부 시절이었고 그곳은 군대였습니다. 처음에는 통일, 문민, 군대, 국군 이런 단어가 떠오르다가 민주, 혁명, 민족, 해방, 자주 이런 단어들도 혼재되고 머릿속이 뒤죽박죽되었습니다. 반공, 괴뢰, 초전 박살, 강군, 전진, 평화, 신한국, 국민, 건군, 만세, 전우, 동지, 단결, 충성 등등 점점 단어의 미궁 속에 빠져들었습니다. 그런 단어들이 가진 선입견이나 색깔도 없이 뒤섞였습니다.

모두 작업장에 나간 조용한 중대 뒤편에서 혼자 담배 한 대를 피우며 창작의 고뇌에 빠졌습니다. 행정병 선임인 최 상병도 그냥 조용히 지켜보기만 했습니다.

'이럴 줄 알았으면 그냥 작업이나 할 걸, 역시 군대는 아무 생각 없이 몸으로 개기는 게 최곤데.'

백여 개의 단어들이 춤을 추다가 문득 믿음, 소망, 사랑이라는 단어에 이르렀습니다. 고린도전서의 한 말씀이 떠올랐어요.

'믿음과 소망과 사랑 중에 그중에 제일은 사랑이라. 그래… 그래! 그리고 국군의 날이라고 했지.'

행정실 책상에 다시 앉았습니다. 문득 떠오르는 생각을 잡아 그대로 받아 적었습니다.

"좋은데요."

행정실 최 상병이 만족해했습니다.

"그럼 이걸로 갑시다."

'국민에게 믿음을! 국군에게 사랑을!'

그 표어는 내가 생각하는 우리 국군의 역할과 관계를 표현했기에 더 이상의 표현을 찾지 못할 만큼 자족했습니다. 16절 갱지에 표어를 적고 내 관등성명과 소속도 적어 넣었습니다.

숙제를 마치고 홀가분하게 신문을 펼쳤습니다. 행정실에는 『국방일보』 외에도 가끔 소대장이 사 오는 일반 신문들이 있어 바깥소식을 엿볼 수 있었습니다.

새로 출범한 김영삼 정권은 '문민정부'라고 정부의 이름을 당당하게 붙이고 출발했습니다. 정권의 정통성이 분명하니 '신한국'을 외치며 '개혁'을 주장했습니다. 나는 부재자투표에서 김대중을 찍었지만 그는 또 실패했습니다. 어떤 이는 김대중을 '내 마음의 대통령'이라며 눈물을 흘렸지만, 세 번째 실패한 김대중은 그 눈물을 뒤로하고 영국으로 기약 없는 유학을 떠났습니다.

군인인 내게는 항상 직속상관이라는 것이 있습니다. 일종의 체계와 같은 것에 불과하지만 군인은 자신의 직속상관의 계급과 이름을 외워야 합니다. 당시 나는 직속상관의 관등성명을 다 외우고 있었습니다.

내 직속상관으로는 화기 분대장이 있고 그 위에 2소대장, 3중대장이 있습니다. 계속 그 위로 1대대장, 405연대장, 89사단장이 있고 1군단장이 있습니다. 또 그 위로 3군 사령관이 있고 육군참모총장이 있으며 국방부 장관이 있습니다. 그리고 국군 통수권자로 대통령이 있습니다. 그러니까 11단계 위에 김영삼 대통령이 나의 직속상관이 되는 것이며 그의 명령 체계에 내가 있을 수도 있었습니다.

김영삼 대통령은 이 직속상관 체계를 변동시켰습니다. 먼저 취임과 함께 '권영해'로 국방부 장관을 바꾸었습니다. 그리고 취임 이후 얼마 되지 않아 전격적으로 육군참모총장을 '김동진'으로 교체했습니다. 그러면서 기무사령관도 함께 전격 교체했는데 이때부터 언론에서는 대통령의 전격적인 군 인사라고 보도하기 시작했습니다. 육군참모총장과 기무사령관이 한날한시에 교체되었는데 걸린 시간이 네 시간에 불과했다고 합니다. 직속상관의 관등성명을 새로 외워야 했습니다.

또 얼마 뒤에는 수도방위사령관과 특전사령관이 전격 교체되었습니다. 그리고 불과 며칠 단위로 각 군사령관과 사단장급까지 교체되어 개인적으로는 내 직속상관 체계의 급변이었지만 언론에서는 이른바 '하나회 척결'이라고 평가했습니다. 대단히 전격적으로 이루어진 일이었습니다.

'하나회' 자체가 군대를 실제로 동원할 수 있는 군 장성들의 사조직이었던 만큼 그들이 해체에 반발하여 쿠데타가 일어날 가능성도 있었기 때문에 '하나회 해체'는 매우 어려운 일이었답니다. 특히 내가 속한 1군단은 서울에서 가장 가까운 곳에 있는 전방 야전 군단으로 12·12 사태 때도 군사반란군의 편에서 동원되었던 부대가 있었습니다.

실제로 하나회 출신 군 수뇌부를 제거할 때 국방부 장관을 비롯한 군 수뇌부가 쿠데타 상황까지 경계하며 보름 동안 철야 대비를 하기도 했고, 실제 일어나지는 않았지만 숙청 과정에서 쿠데타설이

돌기도 했습니다. 그러나 공공연하게 설(說)이 도는 쿠데타가 실행될 수는 없었겠지요.

그해 8월 12일 저녁에는 대통령의 긴급 명령이 발표되었습니다.

"저는 이 순간 엄숙한 마음으로 헌법에 의거하여 '금융실명거래 및 비밀 보장에 관한 대통령 긴급 재정경제 명령'을 발표합니다. 친애하는 국민 여러분! 이 시간 이후의 모든 금융거래는 실명으로만 이루어집니다. 금융실명제가 실시되지 않고는 이 땅의 부정부패를 원천적으로 봉쇄할 수가 없습니다."

이날 오후 8시를 기해 모든 예금, 적금 등 통장과 주식, 자기앞수표, 양도성 예금증서, 채권, 이자의 지급과 상환은 반드시 실명으로 해야 한다는 겁니다. 간단히 말해 은행 통장을 만들 때 반드시 실명으로 해야 하며 본인 확인을 해야 한다는 지극히 상식적이고 실로 간단한 정책이었습니다. 지금 생각해보면 너무 당연한 조치였지요. 그러나 그 반향은 컸습니다. 그런 상식적인 금융 거래부터 가명과 편법이 판치던 당시 상황에서 대통령은 일체의 유예 없이 전격적으로 개혁을 단행했습니다.

비록 '경제'를 '갱제'라고 발음했지만, 그 시절 김영삼의 문민정부는 '신한국'이라는 슬로건을 내세우며 높은 지지율을 획득하고 있었습니다. 혁명이든 개량이든 그렇게 세상은 조금씩 변화해나갔습니다.

처음 사건이 터질 때는 세상을 깜짝 놀라게 했던 '반제애국전선' 사건은 채 일 년도 되지 않아 마치 먼 옛날의 일처럼 느껴졌습니다. 대선이 끝나자 그 사건에 대한 관심과 반향이 더는 없었기에 때론 마음이 편하기도 했습니다. 결국 아무것도 아니었구나 하는 생각도 들었습니다.

뿌리 깊고 단단한 세상은 몇 명의 전위연(前衛然)하는 혁명가들이 쉽게 바꿀 수 없는 것이었습니다. 세상 사람들은 그 사건을 잊은듯 했고 이제 문제는 관련된 사람과 남은 자들의 문제일 뿐이었습니다. 내가 겪는 시대는 내 업보(業報)와도 같은 것인지도 모릅니다.

"당분간 행정 지원으로 보급병을 좀 해주세요. 교육 훈련 때 만이라도요."

표어를 내고 며칠 뒤 중대 행정실 선임이 이런 말을 했습니다. 소대장과 인사계와 얘기가 되었다면서요.

"박 일병 나이도 많은데 보급 맡으면 훈련 때 행군은 빠질 거예요."

그렇게 결원이 생긴 보급병에 차출되어 잠시 화기 분대를 떠나 이중생활을 하게 되었습니다. 작업이나 훈련 시기에만 차출되는 임시 보급병이라 주로 식사추진이 주 임무였어요.

야외 기동 훈련 때부터 60 트럭에 밥을 싣고 여기저기 흩어져있는 병사들에게 밥 배달을 나갔습니다. 야전이라 설거지를 할 수 없으니 검은 비닐을 두른 식기를 나눠주고 후임병들에게 꼼꼼하게 짬 처리를 시키고 적당한 배식 장소에서 배식을 지휘했습니다. 연대 RCT 때는 헬기 프로펠러가 무섭게 돌아가는 공터에서도 배식을 했어요. '폐타이어 공법' 작업 때는 작업장마다 돌아다니며 트럭에서 폐타이어를 굴러 내려보내기도 했습니다.

결국 밥 배달에 불과했지만 예나 지금이나 보급에서 제일 중요한 것이 식량 보급이 아니겠습니까? 굶는 군대가 무슨 힘이 있어 싸울 수 있겠어요? 덕분에 우리 중대뿐 아니라 가끔은 다른 중대에도 식사추진을 갔기에 60 트럭을 타고 여기저기 돌아다닐 수 있었습니다. 중간중간 시골 점방에 들려 병사들이 부탁한 담배나 사이다 같은 주전부리를 추진해주거나 검열 싫어하는 병사들이 애인에게 보내는 편지를 시골 우체통에 몰래 넣어주기도 했습니다.

종일 들판을 돌아다니다 보급 막사로 오면 저녁에는 돼지고기가 잔뜩 들어간 김치찌개를 별도로 끓여놓고 보급계 중사가 네 홉들이 소주병을 몰래 꺼내놓기도 했습니다. 역시 보급 막사의 취사병들이 자기 먹을거리를 만드는 것이라 별식이 많이 나왔습니다. 나는 숟가락만 얹히면 되었고요.

중사가 반합 뚜껑에 따라준 소주를 마시고 나자 오랜만에 마신 술로 눈두덩에 열이 올랐습니다. 밖으로 슬쩍 나와 막사 뒤편으로 갔습니다. 달이 밝은 밤이라 홀로 털썩 앉아 신문을 펼쳤습니다. 군대에는 '국방일보'밖에 없어 낮에 의정부 시내를 지나다 '중앙일보'를 하나 사 왔습니다. 보아야 할 기사가 있었기 때문입니다. 아까 접어놓았던 사회면을 펼쳤습니다.

구석에 작은 기사로 '반제애국전선' 사건에 대한 2심 형량이 나왔습니다. 아무 설명 없이 이름 옆 괄호 속에 그들이 받은 고통의 형량이 무심하게 나열되어 있었습니다. 모르는 사람이 보면 아무 의미 없는 기사였지만 나는 홀로 달빛에 비추어 그 엄혹한 기록을 읽어갔습니다.

정종욱은 4년형을 받았습니다. 이중하, 그러니까 이창섭은 20년형을 받았습니다. 그리고 짐작이 가는 사람들이거나 전혀 알지 못하는 사람들의 이름에도 무겁고 아련한 형량이 빼곡하게 적혀있었습니다. 그런데 그 후배 최제원은 8년형을 받았더라고요. 놀랬습니다.

수도권 총책이었던 이창섭은 그렇다 쳐도 후배인 최제원, 그가 8년이라는 장기형을 선고받은 것이 무슨 이유인가 의문이 들었습니다. 그러나 신문에는 아무런 부연 설명이 없었기에 알 길이 없었습니다.

먹먹했습니다. 그들은 끝내 국가보안법상 반국가단체에서 벗어나지 못했습니다. 오랜만에 마신 소주 때문인지 눈 주위가 더욱 뜨거워지고 있었습니다. 그 이름과 숫자를 읽는 동안에 나도 모르게 눈물이 흘러내렸습니다.

아련하게 청춘을 구속당한 그들과 달리 나 홀로 몸을 피해 앉아 있는 것 같기도 했습니다. 나갈 수도 물러설 수도 없이 푸른 군복에 묶인 내 처지가 마치 살아남은 자의 슬픔처럼 복받쳐 올랐습니다.

“박 일병님! 거기 박 일병님 아니십니까?”

어둠 속에서 후임병이 나를 찾았습니다.

“거기서 뭐 하십니까? 중사님이 찾으시는데 말입니다. 한잔 더 하시랍니다.”

“응응. 그래. 술 때문에… 좀 어찔하네.”

신문을 접으며 일어났습니다. 후임병이 휘청대는 나를 붙잡아주러 달려왔습니다.

“총알이 너무 남았대.”

사건에 대한 2심이 다 끝났는데도 기무사, 그들은 오지 않았습니다.

부대 복귀 후 다음 날 나는 M60을 들고 아침부터 부대를 나와 가파른 소머리 고개, 말머리 고개를 넘었습니다. 저수지 근처 M60 사격장에 양각대를 펼치고 기관총을 거치했습니다. 그해에 소비해야 할 탄환이 너무 남아 일주일 내내 사격을 하기로 했답니다. 주특기 교육 훈련 중 사격 기간이었습니다.

들고 다니기에 무겁기는 하지만 이 갈리는 PRI가 없는 M60 사격은 오히려 스트레스 해소 거리였습니다. M16과는 비교할 수 없는 손맛이 있었습니다.

첫 발로 예광탄이 불빛을 튕기며 발사된 뒤에 꽝꽝하는 소리와 온몸에 전해오는 반동을 느끼며 기관총을 갈깁니다. M16과는 비교할 수 없는 진동이 온몸에 전해집니다. 우묵한 야산으로 둘러싸인 사격장 안에 총성이 메아리칩니다.

"자동 사격!"

"자동 사격!"

사격 통제관 명령을 복창합니다. 자동 사격 명령이 떨어졌습니다. 양각대에 거치된 기관총이 하늘로 들뜨지 않도록 총신을 누르면서 방아쇠를 긁어댑니다. 드르륵 쾅쾅 드르륵 쾅쾅 야산에 부딪친 총소리가 천지를 진동합니다. 100발이 담긴 탄띠가 줄줄줄 말려들어가면서 옆으로는 탄피가 와르르 쏟아집니다. 전신에 반동이 몸을 밀어내어 발꿈치에 힘을 주고 버텨야 합니다. 이 괴물 같은 살상 무기를 한 손에 들고 쏜다는 것은 영화 같은 얘기고 사수는 쏘고 부사수는 총신을 잡아주어야 그 반동을 겨우 지탱할 수 있습니다.

"사격 중지! 사격 중지!"

"사격 중지! 사격 중지!"

"1사로 사격 중지."

"2사로 사격 중지."

사격이 멈추자 일순 다가온 정적에도 쩡하는 여운이 남아 귓전에 울립니다.

"총열 교환!"

"총열 교환!"

총열이 벌겋게 달아올라 그냥 두면 무쇠로 만든 총열이 휘어지기도 한답니다. 그래서 주방용 솜 장갑 같은 것을 끼고 총열을 바꿔줍니다.

"준비된 사로부터 보고!"

"1사로 준비 완료!"

"2사로 준비 완료!"

"좋아. 탄환 장전하고, 준비된 사로부터, 사격 개시!"

새로 탄환도 장전하고 다시 기관총이 불을 뿜습니다. 한국 병사들은 사격 실력이 꽤나 좋아서 어떤 경우에는 그 두꺼운 나무 타깃이 두 동강이 날 때가 있었습니다.

사격장 골짜기에서 총열이 벌겋게 달아오르도록 총을 쏘고 또 쏘았습니다. 가슴에 맺힌 먹먹한 응어리를 때리듯이 그 사격장에서 하염없이 총을 쏘았습니다. 화약 연기에 눈이 매운 것인지, 안타까운 현실에 가슴이 멨는지 눈에 눈물이 고이면서 총을 쏘았습니다. 살면서 처음으로 어서 빨리 시간이 흘러가기를 바랐던 초라한 나날이었습니다.

"이번 연대장 완전 FM이래."

"그렇다고 웬 교련 시간도 아니고… 제식 훈련을 며칠씩이나 하냐."

가을로 접어들어 직속상관 체계에 또 변화가 왔습니다. 소속 연대장으로 이범곤 대령이라는 분이 새로 취임을 하였습니다. 연대장 이취임식 준비로 따분한 제식훈련을 했습니다.

연대장이 새로 취임하자 자잘한 사역은 좀 줄어드는 대신 교육 훈련은 원칙대로 시정이 많이 되었습니다. 수요일 오후 전투 체육부터 꼬박꼬박 부대 구보를 시키는 데 행정병, 간부 열외 없이 뛰게 했습니다. 연대장이 직접 같이 뛰는 데 빠질 재간이 없었지요. 연대장 부관이 연대 깃발을 들고 달려나가면 중대의 나이 먹은 인사계 늙은 상사도 구보 열외를 할 수가 없었습니다.

“가라로 군장 싸지 마라. 군장부터 제대로 싸라.”

취임하자마자 특별 RCT를 한 번 더 했습니다. 연대와 대대 작전병들이 3일 내내 도상 훈련을 하느라 분주하더니 새벽에 또 작전 비상을 걸었습니다. 새벽 네 시부터 군장을 싸고 주둔지 소개(疏開) 작전에 들어갔습니다. 연병장 구석에 저울을 갖다 놓고 군장 무게를 달기도 했습니다.

“위장 확실하게 하고! 철모 벗지 마라!”

위장(僞裝) 크림부터 제대로 얼굴에 바르게 하더니 머리에 쉰내가 나도록 훈련 내내 휴식 중에도 철모 한번 벗지 못하게 했습니다. 위험해서 잘 사용하지 않는 클레이모어(claymore)를 참호 앞에 설치해 놓고 소대장의 지휘 아래 실제 격발까지 했습니다. 마냥 들고만 다니던 M203 유탄발사기에서 쉬하고 유탄도 날렸습니다. 교통호 통과 훈련 때는 실제로 참호 위로 기관총 자동 사격을 해대니 누가 고개를 참호 밖으로 내밀겠습니까? 81mm, 105mm 박격포를 한 시간 내내 쏘아 올린 돌산으로 ‘돌격 앞으로’ 명령을 내렸습니다. 혹시 불발탄이 없기를 바랄 뿐이었습니다.

ROTC 출신의 우리 중대장 김오인 대위도 훈련 내내 권총을 차고 이리 뛰고 저리 뛰어다녔습니다. 내년이면 전역할 수도 있는 그도 바짝 긴장했습니다.

“아, 말년에 꼬인다.”

특히 고참들의 지청구가 많았습니다.

“박민수 일병! 박민수 일병!”

“예! 일병 박민수.”

“아이고 한참 찾았네. 사단 정훈에서 박 일병 급히 찾고 있어.”

"정훈에서 말입니까?"

"그래. 지금 즉시 사단으로 복귀해야 돼. 급하대. 중대에도 얘기됐으니까 빨리 가야 해. 야! 박 일병 후임들 있으면 군장 빨리 싸 줘. 분대 병기는 놔두고 개인화기만 들고 복귀해."

9월이었지만 아직도 땡볕이 따가웠습니다. 아마 진지공사를 나와서 전 중대가 산비탈 아래 A형 텐트와 막사를 치고 한 사흘이 지났을까요? 배식을 마치고 분대를 찾아가 교통호 작업을 잠깐 같이하고 있을 땝니다. 잠시 그늘 밑에서 휴식을 취할 때 호출이 왔습니다. 405연대 전체가 가을맞이 진지공사를 나왔기에 사단 인사계의 호출에 대대 인사계는 금방 나를 찾지 못하고 몇 시간을 헤맸답니다. 들고 있던 삽을 그대로 꽂아놓고 툭툭 먼지를 털었습니다.

군장을 메고 사단으로 왕래하는 보급계 60 트럭 뒤에 올라탔습니다. 중대 누구도 무슨 이유의 사단 호출인지 잘 모르는 상태에서 그렇게 혼자 진지공사장을 떠났습니다. 내가 빠지면 분대와 보급을 다 어쩌나 하는 염려가 잠시 스쳐 갔습니다만 60 트럭 차양 아래 소슬한 가을바람을 맞으니 이내 함빡 상쾌했습니다. 그러다 덜컹거리는 차량 진동을 자장가 삼아 M16을 옆구리에 끼고 달콤한 졸음에 꾸벅대다가 이윽고 실눈을 뜨고 보니 멀리 사단 위병소가 끄덕거리며 눈에 들어왔습니다.

"충성! 일병 박민수! 사단 정훈 호출을 명(命) 받았습니다."

처음 와보는 사단본부 정훈실의 문을 열자마자 경례부터 때렸습니다.

"오, 박민수 일병. 어서 와."

실내에서 일하는 몇몇 행정병들이 얼굴을 돌려 나를 보는데 순간 저쪽 자리에서 어떤 이가 벌떡 일어났어요. 다가오는 걸 보니 장교였습니다.

그런데 사단본부 정훈 중위는 군모 밑에 쪽머리를 올린 여군 간부였습니다. 나는 그녀의 책상 옆에 마련된 작은 소파에 안내받아 앉았습니다.

“커피 한잔?”

“예, 감사합니다!”

여기까지 나는 야전군의 절도 있는 목소리를 냈습니다.

“박 일병, 편하게 얘기해. 야! 당번. 여기 커피 좀 가져와.”

군모를 벗어놓은 작은 테이블 위에 찰랑거리는 커피가 하얀 도자기 잔에 밑받침까지 바쳐서 내려 놓였습니다.

“국방부 장관상 수상이야. 호호호… 우리 사단에서 국방부 장관상이야.”

내가 커피잔을 들자 그녀는 이런 말을 내놓았습니다. 무슨 말인가 했지만 그녀는 눈웃음을 가득 짓고 장난스럽게 나를 바라볼 뿐 금방 알려주지 않았습니다.

“박 일병, 일전에 국군의 날 표어 제출한 적 있잖아.”

“예? 아, 예. 그랬지 말입니다.”

“내가 뽑았어. 사단마다 두 편씩 제출하는데… 박 일병 께 좋더라고. 그래서 말이야. 우리가 국방부 장관상을 먹었다 이거야. 호호호.”

‘국방부 장관상?’

나도 얼떨떨했습니다.

“전군에서 다섯 명이 뽑혔는데 우리 육군에서 세 명이야, 그중에 정훈 대위 하나하고 군무원이고 사병은 우리야. 박민수 일병이야. 야! 박민수 일병 대단하다. 역시, 고대 국문과 출신이야.”

나는 국어교육학과 출신이지만 구태여 바로 잡지는 않았습니다.

"우리도 어제 연락받았는데. 어디 간 거야? 한참 찾았잖아."

연대 작계지역에 진지공사 간 것을 알게 되었으면서도 그녀는 눈을 흘기는 시늉까지 하며 다정스러운 능청을 떨었습니다.

"지금 바로 계룡대로 가야 돼. 내일 아침 8시까지 제병지휘소로 가서 신고하고 그쪽 지휘를 받아야 돼."

그 중위는 간부답게 본격적인 명령을 전달했습니다.

"계룡대 말입니까?"

"그래, 계룡대. 명령이야. 그리고 이거 특별휴가증하고 기차표. 위수지역을 벗어나야 되니까… 용산역에서 기차 타고 서대전역으로 가."

이번에는 하얀 종이에 붉은 도장이 선명하게 찍힌 특별휴가증과 군인용 기차표 한 장이 커피잔 옆에 놓였습니다.

"아까 전에 사단장님께 보고도 올라갔어. 박 일병! 계룡대 가서 상 받아오면 사단 정훈으로 바로 가져와. 사단장님께 보여드리고 사단장님께서 다시 한 번 더 직접 시상하시겠대. 그리고 바로 7박 8일로 포상 휴가를 주시겠다고 하셨어."

얼떨떨하던 나도 이 대목에서 속마음으로 '야호'가 터져 나왔습니다.

'국방부장관상' 같은 그런 알 수 없는 표창장 쪼가리보다는 '7박 8일의 포상휴가', 이게 정말로 필요한 거죠.

기뻤습니다. 장교도 칭찬하며 진심으로 기뻐하고 포상휴가도 기다리고 있었습니다. 무심코 제출한 표어가 이런 좋은 결과를 가져다주는 것이 행운이라 여겨졌습니다.

"근데… 혹시, 학번이? 나이가 좀 있는 것 같던데…?"

군대에서 군번을 묻지 않고 갑자기 그 여자 중위가 학번을 물어왔어요.

“예, 85학번입니다.”

“음, 그랬구나. 어쩐지… 늦게 들어왔네요.”

학번을 말하자 갑자기 그녀의 말투가 바뀌었습니다.

“아. 예. 어쩌다 보니 졸업하고 왔습니다.”

“난 87학번이에요. 성신여대. 알죠?”

“아, 성신여대? 압니다.”

학교에서 한 고개 너머 있는 성신여대를 모를 수는 없는 거죠.

“1학년 때, 고대 85들 하고 미팅도 해보고 그랬는데… 호호호. 반갑네요.”

“아, 예.”

예상치 못한 그녀의 회고담에 나는 멀뚱멀뚱하게 대답했지만, 한층 친숙해지는 느낌이었어요. 여대 출신이라는 그 장교는 눈웃음을 치며 입을 가리고 웃는 것이 그 또래 아가씨의 모습 그대로였습니다. 명찰을 보니 그녀는 허은선 중위였습니다.

“박 일병 덕분에 내가 정훈 병과에서 한 건 했다는 거 아니에요. 밤새워서 직접 읽어보고 골랐는데… 우리 사단에서 박 일병 께 제일 낫더라고요.

‘국민에게 믿음을! 국군에게 사랑을!’. 그거 보내놓고 몇 번 확인해보니 군단은 당연하고 3군 사령부 정훈에서도 너무 좋다고 하더니 결국 육군본부에서도 된 거죠. 호호호.”

그렇게 사단에서 선출되어 올려보낸 내 표어는 1군단에서도 통과되어 3군 사령부를 거쳐 계룡대 정훈감실에 도착하였고 육군뿐 아니라 해군, 공군, 해병대 전군(全軍)에서 채택한 표어가 되었답니다. ‘건군 45주년 국군의 날’ 공식 표어로 말입니다.

그 소식을 들떠서 말해준 그녀는 사단 정훈 병과의 허은선 중위였습니다. 그녀는 자신도 공동수상자처럼 여기며 기뻐했습니다. 물론 인사 고과에 좋은 영향을 미치는 점도 있겠지만 말입니다.

"박 일병, 참 소속 부대가 어디죠?"

"예, 405연대 1대대 3중대입니다."

"그래, 맞아, 3중대죠. 중대장님이… 김오인 대위님?"

"예, 맞습니다."

"아, 이런. 호 그렇군요."

사단 정훈 장교가 일상을 다르게 생활하는 예하 야전 중대장의 이름을 바로 알고 있는 것이 잠시 의아했지만 같은 사단이니 알 수도 있을 거라 넘겼습니다.

"참, 지금 그 야전복 갖고는 안 되겠다. 너무 낡았어. 이번 참에 군복 새 걸로 다시 하자. 우리 사단 대표로 가는 건데 뭐."

"…"

달짝지근한 믹스 커피를 들고 아무 대답을 못 하고 있었는데 허은선 중위가 자리에서 일어나서 외치는 바람에 나도 덩달아 일어났습니다.

"야, 당번! 보급에 연락해서 군복 한 벌 가져와. 박 일병 걸로 빨리! 오바로꾸도 깔끔하게 치라고 그래. 이리 와서 사이즈 좀 재봐."

당번병이 와서 재기 전에 그녀가 먼저 손 뼘으로 치수를 재는 시늉을 했습니다.

"참, 워커도 새로 바꾸자."

"아니, 워커는 새로 하면 발이 아파서 말입니다."

"그래요. 그럼 일단 닦기는 하자구. 벗어요."

그녀의 호의로 정훈 행정병들이 부산스러워졌습니다. 그녀가 행정병들에게 터프하게 명령을 내렸습니다.

"야! 빨리 이 워커 닦아 와. 물광, 불광 다 내라."

군화까지 벗어주고 정훈병이 내어 준 슬리퍼를 신고 앉아 기다리는 동안 멍하니 허 중위의 책장을 바라보았습니다.

그녀의 것으로 보이는 책장에 가지런히 책들이 꽂혀있었습니다. 육군 정훈감 출간 『한국전쟁사』와 『월남 패망의 교훈』 그리고 『북방외교와 한미군사동맹』, 『걸프전과 현대전』, 『붉은 군대의 정치훈련』, 『제2차 세계대전사』, 클라우제비츠의 『전쟁론』 등 전쟁과 군사에 대한 꽤 많은 책이 있었습니다. 꺼내서 읽어보고 싶은 호기심이 들 정도였습니다. 그런데 그사이에 브루스 커밍스의 『한국전쟁의 기원』도 꽂혀있더군요. 『한국전쟁의 기원』, 그 책 때문에 순간 수연이 생각났습니다. 함께 책을 읽었던 그 시절의 추억으로 잠시 빠져들었습니다.

'과연, 허은선 중위는 『한국전쟁의 기원』, 저 책을 읽었을까? 읽었다면 그녀는 어떻게 받아들였을까? 저 수정주의적 시각을 육군 정훈 중위는 어떻게 생각할까?'

물어보고 싶을 만큼 궁금하기도 했습니다. 그러나 책은 그냥 책일 뿐일 것입니다.

일선 부대에서 정훈은 주로 사진 찍기나 비디오 촬영을 하거나 졸음이 쏟아지는 정신 교육, 훈화 등을 진행합니다. 그래서 '정훈'을 군을 홍보하고 알리는 병과로 생각할 수도 있습니다. 그러나 사실 '정훈'은 군의 이데올로기를 담당하는 병과(兵科)입니다.

도대체 나는 왜 군 복무를 하는가? 이 전쟁을 왜 하는가? 우리의 주적(主敵)은 누구인가? 우리 군대는 무엇을 목표로 싸우는가? 등등 현대 군대와 군인들이 맞닥뜨리게 되는 가장 기본적인 이데올로기를 붙잡고 세우는 곳입니다. '정훈(政訓)'은 '정신훈련'의 약자가 아니라 '정치훈련'의 약자입니다.

구 소련의 붉은 군대가 고도의 '정치훈련'으로 맹위를 떨치며 2차 대전을 승리로 이끌자, 현대전에 있어서 '정치훈련'의 중요성이 대두되었습니다. 도대체 병사들이 이 전쟁을 왜 하는지, 왜 싸워야 하는지, 누구와 싸워야 하는지를 알지 못하고 어떻게 전쟁에서 이길 수 있겠습니까? 정치적으로 훈련되지 못한 군대는 방향을 잃은 무력집단과 다름없을 것입니다.

그러나 전시(戰時)가 아닌 평시(平時)에 병사들이 '정훈'에 대해서 느끼는 것은 누구와 싸워야 하는지 알게 하기보다는 졸음과 먼저 싸우도록 만드는 정신 훈화가 대부분입니다만.

이윽고 그녀는 나를 닦이고 입혀서 위병소 앞까지 배웅했습니다. 내가 휴가 신고를 하겠다고 하니 사양했습니다. 대신 서대전역에서 내려 계룡대 가는 길을 몇 번이나 일러주었습니다. 돌아서며 그래도 내가 상관인 그녀에게 경례를 올리자 그녀는 미소를 지으며 받아주었습니다.

용산역에서 기차를 탔을 때 어둑어둑해지고 있었고 서대전역에 내리니 이미 밤이 되었습니다. 허은선 중위가 일러준 대로 계룡대 가는 버스에 올라탔습니다.

노고산 진지 공사장에 삽을 꽂아놓고, 개인 군장은 사단본부 정훈실에 맡겨놓고, 신병처럼 새로 군복을 개비(改備)하고 그렇게 갑자기 그날 밤 계룡대 진입로 앞에 섰습니다. 진입로의 가로등은 환하게 밝아 열병하는 가로수는 불빛 아래 의젓한데 저 너머 부대는 정적과 어둠 속에 잠겨 있었습니다.

위병소 앞에 헌병만이 등불 아래 조각상처럼 서 있었고 계룡대의 정문은 굳게 닫혀 있었습니다. 헌병이 마치 숲속의 문지기처럼 느껴지고 산뜻한 나무 향이 풍기는데 그 너머에는 무엇이 있는지 전혀 눈치챌 수 없었습니다.

헌병은 내 질문에 예상외로 친절하고 부드럽게 안내해주었습니다. 그날 밤은 계룡대의 정문 위치와 버스 편을 알아놓고 인근 여관을 찾아 몸을 누웠습니다. 내가 계룡대 제병지휘관 앞에 출두 명령을 받은 것은 그다음 날 오전 8시였거든요.

꿈도 없이 자고 일어났습니다. 워커 끈을 조금 더 조이고 각반을 단단히 채우고 다시 길을 나섰습니다. 농담 삼아 말하기로 대령 정도는 청소 시간에 유리창을 닦아야 한다는 그곳, 별들의 고향이라는 '계룡대'는 한마디로 말해서 아름다운 대학 캠퍼스 같았습니다.

깨끗한 건물들이 캠퍼스처럼 자리 잡고 있는데 조경(造景)이 뛰어났습니다. 어떤 건물 앞에는 눈길을 끌고도 남을 탱크나 작은 비행기가 아무렇지 않게 전시되어 있었습니다. 곳곳에 깔끔한 잔디가 깔려 있고 키 작은 단풍나무와 키 큰 소나무, 여러 꽃나무가 화단을 장식했는데 모든 것이 잘 관리되고 보살핌을 받은 모습이었습니다.

부대 내에 정류장까지 있었고 털털대는 60트럭 따위가 아니라 깨끗한 셔틀버스가 유연하게 다녔습니다. 그 정류장에는 각종의 군복을 입은 군인들이 가방을 메거나 들고 질서 있게 줄을 서서 버스를 기다리고 있었습니다. 그들이 입은 군복에는 먼지 하나 묻어있는 것 같지 않았습니다. 예복을 입은 장교, 깔끔한 군복의 사병과 단화를 신고 군모 밑에 긴 머리를 푼 여군 부사관들이 자유롭게 뒤섞여 있었습니다. 그들이 계급의 위아래 없이 평화롭게 서 있는 모습은 야전군인 내 눈으로 보기에는 생소한 풍경이었습니다. 새로 맞춘 내 야전복도 빳빳하고 서걱서걱했지만 계룡대의 그들은 어찌나 군복과 예복들이 몸에 꼭 맞고 세련되든지 마치 군인 모델 같았지요.

저 건너편에는 가벼운 운동복을 입은 사병들이 농구를 하고 있었는데, 그 농구장이 우리 학교의 흙먼지 날리던 농구장보다 더 제대로 갖춘 우레탄 농구장이었습니다. 그들은 가볍게 펄펄 날며 농구공을 던지고 있었는데 우격다짐의 군대식 체육이 아니라 제법 농구답게 놀고 있었습니다. 농구장을 둘러싸고 잔디 스탠드가 반쯤 둘러쳤는데 산야에 잡풀을 모아 대강 쌓은 야전부대의 이른바 '떼'가 아니라 제대로 된 진품 잔디였습니다.

건물 입구마다 당당한 헌병들이 조각처럼 서 있었지만 전혀 위협적이지 않고 친절했으며 또 그곳의 사병들은 그런 헌병들을 전혀 두려워하지도 않았습니다. 헌병의 역할에서 이런 자세도 있나 의아하게 느껴질 정도였습니다. 그곳에 서 있거나 근무 중이거나 운동을 하거나 걸어 다니는 그들 모두가 세련되고 지적으로 보였습니다.

그리고 참, 그걸 깨달았어요. 그들의 얼굴이 너무 하얗다는 것 말입니다. 여군이나 장교나 사병에 이르기까지 그들의 얼굴이 너무 하얗습니다. 하얀 얼굴은 군대와 어울리는 조합은 아니지만 사실이 그랬습니다. 그들에 비해 새까맣다고 할 수밖에 없는 내 얼굴로 인해 그들은 한눈에 나를 방문자로 알아보고 친절하게 길을 알려주었습니다.

군모를 벗고 삼단 같은 긴 머리를 가끔 쓸어 올리던 여부사관들과 젊고 하얀 얼굴의 사병들과 지적인 장교들이 평화롭게 살고 있던 곳, 계룡대. 아이러니했지요. 내가 다녔던 그 시절의 대학은 날마다 전쟁터 같았는데, 정작 전쟁을 대비하는 그곳은 평화로운 대학 캠퍼스 같았습니다.

그러나 그 부대의 외면만 묘사하고 더는 얘기하지 않겠습니다. 그

곳이 무엇을 하는 부대인지는 말하지 않겠습니다. 중요한 부대이기에 군사 보안 문제가 있으니 이 정도만 얘기하죠.

정문에서 한참 걸어 들어와 '정훈감', '헌병감'이라는 푯말이 붙은 연이은 작은 독립 건물을 끼고 돌아보니 '제병지휘소'라는 임시 푯말이 있는 건물이 눈에 들어왔습니다. 내가 명(命)받은 곳이었어요.

"너네, 연대장이 누구지?"

"일병 박민수! 예! 이범곤 대령님이십니다!"

"하하, 군기 풀어. 자대도 아닌데."

제병지휘소 앞 헌병의 안내로 사무실에 들어섰습니다. 헌병이 병사를 안내할 수도 있다는 걸 그곳에서 처음 알았습니다. 나를 맞이한 사람도 그냥 병이 아니라 어깨에 무궁화가 세 개나 달린 대령이었습니다.

내가 너무 큰 소리로 대답을 하니 그가 부드럽게 달래며 가까이 다가앉았습니다. 자대에서는 까마득한 연대장과 같은 계급의 사람이 의자까지 내주었습니다.

"아! 이범곤이. 그래 405연대. 이범곤이 부대구나. 야, 너네 고생 좀 하겠구나. 이 대령. 그 친구 완전 FM인데."

자기는 405연대 이범곤 대령과 3사관학교 동기라고 말하며 그 대령은 웃었습니다.

"어쨌든 환영한다. 박민수 일병, 수상을 축하하네."

'건군 45주년 국군의 날' 행사를 총괄하는 제병지휘소는 육군, 공군, 해군, 해병대를 합동으로 지휘하는 임무를 맡았습니다. 행사의 규모를 키우면서 제병지휘관은 별 셋의 중장이 맡았답니다.

국군의 날에 즈음하여 삼군 의장대가 모두 나와 행사 연습에 여념이 없었습니다. 축구전용 구장처럼 아담하게 가꾼 그 푸른 잔디 위에서 군살 하나 없는 늘씬한 조각 같은 육군 예장대가 목총을 빙빙 돌리고 있었습니다. 칼같이 다린 예복에 버클이나 헬멧에서 햇빛에 반사된 광채가 번쩍거렸습니다.

새까만 얼굴의 나는 한구석에서 '상 받기 훈련'을 했습니다. 그곳에서 기억나는 것은 상을 받았다기보다는 일종의 '상 받기 훈련'을 한 것 같았습니다.

'제병지휘관님 입장하십니다.' 하면, 군악대가 울리고 사회 보는 장교의 구령에 따라 '제병지휘관에 대하여 경례!', '충성!', 그다음 호명하면 씩씩하게 입장하여 어디쯤에서 발걸음을 멈춘다, 옆으로 몇 걸음 걷고 장군님이 상을 주면 두 손으로 받고 절도 있게 옆구리에 낀다, 악수를 하면 침이 튀지 않게 주의하며 절도 있게 관등성명을 댄다, 그런 다음 다시 '경례!', 그리고 옆걸음으로 삼보 걸은 뒤 '좌향좌' 하고 걸어 나와 제 자리로 간다.

이런 시나리오를 가지고 몇 번에 걸쳐 리허설을 거쳤습니다. 대사라고는 관등성명밖에 없으니 한 번 만에 별 떨림도 없이 지겨워졌는데, 그 후로도 몇 번을 더 시키더군요. 덕분에 실전에서도 매끄럽게 잘했습니다.

상장에는 '국방부장관 권영해'라고 적혀있었습니다. 나는 그 이름을 물끄러미 내려다보았습니다. 마지막에는 단상 앞에서 그 이름이 적힌 상장을 펼치고 기념촬영을 했습니다.

제병지휘소 대령의 안내로 제병지휘관실에서 다섯 명의 수상자가 반듯이 앉아 커피 한 잔을 받았습니다. 커피를 갖다 주는 여군 당번 중사의 미모가 대단했습니다. 군인이 긴 생머리를 기르고 있는 데다가 하얀 피부에 매니큐어까지 하고 있었습니다. 미인경연대회에 나가도 충분히 입상할 정도의 미모였습니다. 사회에도 미모와 여성성이 돋보이는 여비서가 많겠지만 별을 주렁주렁 달고 있는 늙은 군인들의 호취미가 느껴지더군요. 제병지휘관과 긴장된 커피 한잔을 나누는 것으로 그곳에서의 모든 임무는 끝났습니다.

이 색다른 훈련을 마치고 자대로 돌아가면 내게는 7박 8일의 포상휴가가 기다리고 있었습니다. 계룡대는 멋진 곳이었지만 메트로폴리탄이 어색한 촌사람처럼 나는 흙먼지 날리는 405연대로 빨리 돌아가고 싶어졌습니다. 살다 보니 자대가 그리워질 때가 있더라고요.

머나먼 송파

"박민수 상병! 박민수 상병!"

"예. 상병 박민수."

"박 상병, 열외! 정훈에서 또 연락 왔어. 정훈에서 온 사람들이 지금 기다려. 빨리 가봐."

계룡대를 다녀온 지 채 한 달이 조금 넘었을까요. 예의 그 폐타이어를 60 트럭에서 내리다가 또 호출을 받았습니다. 대대 보급계 막사로 오라는데 그리 멀지 않은 곳이라 걸어서 내려왔습니다.

하늘이 푸르고 높아 작업보다는 모두 소풍을 떠나고 싶은 날이었습니다. 호젓한 군사도로를 걸어 내려오는데 바람도 햇살도 너무 좋은 완연한 가을이었습니다. 잠자리 떼가 한가롭게 지나갔습니다. 밤나무에 영근 밤이 툭툭 떨어지고 비무장을 한 나를 보고 청솔모도 경계심 없이 자기 일에 열중하는 때였습니다.

산 아래 보급계 막사로 들어서자 처음 보는 어떤 이가 다가왔습니다.

"박민수 상병이지?"

물어볼 필요도 없었어요. 깔끔하게 오바로크 친 명찰을 달고 있었고 상병 진급을 한 바로 그달이라 계급장도 깔끔했습니다.

그런데 이번에 나를 호출한 사람은 한 사람이 아니었습니다. 이전과는 달리 머리가 길고 사복을 입은 여러 명이었습니다. 그 옆으로 보니 우리 중대 인사계 상사까지 나와 있었는데 그는 입술을 굳게 다물고 서 있었습니다. 그는 나와 눈이 마주치자 무언가 답답한지 한숨을 쉬더니 하늘가로 눈길을 돌렸습니다.

'정훈'에서 호출이라는 얘기는 거짓말이었고 나를 막사로 유인하기 위한 유인책이었습니다. 사복을 입은 사람들을 보는 순간 내가 어떤 착각 속에서 살았다는 것을 깨달았습니다.

'드디어 왔구나. 씨발. 참 빨리도 오는구나.'

나는 그들을 보는 순간 금방 누구인지 알았습니다. 기무사였습니다. 잊었던 그들이 나타났습니다. 공군 항공 잠바를 아무렇게나 입은 아저씨들이 내 뒤쪽에서도 나타났습니다.

"차렷! 열중쉬어! 차렷!"

민간인 복장을 한 그 사람들 앞에서 부동자세를 취했습니다. 그들 중 한 사람이 인사계 상사에게 무슨 말을 하면서 볼펜으로 어떤 서류 같은 것에 서명하더군요.

"박민수 상병. 오늘 자로 1군단 사령관의 명령으로 구속되었음을 알린다."

그들은 구속 영장을 눈앞에 내밀었습니다. 정말로 1군단 사령관의 사인이 있는지 자세히 볼 수는 없었지만, 그들은 합법적이고 절차적 완성을 갖추어 내 신병을 확보했습니다. 군인을 구속하는 것은 판사가 아니라 사령관인가 봅니다. '미란다 원칙'을 고지하지는 않았지만 그걸 따질 수는 없었습니다.

두 대의 승용차가 이미 시동을 걸고 서 있었어요. 먼지도 없이 깨끗한 본 네트에 가을 햇볕이 쏟아져 빛나고 있었습니다. 그들은 곧

바로 두 손에 철커덕 수갑을 채우고 나를 승용차에 태웠습니다. 조수석에는 이미 누군가가 앉아 있었고 나는 뒷좌석 가운데에 앉았습니다. 내 양옆으로 기무사 요원들이 앉았습니다. 그리고 바로 검은색 선글라스를 씌웠습니다. 그런데 이 선글라스는 특수한 선글라스로 보통 선글라스처럼 눈을 보호하고 앞이 보이는 것이 아니라 앞이 전혀 보이지 않는 깜깜한 안경이었어요. 그러니까 일종의 세련된 눈가리개였지요.

"고개 숙여! 들면 죽는다."

햇살이 맑고 청명했던 그 가을날. 결코 침울하다고는 할 수 없는 그 청명한 계절에 나는 앞이 보이지 않는 선글라스를 끼고 짙은 선팅이 드리운 승용차 뒷좌석에서 고개를 무릎 사이에 박아 넣었습니다. 가운데 양옆으로 앉은 기무사 요원, 그들이 나를 압박하며 누군가 내 목덜미를 지긋이 쓰다듬었습니다.

차는 정말로 오랫동안 달렸던 것 같아요. 가도 가도 끝이 없을 것 같은 그 길을 수갑을 차고 그렇게 내달렸습니다. 앞이 보이지 않는 캄캄한 암연 속에서도 미세한 햇볕 같은 것이 느껴졌어요. 나는 또다시 알 수 없는 어떤 곳으로 끌려가고 있었습니다.

어머니와 누나와 동생 민희에 대한 생각이 스쳐 갔습니다.

'그들에게 지금 소식이 전해졌을까? 엄마는 또 얼마나 걱정하실까? 절망하시면 안 될 텐데…'

그러다 어느 순간에 생각이 수연에게로 가서 멈췄습니다.

'수연이 지금 어떻게 소식을 알고나 있을까? 수연아 결국 이렇게 되어버렸네. 참, 수연아, 너도 위험해. 그래 그렇구나, 수연아 위험해. 빨리 멀리멀리 달아나. 수연아. 수연아!'

평일 한낮, 자동차는 별달리 멈추지도 않고 거침없이 달렸습니다.

길고 긴 여정이었어요. 그 여정의 어느 순간에 기무사의 멋쟁이들도 무료했는지 드라마 〈여명의 눈동자〉 OST를 차 안 가득히 틀어대고 있었습니다. 메인 타이틀 '러브 테마'부터 시작해서 묵직하고 감성적인 음악이 차내를 가득 채웠습니다. 벌써 감정 고문이 시작된 것일까요?

어느덧 차가 계속 빙글빙글 돌아가면서 어떤 오르막길을 올라가는 것이 느껴졌습니다. 그 길은 방향감각을 잃게 하려고 만든 일종의 보안도로였을 겁니다. 목적지에 거의 이르렀다는 신호이기도 했습니다. 좌우로 끄덕대는 원심력을 느끼며 나는 말로만 들었던 그곳을 알아채고 있었어요.

'송파구나. 송파 보안사… 아니 이제는 기무사. 정신 차려! 민수야, 수연이가 있잖아. 정신 차려! 호랑이에게 물려 가는 지경이라 할지라도… 민수야, 정신 차려야 해. 어차피 각오했던 길이잖아.'

그런 마음속의 독백을 곱씹는 순간에도 〈여명의 눈동자〉는 '여옥의 테마'를 지나 '대치의 테마'로 넘어가서 울려 퍼졌습니다. 왜 이런 멋진 음악을 틀어놓고 낙엽이 내리는 그 산길을 돌아 그들은 나를 자신들의 직장으로 데려가는 것일까요? '여옥'을 놓치고 끌려가는 '대치'처럼 그 날 나는 눈을 가리고 기무사 조사실로 끌려갔습니다.

어느덧 차가 멈췄습니다. 문이 열렸지만 나를 내버려 둔 채 그들이 먼저 내려 무슨 얘기를 나누었습니다. 잠시 뒤 내 팔을 끌어냈습니다.

"내려!"

차에서 내리니 산바람이 선뜻했습니다. 어떤 숲속 나무 그늘 아래 서 있는 듯했지요. 그들이 다시 나를 움직였습니다.

"밑에 계단이야. 발 내려디뎌."

그래도 친절한 인도를 받아 한 발 한 발 조심스레 내디뎠는데 계단은 밑으로 이어져 있었어요. 계단은 점점 밑으로 내려가고 있었습니다. 그렇게 나는 지하 취조실로 끌려가고 있는 것이겠지요.

계단을 내려서자 가려진 눈으로도 조금이나마 느껴졌던 빛조차 완전히 사라졌습니다. 아무 빛도 없는 그 깊은 어둠 속에서 몇 개의 계단인지도 모르는 지하의 심연으로 한발 한발 내려갔습니다.

'다시 이 계단을 밟고 올라오기까지 이곳에서 무슨 일을 겪을까? 아니 내가 다시 이 계단을 밟고 지상(地上)으로 올라설 수 있을까?'

한 계단 한 계단에 조각난 자기연민이 찰나(刹那)로 지나가고, 한 계단 한 계단의 무게가 점점 무거워 왔습니다.

"잠시 대기!"

이윽고 계단이 끝나고 잠시 멈췄습니다.

나는 여전히 어둠 속에 있었고 연행자의 팔에 붙들려 있는 건지 의지해 있는 건지 멍하니 서 있었습니다. 옆에서 팔을 끌어 다시 움직였습니다. 좁은 복도 같은 곳을 요리조리 지나치는 듯하더니 이내 또 멈췄습니다. 그리고 어떤 문이 열리는 것 같더군요.

"앞에 턱이 있으니까 발 들어!"

어떤 문턱 같은 것을 넘으라는 말에 눈뜬 봉사 같은 나는 목적지에 다 이르렀음을 알았습니다. 어디선가 바로 몽둥이가 날아들 수도 있다고 각오했지만 떨림은 어쩔 수 없었습니다. 캄캄한 공포가 가슴을 짓눌렀습니다. 그 턱을 넘어 들어선 뒤, 그때야 내 눈을 가린 이상한 선글라스를 벗겨주었습니다.

그 방에는 테이블 하나에 마주 보는 의자가 세 개 놓여있었습니다.

"박민수! 손, 책상 위로 올리고 있어."

수갑을 풀어주며 명령했습니다. 의자로 가서 양손을 책상 위에 올리고 앉았습니다. 손을 책상 위에 올리는 그 행동 하나만으로도 방어기제가 깨지고 모든 것이 노출되는 느낌이 들었습니다.

"근무자! 너 말 시키면 죽는다. 조용히 하고 있어."

기무사 요원은 무표정하고 멍한 얼굴에 여드름 자국마저 가시지 않은 채 사복을 입고 있는 사병 근무자를 돌아보며 엄명을 내렸습니다. 군인일까 싶게 어려 보이는 근무자였습니다.

기무사 요원이 방을 나가자 고요의 시간이 작은 그 방에 내려앉았습니다. 사방의 벽이 방음과 자해 방지를 위해 쿠션으로 둘러싸여 마치 녹음실 같은 곳이었어요. 먼지 한 톨 내려앉을 것 같지 않은 테이블 위에 두 손을 올려놓고 호흡을 가다듬으려 했습니다. 한편으로는 공포에 맞서는 내면의 용기를 내려고도 했습니다. 하지만 숨이 고르게 쉬어지지 않고 들쑥날쑥했습니다. 숨이 막혔다 풀렸다 했습니다.

천정에는 24시간 쉬지 않고 나를 볼 수 있는 카메라가 분명히 숨겨져 있는 반원의 볼이 매달려 있었어요. 그 반달 같은 볼에 그 방에 앉은 내 모습이 아주 작게 수렴되어 비쳤습니다.

구석에는 군용 침대 하나에 군용 모포가 깔려있었습니다. 훈련 가서 흙바닥 위에서 비닐을 깔고 A형 텐트 속에서 지낼 때는 그런 군용 침대가 부러웠지만 지금은 전혀 다른 모습으로 다가왔습니다. 군용 야전침대는 장교들이나 쓰는 것이지만 지금은 그게 죽음의 칠성판처럼 보였습니다.

알전등 하나가 밝히고 있는 그 방에도 작은 창문이 있었습니다. 그러나 창문은 있되 축대가 바로 막혀 밖은 전혀 볼 수 없었습니다. 방 안에는 또 작은 욕실 같은 공간이 있었는데 문을 열어놓았기에 그곳도 볼 수 있었습니다. 다행히 욕조는 없었고 작은 세면대만 놓여 있었습니다. 그게 약간의 위안을 주었어요. 욕조가 없다는 것은 일단 무조건 머릴 물속에 처박는 물고문은 쉽게 할 수 없다는 얘기입니다.

너절한 운동가는 결코 올 수 없는 곳. 소위 전위이거나 운동의 핵심이거나 적어도 조직 사건 하나 정도는 터트릴 수 있는 운동가만이 올 수 있는 곳. 전두환 군사정권이 쿠데타를 모의하고 실행에 옮기고 자신들의 반대파였던 장성들마저 잡아다 굴복시킨 곳. 수많은 민주인사를 잡아 뼈와 살이 튀게 만들었던 유서 깊은 그 자리에 내가 아무런 준비 없이 그렇게 맨몸으로 앉았습니다. 그런 자리에 앉았던 나의 젊은 날을 감히 영광이었다고 할까요?

그곳을 거쳐 간 수많은 영혼과 육체의 그 고통의 현장에 단순한 견학이 아니라 똑같은 묶인 몸으로 곧추앉았습니다. 그래요, 감히 말씀드리자면, 운동의 따라쟁이에 불과했던 내게 주어지는 과분한 영광이었는지도 모릅니다.

“이걸로 갈아입어. 워커도 벗고… 벨트도 풀고 군번 줄도 풀고”

한참 만에 다시 나타난 기무사 요원이 아무런 인식표와 계급장이 없는 낡은 군복과 고무신을 던져주었습니다. 마치 유격 복장과 같은 옷이었습니다. 허은선 중위가 특별히 마련해 준 줄을 세운 나의 깨끗한 군복을 벗고 기무사 피의자들의 유니폼이라고 할 그런 옷으로 갈아입었습니다. 벨트와 군번 인식표도 풀어 근무자에게 주었습니다.

초라한 그런 조사복만 입혀준 채 그냥 또 나를 내버려 두었습니다. 그렇게 얼마나 시간이 흘렀을까요? 30분이 흘렀는지 아니면 1시간이 넘게 흘렀는지 아니면 2시간? 시작도 끝도 없는 시간이 흐르다 흐르다 엉켜서 벌써 낮인지 밤인지를 인지하지 못하는 지경에 이르렀습니다.

천장의 카메라가 지켜본다는 그 일방적 시선의 공포 때문에 뻣뻣해지는 몸을 뒤척이며 풀 수도 없었습니다. 무거운 고요, 엄습하는 공포, 표정 없고 움직임 없는 사병 근무자. 아무 움직임도 소리도 없는 빈 공간에 원래 그곳에 놓였던 사물처럼 나도 놓여있었습니다.

그러다 사병 근무자가 잠시 나가더니 식판을 들고 왔습니다. 식사가 나왔습니다. 플라스틱 식판에 멜라닌 숟가락이 놓여있었습니다. 여기도 역시 쇠붙이는 사라졌어요. 구치소와 다를 바 없는 쇠붙이의 부재, 플라스틱 숟가락. 구속의 상징과도 같은 것이지요. 반대로 그들도 어떤 자해 행위를 두려워한다는 걸 알았습니다.

그런데 식사가 너무 훌륭했습니다. 단연코 부대에서 내가 받아 본 짬밥과 질적 수준이 다른 구성이었습니다. 방금 한 계란 후라이에 반찬으로 장조림까지 있었다면 믿겠어요?

'씨발, 일단 죽이기 전에 맛깔나게 먹이고 죽이자는 얘기인가?'

그러나 너무 긴장하고 입안이 깔깔하여 세 숟가락을 넘기지 못했습니다. 종이컵에 물을 한 잔 주고는 사병 근무자가 다시 식판을 들고 나갔습니다.

다시 문이 열렸습니다. 몸집은 컸지만 단단하게 보이지는 않아서 푸짐한 느낌이 드는 사람이 공군 항공 잠바를 입고 천천히 들어왔습니다. 연배도 들어 보였는데 인상이 나쁘지 않았고 큰 뿔테 안경을 쓰고 있었습니다.

"박민수"

맞은편 자리에 앉자마자 그는 내 이름을 불렀습니다.

"예…."

"박민수"

"예!"

두 번 부르니 내가 좀 더 소리를 높여 대답했습니다.

"박민수, 너는 아직 군인이야. 나도 군인이고… 나는 계급이 상사니까 그러니까 너에게는 상관이기도 하다. 우리는 민간인이 아니야. 우리 서로 대한민국의 군인임을 잊지 말자. 박. 민. 수!"

그가 내 이름을 큰 소리로 불렀습니다.

"예! 상 병 박 민 수."

나는 군인답게 관등성명을 또박또박 대었습니다.

"좋아. 박민수 상병. 군인은 자기 몸이 자신의 것이 아니다. 알고 있나?"

"알고 있습니다."

"피의자 이전에 너는 군인이다. 혹시 군을 부정하나?"

"아닙니다."

"먹고 싶어도 먹기 싫어도 자기에게 주어진 정량을 채워야 하는 게 군인이다. 왜 밥을 먹지 않나? 군대에서 단식은 없다. 그리고 여기는 기무사야. 별 단 장군들도 여기 오면 옷을 벗고 고무신 신고 이 의자에 앉아야 한다."

"시정하겠습니다!"

"좋아. 그래야지."

그는 사병 근무자를 불러 종이컵을 가져오게 하더니 천천히 담배를 꺼냈습니다. 시대는 달라졌습니다. 그 사람이 내게 담배를 건넸습니다. 엉겁결에 담배를 받았습니다. 그냥 들고 있으니 손짓으로 피우라고 권하면서 불을 붙여주었습니다.

"갑자기 여기 끌려와서 당황스러울 거라 생각한다. 하지만 너도 전혀 엉뚱하다고 생각하지는 않겠지. 너무 걱정하지는 마, 시대가 문민정부 아니냐. 우리 문민 대통령 각하께서 지금 지지율이 80%가 넘어. '하나회'도 다 때려잡았고 말이야. 우린 그런 일도 한다."

"켁켁…."

순간 늘 피우던 담배에 갑자기 사레가 걸렸습니다.

"천천히 펴. 박 상병. 긴장 풀고. 솔직히 나는 인간적으로 너에게 호감을 가지고 있다. 이건 진심이야. 너는 국방부장관상에 빛나는 군인이다. 그건 나도, 내 주변에 누구도 못 받아본 상이야. 너 수상 소식을 듣고 솔직히 첨에 우리도 좀 당황했지. 그러다 생각해보니 우리 피의자가 상을 받는다니 한편 기쁜 일이야. 군대라는 게 우리만 있는 게 아니잖아. 야전도 있고 정훈도 있고 계룡대도 있고 장관님도 계시고 말이야."

그도 천천히 담배를 피웠습니다.

"그날 니가 갑자기 위수지역을 벗어나서 용산역에 있다는 얘기를 듣고 우리 다 긴장했잖아. 너 튀는 줄 알고… 하하하. 우리도 몰랐다니까, 계룡대로 갈 줄은. 영장도 없이 바로 체포하자는 우리 요원들을 내가 말렸지. 박민수는 그런 애가 아니라고. 서대전역까지 우리가 쫓아갔지. 내가 믿었던 대로 너는 계룡대로 들어가더라고. 하하하.

우리도 거기까지는 못 따라 들어가겠더라. 거기 완전 별들의 고향이잖아. 하여튼 반가워 박민수. 진심이야. 난 기무사 남정길 상사다. 내 이름 기억해도 좋아."

남정길 상사는 반제애국전선 사건의 기무사 담당 상사였습니다. 그는 오랜 기간 내 담당이었고 나의 군 생활을 계속 관찰해 왔다고 했습니다. 그리고 그는 일종의 프로파일러(profiler)였을 겁니다.

그는 지금 이 상황에서는 서로 협력해서 좋은 조사가 되자고 했습니다. 그건 일종의 팀워크라고 말하기까지 했습니다. 알 수 없는 논리였습니다. 그러나 그 고립된 곳에서 내가 하고 싶은 말이 있을 때 자신에게 의지할 수 있도록 심리적으로 유도했습니다. 그에 대한 기억이 나쁠 수가 없었습니다.

잠시 뒤에 어떤 이가 워드프로세서를 들고 들어왔습니다. 그 워드프로세서는 내가 조직 활동 당시 초록 작업을 할 때 사용하던 것과 같은 기종이었습니다. 도대체가 아이러니했습니다.

"여기 엄상철 중사가 조서 담당이야. 나는 이만 갈 테니까 서로 잘 해봐."

남 상사는 서로를 소개해주는 듯했습니다. 엄 중사라는 사람이 그에게 꾸벅 인사를 했습니다.

"엄 중사. 우리 민수 잘해주고. 자자 서로 잘 해보자고."

남 상사는 자리에서 일어나면서 내 어깨를 가볍게 두드려주었습니다.

"이름?"

"예. 상병 박민수."

"소속?"

"89사단 405연대 1대대 3중대입니다."

"계급?"

"상병입니다."

조서 담당 엄상철 중사, 그는 사무적이었습니다. 형식이긴 하지만 이제야 신원을 확인하면서 기무사 조사의 출발을 알렸습니다. 다행히 그의 타이핑은 느렸습니다.

"박민수, 니가 태어나서 살다가 오늘 여기 들어온 과정까지 니 일생 전부를 써! 무슨 얘기든 좋다. 어린 시절, 대학 시절 다 쓴다. 단

거짓 없이. 알겠나!"

신원 확인과 간단한 부대 확인을 하더니 엄 중사는 이런 명령을 내렸습니다. 그리고 십육 절지 갱지 백여 장을 던져 주었습니다. 나중에 제본을 해야 하니 갱지 위를 3cm 접으라고 하더군요.

"아무래도 시간은 좀 걸리겠지. 시간은 충분히 주겠다. 단, 여기 놓인 종이를 전부 채울 수 있도록 쓴다. 너 국문과니까 잘 쓸 수 있잖아. 실시!"

그 중사도 헛갈렸는지 내 학과도 제대로 모르더군요. 나는 국어교육학과이지 국어국문학과가 아닌데. 그러나 나는 바로 잡을 생각은 없었습니다. 지금 그게 중요한 게 아니잖아요.

검정 플러스펜 세 자루를 굴려놓고 엄 중사는 나가버리고 무표정하고 뚱한 표정의 여드름 병사가 다시 들어와서 문 앞에 망부석처럼 섰습니다. 약 백여 장에 달하는 막막하고 거친 갱지를 쳐다보았습니다. 먼저 제본을 위해 윗부분 3센티를 접어놓고 펜 돌리기를 이미 여러 차례 했습니다. 막막하더군요.

'오늘 여기 들어오기까지 내 일생을 적어라. 벌써 그럴 나이는 아닌데….'

경찰서와는 전혀 다른 무게감으로 시작하는군요.

원래 기무사는 무서운 곳입니다. 그전 이름이 보안사잖아요. 처음부터 야구방망이 한두 개쯤 부러지면서 시작하는 신고식을 치르지 않은 것은 그래도 문민정부라는 김영삼 정부의 관용이었습니다. 하지만 처맞아도 내가 말할 수 있는 내용과 내가 굴복할 내용은 별반 다르지 않았습니다.

첫 문장은 전형적인 자기소개서의 무미건조한 출생과 형제 조건으로 시작했습니다.

'나는 1966년도에 몇 남 몇 녀의 장남으로 태어나….'

이런 식으로 말입니다. 그렇게 자기소개서 양식에 맞추어 적어나갔지만, 그런 식으로는 아무리 글씨를 크게 쓴다고 하더라도 100장의 종이를 채우기는 난망했습니다. 그렇게 무미건조하게 갱지 위에 적어나가다가 어느 순간 나는 어떤 생각에 도달했던 것 같습니다.

언제든지 폭력을 앞세울 수 있는 이들과 이상한 신경전을 벌이지는 말자. 내 몸만 축날 수 있으니. 어차피 각오한 일. 오로지 지켜야 할 것은 수연이다.

국가보안법으로 공안기관의 조사 기간은 최장 20일. 물론 일반 사범에 비해서는 엄청나게 긴 시간이지만, 송치될 때까지 이 조사 기간만 버티면 된다. 지금 중요한 것은 시간을 견디는 일.

맞으면서 널브러지나 글을 쓰면서 끙끙대나. 결국은 최장 20일의 시간을 내가 버텨야 살아날 수 있다. 이 20일은 인생에서 맞이하는 가장 난감한 순간이라고 생각하자. 그러나 이 시간도 언젠가는 지나가리라.

그렇다면 이렇게 인생사를 쓰라고 갱지를 던져줄 때가 오히려 신사적이라고 생각하자. 여기 이 자리에서 마치 자서전을 쓰듯 내가 생각하고 감회에 젖었던 모든 순간을 솔직히 적어보자. 내가 어떤 감정과 감회를 느꼈다는 것이 그 자체로는 국가보안법 위반도 아니고. 저들에게 내가 무언가를 숨긴다는 의구심을 키우면 나만 피곤할 뿐이다.

사건은 이미 일 년이 지났다. 웬만한 내용은 저들도 이미 다 알고 있다. 오히려 전체를 알 수 없는 나보다 '반제애국전선'에 대해서 더 알고 있을 것이다. 내가 숨기고 말고 할 것도 없다. 수연이에 대한 얘기는 빼고….

그래, 누나 얘기도 하자. 아무 관련 없으니. 그리고 주로 대학 1, 2학년 때 얘기를 하자. 등장인물만 조심하자. 이미 공인되었다고 할 수 있는 6월 항쟁 얘기를 많이 쓰자.

한 시간쯤 끙끙대다 무미건조한 자기소개 부분이 얼추 지나가고 내 생각은 10여 년 전으로 돌아갔습니다. 생각이 생각을 불러오자 파도처럼 새로운 기억과 감회가 계속 밀려왔습니다.

누나가 대학에 들어갔습니다.

누나의 책장에 새로운 책들이 꽂혔어요. 그중에 누나가 가끔 읊조리던 '타박 타박 타박네야'라고 하는 노래가 실린 노래책도 있었습니다. 『젊은 예수』라는 그 노래책에는 '타박네야' 외에도 '혀 짤린 하나님', '우리 승리하리라', '금관의 예수' 등 교회에서 배운 가스펠과는 전혀 다른 느낌의 노래들이 많이 들어있었습니다. 생경한 노래들이었어요. 악보를 읽지 못해 그 노래들의 가사만 가만히 읊조려 보았습니다. 처음에는 무섭게 느껴지다가도 자꾸만 읽어보니 절박하고 아련하고 진지하고 급기야 멋지게 들려왔습니다.

'친구', '아침이슬' 같은 김민기의 노래도 있었어요. 그 노래들은 그래도 소리가 들려왔어요. 중학생 때 친구의 대학생 형이 기타 치며 부르던 노래의 악보였습니다.

'눈앞에 보이는 친구의 모습, 달리는 기차 바퀴가 대답하려나.'라고 기억되는 처량한 곡조.

'긴 밤 지새우고 풀잎마다 맺힌 진주보다 더 고운 아침이슬처럼, 내 맘의 설움이 알알이 맺힐 때.'

'아침이슬'은 교과서에서 배웠던 시와 크게 다른 바 없는 서정성과 함께 노래 가사가 이렇게 문학적일 수도 있구나 하고 느낄 정도였지요. 그런 노래의 가사를 따라 읽는 것만으로도 나는 좀 더 성장하는 것 같았습니다.

영등포 도시산업선교회에서 나온 소책자도 있었어요. 공장 이야기와 그 공장에서 일하는 어린 노동자에 대한 이야기가 실려 있었습니다. 나보다 겨우 몇 살 형이거나 누나이거나 하는 이들의 안타까운 얘기를 읽었습니다. 공장에 다니는 공돌이, 공순이들을 무시해서는 안 되겠다는 각성과 함께 반면에 그런 공장은 현세의 지옥과 같이 느껴져서 두렵기도 했어요. 한편으로는 꼭 대학생이 되어야겠다는 생각도 들었습니다.

아마 훔쳐본 누나의 그 책장이 내 의식화의 출발이었을 겁니다. 바웬사, 아라파트, 모택동, 김산, 로자 룩셈부르크, 체 게바라의 이야기가 있었습니다. 어린 시절 읽었던 위인전만이 모든 위대한 인간의 삶과 투쟁은 아니었어요. 성경과 교회가 인류 정신사와 공동체의 전부가 아니었습니다.

"민수야, 너 성적이 왜 그래? 참 한심하다. 그렇게 공부 안 해서 어쩌려고 그래?"

교대에 입학하고 바로 아르바이트를 해서 번 돈으로 누나는 나를 그룹과외라도 밀어 넣어줬어요. 그 그룹과외는 몇 달 하지 못했지만 누나의 그 돈이 아까워서 나는 겨우 공부하는 버릇을 조금이나마 들일 수 있었습니다.

그 시절 인구센서스 아르바이트 서류를 잔뜩 쌓아놓고 라면을 끓이던 누나. 가난한 집안의 장녀로 항상 모범생이었던 누나의 가슴속에 그런 사회적 관심과 열정이 언제부터 끓었는지 알 수는 없습니다. 허나 그건 반드시 나에게도 어떤 영향을 미쳤겠지요.

학교를 졸업하고 교단에 선 누나가 결혼을 하고 신혼 시절을 보내던 어느 날이었습니다. 집으로 웬 아저씨들이 찾아왔습니다. 누나가 지금 남영동 대공분실에 연행되어 조사를 받는 중이라는 겁니다. 국정교과서를 비판적으로 분석하는 교육 관련 무크지를 만들었다고 합니다. 어머니도 놀랬고 나도 놀랬습니다.

"박민선 선생이 혹시 아이를 가졌나요?"

집으로 찾아온 수사관들이 어머니께 물었습니다. 그때서야 나는 누나가 아이를 가진 것을 알았습니다.

"오. 니가 박민수냐? 재수 중이라고 들었다. 누나가 너 공부 잘하고 있는지 걱정하더라. 공부 열심히 해라."

그들이 나를 보며 아는 체를 했습니다. 나는 아무 말 없이 그들을 노려보았습니다. 어머니께서 누나에게 가져다줄 옷가지와 몇몇 가지를 챙겨서 수사관들과 함께 집을 나섰습니다.

이따금 엄상철 중사가 들어와서 글을 쓰고 있는 나를 한번 훑어보고 나가곤 했습니다. 긴장해서 그랬지만 목도 마르지 않고 이상스레 화장실조차 갈 기미도 생기지 않았습니다.

나는 어느 순간부터 미친 듯 그때까지의 인생사와 내가 느낀 감정들을 막 서술하고 있었습니다. 나중에는 큰따옴표를 쓰며 대사까지 적어 넣었습니다.

대학 1학년 겨울 방학 직전에 3학년 써클 선배가 이른바 '정리'를 하겠다며 나섰습니다. 소위 '점거 텍(tactics)'을 실현하고 구속이 되겠다는 겁니다. 그건 이별을 말하는 것이었습니다. 그 선배는 내게 처음으로 '가투(街鬪) 오더(order)'를 내렸던 선배였습니다.

그 전전 날 써클 사람들이 모여 술잔을 기울였습니다. 구속을 각오하고 떠나려는 한 사람을 보내는 자리였습니다. 과음을 하다 결국 우리는 또 눈물을 흘려야 했습니다.

이 장면에 이르러 나는 신이 나서 대화체까지 동원하며 글을 막 써 내려갔습니다.

"민수야, 너는 말이야. 가투 할 때 너무 겁을 먹지 마. 주변도 살피고 너무 긴장하면 더 위험해."

"예, 형. 미안해요. 그럴게요."

그 선배는 내가 달리기를 잘하니 무조건 달리기만 하면 될 거라고 했습니다. 체포조는 혼자서는 잡을 수 없고 여러 명이 한 명을 잡을 수밖에 없으니 막다른 골목만 조심하면 된다는 그런 설명을 하면서 나를 안심시켰습니다.

그 다음다음 날 선배가 청계피복노조 싸움에서 지방 노동청 옥상 점거를 했을 때 나는 그 밑에서 열심히 싸웠습니다. 옥상에 선배가 백골단에게 끌려갈 때까지 거리에서 쳐다보며 강력하게 저항했습니다. 그날 나는 눈물도 흘렸지만 용감했습니다. 청계천 4가에서 시작해서 8가까지 거리를 내달렸습니다. 그리고 학교까지 걸어서 돌아왔습니다. 아팠던 눈물이 걸어오는 사이 다 말랐습니다.

막걸리 술상 앞에서 하염없이 눈물을 흘렸던 그때. 가깝게 지내던 선배가 어느 날 곁을 떠나 감옥으로 걸어 들어갔던 그 아련한 추억이 떠올랐습니다. 나는 그런 글을 적는 그곳이 어딘지도 잊은 채 대학 1학년의 감수성에 빠져들어 혼자 훌쩍이며 마른 갱지 위에 플러스펜을 눌러 적어 나갔습니다.

"중사님. 종이가 좀 더 필요합니다."

감히 문학의 신이 왕림했다고나 할까요? 형으로부터 오해를 받아 죽음을 눈앞에 두고 칠보시(七步詩)를 지은 그 옛날의 조식도 절박했겠지만 20일을 버텨야 하는 나도 절박했습니다. 조식은 그래도 짧은 한시를 지었지만 나는 100장을 넘겨 써 내려가고 있었어요. 쉼 없이 적어갔습니다. 글을 물고 죽자는 심정이었습니다.

평론도 아니고 평설도 아니고 에세이도 아니고 칼럼도 아니고 일기도 아니고 기행문도 아니고 소설도 아닌 그건 진술서였습니다. 글의 다양한 장르와 형식에서 가장 법적인 효력을 갖는 것이 바로 이 자술서, 진술서가 아닙니까? 물론 지장을 찍어야 하겠지만 말입니다.

나중에는 엄 중사마저도 그런 이상한 내 자서전 작업에 관심을 기울였습니다. 종이를 더 갖다 주며 한참 물끄러미 쳐다보더니 나갔습니다.

그 기무사 지하실에서 태어나서 자라고 느끼고 대학에 들어가고 살아가는 내 모습을 담담히 적어 내려가던 그때 나는 글의 화신이었습니다. 시간이 얼마나 흘렀는지 알 수 없었습니다.

"호. 대단한데… 아주 열심히 하네."

남정길 상사도 조사실에 와서 살펴보다 한마디를 던졌습니다. 그가 다녀가고 얼마 되지 않아 나는 그 글 감옥에서 풀려날 수 있었습니다. 엄 중사가 그 이상한 자술서 작업을 그만 멈추라고 하더니 다시 수갑을 채우고 깜깜이 선글라스를 씌웠습니다. 방을 나와 계단을 올라가게 했습니다. 밤인지 낮인지 알 수 없었습니다.

"야! 야. 근무자!"

"예."

"얘, 재워라. 우리 애니까. 조금이라도 건드리면 죽어! 푹 재워."

"알겠습니다!"

멀지 않은 곳에 특전사령부가 있었습니다. 나를 데려온 곳은 그곳 영창이었습니다. 특전사 영창은 경찰 유치장과 비슷했는데 옆방에는 대여섯 명이 앉아있었고 내가 들어간 곳은 아무도 없었습니다.

얼마나 잠을 못 잤을까요? 혈압이 올라 이마를 지나는 혈관이 툭툭 솟구치는 것 같았습니다. 눈알이 쓰려 제대로 뜨고 있을 수가 없었습니다. 그대로 바닥에 대자로 뻗어서 쓰러졌습니다. 천근 같은 잠이 바로 쏟아졌습니다. 천국과 지옥이 서로 멀지 않았습니다.

"근무자님, 혹시 오늘이 며칠입니까?"

다음 날 아침 살며시 영창 근무 헌병에게 물었습니다. 하지만 그는 나를 쳐다보지도 않았습니다. 아무 대답 없이 뚜벅뚜벅 영창 복도를 그냥 왔다 갔다 하며 근무를 섰습니다. 그러다 한 번 더 걸어올 때 그는 아주 낮게 혼잣말처럼 말했지만 그건 분명 내 물음에 답해주는 것이었습니다.

"27일"

'그럼 이제 최장 남은 시간은 17일. 업무 처리를 생각한다면 약 2주일… 2주일을 버텨야 한다.'

나는 자꾸 날짜에 집착하며 매달렸습니다.

다시 기무사가 나를 데리러 왔습니다. 올 때와 마찬가지로 눈을 가리고 그곳으로 갔습니다. 아직 나의 집필은 끝나지 않았어요. 앞으로도 백 장은 더 쓸 수 있는 얘기가 남아있었습니다. 그렇다면 대략 장편소설 한 권 분량을 거의 4일 만에 적어내는 정도였습니다. 하지만 그곳은 국군 기무사령부. 글과 문학에는 아무런 관심이 없는 곳이었어요.

"좋아. 자술서는 됐고. 이제부터 나와 대화로 풀어보자."

조사 담당 중사가 다시 워드프로세서를 열었습니다. 그렇게 나는 플러스펜 다섯 자루를 사용하며 약 삼일의 시간을 벌었습니다.

"반제애국전선에서 가명이 뭐였나?"

"예. 이재우였습니다."
"다른 가명은 없고?"
"예, 다른 가명은 없습니다."
본격적인 조서 작업이 시작되었습니다. 중사는 묻고 나는 답했습니다. 생각보다 어려운 질문이 없었습니다. 질문 속에 답이 내포되어 있는 것이 대부분이었습니다.
"이창섭은 자기 가명을 뭐라고 했지?"
"이중하라고 했습니다."
"학교 앞 만난 장소가 어디라고?"
"예, '무진기행'입니다."
"어디쯤에 있는 거야?"
"정경대 후문 골목 나와서 길 하나 건너면 있습니다."
학교 앞에서 버스를 타고 구로 애경백화점 앞에 가서 누군가를 만났다고 진술하면 '몇 번 버스를 탔느냐?'고 구체적으로 물어봅니다. 약 3년 전에 내가 탔던 버스의 번호를 금방 댈 수는 없었습니다. 나는 난감해서 기억을 더듬었습니다. 그러면 그 중사가 '30번 버스가 맞느냐'고 슬쩍 알려주어 '아, 예 맞습니다. 30번.'이라고 답하면 되었습니다.
"야학 이름이 뭐였나?"
"예, 반딧불 야학이었습니다."
"야학 강사가 몇 명이었지?"
"제가 있을 때 강학은 음… 그러니까, 저 포함해서 5명이었습니다."
"야학 장소의 주소가 어떻게 되나?"
"주소가… 문래동 어디라고 했는데… 장소가 자꾸 바뀐 데다가 제가 그쪽 지리를 잘 몰라서 주로 애경백화점 앞에서 만나서 따라갔습니다."

기억의 낡은 퍼즐을 맞추는 작업이었습니다. 이미 답을 가지고 문제를 내는 출제자의 의도에 맞추어야 했습니다. 한편 그날 나온 사람의 상의 색깔이 무엇인가를 맞추어야 할 때도 있었습니다. 깨어진 기억과 그날들의 파편을 앞선 다른 이들의 진술과 맞추어 덧칠하는 작업이었고 피의자와 조사관이 서로 협동하는 과정이었습니다.

기무사 중사의 질문은 1년 전 반제애국전선 사건의 조사 자료에서 나에 해당하는 부분을 뽑아서 재확인하는 것이라 여겨졌습니다. 그들에게 참고 자료는 너무나 많았습니다. 엄 중사는 조사 중에 자주 밖으로 나가서 어떤 자료를 들고 와서 다시 뒤적이며 질문을 하거나 순서를 바꾸어 묻기도 했습니다. 반제애국전선 사건에서 수도권 총책과 다른 조직원들이 진술한 나의 행동은 여기저기 흩어져 있어 그걸 나를 중심으로 맞추었습니다.

이제 하루 일과처럼 조사가 끝나면 특전사 영창에서 몸을 누이고 아침이면 기무사 지하 조사실로 왔다 갔다 하는 생활이 계속되었습니다. 모든 이동의 순간에는 철저하게 수갑을 채우고 눈을 가렸습니다.

"김혜숙의 가명이 뭐였다고?"

"예, 김다정이라고 했습니다."

"김혜숙이 뭐라고 자기를 소개했나?"

"소개라기보다는 협진양행 노조 간부 출신이라는 걸 알게 되었습니다."

자료가 너무 많았다는 것이 오히려 조사 시간을 무난하게 늘려주었습니다.

"그러니까 이창섭이 그날 뭐라고 했다고?"

"예, 조직 이름을 반제애국위원회에서 반제애국전선으로 부르기로 했다고 했습니다. 그리고…"

"잠깐 기다려. 이거마저 치고."

엄 중사는 타이핑할 때 손가락 세 개만을 사용했습니다. 그의 느린 타이핑도 한몫하여 '반제애국위원회'에서 '반제애국전선'으로 넘어오는데 이르기까지 일주일은 걸린 것 같습니다. 조사는 함께하는 일종의 '조서' 꾸미기였고 순조롭게 진행되었다고 할 수 있습니다.

문제는 오히려 이따금 나타나 방을 둘러보거나 고맙게도 담배 한 대를 나눠주는 그 사람 좋은 남정길 상사였습니다. 엄 중사가 실무적이라면 남 상사는 핵심적이며 실상 배후에서 이 조사 전체를 지휘하고 있다는 느낌을 받았습니다.

그날은 남정길 상사가 조사실에 먼저 와서 앉아 있었습니다.

"근무자! 여기 자판기 커피 두 잔 갖고 온나."

거부할 수 없는 유혹의 커피를 마셨습니다.

"너, 어머니 식당 일도 도우면서 열심히 살았잖아. 그래도 고대 총학 총무였는데… 늦은 나이에 군대 와서 고생했고, 우리가 이렇게 만난 것도 이것도 인연이야. 박민수."

이런 얘기에는 아무 대답을 할 수 없었습니다. '저도 반갑습니다.' 할 수도 없었고요. 그가 천천히 말을 이었습니다.

"처음엔 니가 반애전 재건 위원인 줄 알았다. 초창기에 그렇게 열심히 활동하던 니가 어느 순간에 갑자기 확 사라지거든. 니가 소개한 정종욱이 그렇게 조직에서 상층부에 이르는 데도… 너에 대한 활동이 갑자기 사라지는 거야. 반애전이 널 보호하는 건가 했지."

"아닙니다. 저는 그냥 스스로 탈퇴했습니다."

남 상사는 가만히 나를 쳐다보았습니다. 커피가 쓰게 느껴지기 시작했습니다.

"그래, 조직이 너를 완전히 숨기는 것도 아니고 그렇다고 완전히 드러내는 것도 아닌 것 같고 헷갈렸지."

그는 다시 말을 풀었습니다.

"박민수, 너에 대한 자료는 너무 많아. 그것만 모아도 한 권이 되니까. 어려울 것도 하나도 없어. 그런 조서 작성은 엄 중사하고 잘 맞춰 나가면 되고… 나하고는 그냥 쟁점이 되는 이런 저런 얘기만 하면 되는 거지 뭐. 사실, 니가 아무 말 안 해도 이 수사는 다 이루어진 상황이야. 하여튼 이렇게 우리를 좋게 해주는 인연도 드물어."

당겼다 늦추었다 나를 탐색했습니다.

"참. 그 얘기를 안 해줬구나. 너 여기 있는 걸 집에도 알려 줬다는 얘기. 이거 미리 얘기해 줬어야 하는데. 걱정했지?"

"고맙습니다."

"참, 누나 있지?"

"예에…."

"지금 요 아래 특전사 식당에 와 있다고 하네. 오늘 특별히 잠깐 면회가 있을 거야. 엄 중사가 데려다줄 거니까 잘 만나고 와."

'누나'라는 그 단어에 눈물이 핑 돌 뻔했습니다. 그 조사실에서 열흘이 넘게 지났을 때입니다.

"여기서 수갑을 풀어 줄 테니까. 손 내밀어."

다시 눈을 가리고 승용차를 타고 특전사로 내려왔습니다. 특전사 사병 식당 주변은 아직 배식 시간이 아니라 조용했습니다. 엄 중사가 눈가리개 선글라스와 수갑을 풀어주었습니다.

"박민수, 우리는 약간 뒤쪽에 있을 테니까. 불필요한 얘기는 하면 안 돼!"

엄 중사가 엄포를 놓았습니다. 동행한 세 명의 기무사 요원들과 함께 식당 안으로 들어섰습니다. 넓은 사병 식당은 텅 비어 있었습니다.

"민수야! 민수야!"

오! 누나가 왔습니다. 누나가 자리에서 일어나 나를 불렀습니다. 그런데 누나 혼자가 아니었습니다. 그 옆으로 수연이 같이 온 겁니다. 한데 보니 그네가 좀 진하게 화장을 했더군요. 내가 그때까지 본 중에 제일 진한 화장을 하고 있었습니다. 그리고 평소와 다르게 짧은 플레어스커트를 입고 왔습니다. 마치 어느 가을날 데이트에 나온 어여쁜 아가씨와 같았어요.

"여기는 민수 약혼자예요."

누나가 기무사 요원들에게 수연을 그렇게 소개했습니다. 엄 중사는 수연을 한번 돌아보더니 슬며시 뒤로 물러섰습니다. 기무사 요원들이 조금 떨어져서 뒤에 앉았고 식당 테이블을 사이에 두고 누나와 수연을 마주 보았습니다.

"민수야, 어떻게 괜찮니?"

누나는 내 손을 덥석 잡았습니다.

"응. 괜찮아. 신사적이야."

화장을 한 그네도 나를 안타까운 표정으로 쳐다보았습니다. 빨간 입술을 한 그네 앞에서 나는 가능한 한 의연한 표정을 지으려 애썼습니다.

"그래. 너 연행되는 날인가 봐. 집으로 기무사에서 압수 수색을 왔더라고. 니 방을 물어보고는 뒤져보고 갔는데."

이어서 누나는 목소리를 낮추어 살짝 얘기했습니다.

"뭐 별건 없었다. 걱정할 것 없어. 민희가 미리 다 치워놓았으니까."

"그래. 엄마는 괜찮으셔?"

"엄마는 괜찮으셔. 엄마 걱정은 하지 말고 니가 정신 바짝 차려. 알았지. 집 걱정은 하지 말고."

"예."

"민변하고 민가협에도 알렸고. 엄마는 민가협에도 나갔다 오셨어."

나는 수연을 바라보며 아주 작은 목소리로 속삭였습니다.

"괜찮니?"

"응. 괜찮아."

내가 그네의 손을 잡았습니다.

"여기요. 수사관님, 여기 유부초밥 좀 싸 왔는데 음료수랑 해서 뭐 좀 먹일 수는 없나요?"

누나가 엄 중사를 보며 말했습니다. 가져온 분홍색 보따리를 풀었는데 신문지에 도시락이 포장되어 있었습니다.

"음식물은 안 됩니다."

"아, 예. 그래도 좀…."

"규정입니다. 여기서도 식사는 잘 나옵니다."

"예, 알겠어요."

그러는 사이 누나는 도시락을 포장한 신문지를 슬쩍 테이블 위에 펼쳐 놓았습니다. 그리고 그 옆에 볼펜도 한 자루 놓았습니다. 누나는 엄 중사와 말을 주고받으면서 슬며시 펜을 쥐더니 신문지 위에 '할말?' 이라고 슬쩍 적었습니다. 그때도 눈은 다른 곳을 쳐다보았습니다. 누나는 필담(筆談)을 준비해왔습니다.

'수연조심 오지마'

나도 밑을 보지 않고 그 펜으로 조심스럽지만 재빠르게 썼습니다.

누나는 신문지를 다시 반으로 접어 가렸습니다.

그 자리에서 우리는 서로 걱정하지 말라고 서로를 위로하는 말을 주고받았습니다. 누나와 나 사이에서 그네는 수줍은 아가씨처럼 다소곳했습니다.

"민변에서 일단 변호사 선임한대."

누나가 신문지 위에 다시 슬쩍 '2차 검거 시작'이라고 적었습니다.

"작년 사건 정리 차원이라는 얘기도 있고, 반애전 재건 사건이라는 얘기도 있고, 그렇대 민수야. 언론은 조용하고 더 이상 별건 없는 것 같애."

부대에서 바로 끌려왔기 때문에 주변 상황을 전혀 알 수 없었는데 다행히 그간의 사정을 알 수 있었습니다. 누나는 언론 상황까지 알려주었습니다.

하지만 사건 얘기가 나오자 엄 중사가 끼어들어 왔습니다.

"자, 미안하지만 끝내야 될 것 같네요. 박민수 상병 확인했으니 면회는 이쯤에서 마치시죠. 지금 수사 중이기 때문에… 사건 얘기는 안 됩니다. 이제 다시 들어가야 합니다."

그들이 다가와서 나를 일으켜 세웠습니다.

누나는 미소를 잃지 않고 상냥하게 기무사 수사관들에게 고맙다고 말했습니다. 엄 중사도 두 여자 앞에서 격조를 갖추려는 듯 정중하게 인사를 했습니다. 그러나 식당 모퉁이를 돌아서자 그들은 다시 눈을 가리고 수갑을 채웠습니다.

그날 오후에는 조사실에 엄 중사와 남 상사가 동시에 앉았습니다. 심문은 주로 엄 중사가 계속했습니다.

"방북 제안에는 참여했는데 방북 자금에는 참여하지 않았다, 그게 말이 돼?"

"그때 제가 탈퇴를 했기 때문에 방북 자금에는 참여하지 않았습니다."

"정종욱은 니가 소개하고 왜 니가 탈퇴를 한단 말이야?"

엄 중사는 취조라기보다는 일단 투덜거렸습니다. 내 대답에 앞서 남 상사가 먼저 질문을 던졌습니다.

"제안서는 누가 썼어?"

"이창섭이 제안을 하라고 지시했고 그가 불러주는 대로 받아 적은 겁니다."

"박민수. 너, 국가보안법 좀 알지? 5조 자진지원·금품수수, 6조 잠입·탈출 빠져나가려고 그러는 거 아냐?"

이번에는 엄 중사가 끼여 들어왔습니다.

"아닙니다."

"여기 진술이 끝이 아니야. 거짓말 탐지기 조사를 할 거야. 거기서 거짓말인지 아닌지 다 찾아낸다고. 그걸로 재조사할 거니까, 정확하게 얘기해!"

"사실대로 얘기한 겁니다."

이번에는 남정길 상사가 느릿하게 말했습니다.

"박민수. 너무 이러면 우리 체면이 말이 아닌데. 반애전 재건 위원도 아니라고 하고… 이창섭 진술에 의하면 너는 반애전 전신인 반제애국위원회 11인 중앙위원 중의 한 사람이었어. 그럼 방북제안서 작성 정도는 주도해야 하는 거 아니야?"

조사실 안에 무겁고 어색한 침묵이 흘렀습니다. 남 상사가 팔짱을 끼고 나를 말없이 계속 쳐다보았습니다.

"여이. 별일 없습니까?"

그때 한 사람이 더 그 조사실로 들어왔습니다. 기골이 장대하고 몸무게가 세 자리는 되어 보이는 남자였습니다. 처음 보는 사람이었어요. 그는 천천히 내게로 다가와 내 뒤편에 섰습니다. 그때까지 엄 중사와 남 상사는 아무 말 없이 나를 쳐다보았습니다.

나는 직감적으로 알았습니다. 그 사람이 고문 기술자라는 것을요. 그 시절이 김영삼 대통령의 문민정부라는 것은 엄청난 다행이었습니다. 하지만 당시 기무사는 아주 세련되고 효과적인 고문 기술을 하나 간직하고 있었는데요. 기무사가 자랑하는 세련된 고문 기술은 물도 전기도 필요 없는 바로 관절꺾기입니다.

관절 꺾기 고문의 우수성은 나중에 다시 비슷한 아픔을 주면서 뼈를 붙여주면 아무런 증거가 남지 않는다는 겁니다. 뼈가 떨어졌다 붙은 자리에 무슨 증거가 남겠습니까? 그 기술자 자체가 유도 유단자 이거나 인간의 관절에 일가견을 가진 사람들입니다. 그들이 바로 골절과 접골의 전문가들인데요 뭐.

그들이 관절꺾기를 시행한다면 나는 뼈가 부러지는 고통을 느낄 겁니다. 아마 왼쪽 어깨뼈가 부러지는 고통을 느낄 것입니다. 실행한다면 그들은 반드시 내 왼쪽 팔을 잡아 뺄 것입니다. 왜 왼쪽이냐 하면 그래야 남아있는 오른쪽으로 내가 진술서를 계속 쓰지 않겠어요. 왼팔이 늘어진 내 모습을 상상하면서 공포가 밀려왔습니다.

등 뒤에 선 사람이 자기 손깍지를 접어 꺾으며 으드득 소리를 냈습니다. 그 소리가 싸늘한 고요 속에서 크게 들렸습니다. 이윽고 남 상사가 침묵을 깨고 다시 입을 열었습니다.

"총책 이창섭이 조직을 재건하기 위해 너를 보호하기 위해 너를 탈퇴했다고 하는 게 아니냐 말이야?"

"아닙니다."

"박민수!"

남 상사가 나를 불렀습니다.

"상병 박민수."

"나를 봐. 내 눈을 쳐다봐."

그가 자기 눈을 보라고 했습니다. 그도 지그시 나를 바라보았습니다. 등 뒤의 사내는 콧김을 내뿜고 있었습니다. 눈을 감을 수도 없는 상황이었습니다. 공포가 밀려왔습니다.

고문을 이기는 방법, 아니 그것보다 더 중요한 것은 내면의 공포를 이기는 것일 겁니다. 그건 생각을 하지 말아야 하는데. 생각을 멈추어야 하는데. 고통이 현실이라면 공포는 상상의 산물이거든요. 미루어 짐작하거나 상상하지 말아야 하는데, 생각 그놈은 주책없이 날뛰면서 새록새록 공포를 불러왔습니다.

'눈동자가 흔들리면, 공포에 눌리면 지는 거야. 두려움이 더 큰 고통을 가져올 수 있어. 민수야, 정신을 차려야 한다.'

딴생각을 했습니다. 아이러니하게도 그 순간에 수연을 생각했어요. 더 정확하게는 수연을 그리워한 것이 아니라 그네를 탐하고 그네를 만지는 생각을 했습니다. 아무리 몸은 지하실에 갇혀 있어도 내 상상과 판타지, 공상마저 가두어 둘 수는 없습니다. 그 공포를 이기기 위해 나는 위대한 사랑의 한 끄트머리를 필사적으로 붙잡으려고 했습니다.

비 오는 날, 달뜬 그네가 부드러운 가슴으로 나를 애무합니다. 수연의 뜨거운 입술과 목덜미, 그네의 허리선을 내 손이 타고 내려갑니다. 그네가 내 어깨를 붙들고 내 허리를 감싸고 급기야 빈약한 내 엉덩이로 손을 가져가는 그 서늘한 느낌, 내 등줄기에 땀방울이 맺힙니다. 그네의 머리칼이 흩어지며 이리저리 흔들립니다.

나는 고문이 가져다줄 고통에 대한 공포를 이기기 위해 또 하나의 강렬한 에너지인 성적 상상을 했습니다. 그 에로틱한 상상으로 눈앞에 맞닥뜨린 이 공포를 이겨내려고 했습니다.

그래서 그랬을까요? 내 표정은 담담해져 갔습니다.

"야, 백 중사. 왜 여기 와서 분위기 이상하게 잡는 거야? 여긴 잘 되고 있어. 가서 딴 일이나 봐."

고맙게도 남정길 상사가 그 상황을 종료시켰습니다. 그 거구의 사내가 내 등짝을 차갑게 한번 쓰다듬고는 천천히 조사실 밖으로 나갔습니다.

"어차피 조사, 다 와 가는 거야. 그래, 저녁 먹고 하자. 박민수, 잘 생각해 봐."

그 방에 혼자 남아 꿋꿋하게 밥을 다 먹었습니다. 난감한 상황을 빠져나오자 묘한 남성성이 발휘되더군요.

'수연을 다시 구속시킬 수는 없어. 그래, 나는 어찌 되어도 좋다.'

사랑하는 그네가 또다시 이런 어둡고 차가운 자리로 내몰리지 않기를 마음속에서 빌고 또 빌었습니다. 마치 그것이 내가 해야 할 일이라는 생각이 들었습니다. 아니 나만이 할 수 있는 일이라는 착각도 들었습니다.

저녁을 먹고 두 시간 정도면 다시 특전사 영창으로 데려갔는데 그 날은 세 시간이 넘게 나를 조사실에 내버려 두었습니다. 조사실 근무자도 방 밖으로 나가버리고 홀로 우두커니 앉아있었습니다.

한참 뒤에 남정길 상사가 나타났습니다. 이번에는 엄 중사 없이 그가 혼자 갱지에 플러스펜과 어떤 자료집 같은 것을 들고 들어왔습니다. 어느 때부터 남정길 상사가 나타나면 더 긴장되기 시작했습니다. 엄 중사는 단순히 조서 작업을 하는 것 같았는데 남 상사는 내 내면을 파내려고 하는 것 같았어요. 그를 미워할 수는 없는데 점점 마주치는 것이 힘들었습니다.

"급할 것 없고… 나하고 잘 얘기 해보자고."

그는 또 커피와 담배를 제공했습니다.

"자 그럼, 정종욱을 이창섭에게 연결시켰고… 그랬나?"

"예."

"그리고 조직에서 정종욱에게는 어떤 일을 시켰나?"

"저는 이창섭에게 소개만 시켰기에 그 뒤에 일은 잘 모릅니다. 사실 종욱이가 계속 반애전 활동을 하게 될 줄… 조직원인 줄도 정확하게는 몰랐습니다."

"그래. 그럼 혹시, 최제원이라고 아나?"

"예. 한 번 만난 적이 있습니다."

"최제원도 반애전에 연결시켰나?"

"최제원은 아닙니다. 학교 후배이니 오가다 만난 적은 있지만 조직에 연결시키지는 않았습니다. 제 얘기 듣는 후배도 아니고요."

그가 들고 온 자료집 같은 걸 훑어보았습니다.

"다 센 애들인데… 알긴 아는 데 아니다. 잘 빠져나가네. 반애전 재건위원도 아니라고 하고. 쳇."

전에 다르게 그가 차갑게 말을 던졌습니다. 자료집을 다시 들춰보는 그로 인해 침묵이 흘렀습니다. 일말의 경계심이 없었다면 아마 그 순간에 내가 무너졌을 수도 있지만 그때까지는 나도 정신을 바짝 차리고 있었습니다.

"음. 역시 방북제안서가 문제야. 잠입 탈출 모의가 되니까. 알지?"

그에 대해서는 아무 대답을 하지 않고 눈빛만 부드럽게 하고 있었습니다.

"수연이도 문제고 말이야."

지나가듯이 툭 던지는 그 한 마디에 내가 얼어붙었습니다. 처음으로 그녀의 이름이 나왔습니다.

"상사님…."

"왜 놀래? 오수연이가 너를 반애전에 끌어들였는데… 우리가 그것도 모를 줄 알았나?"

"상사님…."

"골치 아픈 게… 문제는 말이야. 너네는 서로 사랑하는 사이란 말이야. 나도 이 부분이 좀 고민이 되는 거야."

그가 담배를 비벼 끄며 말했습니다.

"방북제안서 제가 썼습니다."

그들이 원하는 것은 '방북제안서'라는 생각이 들었습니다.

"총책 이창섭이 쓴 게 아니고…."

"총책과 회의를 하긴 했지만… 제안을 한 건 접니다."

"그 회의를 할 때 수연이도 같이 있었지?"

"수연이는 없었습니다."

"수연이 집에서 회의한 거 아니야? 그런데 수연이가 어떻게 없을 수 있어?"

"수연이는 없었고… 제가 그 집을 들락날락했으니까. 거기서 만나기만 했다는 겁니다. 하여튼 수연이는 없었습니다. 그 방북제안서 제가 썼습니다. 그러니까 제가 제안한 것이 맞는 겁니다."

사실과는 약간의 차이가 있지만 이것이 그들이 원하는 대답이라고 생각했습니다. 이쯤에서 그들이 말하는 협력 아니 타협을 보고 싶었습니다.

"그게 말이 되는 얘기냐? 오수연이 어떻게 없을 수 있어? 나도 무조건 폭력적으로 하기보다는 서로 이해하면서 얘기 나누는 게 좋아. 우리도 그러고 싶다. 그런데 니가 이렇게 막무가내로 나오면 우리도 어쩔 수 없어."

어려운 순간이었고 답답한 장면이었습니다. 그네를 이 사건 속으로 끌고 들어오고 싶지 않았습니다.

"상사님, 꼭 그렇게 수연이를 물고 들어와야 합니까? 그 방북제안서는 제가 쓴 겁니다."

그 말과 함께 한줄기 눈물을 주르륵 흘렸습니다. 전혀 준비되지 않았는데 답답한 감정이 북받쳤는지 나도 어쩔 수 없었어요.

"상사님 말씀대로 우린 군인입니다. 아직 군대는 남자들의 사회입니다. 어쨌든 이 모든 것도, 지금 상사님과 저도 군인이라서 여기 있는 것이 아닙니까? 아. 그냥 이 사건도 이 문제도 우리 남자들끼리의 사건이라고 이해해 주실 수 있지 않습니까? 캑캑."

말이 안 되는 소리지만 그렇게 애원했습니다. 눈물이 뺨을 타고 흘러내렸습니다. 마른 울먹임으로 목소리도 갈라지고 발음도 뭉개졌습니다.

"진정해. 박민수."

"상병, 박민수. 쿨룩쿨룩."

눈물을 멈추려니 기침이 나왔습니다. 사레가 걸린 건지.

그런 모습에 남 상사는 들춰보던 자료집을 탁 덮고 의자에 등을 기대며 천천히 팔짱을 꼈습니다. 잠시 동안 내 모습을 물끄러미 바라보았습니다. 그가 천천히 입을 열었습니다.

"그래, 우린 말이야. 부부나 연인은 한 사람만 잡는다. 어쨌든 남자만 잡아. 부부나 연인 간의 책임은 하여튼 남자가 져야 돼. 동의하지?"

"예."

그 말이 너무 고맙더군요. 하긴 법적으로 군 수사기관인 기무사가 남자를 잡아야지 여자를 어떻게 잡겠어요.

"좋아. 박민수. 수연이 문제를 더 따지진 않겠다. 너의 그 마음은 인정한다. 한 가지만 더 묻자. 너 반애전 그만둔 거 너 스스로의 결정이야?"

"예…."

"그럼 반애전의 사상이나 노선에 대해서 부정했던 거야?"

"인정하고 싶지는 않습니다."

"똑바로 말해!"

"예, 부정합니다."

"그래서 방북 자금 모금에 참여하지 않은 거냐?"

"예…."

"지금까지 너의 진술에 거짓이나 기망이 없었나?"

"예."

여기까지 하고 남 상사는 근무자를 불러 종이컵에 물을 한잔 가져오게 했습니다. 담배를 또 하나 권했습니다.

"그래, 박민수. 3년만 살자. 반국가단체 성원에 특히 방북제안서 이 부분이 젤 문제잖아. 국가보안법 6조 잠입 탈출 모의, 방북제안서. 사실 밀입북 계획과 같은 거야. 일단 우리는 3년으로 맞췄어."

그들이 판사는 아니지만 역시 그 분야의 전문가들이라고 인정하지 않을 수 없었습니다. 나는 그들의 대공 실적 중의 하나가 되어야 했습니다.

'3년이라… 3년이 지나면 내 나이 서른한 살 늦가을. 수연과 또 이별이구나.'

하지만 어쩔 수 없는 일이었습니다.

"솔직히 말해서 이런 거 있어. 나도 우리 팀도 너에게 악감정은 없다. 실은 윤석양 사건 이후로 우리 기무사가 좀 팍팍해졌어. 그래도 너 같은 사람이 있어서 우리가 그동안 예산도 좀 잘 받았다. 너를 반애전 재건위로 보고 한참 쫓을 수밖에 없었어. 근데 반애전 재건위는 아니라도 우리도 장사가 돼야 뭘 하는 거지. 그리고 박민수 상병, 군 생활 참 잘했어. 장관상도 받았으니."

그렇게 나는 밀입북을 제안한 사람이 되었습니다.

그는 다시 나를 달랬습니다. 무너진 나를 들었다 놓았다 했습니다. 나는 밑바닥부터 무너졌습니다.

수사과정에서도 사회정치적 생명을 높이 여기고 비타협적으로 투쟁해야 하는 NLPDR 전사의 기본자세를 나는 무너뜨렸습니다. 전사는 울지 않아야 합니다. 내가 보인 눈물은, 그것은 일종의 반성문이고 전향일 수도 있습니다. 그리고 '부정한다'는 말까지 했습니다.

그날 특전사 영창으로 돌아가서 잠을 자는데 기억할 수 없는 괴상한 꿈에 시달리기도 했던 것 같습니다. 그리고 남정길 상사와 얘기된 기조대로 조서가 만들어지기 시작했습니다. 엄상철 중사가 드디어 조서 꾸미기의 작업을 마쳐가고 있었습니다.

기무사에서 며칠이나 보냈는지 이제 날짜 세기도 지쳤습니다. 그런 어느 날 아침에 수갑은 채우지 않고 눈만 가리고 조사실을 나섰습니다. 이번에는 기무사 밖으로 나서지는 않고 그 내부에서 좁은 복도를 뱅글뱅글 돌다가 어떤 계단을 올라갔던 것 같습니다. 그곳은 또 다른 조사실이었는데 의사 가운을 입은 어떤 사람이 앉아 있었습니다. 방은 어두웠고 아주 작은 전등 하나만 켜져서 분위기가 묘

했습니다.

"웃옷 벗어!"

그 사람이 내 가슴과 배, 그리고 손가락에 전깃줄 같은 것을 연결시켰습니다. 그리고 팔목에 혈압 검사를 하듯이 고무주머니를 두르고 거기에도 선을 연결했습니다. 도트 프린터 같은 곳에서 파동 그래프가 그려지는 종이가 계속 돌아갔습니다. 지진계 같기도 하고 심전도 검사 같기도 하고 처음 겪는 것이었습니다. 거짓말탐지기였어요.

마치 실험대상이 되어 여러 가지 실험을 당하는 듯했습니다.

가운을 입은 조사관이 어떤 카드를 보여주었는데 그 번호가 '7번'이었습니다.

"당신이 본 카드가 1번입니까?"

"아닙니다."

"당신이 본 카드가 2번입니까?"

"아닙니다."

"당신이 본 카드가 7번입니까?"

"예."

이렇게 물어보기도 하고, 또 어떤 경우에는 모든 질문에 상관없이 '아니오'라고만 답하라고 지시했습니다.

"당신은 남자입니까?"

"아닙니다."

"당신은 여자입니까?"

"아닙니다."

"당신은 반제애국전선 조직원입니까?"

"아닙니다."

또 반대로 모든 질문에 상관없이 '예'라고 대답하라고 시키기도 했습니다.

"살면서 거짓말을 한 번도 한 적이 없나요?"

"예."

"상관을 죽이고 싶은 적이 있나요?"

"예."

사람을 더 이상하게 만드는 실험을 했습니다. 거짓말을 탐지하는 건지 정신 분석을 하는 것인지 알 수 없는 질문도 했습니다. 나는 무엇이 진실이고 거짓인지 점점 알 수 없게 되어 가는데 조사관은 혼자서 심각하게 그 요동치는 그래프를 분석하고 있었습니다.

물론 거짓말탐지기는 심리적인 변화가 생리적인 변화를 초래한다는 기본원리를 바탕으로 합니다. 자율신경계는 의식적으로 조절할 수 없기에 밥을 먹으면 위산이 분비되고 매운 음식을 먹으면 땀을 흘리게 됩니다. 감정을 가진 인간은 거짓말을 할 때 긴장 상태가 발생하여 혈압, 호흡, 맥박, 땀, 피부에 흐르는 미세한 전기의 양에도 영향을 주게 됩니다. 이를 측정하는 것이 거짓말탐지기입니다.

이제 내 눈까지 가리고는 새로운 질문을 계속했습니다. 이미 긴장돼서 내 침 넘어가는 소리가 스스로 귓전에 울리는 그런 상황에서 어떤 거짓을 찾을 수 있다는 것인지?

"숨기거나 말하지 않은 중요한 사실이 있나요?"

"없습니다."

"반제애국전선 조직원이 맞습니까?"

"예."

하지만 심리적 긴장 상태라는 것은 복잡다단한 환경적 산물입니다. 당시 내 처지는 기무사 지하조사실, 어두운 방, 보름이 넘어 이제 며칠째인지도 모르는 조사 기간. 고립된 환경과 엄습한 공포 그 자체로 심리적 긴장을 조성하므로 일반적인 거짓말탐지기 조사에서 용납될 수 없는 상태였습니다. 거짓말탐지기 조사가 증거 자료보다는 참고 자료로 사용되는 것이지만 그런 환경에서 이미 자율신경계는 그 자체로 비정상 상태에 접어들어 간 것이 아니겠습니까?

"진술한 내용에 거짓이 없습니까?"

"예."

무념무상(無念無想)의 세계가 있다면 그곳으로 가고 싶었습니다. 나도 '있는 그대로' 답해주고 싶었습니다. 내 감정과 내 생각이 더 이상 요동치지 않는 그런 세상이 있다면 그곳으로 가고 싶었습니다.

조서와 증거목록은 약 삼천 페이지에 달했습니다. 노끈 제본으로 한 권에 다 묶을 수가 없어 세 권으로 나누어져 있었습니다. 엄 중사는 성실했습니다. 엄 중사와 내가 주고받은 내용뿐 아니라 이미 기본적으로 작성된 내용이 더 많았습니다. 엄 중사와 함께 진술서에 지장을 다 찍었습니다. 엄 중사가 열심히 펼치고 나는 찍고 서로 땀을 뻘뻘 흘렸습니다.

"박민수, 수고했다."

엄 중사가 처음으로 그런 말을 했습니다. 그와 녹차 한잔을 나누었습니다.

남 상사가 책자 한 권을 들고 왔습니다. 표지에 '반제애국전선 학원 담당 박민수'라는 표지로 된 마스터 인쇄본이었습니다. 심포지엄 자료집 같은 책자를 만들었더군요. 약 80페이지 정도의 소책자였습니다.

"이건 검찰 제출용이 아니라 우리가 보관할 거야. 대공 자료로. 하여튼 연구 자료는 힘들어. 우리 모두 애썼다. 역시 일은 팀워크가 좋아야 돼.”

조사관과 피의자가 어떻게 팀워크가 되겠습니까마는 그렇게 나는 기무사에 대공 자료를 한 권 남겼습니다.

“자, 이거 읽어보고 서명해. 이건 법에 의해서 해야 하는 거니까.”

그리고 한 장의 각서 서명을 요구했습니다.

‘본인은 군 수사기관에서 일체의 가혹 행위를 받은 적이 없으며 강요에 의한 진술을 하지 않았습니다. 군 수사기관에서 받은 조사의 내용이나 군 수사기관의 위치, 인물, 수사 방법 등에 대하여 발설하지 않겠습니다. 나아가 국군 기무사령부에 온 사실을 발설하지 않을 것이며 만약 이를 발설할 경우 군사기밀보호법에 의해 처벌받을 수 있음을 인지합니다.’

대충 이런 내용이었습니다.

인간의 분명한 기억을 지우기 위해 그들은 법률이라는 명분으로 한 장의 서약서를 내밀었습니다. 물론 보안은 지켜야겠지요. 하지만 어떻게 그런 것으로 사람의 기억을 지울 수 있을까요? 분명한 추억을 지울 수 있겠습니까?

그래요, 그 문서에 내가 서명을 했기 때문에 나는 그런 곳에 갔던 적이 없을 겁니다. 갔던 적이 없으니 보고 들은 것도 없습니다. 갔던 적이 없으니 모든 것이 내 상상의 산물일 수도 있습니다. 혹시 나는 한 편의 악몽을 꾼 건 아닐까요?

기무사 피의자 복장을 벗고 내 군복으로 갈아입었습니다. 그러나 군화는 돌려주지 않아 그냥 고무신을 신었습니다. 드디어 그곳을 떠나는 날이 왔습니다. 다시 눈을 가리고 수갑을 채웠습니다. 어둠의 계단을 한발 한발 내 힘으로 올라왔습니다.

들어올 때와 마찬가지로 승용차 뒷좌석 가운데에 앉아 고개를 숙였습니다. 앞좌석에 남정길 상사가 탔습니다. 엄상철 중사는 옆에 앉았고요. 처음부터 차가 빙글빙글 돌았습니다. 보안도로를 빠져나오는 길인가 봅니다.

"그만 눈 풀어줘."

남 상사가 말했습니다. 어느 정도 차가 달리다가 그렇게 '깜깜이 선글라스'를 벗을 수 있었습니다. 수갑은 그대로 차고 있었습니다.

"박민수, 고개 들어. 괜찮아."

고개를 들었습니다. 순간 눈이 부셨습니다. 차들이 옆으로 달리거나 앞으로 휙 지나갔습니다. 올림픽대로를 달리는 중이었습니다. 한강이 보였어요.

"박민수, 1군단으로 갈 거야."

멀리 유람선이 천천히 흘러가고 있었습니다. 답답한 조사실에서만 있다가 오랜만에 보는 풍경이 시원했습니다. 마치 한 편의 그림이 지나가듯 햇살이 자잘하게 부서지는 한강의 물결이 금빛으로 일렁거렸습니다.

"민수, 들어가면 답답할 텐데. 시내로 가지 말고, 마지막으로 드라이브 삼아서 행주대교로 가자."

남 상사가 길을 지시했습니다. 조사받는 사이 가을이 꽉 찼습니다. 길가의 가로수 잎이 많이 떨어졌습니다. 날씨는 맑고 하늘은 청정하게 높았습니다. 한강 건너 서울이 의연하게 가을 햇볕 아래 반짝였습니다. 한강의 많은 다리 밑을 휙휙 지났습니다. 63빌딩이 금빛으로 환하게 빛나고 있었습니다. 밤섬에서 새들이 날아올라 자유롭게 하류로 내려갔습니다.

송파에서 출발하여 행주대교를 건너 벽제 1군단으로 가는 길은 여행처럼 먼 길이었습니다. 어느새 자동차는 노란 은행잎이 떨어지는 호젓한 거리로 접어들었습니다. 건너편 논은 이미 빈들이 되어 있었습니다. 마음이 떨어지는 잎처럼 거리에 뒹굴고 싶었습니다.

강제된 동안거(冬安居)

"기상! 기상! 일동 차렷!"

"육군 복무 신조!"

"우리는 국가와 국민에 충성을 다하는 대한민국 육군이다.

하나, 우리는 자유민주주의를 수호하며 조국통일의 역군이 된다.

하나, 우리는 실전과 같은 훈련으로 지상전의 승리자가 된다.

하나, 우리는 법규를 준수하고 상관의 명령에 절대 복종한다.

하나, 우리는 명예와 신의를 지키며 전우애로 굳게 단결한다."

입창자들이 모두 자리에서 일어나서 육군복무신조를 복창합니다.

"모포 개고 세면 실시!"

"실시!"

유일하게 움직일 수 있는 시간, 아침 세면이 시작되었습니다. 영창 각방에는 세면대가 하나씩밖에 없어 차례대로 기다려 세면을 해야 했습니다. 물이 졸졸 흐르는 작은 수도꼭지 밑에서 얼굴을 씻거나 머리를 감기도 했습니다. 세면대의 좁은 개수대로 머리카락이 엉켜 물이 찔끔찔끔 빠져나가서 세면대가 넘치게 않게 조심스럽게 해야 했습니다. 그 철창 방에 주어진 것은 비누와 칫솔, 치약, 수건, 휴지가 전부였고 한구석에 군용 담요가 쌓여 있습니다.

"준비된 방부터 일동 차렷! 열중쉬어! 차렷!"

"일동 착석!"

"착석!"

군대식 복명복창을 하고 자리에 앉아 부동자세를 취합니다. 겨우 바닥에 접은 군용모포 한 장을 깔고 그 위에 앉습니다. 물소리가 그치고 영창 안은 일순간 고요의 시간으로 접어듭니다. 철창 복도를 거니는 헌병 근무자의 발걸음 소리만 또박또박 울립니다.

보통 '탈영'이라고 부르는 '군무이탈죄'가 대부분인 군 영창은 주로 탈영병들이 군사 재판을 기다리는 곳입니다. 간혹 성범죄자나 사회에 있을 때 처리되지 않은 폭력 사건이 불거져 들어와 앉은 이른바 조폭 출신 병사도 있었습니다. 당연히 국가보안법 위반자는 나 혼자였습니다.

그 전날 기무사의 호송 승용차는 행주대교를 건너 벽제에 있는 1군단 사령부로 들어섰습니다. 군단 사령부의 정문 진입로는 장엄했고 잘 가꾸어진 가로수가 쭉 뻗어있었습니다. 위병소를 바로 통과하여 차는 군단 법무부로 갔습니다. 법무부 건물 저쪽으로 연병장으로 올라가는 계단이 이어져 있는 듯 보였습니다. 처음 와보는 군단 사령부는 크고 넓어서 어디가 어딘지 알 수 없었습니다.

법무부 중사가 나를 인수인계 받았습니다. 그도 역시 기무사가 내민 어떤 서류에 서명했습니다. 남정길 상사가 나를 법무부 건물 뒤쪽으로 데려가더니 담배를 주었습니다. 수갑을 찬 채 같이 그와 마지막 담배를 피웠습니다.

"박 상병, 군 검사(檢事)는 뭐 특별한 건 없을 거야. 우리가 조서(調書) 준 대로 확인만 할 테니까. 이제 우리도 이만 작별해야 할 시간이네. 그동안 수고했어, 어쨌든 잘 지내고."

그가 손을 내밀어 악수를 청했습니다. 나쁜 감정 없이 그의 손을 잡았습니다. 그는 이제 어떤 직업적 일을 마친 것이지만 내게는 또 다른 삶이 기다리고 있었습니다. 직업이었겠지만 나를 그토록 오랫동안 관찰했다는 그 사람을 그렇게 떠나보냈습니다.

그의 말대로 군단 법무부에서는 별다른 쟁점이 없었습니다. 기무사에서 넘긴 조서는 양이 엄청났습니다. 세 권으로 나누어져 있는 조서 중에서 그 날은 첫째 권을 한번 읽어보게 했습니다. 엄 중사가 열흘 넘게 작성했는데 나와 주고받은 문답보다는 미리 편집되어 있는 내용이 더 많았습니다. 수갑을 풀어주지 않아 그대로 페이지를 넘겨야 했습니다.

"자기가 진술한 대로인가?"

"예, 그렇습니다."

조서 밑에 내 지장이 다 있는 데 특별한 것도 없었습니다. 군복을 입고 있는 군 검사는 사법연수원을 수료한 법조인으로 현역 대위였습니다. 그는 두꺼운 조서에 질리고 지루한지 내가 조서를 읽을 동안 자리에 앉아 있지도 않고 사무실 밖으로 나갔다 들어왔습니다. 들어와서는 '몇 시 몇 분부터 몇 시 몇 분까지 조서를 열람하고 이의 없음을 확인하였음.'이라는 칸에 서명하고 지장을 찍게 했습니다.

"군 수사기관에서 혹시 가혹 행위가 있었나?"

"없었습니다."

"그래. 그럼 여기 밑에 소속 계급 서명하고 지장 찍어."

'군 수사기관에서 일체의 가혹 행위가 없었고 자의대로 진술하였음을 확인합니다.'라는 한 장짜리 각서에 서명을 지시했습니다.

그날 저녁은 1군단 사병 식당에서 했습니다. 병사들이 식사를 마친 뒤에 별도로 구석에서 혼자서 식사를 제공받았습니다. 군대는 굶거나 굶기는 것은 절대로 안 되는 곳이기에 어디서나 식사는 엄수했습니다.

군부대 자체가 큰 감옥과 같은 곳이니 포승줄은 하지 않았는데 수갑은 계속 차고서 밥을 먹어야 했습니다. 밥을 먹는 동안 헌병이 뒤에 서 있었습니다.

이윽고 군단 법무부에 헌병 한 무리가 왔습니다. 포승줄로 나를 묶고 '1군단 헌병대'라고 적힌 봉고 차량에 태웠습니다. 1군단 헌병대는 아주 가까운 곳에 있었습니다. 군단 사령부를 빠져나와 조금 가다 유턴을 하더니 큰길 건너편 부대로 쑥 들어갔습니다. 부대 입구가 가파른 오르막길이었습니다. 부대 건물을 돌아 뒤편으로 가더니 하차시켰습니다.

악몽의 1군단 헌병대 영창 생활이 시작되었습니다.

모든 영창이 다 그렇듯이 1군단 헌병대 영창도 햇볕 한 조각 들지 않는 지하였습니다. 3층 건물로 세워진 서울구치소와는 완전히 다른 곳이었습니다. 군복과 부대로 한 번 묶인 곳이 군대라고 한다면, 군 영창은 두 번 묶인 곳이라고 할 수 있겠지요.

그 시절 그곳은 한마디로 인권에 대한 생각이 없는 곳입니다. 인간다운 삶이란 전혀 존재하지 않는 곳이었어요. 인권은 사치였고 사람이 사물처럼 취급되던 곳이었습니다.

생활은 지극히 간단했습니다. 아침 6시 기상과 함께 세면을 한 다음 자리에 착석하여 부동자세로 앉아 있습니다. 그리고 조식, 중식, 석식 세 번의 식사를 비어있는 철창 방에 마련된 식당 칸에서 차례대로 식사를 합니다. 그 외에는 그 자리에 그냥 부동자세로 앉아 있어야 합니다. 누울 수도 없고 일어날 수도 없고 걸어 다닐 수도 없습니다. 공식적으로는 옆 사람과 대화를 나눌 수도 없습니다. 유일하게 세면대 청소 및 영창 각 방 청소를 하는 시간이 일주일에 한 번 정도 있을 뿐이었습니다.

동물인 사람을 움직이지 못하는 식물처럼 취급했습니다. 영창은 수감자들이 생활하는 곳이 아니라 마치 수감자들을 그냥 군 보급품이나 사물처럼 보관하는 곳이었습니다. '교정'이라는 개념은 없었고 그냥 '구금'만이 있을 뿐이었습니다.

너무 느리고 지루하게 하루 이틀 사흘이 지났습니다.

구치소는 안경을 영치시키지 않는데 앞뒤가 꽉 막히고 교도행정에 대한 개념이 전혀 없는 당시 군 영창은 자해 방지라는 명목으로 유리 렌즈 안경은 안 된다는 입장입니다. 안경을 뺏긴 덕분에 유치장 철창 복도는 흐릿한 영상으로만 보였습니다. 근시인 나는 철창의 개수가 몇 개인지 잘 세어지지 않았고 그 옆으로 왔다갔다 하는 헌병 근무자가 누구인지 얼굴을 인식할 수도 없었습니다.

면회도 없었습니다. 군대라는 것 자체가 아무 때나 아무나 면회할 수 있는 곳이 아닙니다. 게다가 군 헌병대는 그런 교정 행정을 할 능력도 없었습니다. 군대에서 면회란 마치 부대 면회와 같은 것이라 군 영창은 한 달에 딱 한 번만 가족 중심으로 면회가 이루어졌습니다.

신발도 없었습니다. 영창 밖으로 나갈 때는 고무신을 신었고, 영창 내에서는 도기다시 바닥에 맨발로 다녔습니다. 식사는 비어있는 철창에 테이블과 장의자를 마련해놓고 각 방마다 돌아가면서 먹었습니다. 헌병대 배식 이후에 남은 밥과 찬을 가져왔기에 겨울이라 대부분 식어있는 상태였습니다. 멀건 된장국에서 식은 김도 한 줄기 올라오지 않았습니다.

밖에서 먹거리를 차입하여 넣어주거나 책을 넣어주는 것과 같은 교도 행정은 아예 있을 수도 없었습니다. 당연히 운동도 없었습니다. 목욕도 없고 모포 털기도 없습니다. 식사 시간 이외에는 정좌하고 움직일 수 없는 상태였습니다. 헌병들의 구타를 방지한다고 방마다 달아놓은 CCTV로 인해 오히려 이중의 감시를 받았습니다.

"꼼지락 대지 마라! 새끼들아!"

CCTV로 지켜보다 꼼지락거림이 많은 방에다 대고 CCTV 감시대에서 마이크로 소리를 질렀습니다. 말 그대로 부동자세. 움직이지 않는다는 뜻입니다. 아침 여섯 시부터 저녁 열 시까지 하루 열여섯 시간을 그대로 앉아 움직이지 못했습니다. 흐릿한 영상을 앞에 놓고 그렇게 하루 종일 움직이지 못하고 앉아 있다 보면 둘 중 하나가 될 수 있을 것 같았습니다. 그대로 미치든지 아니면 그 자리에서 득도(得道)하든지.

햇볕 하나 없는 어두운 1군단 영창에서 당직 헌병만이 복도를 어슬렁거리며 끊임없이 돌아다니는 똑같은 장면을 아침 여섯 시부터 저녁 열 시까지 바라보아야 했습니다. 결가부좌(結跏趺坐)는 아니지만 양반 다리로 앉아 팔을 쭉 펴고 그대로 굳은 채 그 겨울을 지냈습니다. 나는 강제된 동안거(冬安居)에 들어갔습니다.

일주일, 이주일, 한 달이 가도 아무 기억할 것이 없습니다. 생활을 한 것이 아니고 사물처럼 놓여있었기 때문입니다.

군 영창에 '교정(矯正)'이라는 개념이 없었기 때문이기도 하지만 탈영병들은 대개 두 주 정도 만에 재판을 받고 자대로 돌아갔습니다. 대부분 비무장 탈영이었습니다.

탈영이란 그 말과 달리 실제는 현지 부대에서 탈영하는 경우보다는 주로 휴가 미복귀로 탈영 처리되는 경우가 많습니다. 휴가를 나왔다 부대로 돌아가기 싫은 젊은 병사들이 그 상태에서 대책 없이 감정적으로 탈영이 일어나니 대부분 며칠 만에 헌병들에게 잡혀서 옵니다. 그런 군무이탈은 검사 차원에서 기소유예 처분을 받았습니다. 그동안 반성하라는 뜻으로 그런 부동자세를 취하게 하는 것이니 일면 이해할 만도 합니다. 물론 무장 탈영인 경우는 전혀 다르게 다루어집니다.

그 다음으로 많은 것이 성범죄 관련인데 그들도 대충 한 달 이내에 재판이 끝나서 실형을 받아 육군교도소로 가든지 집행유예를 받아 자대로 돌아갔습니다.

군사재판은 일괄 처리하는 사무 처리처럼 보통 두 번도 진행되지 않았습니다. 그날 재판을 시작하면 그 자리에서 바로 형량이 나오는 경우도 많았습니다. 같은 유형의 사건이 많기 때문입니다. 문제는 내가 국가보안법 위반자인 데다 한정 없이 방대한 조서 확인절차가 있었고 재판 일정조차 쉽게 잡히지 않았다는 겁니다.

어느덧 그 영창에서 나는 최고참이 되어 버렸습니다. 1군단 법무부 군 검찰이 두 번 정도 더 불러 조서 확인을 한 후로 보름 동안 그 방에 앉아있었습니다. 인간이 사물이 아닌데 그냥 그렇게 있는 것은 그곳에 포개져 있는 군용 모포와 다를 바 없었습니다.

미칠 수도 없었습니다. 내 변호를 맡은 김정환 변호사의 호의(好意)를 생각해야 했기 때문입니다. 그가 힘들더라도 인내해달라고 부탁했기 때문에 참아야 했습니다.

득도할 수도 없었습니다. 화두(話頭)도 없었고 스승도 없었고 명상법도 몰랐습니다. 만약 그때에 위빠사나 수행법을 알아 스스로 수행했거나 선지식(善知識)이 고매한 스승으로부터 어떤 화두를 받아 간화선(看話禪)을 했다면 나는 한 소식(消息)할 수 있었을까요?

날짜를 잊어버리고 시간과 공간마저 지하의 어둠 속으로 빨려 들어가는 그때, 한 달 가까이 영창 철창 방에 정렬하고 그렇게 놓여 있었습니다.

"박민수 상병. 고생이 많죠?"

그런 어느 날 군단 법무부에 불려갔더니 이번에는 변호사 접견이라고 했습니다. 영창 구석에 놓여 있는 것보다는 불려가서 팔다리를 움직여보는 것이 백배 천배 나을 때였습니다. 가족들이 변호사를 선임했다고 했어요. 민변 소속 김정환 변호사라고 자신을 소개했습니다. 물론 처음 보는 분이었습니다. 선임계에 서명했습니다.

"제일 큰 게 그 뭐지… 그래, 방북제안서라는 건 알고 있죠?"

"예."

"군사 재판이라 심리는 별거 없을 겁니다. 군 검찰은 그냥 읽고 말 거고. 어차피 군 검사도 기무사 조서를 그대로 받아서 할 수밖에 없으니까. 국보법 적용하면 실형 3년 정도, 잘못되면 그 이상도 나올 수 있어요. 6조에 대해 예비 음모만 해도 유기징역 2년 이상이니. 고등군사법원이 있긴 하지만 군사재판은 1심으로 끝난다고 생각하는 게 좋겠어요."

김정환 변호사는 확실히 법조인이었습니다. 기무사가 말한 3년을 그대로 예측했습니다. 그는 말끝에 1군단 군사 법정이 중요하다고 덧붙였습니다.

"기무사에서도 3년 정도 나올 거라고 했습니다."

"그렇다고 봐야죠. 헌데 군사재판이 어떻게 하느냐에 따라 꼭 불리할 게 없어요. 형량이 나오더라도 형 감량권이나 사면권을 군단 사령관이 갖고 있기 때문에 징역 7년도 단숨에 징역 3년으로 내리기도 하거든요. 사령관 감형이 있다고 하지만 그건 차후에 문제인 데다, 더구나 우리 경우는 국가보안법 반국가단체에 대해 군사령관이

즉시 감형은 어렵다고 봐야죠. 군대는 법도 법이지만 명령이 우선이라고 생각하면 됩니다. 다행히 국방부장관상을 받은 경력이 있어 아주 잘 됐어요."

비관적인 의견과 낙관적인 의견을 섞어서 말했습니다.

"박민수 씨, 영창이 힘들겠지만 좀 참을 수 있겠죠."

"예."

입창 이후 처음으로 만나는 변호사이기에 참기 어려울 정도라고 하소연하고 싶었지만 담담하게 말할 수밖에 없었습니다.

"자포자기하지 말고 새로운 방법으로 투쟁한다고 생각합시다. 어차피 사건은 다 지나갔어요."

"그래도 반성문 같은 건 쓰기 싫습니다."

마지막 자존심이 남아있었습니다.

"그래요. 반성문은 군사 법정에서 요구하는 것도 아니니… 그런 건 없는 것 같아요. 어쨌든 재판 투쟁이다 생각해야 합니다. 반성문은 아니라도 지금은 달라졌다는 걸 보여줘야 합니다."

민주화에 대한 호의와 사상범의 인권을 위해 사건을 맡아 준 변호사이지만 그분에게 의지하고 싶은 마음이 조금씩 들었습니다.

"미리 얘기하지만 심리 때 내가 질문을 하더라도 가능한 '예, 아니오.' 정도로 긍정, 부정만 표시하세요. 부연 설명은 내가 할 테니. 군사 재판의 정서에 맞춰야 합니다."

"예."

"여긴 변호사 접견도 까다롭네요. 접견은 또 힘들 것 같고 재판할 때 잠깐씩 접견할 수 있다고 하니까 그때 보죠. 밖에서 가족도 그렇고, 오수연 씬가, 애인도 만났는데. 박민수 씨 도우려고 모두 노력하고 있으니 본인이 좀 견뎌야 합니다."

"예. 그런데 변호사님. 한 가지 말씀드릴 게… 저기 수연이나 어머니나 가족들이 재판 때 안 오셨으면 합니다."

"왜요? 부담스럽나요?"

"예. 말씀대로 조용히 재판받고 싶습니다."

"제가 뜻은 전달은 하겠지만, 가족들이 그리할지는 모르죠."

"예. 감사합니다."

"제가 당부하고 싶은 건 영창이 힘들겠지만 참아야 한다는 것과 쉽지 않은 상황이지만 포기하지 말라는 겁니다."

내게 어떤 화두를 들고 온 분은 다름 아닌 김정환 변호사님이었습니다. 생각할수록 고마운 분입니다. 인내하라는 것과 포기하지 말라는 참으로 귀중한 화두를 주었습니다.

헌병대 건물을 돌고 있는 스팀 관이 지하 영창까지 뻗어있어 다행히 춥지는 않았습니다. 저녁 무렵에는 관을 통해 스팀이 들어왔습니다. 그러나 먼지가 쌓인 모포 때문에 목이 칼칼하여 수건으로 입을 가리고 자야 했습니다. 건조한 공기로 입술이 찢어지고 발바닥에 각질이 오르다 못해 몇 가닥으로 갈라졌습니다. 환기 없는 구조 때문에 여기저기 마른기침이 순식간에 영창 내에 퍼지기도 했습니다.

그렇게 몸과 마음이 부동자세로 굳어가던 어느 날이었습니다. 영창 철창 안 식당 칸에 작은 책장이 있었는데 그 안에 있는 책은 부동자세에서 보아도 좋다는 조처가 내려졌습니다. 조그마한 책장에 앞장이 다 찢어진 초라한 책들이 어지럽게 꽂혀있더라고요. 나는 '식사 끝'이라는 소리에 재빨리 일어나며 아무 책이나 하나 집어 들고 옆구리에 꼈습니다. 활자라도 있어야 그 무거운 시간을 조금이라도 깰 수 있을 것 같았습니다.

좌정하고 꺼내보니 만화책이었어요. 근데 오락물은 아니었고요. 아마 『만화로 보는 한국 천주교회사』였나 봅니다. 군종(軍宗)에서 갖다 놓고 잊어버린 그런 꼴의 교양 만화였는데 읽을 활자가 없는 상태에서 만화책이나마 내게 위안이 되었습니다.

표지는 달아나고 없고 앞 페이지 몇 장도 찢어진 그 책을 들고 앉았습니다. 안경도 주지 않아서 책을 코앞에 들고 미간을 찡그리며 읽어갔어요. 어차피 빨리 읽을 일도 없잖아요. 다행히 보통의 만화보다 글씨가 매우 많았습니다.

황사영 백서사건, 병인양요 등과 더불어 국사 시간에 천주교에 대한 박해가 있었다는 정도만 알고 있던 내게 천주교의 입장에서 기술한 것이지만 그 교양 만화는 한국 천주교회사(天主敎會史)에 대한 의미심장한 감동을 던져주었습니다.

우리나라에 천주교가 들어온 것은 약 200여 년 전이고 그 중 초기 백 년은 네 번에 걸친 큰 박해와 함께 크고 작은 핍박이 계속된 박해(迫害)의 시대였습니다. 조선 후기 천주교의 역사는 눈물과 피로 얼룩진 그 자체로 순교(殉敎)의 역사였습니다.

특히 내가 본 만화책은 신유박해까지 다룬 초기 역사였습니다. 부동자세로 하루를 보내야 하는 처지도 있었지만 나는 점점 그 만화책에 빠져들어 갔습니다. 몇 번을 읽어보고 다시 보고 그림 하나 글자 하나하나를 음미하면서 탐독했습니다. 그리고 식사 시간을 기다려 그 책장 주변에서 만화의 다음 편을 찾았습니다.

우리 천주교는 서구의 전도에서 유래된 것이 아니고 '서학(西學)'이라는 이름으로 자발적으로 이루어진 사상적 탐색에서 비롯되었더군요. 교회사(敎會史)는 그렇게 시작했습니다.

조정의 지배계급에서 소외된 남인 계열의 학자들은 서학을 통해 조선사회의 변화를 도모하고자 했습니다. 처음부터 서학이 금기의 대상이었던 것은 아니었습니다. 실학자들에게는 오히려 새로운 문명을 받아들이는 통로로 생각되기도 했습니다.

이야기는 광암 이벽이 강학회에 참석하기 위해 주어사의 천진암으로 가는 장면에서부터 시작됩니다. 그 자리에서 서학에 대한 깊은 연찬(硏鑽)이 일어나는 데 그곳이 절의 암자였다는 것은 시대적 환경이었겠지만 종교사로 볼 때는 아이러니한 일이기도 합니다.

북경을 왕래하던 동지사(冬至使)를 통해서 천주교리(天主敎理)를 담은 서책과 성물(聖物)이 들어오기 시작합니다. 북경 북성당 예수회 소속의 그라몽 신부로부터 세례를 받은 이승훈 베드로가 귀국하면서 이벽, 정약전, 정약용 형제, 권철신 등을 비롯한 이들이 학문이 아닌 신앙으로서 천주교를 받아들입니다. 교회가 신앙인들의 공동체라고 볼 때 한국 천주교회는 비로소 이들에 의해 시작되었다고 말할 수 있습니다. 그들은 양반이었고 선비였고 학자이며 관료이기도 했습니다.

남인들을 중심으로 천주학이 퍼지자 남인 일각에서도 안정복, 이가환 등이 성리학의 이론과 부딪치는 점과 타 당파에 의한 정치적 탄압으로 악용될까 경계하기도 합니다. 이에 남인에 대한 정치적 탄압을 염려한 이가환은 이벽을 찾아가 천주(天主)와 상제(上帝), 유학의 중심논리인 이기론(理氣論), 태극도설(太極圖說)은 물론 영혼불멸, 사후세계에 이르기까지 몇 날에 걸쳐 토론과 문답을 벌립니다.

이때 이벽은 "천지만물에 스스로 난 이가 어디 있습니까? 부모의 부모조차 그 부모가 있을진대 처음으로 분명히 사람을 내신 이가 있을 것입니다. 사람뿐 아니라 초목과 짐승도 그러하다면 이 모든 것을 내신 이를 천주라 믿습니다. 천주교는 창조주의 신비와 원리를 깊이 탐구하는 것은 물론 스스로 자신을 살펴 참회하고 이웃을 내 몸처럼 살펴라 하십니다. 이것이 천주교의 성스러운 교리입니다. 무릇 진리를 알았다면 온 마음으로 따라야 하는 법. 부디 대감께서는 천주학을 다시 잘 살피시어 진리에 어긋난다면 저를 말리십시오."라고 했습니다.

당시 사헌부 지평이었던 이가환과 이벽의 문답토론은 장안의 화제가 되었다고 합니다. 일종의 사상논쟁과 같은 거지요. 당대의 천재 이가환은 이벽의 의견을 일면 이해하면서도 천주학이 남인을 탄압하는 어떤 빌미를 주지 않을까 걱정하면서 깊은 고민에 빠집니다.

18세기 성리학에 대한 비판적 고찰, 조선 봉건 사회의 모순에 대한 변혁을 꾀하면서 젊은 선비들은 '천주 앞에 사람은 아무런 차별 없이 평등하다'는 가르침에 귀를 기울이게 됩니다. 유교적 이상 사회를 진지하게 꿈꾸었던 조선의 지식인들은 천주학에서 유학을 뛰어넘는 어떤 가능성을 보았던 겁니다.

그러나 천주교리는 적서(嫡庶)차별을 넘어 반상(班常)의 차별조차 없는 혁명적 평등사상이었습니다. 나아가 남존여비(男尊女卑)의 조선 시대에 남녀차별이 없는 새로운 세상을 설파했습니다. 이것은 종교적 교리 이전에 사회적으로 볼 때 혁명적 사상이라 아니할 수 없었습니다.

"천주학이라는 게 '야수'라는 서양 귀신을 믿는 서양종교인데, 부모나 임금보다 '야수'가 더 높다고 하는군."

사람들은 수군거렸습니다. 천주 앞에서 군신(君臣), 부자(父子)의 위계가 사라진다면 성리학의 질서는 근본부터 흔들리며 조선 봉건사회는 지탱할 수 없었을 겁니다. '천주 앞에서 만인이 평등하다'는 교리 속에 잠재한 파괴력은 유교적 명분 질서가 사라진 무부무군(無父

無君)의 혁명이었습니다.

정조 시절, 을사주초 사건이 일어나고 성균관 유생들이 서학은 무부무군(無父無君) 한다 하여 통문을 돌림으로써 최초의 순교자가 나오게 됩니다. 양반가에서도 천주교를 받아들인 젊은 선비들에 대해 가문의 압박이 가해져서 일시적인 배교자(背敎者)와 냉담자(冷淡者)가 나타납니다. 이때 지도적인 역량을 발휘했던 이벽은 집안에 연금된 지 여덟 달만에 33살의 나이로 숨을 거두고 말았습니다.

그러나 한 알의 밀알이 썩어 싹이 트고 그 싹이 자라기 시작했습니다. 전라지역과 충청지역 등으로 신도들의 숫자는 늘어갔습니다. 그리고 마침내 정식으로 사제를 모시기 위해 북경 교구로 연락을 취하게 됩니다.

이 시기 조상 제사 문제가 등장하였습니다. 마태오 리치 신부와 예수회는 유교식 제사는 부모와 스승에 대한 효도와 존경의 표현이라고 동양 문화와 조화를 꾀했습니다. 그러나 도미니코회와 프란체스코회는 그 위패에 조상의 혼령이 깃들어 있다고 믿기 때문에 그 위패에 절을 하고 제사를 지내는 것은 미신이요 우상숭배라고 규정했습니다. 이후 교황청마저 이런 교리를 결정함으로써 유일 신앙인 신실한 천주교인이라면 위패를 모시고 절을 하는 행위는 천주에 대한 모독이라고 제사를 금지하게 했습니다. '제사 금지령', 이것은 조선 교회 처지에서는 마른하늘에 날벼락과 같은 것이었습니다.

전라도 진산에서 진사 윤지충이 모친상에 위패를 모시지 않고 제사상도 차리지 않았습니다. 윤지충은 모친의 유언대로 천주교리대로 한 것이라고 했습니다. 천주교가 공유된 남인들을 노리고 있던 공서파가 이를 정치적으로 확대하여 사건을 일으킵니다. 오랑캐의 논리라고 윤지충은 감영에 갇히게 됩니다. 그 시대에 사대부(士大夫)가 위패를 없애고 제사를 지내지 않는다는 것은 그 자체로 놀라운 일이 아니겠습니까? 윤지충은 위패는 나뭇조각에 불과한 것으로 거기에 혼령이 깃든다고 생각하지 않았고 제사상을 귀신이 먹는다고 생각하지 않는다고 말했습니다. 이것이 '진산 사건'인데 사건이 확대되어 천주교의 지도자격이었던 이승훈과 권일신도 잡혀 오게 됩니다.

이때부터 양반 천주교인에 대해 공맹(孔孟)의 도리를 따른다는 자술서로 배교를 증명하면 풀어준다든지 목숨을 살려주는 봉건적 전향 제도가 본격적으로 등장했습니다. 그러나 권일신은 끝내 배교하지 않고 귀양길에서 죽었으며 윤지충도 순교했습니다.

제사 금지 문제는 지금 상상해보아도 엄청난 문제였습니다. 이는 일반 백성의 인식뿐 아니라 제사를 중시하는 양반층이 천주교에 냉담하게 되는 사정이 됩니다. 진산 사건을 계기로 양반지도층의 비중은 급격히 축소되고 대신 중인과 평민, 부녀자들이 신앙공동체의 주류를 이루게 됩니다. 특히 평등사상에 기초한 여성 신도들의 신심과 활약이 나타나기 시작했습니다. 어느 종교사를 보더라도 여성들의 역할은 대단합니다. 실제 현실 종교 생활에서도 그러한데 어찌 보면 여성들이야말로 종교의 어머니가 아닌가 여겨집니다.

이제 천주의 어린 양들은 목자를 찾게 됩니다. 요청을 받은 북경 교구 구베아 주교가 주문모 야고보 신부를 조선에 보냅니다. 우여곡절 끝에 주문모 신부가 서울로 숨어들어 와서 첨례(瞻禮) 미사를 이끌고 '명도회(明道會)'라는 최초의 평신도 단체의 회장으로 정약종을 정하고 포교활동을 합니다.

'위패를 모시지 않고 제사를 지내지 않는다. 남녀가 유별한 데 섞여 지낸다. 사람이 평등하다며 반상의 차별이 없고 노비를 그냥 풀어준다.' 나아가 '부모와 임금보다 서양 귀신인 야수를 더 높이 모신

다, 그 야수를 동정녀가 낳았단다.'

이런 천주교가 어떻게 강상(綱常)의 도리를 내세우는 당시 봉건 조선 사회에서 살아남을 수 있었을까요?

정조가 죽고 곧바로 정순왕후에 의해 신유박해가 일어나 수많은 이들이 순교하게 됩니다. 물론 노론 벽파가 남인들을 공격하기 위한 정치적 배경도 충분히 있었습니다. 그런 점에서 보면 박해는 일종의 정치적 사건이며 이념 사건이었습니다.

1801년에 터진 대대적 박해는 천주교인들을 극단적 선택으로 몰고 갔습니다. 배교자가 생기고 더불어 냉담자들도 생겨나고 다시 천주교를 믿는 사람들이 생겨나는 복잡한 사연들이 발생합니다. 수많은 순교자들도 나옵니다. 주문모 신부를 비롯하여 이승훈, 정약종, 최필공, 이존창 등이 순교했습니다. 필설(筆舌)할 수 없는 형벌과 고통, 참수와 죽음이 일어납니다.

'양심의 자유'라는 개념이 전혀 없던 봉건 시대에 비인간적인 전향 강요로 참혹한 형문을 가합니다. 천주학쟁이를 잡기 위해 배교자들을 밀고자로 활용하였고 그들로 인해 피해의 범위는 늘어납니다. 모든 일이 그렇듯 인간사는 얽히고설키고 그 순간과 역사적 평가가 팽팽하고 순수한 순교와 억울한 죽음이 뒤섞이는 일의 연속이었습니다.

눈물과 피로 얼룩진 한국 천주교회사의 그 참혹한 박해와 순교의 역사를 보면서 나는 무엇이 천주의 뜻인지 알 수 없었습니다. 왜 천주는 이토록 인간의 고통을 원하는 것일까요? 그 착하고 순박한 어린 영혼들의 고통을 말입니다.

이때 '황사영 백서(帛書) 사건'이라고 우리가 알고 있는 그 사건도 일어납니다. 초기 교회의 지도자들이 잡혀가고 주문모 신부도 어린 양들을 버리지 못하고 자수하여 서소문 밖에서 참수된 상황에서 홀로 남은 황사영은 제천 배론 마을의 토굴로 숨어 들어갑니다. 이 박해를 증언하고 조선 교회를 재건해야 할 책임이 황사영에게 남겨졌습니다.

그가 비단에 세필(細筆)로 빽빽하게 적은 내용 대부분은 순교자들에 대한 기록입니다. 당대는 물론 지금까지 논란을 부르는 부분은 후반부에 있었습니다. 황사영은 박해를 멈추고 교인들을 살리기 위해 몇 가지 방책을 제시했는데, '조선을 청에 내복(內服)시키고 서양 군함과 군사를 통해 조선을 압박하여 포교의 자유를 확보하자'는 청원이 들어 있었습니다. 반국가적이고 반민족적인 구상이었지요. 그의 편지는 바티칸 교황에게 전달되지 못하고 그는 체포되어 능지처참을 당했습니다.

황사영은 정약용의 장형인 정약현의 딸 정명련과 혼인함으로써 사실 처가(妻家) 인척들을 통해서 천주교를 받아들였습니다. 일찍이 소년 급제자로 출세가 약속되었던 황사영은 왜 노비를 방면하고 어린 백성들과 함께하면서 그렇게 극단적인 선택을 했을까요? 그가 생각한 천주의 세상은 평화로운 마을, 인정이 넘치는 풍속, 약한 자에 대한 배려와 인간 평등이 실현된 지상의 천국이었을 겁니다. 그는 현실의 고통과 억울한 죽임 앞에서 전통적인 유교 윤리, 혈통 의식, 지상의 가벼운 권위라고 할 수 있는 국가마저 부정하였습니다.

비극은 황사영 자신과 가족, 당대 교인들에게만 끝나지 않았다는 겁니다. 지배층과 백성들은 백서 사건을 계기로 천주교인들을 정말로 무부무군의 무리, 나라를 팔아먹는 무리로 여기게 되었고 그 논쟁은 지금에 이르게 됩니다.

적어도 지하 영창에서 그 이야기를 읽는 내게는 엄연한 비유를 내

포한 생생한 사연으로 다가왔습니다. 18세기 봉건 조선의 모순과 성리학의 한계를 뛰어넘는 진리를 찾고자 했던 어린 선비들의 모색과 천주의 세상을 그리며 죽음으로써 종교적 양심을 지킨 이름 없는 백성들의 순교 이야기가 절절하게 느껴졌습니다. 급기야 황사영의 절망과 극단적 선택도 이해하게 되었습니다.

신유박해 이야기에서 나는 한참을 울었습니다. 어떤 폭력적 행동 전략도 없는 그들이 오로지 천주라는 신앙에 의지하여 그 시대에 가장 무서운 교리, '천주 앞에 만인이 평등하다.'와 '천주 외에 우상을 숭배하지 않는다.'를 가지고 신앙 공동체를 지키기 위해 사람의 육신으로는 받을 수 없는 형벌과 고통을 감내하며 순교의 길을 꿋꿋이 걸어 들어갔습니다.

여러 가지 상념 때문인지 왜 그렇게 한국 천주교회사에 감정이 이입되었는지 저절로 눈물이 나왔습니다. 옆에 앉은 입창 병사가 몰래 뜯어주는 휴지를 받아 쥐고도 한참 눈물을 흘렸던 것 같습니다. 헌병 근무자도 불쌍히 여겼던지 별말 없이 지나쳤습니다. 내 처지가 스스로 서러워서 그랬던 것은 아닙니다.

나중에는 달라졌지만 그 시대 제사 금지 문제를 일으킨 교황청도 미웠습니다. 동양의 조상 공경, '제사'를 '우상'이라고 규정지어버린 그들은 종교적으로는 성서를 순결하게 해석한 것이겠지만 그 순결성이 그 시대 조선 땅에 살았던 수많은 어린 양들에게 얼마나 많은 고통을 안겨다 주었는지 모릅니다.

사상의 문제란 그 말 자체는 무시무시해 보이지만, 실상 '너는 왜 그런 생각을 하느냐'의 문제가 아니겠습니까? '왜 기존의 의식과 질서대로 생각하지 않느냐', 그런 이유로 인간은 실제로 사람을 죽였습니다. 종교조차도 그런 살인의 역사를 가지고 있습니다. 지금 우리의 의식을 형성하고 있는 공인된 사상과 종교, 도덕조차도 얼마나 서로를 죽이고 죽어가면서 이루어진 것인지 알 수 없습니다.

당대에는 도저히 용납할 수 없는 사상과 교리라고 죽음을 불렀던 일도 정세가 변하고 세월이 지나고 나면 결국 아무것도 아닌 것이 많습니다. 피의 박해가 벌어졌던 봉건 시대는 지나고 현대에 이르렀습니다. 그러나 조선 시대에 천주학이나 분단 시대에 통일론이나 당대의 사람들이 절대 용납할 수 없다고 경계했던 모든 것이 과연 무엇을 경계한 것인지 스스로 반추해보아야 할 것입니다.

한 달에 한 번 있는 가족 면회의 날이 왔습니다. 면회 시간은 중식 시간에 헌병대 식당에서 한다고 합니다. 면회 신청이 들어 온 병사들은 모두 포승줄이나 수갑은 없이 고무신만 신고 영창 문을 열고 계단을 올라왔습니다. 부대 내에서 이루어지는 면회이고 가족들 앞이니 그 날만큼은 헌병대도 나긋했습니다.

놀란 것은 그사이 눈이 왔었나 봅니다. 식당으로 가는 짧은 길에 야산에 쌓인 눈과 연병장 구석에 치워진 눈 뭉치를 보았어요. 사병 식당 처마 밑에서는 눈 녹은 물이 뚝뚝 떨어지고 있었습니다.

어머니와 수연이 같이 왔습니다. 예상하지 못했는데 하태식도 함께 있었습니다. 구치소 접견실과는 달리 사병 식당에서 한 테이블을 차지하고 하는 면회이다 보니 서로 손도 잡을 수 있고 먹을 것도 같이 먹을 수 있었습니다. 점심시간을 활용한 면회로 한 시간가량 이루어지는 일종의 특별 면회와 같았습니다.

김정환 변호사를 만났다는 얘기를 했습니다. 어머니는 민변 변호사가 여러 가지로 살펴주어 고맙다고 하면서 수임료도 너무 적게 받더라며 거듭 인정에 감사를 표했습니다.

정식 상견례는 하지 않았지만, 이런저런 사연으로 어머니와 수연은 벌써 마치 고부(姑婦)처럼 이것저것을 서로 챙기는 모습이었습니다. 두 사람이 보따리를 열어 찬합에 담긴 따뜻한 밥과 국, 유부초밥과 반찬을 풀었습니다.

"그래, 공부는 잘 돼가니?"

"나야 뭐. 올해는 안 될 것 같고 내년에 승부를 걸려고 준비 중이야."

사시 준비에 대해 물으니 태식은 그렇게 답했습니다.

어머니 앞이라 그네와 손을 잡고 그러지는 못했습니다. 그네와 처음에 말로만 인사하고 그 뒤로는 그냥 살짝살짝 눈만 마주쳤습니다. 얘기 중에 계속 먹을 것을 꺼냈습니다. 보온병에서 물을 부어 커피도 한 잔 타고 과일도 꺼냈습니다. 사과와 배를 깎고 귤을 까고 같이 나누어 먹었습니다. 언뜻 보면 일반적인 병사들의 가족 만남의 자리와 별반 다르지 않았습니다. 가끔 입창 병사들에게 욕을 하면서 잡도리를 하던 헌병들도 가족들 앞에서는 멀찍이 떨어져서 서 있었습니다.

시간이 끝나자 헌병들이 정중하게 가족들을 먼저 보냈습니다. 가족이 가고 나자 병사들은 더 감회에 젖은 듯 몇몇은 훌쩍이고 있었습니다. 일시적인 감정의 소회를 이해한다는 듯 헌병들도 별로 잡도릴 하지 않고 천천히 영창으로 우리를 몰았습니다. 면회 온 사람이 미처 없는 입창자 몇몇이 평소와 다름없이 고개를 숙이고 식은 밥을 먹고 있었습니다. 그 영창 식당 칸을 지나치다 가져온 귤 한 봉지를 그들에게 갖다 주었습니다.

군 검사는 기무사가 만든 3천 쪽의 조서를 증거물로 제시하고 공소장을 읽었습니다. 기소 요지는 내가 반국가단체의 조직원으로 활동했다는 것, 그리고 방북 제안서를 작성하여 반국가단체 지역으로 잠입, 탈출을 모의하고 실행하였다는 것, 그리고 어처구니없게 군 내부 의식화 작업을 위해 입대했다는 내용도 들어있었습니다. 군 내부 의식화 작업은 기무사에서도 없었던 내용인데 군 검찰은 무슨 상상으로 그런 '위장 입대'라는 내용을 창조해냈는지 알 수 없었습니다.

1군단 군사 법정 판사석에는 세 명의 재판관이 앉아있었습니다. 일반적으로 보면 형사 합의부 재판정이었습니다. 두 명의 배석 군 판사는 실제 사법고시를 패스한 전문법조인이었고 재판장을 맡은 심판관은 실은 법조인이 아니라 현역 군인이었습니다. 임기에 따라 그런 보직을 현역 장교들이 맡아 하는데 그때 재판장은 어깨에 무궁화 세 개가 달린 대령이었습니다. 연대장급의 장교였지요.

한 시간이 조금 못 미치게 공소장을 읽고는 재판은 다음 기일로 넘어갔습니다. 피고가 별로 말할 필요가 없다는 변호사의 코치에 따라 모두진술(冒頭陳述)도 하지 않았습니다.

쓸쓸하고 조용한 재판이었습니다. 내가 원한대로 어머니도 누나도 수연도 오지 않았습니다. 언론은커녕 친구도 누구도 찾아오지 못했습니다. 모두들 내가 입대한 것으로만 그냥 알고 있기도 했습니다. 한편으로 잘 된 것입니다. 군사재판은 방청객도 별로 있지 않아 말이 끊어질 때는 실내가 도서관보다 더 조용했습니다. 고요한 권위가 빛나는 곳이었어요.

군사 법정에서 내 사건은 항상 제일 나중에 다루어졌습니다. 군무이탈 사건이야 대체로 5분도 걸리지 않았기에 같이 출정한 모두가 영창으로 돌아가거나 집행유예로 헌병대 대기 막사로 돌아간 뒤에 혼자서 법무부 대기실에 앉아 있었습니다.

"아직 안 끝났어요?"

나를 호송하러 온 헌병 이등병도 그곳의 최고참인 내가 이제 낯이 익은지 그렇게 아는 척을 했습니다. 데려갈 사람이 나 혼자이니 봉고 차량 대신 승용차를 끌고 오기도 했습니다. 자기보다 영창 짬밥이 많다고 헌병 이등병은 포승줄도 대충 묶는 듯 마는 듯했고요.

식판 위에 놓인 빵과 우유와 함께 크리스마스가 왔습니다. 그 성탄절에도 나는 『만화로 보는 한국천주교회사』를 반복해서 읽었습니다. 예수 그리스도의 탄생은 구원의 약속이면서 한편으로는 피의 순교를 예비하는 것이라는 비감(悲感)이 들었습니다.

"너보다 더 고참이야. 근무 설 때 잘해드려."

헌병들이 자기들의 신병(新兵)을 놀리느라 그런 농담을 했습니다. 새로 온 헌병 신병들보다 영창에서 내가 더 고참이 되었다는 겁니다. 헌병 신병은 군기가 바짝 들어 영창 고참이라는 내 앞에서도 경례를 때리려는 기세였습니다.

헌병들이 생각하기에도 내가 하도 오래 그곳에 있으니 나중에는 뒤쪽 벽에 붙어서 좀 기대어 앉아 있으라고 했습니다. 보다 못한 일종의 특별 대우였어요. 그렇게 벽에 기대어 앉아서 새해를 맞이했습니다.

급기야 헌병들이 식당 칸에서 행정 차트 만드는 걸 도와달라고 하여 도와주었고 어떨 때는 문서 몇 장을 타이핑도 쳐 주었습니다. 그랬더니 자기들 먹는 빵과 맛스타 주스도 내주었습니다. 뼈마디가 삐덕삐덕했기에 그런 시간이 부동자세로 굳어 있는 것보다는 훨씬 나았습니다.

"피고인이 방북 제안서를 작성한 것은 이창섭의 요청에 의한 것이지요?"

"예."

김정환 변호사가 피고인 심리를 시작했습니다.

"피고인이 반제애국전선을 탈퇴한 것은 스스로 회의를 느껴 자진 탈퇴한 것이지요?"

"예. 그렇습니다."

"그 뒤로 이창섭을 만난 적이 있습니까?"

"없습니다."

"이창섭이 방북 자금을 요구했을 때 피고는 이를 거부하였지요?"

"예."

"그 이후 피고는 조직의 재차 요구에도 결국 방북 자금 모금에는 참여하지 않았지요?"

"예. 그렇습니다."

김 변호사는 검찰 공소 요지에서 사실과 다르거나 재판정에 오해를 줄 수 있는 부분을 딱 골라내 질문을 던졌습니다. 질문도 그 자체로 단답형으로 답할 수 있게 구성하였습니다.

"조직을 탈퇴한 뒤에 피고는 대학 졸업을 하고 군 복무를 하기 위해 자진 입대한 것이지요?"

"예. 그렇습니다."

"피고 박민수 상병의 부대원들과 부대장을 만나본 결과, 박 상병은 늦은 나이에 입대했지만 부대원들과 화합하면서 군 생활에 성실하게 임하였고 국방부 장관상을 수상하여 부대의 사기를 높였다고 하는데, 피고, 어떻습니까?"

"예. 그렇습니다."

이렇게 심리를 하더니 그는 가운데 앉은 재판장에게 눈길을 돌리고 말했습니다.

"존경하는 재판장님, 판사님. 피고 박민수 상병이 군 내부 의식화 작업으로 입대했을 수 있다는 군 검찰의 기소 내용은 아무런 진술이나 증거가 없습니다. 박민수 상병은 조직을 스스로 탈퇴하였고 졸업 이후 군 복무를 수행하기 위해 순수하게 자진 입대한 것입니다.

존경하는 재판장님. 박민수 상병은 입대 이후 모범적인 군 생활을 했습니다. 본 변호인이 알아본 바에 의하면 이 점에 대해서는 해당 부대원들과 부대장이 하나같이 증언하고 있습니다. 먼저 여기 박민수 상병이 군 생활에서 받은 국방부 장관상을 그 증거로 제출하고자 합니다."

재판장인 대령은 노안이 왔는지 돋보기안경을 꺼내 쓰고는 그 증거물을 살펴보았습니다. 그리고 옆에 군 판사들과 몇 마디를 주고받더니 증거로 채택하라고 지시했습니다. 군 검찰은 기소장 낭독 이외에는 별다른 의지가 없는지 자신들의 기소 내용 중 일부가 탄핵당했는데도 아무런 반론이 없었습니다.

그러자 김정환 변호사는 변론 준비와 추가 심리를 위해 기일 연장을 요구했습니다.

"2주 뒤에 속개하겠습니다."

또 답답한 영창으로 돌아가야 했습니다. 혼자서 법무부 대기실에 앉아 헌병 차량을 기다리고 있는 사이 김 변호사가 접견을 신청해 왔습니다.

"힘들겠지만, 조금만 더 참아요."

"예."

"준비하는 게 있으니까, 희망을 잃지 말고."

"예, 고맙습니다."

"최후진술은 그냥 군 복무를 마치고 싶다는 정도로만 간단하게 해요. 별다른 얘기 해봐야 여기서 통하기는 어려우니까."

속개된 재판이 열리던 그 날 변호사석에서 김 변호사님이 내게 가볍게 손을 흔들었습니다. 그날 드디어 김 변호사는 회심의 일타를 준비했더군요.

"존경하는 재판장님. 피고 박민수의 동료 부대원인 김태영 병장 외 25명의 부대원들과 직속상관인 405연대 1대대 3중대장 김오인 대위의 탄원서를 제출합니다. 덧붙여 피고의 해당 부대인 405연대 연대장 이범곤 대령의 탄원서도 추가로 제출합니다."

좌우의 군 판사들이 서로 얼굴을 마주 보았고 가운데 재판장이 몸을 앞으로 내밀었습니다. 아무리 문민정부가 들어섰다지만, 현역 군인들이 그것도 장교들이 국가보안법 피의자를 위해 탄원서에 서명을 하고 군사 법정에 제출한다는 것은 생각하기 어려운 일이었습니다.

그 탄원서는 가운데에 있는 재판장에게 전달되었고 그 대령은 다시 돋보기안경을 꺼내었습니다. 조용한 군사 법정에 마이크를 타고 나지막한 재판장의 목소리가 아주 가늘게 새어 나왔습니다.

"음. 이범곤이가. 이 대령이… 탄원을…."

김정환 변호사와 눈이 마주치자 그는 내게 얇은 미소를 지어 보였습니다. 나도 예상하지 못했던 탄원이었습니다.

군 검찰은 '징역 3년, 자격정지 4년 그리고 이등병으로 계급 강등'을 구형했습니다. 김 변호사의 미소 때문인지 여기까지 오고 보니 무슨 결과가 나온다 하더라도 운명처럼 받겠다는 생각이 들 정도로 마음이 평화로워졌습니다. 고마운 미소였습니다.

그가 일러준 대로 기회가 주어진다면 군 복무를 끝까지 마치고 싶다고 소회를 말하고 간단히 최후진술을 마쳤습니다.

선고는 2주 뒤에 하겠다고 현역 대령인 재판장이 말했습니다. 그러면서 그는 탄원서를 계속 내려다보며 한숨을 내쉬었습니다.

선고일 그날 군사 법정 뒷자리에 처음으로 어머니와 수연 그리고 누나가 같이 왔습니다. 모두 말없이 가볍게 손을 흔들었습니다. 그러나 김정환 변호사는 보이지 않았습니다. 하긴 변론도 다 끝나고 선고만 남았기에 바쁜 사람이 멀리 올 필요는 없었습니다. 부대 현지 탈영병들에 대해 집행유예가 선고되고 공금횡령 혐의 피의자인 어떤 상사에 대해 심리가 있었습니다. 그리고 나에 대한 선고가 있었습니다.

"본 군사 법정은 피고 박민수에 대해 다음과 같이 선고한다. 피고 박민수를 징역 3년, 자격정지 4년에 처한다. 또한 피고의 계급을 이등병으로 강등한다. 단, 형의 집행을 4년간 유예한다."

12·12 사태 때의 정승화 참모총장처럼 나도 계급이 이등병으로 강등되었습니다. 그러나 천만다행으로 집행유예를 받았습니다. 돌아서 나오는데 얼핏 보니 수연은 손으로 입을 가리고 안도하고 있었습니다. 누나는 손을 흔들었고 어머니는 눈을 감고 합장을 하고 있었습니다.

"박민수 상병, 집행유예 나왔단다. 인제 풀어줘."

그 집행유예 선고와 함께 바로 집으로 돌아갈 수는 없었습니다. 나는 군인이었기에 그 선고는 자대 복귀를 의미하는 것이었습니다. 다만 헌병들은 집행유예 선고 이후부터 내게 수갑을 채우거나 포승줄로 묶지 않았습니다.

다시 한번 김정환 변호사님과 민변에 깊은 감사를 드려야 할 것 같습니다. 교통비에 불과한 수임료만 받고 오로지 사지에 내몰렸던 우리를 도와주기 위해 애썼던 그 시절의 그분들에게요. 김정환 변호사는 내게 인내의 화두와 희망을 주었고 먼 곳까지 세 번이나 접견을 왔고 탄원서까지 추진해주었습니다.

그리고 내 전우라고 할 수 있는 부대원들과 나와 동갑이었지만 내 직속상관이었던 김오인 중대장에게도 감사드려야 할 것 같습니다. 군인으로서 자기 병사를 아끼겠다는 순수한 마음으로 어려운 탄원을 해 준 그들이 없었다면 결과는 쉽지 않았을 겁니다.

한 가지, 연대장 이범곤 대령은 나도 의문이었습니다. 연대장이 일개 상병을 알 리도 없을 텐데 고루한 군인이라고 생각했던 그분이 그런 탄원을 해줄지는 군 재판장처럼 나도 예상하지 못했기 때문입니다. 계급사회인 군대에서 재판장과 같은 계급인 대령의 탄원은 그 자체로 실제 큰 힘이 되었습니다. 어쨌든 그분에게도 마음속으로 깊은 감사를 올렸습니다.

1군단 헌병대 영창을 빠져나와 1층에 있는 대기병 내무반으로 거처를 옮겼습니다. 그 사이 백여 일이 넘게 날짜가 지났더군요. 먼저 헌병대 목욕탕에서 샤워를 했습니다. 묵은 때와 각질이 한 근은 되어 보이게 우수수 씻겨 내려갔습니다. 자대를 떠나고 처음으로 한 샤워였습니다. 내가 자기보다 헌병대 고참이라며 헌병 이등병이 군 보급용 담배 한 갑을 제공했습니다. 저녁을 먹고 한 대 피웠는데 핑 돌면서 다리가 휘청댈 만큼 기분 좋은 맥 빠짐이 찾아왔습니다.

자대 복귀를 대기하면서 일주일 정도 지하 영창으로 밥 배달을 갔습니다. 주눅 든 표정의 탈영병들이 고개를 떨구고 밥을 먹고 있는 애처로운 장면이 그때서야 눈에 들어왔습니다. 물론 잘못된 행동이지만 저마다의 사연이 있었겠지요. 군무이탈은 군법에서는 반드시 처벌해야 할 순정 군사범(軍事犯)이지만 젊은이들에게 있어서는 일시적 방황이며 일탈에 불과한 것일 수도 있습니다. 그들을 위해 다 식어 빠진 국물 외에 나는 따뜻한 물이 담긴 큰 주전자를 꼭 챙겨 들고 가서 밥을 먹고 난 식판 위에 부어주었습니다. 나로서는 해줄 수 있는 것이 별로 없었습니다. 그게 내 마지막 보급병 임무였는지 모릅니다.

때늦은 얕은 눈발이 날리는 날, 자대 중대 인사계 상사가 5/4톤 군용 닷지를 타고 헌병대로 왔습니다. 그도 어떤 서류에 서명하고 내 신병을 확보했습니다.

"박 상병, 고생했다. 다친 데는 없고? 이거 받아."

인사계 상사는 군용 장갑을 건네며 마치 낙오병을 다시 찾은 듯 감격해 했습니다. 진지 공사 막사에서 나를 기무사에 넘겨주었던 일을 그는 마치 자신의 잘못인 양 미안해했습니다. 그가 무슨 잘못이 있겠습니까? 계면쩍어하는 늙은 군인의 마음을 풀어주기 위해 소풍을 다녀온 학생처럼 쾌활하게 받았습니다.

"잘 지내셨습니까? 저는 괜찮습니다. 이제야 자대 복귀합니다."

인사계와 함께 그리운 자대로 돌아왔습니다. 부대에 와보니 모두들 작업과 훈련을 나가고 비어 있었습니다. 저녁때 중대장에게 복귀 신고를 했습니다.

"박민수 상병. 실은 군 복무 부적격자로 결정이 났어. 내일 자로 전역 명령이다."

중대장에게 감사하다는 인사를 하고 나자 그런 결정을 알려주었습니다.

1년 6개월을 복무했는데 그런 판정이 내려졌습니다. 당연한 수순입니다. 판결대로 하자면 이등병 계급장으로 바꾸고 군 생활을 해야 하는데 그것만으로도 부대 위계상 도저히 맞을 수가 없었습니다.

"연대장님이 마지막으로 한번 보자시는데… 가 줄 수 있겠나?"

"예. 그렇게 하겠습니다."

후임병들이 내 사물을 더블백에 대부분 싸놓았습니다. 동기들이 몰려와 한 명 한 명 포옹을 나누었습니다. 내가 없는 사이 들어온 신병들은 뭔지도 모르고 박수를 쳐댔습니다.

"민수 형, 잘 가요. 고생했어요. 사회에서 봐요."

내게 표어를 쓰라고 권했던 행정병은 이제는 병장이 되어 있었습니다. 알고 보니 학생운동 물을 좀 먹었던 그는 눈물이 글썽했습니다.

아침에 중대원들이 모두 모인 자리에서 중대장에게 전역 신고를 했습니다. 비록 불명예제대였지만 군문을 나서는 내게 부대원들은 등짝을 때리는 전역 돌림빵도 하고 신병들은 모여서 헹가래도 쳐주었습니다.

"충성! 신고합니다. 이병 박민수는 1994년 2월 25일 자로 전역을 명받았습니다. 이에 신고합니다. 충성!"

"충성. 됐어. 박 상병 이리 와 앉아. 야, 부관. 커피 한 잔 가져와라."

나는 군법으로 강등된 내 계급을 정확하게 말했지만 이범곤 연대장은 그냥 상병이라고 불렀습니다. 중대를 떠나 나는 위병소로 나서지 않고 더블백을 메고 연대 본부를 찾아갔습니다. 아직 바람 끝에는 추위의 끝자락이 남아있었지만 해가 중천으로 올라가면서 점점 따뜻해지고 있었습니다.

"박 상병, 이렇게 제대구나. 박 상병은 사실 지금부터는 군인이 아닌데… 내 방에 안 들리고 이 지겨운 곳 빨리 그냥 가도 되는데, 전역 신고도 하고, 와 줘서 고맙네."

"아닙니다. 부르시는데… 찾아뵈어야지 말입니다."

"그래, 고생 많았지. 자 들어."

찻잔을 바친 커피 한 잔을 연대장이 권했습니다.

"연대장님, 탄원 감사합니다."

나는 감사 인사를 드렸습니다.

"그래, 그거야 뭐. 그래. 참 박 상병, 고대 사범대 나왔다며… 나가면 선생님 하면 되겠네."

이범곤 대령은 내가 받은 형량이나 그 내용에 대해서는 아는 바가 없었습니다. 집행유예의 의미도 잘 몰랐고 이렇게 나왔다는 것에 그냥 의의를 두었습니다. 당시 내 형량에는 자격정지가 4년이 들어있었기 때문에 교사 자격증도 정지되어 교사에는 지원할 수가 없었습니다. 허나 군이 그런 걸 설명하지는 않았습니다.

"그래. 나도 군 생활 20년 이상인데… 생각해보면 우리가 노가다 인생이랑 뭐가 다를까 해. 몸으로 부대끼면서 먹고 사는 거니까."

내가 위병소를 나서면 민간인이 된다는 걸 알기 때문인지 연대장은 스스럼없이 자기 사설을 늘어놓았습니다. 훈련 때는 엄격한 군인이었지만 가까이서 본 그는 한 사람의 생활인이기도 했습니다.

"내가 딸년이 하나 있는데 말이야. 박 상병 나온 그 학교 사범대를 가고 싶어해. 걔 엄마는 거기 보내겠다고 애를 닦달하는데… 야, 애를 닦달하면서 내 앞에서도 너는 공부해서 군바리 같은 남자는 절대 만나지 마라, 그런 말을 한다니까. 참 네.

하긴 군바리 마누라가 좀 고생스럽긴 하지. 맨날 강원도 산골짜기로 돌아다니면서 낡은 군인 아파트 생활만 실컷 했으니. 사실 집에도 잘 못 들어가. 그냥 주말 부부로 사는 거지 뭐. 나도 그게 속 편해.
실은 말이야 이 부대 온 것도 딸애 서울 교육 한 번 시켜주자는 마음으로 왔는데… 어떨 때 보면 걔가 나보다 더 불쌍해 보여. 보니까 힘에 좀 부쳐하던데… 엄마 닦달에 나보다 더 빡세게 구르는 것 같더라니까. 이야, 도대체 어떻게 하면 그 학교 갈 수 있는 거야?"
물론 그 자리에서 진학 지도를 바라고 한 얘기는 아닐 겁니다.
"연대장님의 군인 정신처럼 열심히 하면 따님도 잘될 것 같습니다."
"하하, 그래. 박 상병, 중대장이 그래도 RT 출신인 게 다행이라고 생각해. 올해 제대한다니까. 김오인 대위가 탄원서 들고 왔더라고… 아, 그보다 사단 정훈에 은선이, 저기 허은선이 말이야."
"허은선 중위 말입니까?"
"그래, 허 중위. 걔가 사실 내가 존경하는 선배님 딸내미거든. 걔 꼬마 때부터 전방 BOQ에서 봤지. 야, 그렇게 아장아장 걷던 애가 커서 정훈 중위가 다 되고 말이야. 하하."
허은선 중위가 군인의 딸이었군요. 내가 지금 입고 있는 군복을 마련해주었던 그녀가 떠올랐습니다. 그 군복을 입고 계룡대로 기무사로 헌병대로 많은 여행을 다녔으니까요. 이제는 집으로 돌아갈 참이지만 말입니다.
"박 상병 탄원은 사실 허 중위가 끌어낸 거야. 허은선이 하고 김오인 하고 이놈들이 또 애인 관계예요. 젊은 애들이니 뭐 연애하는 거야 어쩌겠나. 내가 허은선이 때문에 군사보안을 하나 더 갖고 있다니까. 하하하. 김오인 대위 전역하면 둘이 결혼한다는 군사정보가 있어."
집으로 돌아가는 길에 나를 둘러싼 사람들의 뒷이야기를 듣게 되었습니다. 김오인 중대장과 허은선 중위가 그런 관계였다니.

"허은선이가 찾아와서 우리 군이 박 상병한테 이러면 안 된다고 나한테 막 항의를 하는 거야. 내가 무슨 힘이 있나. 은선이 얘기는 군에 온 이상, 사회에서 있었던 일로 따지는 게 안 된다 이거야. 늦게나마 군에 입대한 사람한테 군대가 치사하다는 거야. 더구나 국방부장관상까지 주고 나서… 군에 회의를 느낀대나 어쩐대나 협박까지 하고 말이야."

아! 허은선 중위. 그녀가 나를 위해 탄원을 청원했군요.

"허 중위님은 어디 계십니까? 사단 정훈에 계십니까?"

"아니야. 얼마 전에 1군단 정훈으로 전출 갔어. 박 상병이 그래도 풀려났다고 하면 기뻐할 거야."

"연대장님. 허은선 중위께 제가 정말 고마워한다고 전해주시겠습니까?"

"그래, 내가 군단에 들르면 그렇게 전하지."

"고맙습니다."

그렇게 어떤 굴레의 올가미를 벗어나기 위해 여러 좋은 인연들의 도움이 있었습니다.

"은선이 얘기 듣고 자네가 쓴 표어를 읽어봤네. 왜 화장실에 가면 많이 붙어 있잖아. '국민에게 믿음을, 국군에게 사랑을'. 한참 들여다보니, 내가 그 말을 만들지는 못했지만 정말 내가 하고 싶었던 말이었더라고.

나는 정말 군인으로서 국민에게 믿음을 주고 있나? 왜 우리 군이 국민에게 사랑을 받지 못하나? 그런 생각이 들었어."

병사들은 힘들어했지만 가까이서 본 이범곤 대령은 소박하고 순수한 군인이었습니다.

"난 3사 나왔는데 솔직히 정치, 시국 뭐 그런 건 잘 몰라. 관심도 없고. 그런 건 육사 애들이나 하는 거지. 나는 군인은 뭐 야전에서 시작해서 야전으로 끝내야 한다는 생각이었어. 내가 지휘관으로 배운 건 말이야, 그냥, 내 병력은 내 자식으로 생각하라는 거야. 세상에 어떤 부모가 자식을 벌주자 할 수 있겠나.

우리 사단에도 기무부대가 있지. 우리끼리 얘기지만 말이야. 난 당최 게네들하고 맞지가 않아. 자식들이 머리 길고 사복 입고, 군인이야 뭐야? 요즘은 좀 나아졌지만 옛날 보안부대 때는 계급도 위아래가 없고… 자식들이 말이야. 군대가 뭐 수사기관이야? 문제가 있으면 군기교육대 한번 돌리면 되는 거지. 사람을 지하실에 가둬놓고… 무슨 죄를 만든다고. 쯧쯧."

"감사합니다. 연대장님."

"감사는 뭘. 이거 내가 말이 길었네. 빨리 집에 가야 되는데. 박 상병, 그래도 군에 너무 악감정 갖지 마."

"예, 악감정 없습니다."

"그래, 박 상병, 잘 가. 그동안 고생했어."

"연대장님, 마지막 인사를 드리고 싶습니다."

"그래, 좋아."

우리는 자리에서 일어났습니다. 나는 옷매무새를 바로잡고 부동자세를 취했습니다. 서로 마주 보았습니다.

"충성!"

"충성."

연대장에 대한 경례를 마지막으로 나의 군 생활은 그렇게 18개월쯤에서 끝났습니다.

306보충대에서 89사단으로 넘어와 405연대에 배치받았고 화기 분대와 보급병을 하다가 계룡대 출장을 다녀온 후 기무사에서 17일쯤을 보내고 1군단 헌병대 영창에서 나머지를 보냈습니다. 군 부적격자 제대에 계급은 이등병으로 강등되었지만 살아보면 그런 건 아무런 의미가 없었습니다. 그렇게 기무사 지하실 계단 위로, 헌병대 지하 영창에서 다시 세상으로 나오기까지 여러 인연의 도움이 있었습니다.

그 날 나는 부대를 나와 버스를 타지도 않고 천천히 걸었습니다. 군대와 구속이라는 두 가지 족쇄를 모두 벗어버린 나는 이제 어떤 기무사도 헌병도 건드릴 수 없는 자유인이 되었습니다. 서서히 벅차오르는 가슴을 안고 집이 있는 서울을 향해 한발 한발 걸어나갔습니다.

송추 계곡에서 찬바람이 불어 나왔지만 힘찬 걸음에 땀까지 배어나오는 나를 식힐 수는 없었습니다. 어둡고 매웠던 겨울도 봄기운에 밀려 풀어놓았던 한파 보따리를 서둘러 싸매고 북쪽으로 밀려갈 수밖에 없었습니다. 우이령 너머 멀리 오봉산이 보였습니다.

어느덧 바람은 잦아들고 한적한 거리는 햇볕으로 가득 찼습니다. 버스 정류장에 한가로운 할머니들이 더블백을 메고 저벅저벅 걸어가는 나를 바라보았습니다. 멀리 인수봉과 백운대가 보였습니다. 저 북한산 너머에 서울이 있습니다. 부대끼며 살았던 그 도시가 걸음걸음마다 그리워졌습니다. 삼천리골까지 나오니 구파발을 알리는 표지판이 보였습니다.

서울이 가까워졌습니다. 나는 집으로 그리고 그네의 곁으로 한 걸음 한 걸음 다가갔습니다.

10년간의 근신

"그래. 그때 수연이하고 너 면회하러 특전사에 찾아갔던 건 기억난다. 지금은 거기가 어딘지도 잘 모르겠지만… 에이고. 그때 그래도 기무사에서 몸 성히 나온 건 아무리 문민정부라고 해도… 아휴. 참 조상님의 음덕이라는 생각밖에는 안 든다."

"조상님의 음덕? 하하. 그런가?"

이야기가 여기까지 이르렀을 때 누나도 오래된 기억을 끄집어내었다. 나는 소주를, 누나는 맥주를 조금 마셨지만 술보다 우리는 지난 이야기에 더 취해있었다. '조상님의 음덕'이라는 누나의 노파 같은 말에 가벼운 웃음이 나왔다.

"그래. 조상님의 음덕이지 뭐. 그냥 그렇게 생각하는 게 편하니까. 그나마 정말 다행이야. 기무사나 안기부 그런 데서 마음 상하는 것도 문제지만, 몸 상하면 두고두고 고생이라고. 그러면 그 후에 오는 몸 아픔이나 마음 아픔이 본인이나 주변 사람에게 얼마나 끔찍한 고통을 안겨주겠냐고?"

나는 가만히 고개를 끄덕였다.

'있는 그대로 보라'는 하나의 화두를 가지고 누나와 이야기를 나누고 있는 그곳은 깔끔한 다다미가 깔린 작고 조용한 방이었다. 창문은 없었지만 은은한 간접 조명이 있어 더욱 아늑하게 느껴졌다. 쓸데없는 배경음악 같은 것도 흐르지 않아 목소리를 높이지 않고 속삭이듯 얘기해도 청음(聽音)이 좋았다.

"나도 아주 옛날에 대공분실 가면서 비슷하게 그랬던 적이 있었지만 엄마가 그때 얼마나 걱정하셨는지 몰라. 너 기무사 있을 때. 영창에 있을 때도 엄마가 밤에 잠도 제대로 못 주무셨어."

누나도 감회가 젖어 옛날을 회상했다. 나는 말없이 남은 소주를 비웠다.

"얼마나 무서운 시절이었니? 아휴. 이제는 우리나라가 그 정도는 아니니 그것만 해도 다행이지."

"하지만 누나, 아직도 우리는 본질적으로 분단 시대지. 나중에 한참 역사가 흐른 뒤에 후손들이 우리를 일컬어서 분단 시대의 사람들이라고 말할 거야. 무슨 역사적 업적을 이룬다 하더라도 우리가 국토가 분단된 시대에 태어나 그 시대를 살아가고 있으니 말이야. 역사적으로 보면 어리석은 시대의 어리석은 선조들이라고 하겠지."

"그렇겠지. 역사적으로는. 하지만 그건 한참 뒤에 얘기고… 그런 거창한 역사보다 지금 오늘을 살고 있는 우리가 더 중요하지. 문제는 얼마나 자기 삶을 성실하고 진실 되게 살아가는가 하는 거니까."

누나는 남은 맥주를 마시고 빈 병만 남은 것이 보이자 테이블 위에 있는 벨을 눌렀다.

"그래. 기억을 더듬어 보니, 그래도 너 그렇게라도 군에서 나오고 그때 결혼했구나. 성현이 엄마하고."

"응. 그리고 몇 달 있다가 결혼했지. 취직도 바로 하게 됐고. 선배님이 하는 작은 회사였지만 그나마 크게 취업난이 없었던 게 다행스러운 시절이었어."

"그랬구나. 진짜 문제는 그런 먹고 사는 문제이기도 한데. 그 시대도 그렇게 가열차긴 했지만, 요즘 젊은 애들이 오히려 더 안 됐다. 다들 취업이 안 돼서 이리저리 휘둘리고 있으니…."

"그래. 그것도 큰 문제지. 시대에 따라 이게 크다 저게 크다 할 문제는 아니고. 모두 젊음이 뚫고 가야 할 길이니까."

"숙명론이어서는 안 되겠지만 니가 말한 대로 자신이 겪는 시대는 자기 업보인지도 모르겠다. 젊음이란 게 무슨 죄가 있겠니? 좋든 싫든 처음에는 모두 어른들이 이미 만들어놓은 그 세계에서 시작을 해야 하니까."

어느새 서빙하는 여자 종업원이 소주와 맥주를 테이블에 올려주고 나갔다. 나는 메마른 입술을 적실 겸 물을 한 잔 마시고 담배를 물었다.

"어느새 이야기가 90년대로 깊숙이 들어왔는데… 그렇게 군에서 나와서 그럼 평온했던 거니?"

"응. 그런대로 평온했어. 곧이어 서른 살이 되더라고."

바람이 없는 곳이라 담배 연기가 일정한 줄을 지어 오르다 종국에는 모두 흩어지고 말았다. 나는 다시 입을 열어 이야기를 이어갔다.

"그런데 너 컴퓨터 좀 할 줄 아냐?"

"그럼. DOS도 알지 말입니다. 형, 내가 컴퓨터 학원을 석 달이나 다녔다니까."

"그래? 언제 니가 그럴 시간이 있었냐?"

"형. 내가 총무 할 때부터, 그 시절부터 업무에 전산을 도입하려고 했다니까. 그때는 제대로 된 컴퓨터가 없었지만. 학교 때, 그 당시에 내가 리포트를 도트 프린트로 프린트해서 제출했다니까. 요새는 486도 있다는데… 컴퓨터는 다 쓸 줄 알지 말입니다."

집으로 돌아와 두 주가 지났지만 머리칼이 아직 다 자리지 않았습니다. 군에 적응하는 데 몇 달이 걸린다지만 민간인으로 적응하는 데는 며칠도 걸리지 않았습니다. 가끔 '말입니다.' 하는 군대식 말투가 튀어나왔지만 도시 생활은 금방 일상이 되었습니다.

그래도 제대했다고 축하해주는 학교 동아리 친한 선배가 마련한 술자리가 있었습니다. 그런 술자리에서 이런 저런 얘기 끝에 '취직' 얘기가 나왔습니다. 일반적인 삶을 살려면 졸업, 제대, 취직, 결혼 이런 4가지를 차근차근 해결해나가야 하는데 그사이 구속이 끼어들긴 했지만 졸업과 제대는 이루었고, 이제는 취업할 차례였습니다.

"그럼 아래 한글도 쓸 줄 알겠네?"

"당근이지. 형. 내 타이핑 실력 알잖아?"

"'엑셀'이라는 것도 있던데, 그것도 할 줄 알아?"

"엑셀? 엑셀도 좀 알아. 더 배우면 되지 말입니다."

그때 엑셀은 잘 몰랐지만 취직을 빨리해야 했기에 겸양의 덕을 보이거나 잠시라도 망설일 틈이 없었습니다. 폭풍우 같은 시절에 떠밀려 정신없이 헤쳐 나오다 보니 어느새 서른을 바로 앞둔 스물아홉이 되었습니다. 수연과 사귄 지도 햇수로 칠 년이 되었어요. 그녀를 위해서라도 이제 그만 연애하고 결혼이라는 매듭을 지어야 할 때였습니다.

“우리 학교 선배님인데. 회사 사장이고. 소프트웨어 유통 뭐 이런 일인데. 멀티미디어 소프트웨어 개발도 있고. 나는 들어도 더 이상은 잘 모르겠는데. 하여튼 요새 사람을 찾고 있더라고. 한번 찾아가 볼래?”

“예. 알겠습니다. 근데 가보는 건 가보는 거고. 형이 미리 잘 좀 얘기해 줄 수 있어요?”

“그래 알았어. 니 사정 내가 아는데 잘 얘기해볼게. 이력서나 한 장 써봐.”

“예. 고마워요. 형.”

교생 때 입었던 정장을 꺼내 입고 강남역을 찾아갔습니다. 그때까진 잠실운동장 이외에는 별로 와보지 않았던 강남이었어요. 취직을 위한 면접이니 늦지 않게 찾아간다는 것이 너무 일찍 가서 한 시간이 넘게 여유가 있었습니다. 그 회사 건물 근처에 뉴욕제과라는 큰 제과점이 있어 그곳으로 들어갔습니다. 아무 먹을 것도 시키지 않고 그냥 빈자리에 혼자 앉아 적당히 시간을 기다렸는데 아무도 주문을 재촉하지 않았습니다. 창이 넓어 거리가 훤하게 내다보였습니다.

대낮인데도 강남대로와 테헤란로를 차량이 가득 메우고 있었습니다. 점심시간인지 거리에는 사람들이 계속 쏟아져 나왔습니다. 다 같은 사람인데 이상스럽게 처음에는 강남의 그 사람들이 서울 깍쟁이는 다 모인 듯이 느껴졌습니다. 1군단 영창에서 걸어 나와 강남역 사거리라는 그 복잡한 거리에 서 있기까지 3주일이 채 걸리지 않았습니다. 끝도 없이 마주했던 지하의 어둠과 회벽의 철창과 쑥색의 군복과 달리 세상은 총천연색이었습니다.

“아래 한글은 쓸 줄 한다고?”

“예. 공문 같은 것 편집도 가능하고. DOS도 압니다. 이력서도 제가 아래 한글로 작성한 겁니다."

"그래. 올해 제대했단 말이지?"

그날 오후, 불도 켜지 않은 어두한 회의실 한구석에서 그 회사의 사장님이라는 분과 마주 앉았습니다.

"예. 제대한 지 얼마 되지 않았습니다."

"국어교육과 나왔고… 몇 학번이라고 했죠?"

"예. 85학번입니다."

가능한 한 취직을 하고 싶은 마음이었지만 의연한 모습을 보여주려 목소리 톤에 상당히 신경 썼습니다.

"학교 다닐 때 총학에 있었다고 하던데?"

"예? 아… 예."

제출한 이력서에 그런 경력은 쓰지 않았는데 그런 말을 했습니다. 갑작스러운 그 물음에 약간 당혹스러웠습니다.

"괜찮아. 나도 총학 출신이야."

"아, 예."

그 한마디가 모든 걸 풀어주었습니다.

"다음 주 월요일부터 출근할 수 있나?"

개인적인 부분은 이력서에서 미리 다 보았겠지만 더는 별다른 질문이 없었고 그런 것이 다였습니다. 정식 입사 면접이라기보다는 마치 인상 비평과 같은 면접이었습니다.

작은 회사였지만 체계가 전혀 없는 것은 아니었습니다. 처음에는 누구나 그렇듯이 복사를 하고 회의록 작성을 하고 지시하는 대로 움직이며 다소 얼떨떨하게 지냈습니다. 신입사원은 처음에는 회사를 위해 일을 한다기보다는 약간의 돈을 받으면서 어떤 체험과 교육을 받는 것과 같았습니다. 그건 내게 좋은 기회였어요.

대기업은 아니었지만 그렇게 학연과 청탁으로 첫 직장을 가질 수 있었습니다. 회사는 쓰는 용어부터 달랐습니다. 새로운 슬랭(slang)을 배우는 것 같았어요. 더구나 당시로써는 그리 흔하지 않은 소프트웨어 관련 회사였습니다. 새로운 산업인 IT 영역은 그 시절, 퍼스널 컴퓨터와 하드웨어를 넘어 소프트웨어, SI, 멀티미디어, 통신 IP 등 다양한 영역으로 확장되고 있었습니다.

이르면 다음 해에는 케이블TV라는 것이 등장하여 방송 채널도 많아진다며 방송의 대변화를 앞두고 있다고 했습니다. 신문과 공중파 방송으로만 이루어진 미디어 환경에도 다양한 변화가 시작되고 새로운 미디어가 계속 등장할 것이라고 했습니다. IT 산업은 대규모 전산이라는 개념에서 PC의 실질적 사용을 기반으로 하는 일상의 영역으로 파고들고 있었습니다. 그 필두에 소프트웨어와 멀티미디어가 있었습니다.

누구에게나 첫 직장은 중요한 것일 겁니다. 직장을 다닌다는 그 자체도 좋았지만 나는 궁극적으로 컴퓨팅과 소프트웨어, 그 영역이 좋았습니다. 그리고 막 태동하는 소프트웨어 업계와 마찬가지로 그 시절 회사는 역동적이었습니다. 틈틈이 신입사원과 경력사원이 계속 입사했고 회사는 날로 확장되고 있었습니다.

더구나 회사에서는 근무시간에도 PC통신에 연결하여 천리안이나 하이텔의 푸른 화면을 마주해도 되었기 때문에 그 시절 PC통신을 마음껏 즐길 수 있었습니다. 나는 이제 '박민수 씨'로 불렸습니다.

"오, '따봉!'. 박민수 씨, 이런 건 어디서 찾았어? 잘 정리되어 있네."

"예. 하이텔 컴사랑 동호회에 가면 내용이 많습니다. 키워드 검색도 가능하고요."

"그럼, 검색해서 테마별로 정리할 수 있어? 'CD-ROM 타이틀' 관련 정보만 따로 모을 수 있어?"

"예. 키워드 검색을 하면 됩니다. 그래서 아래 한글에 붙여서 편집한 겁니다."

퇴근 시간이 지난 이후에도 나는 하이텔이나 천리안에 접속하여 업계의 관련 뉴스를 정리하느라고 밤늦게까지 붙어 있곤 했습니다. 집과 달리 PC통신 접속을 마음대로 할 수 있는 좋은 환경이었습니다.

상사인 이 부장은 내가 한 '뉴스 클리핑' 문서를 칭찬했습니다. 그리고 'CD-ROM 타이틀' 분야만 특별히 따로 하나만 작성해달라고 했습니다. 부장이었지만 역시 학교 선배였고 사석에서는 '형'이라고 불러도 이상할 것이 없는 사이였습니다.

한 달 만에 머리카락도 무럭무럭 자라 이제 한번 다듬기 위해서라도 이발을 해야 할 때가 왔습니다. 처음에는 너무 가벼워 훅 불면 날아갈 것은 월급이었지만 그래도 그 날을 모든 직장인들이 즐거워한다는 것을 같이 느꼈습니다. 여름날 땀을 뻘뻘 흘리면서 매고 있던 넥타이를 퇴근 후에는 풀어헤치고 직장 선배 동료들과 맥주 한 잔을 나눌 때는 그렇게 시원할 수가 없었습니다. 강남역 근처 밤거리에는 인근 직장인뿐 아니라 젊은이들과 수많은 사람들이 언제나 넘실거렸습니다. 소프트웨어 시장은 아직 작았지만 급변하고 있었고 나름 세련된 측면도 있었습니다.

아침 출근길, 버스와 지하철은 대단했습니다. 특히 지하철은 한 번에 문을 닫을 수 없을 만큼 사람들로 가득 찼고 언제나 사람들과 함께 밀려가는 과정이었어요. 지하철 문이 열릴 때마다 쏟아지고 밀려들고 밀려가는 거대한 사람의 물결. 걸을 때 팔을 흔들지 않아도 아니, 팔을 흔들지 않고 몸에 붙이고 있어야 다른 사람들을 방해하지 않는 그런 정도의 혼잡함 속에서도 보이지 않는 질서가 있었습니다. 밀려오고 밀려가는 물결처럼 사람들은 대부분 무표정한 얼굴을 하고 몰려다녔습니다.

세상에 일하는 사람들이 이렇게나 많았구나 하는 바보 같은 깨달음을 얻었습니다. 빽빽한 지하철의 한구석에 끼여서 갈 때면 나도 이제 거대한 사회의 한구석자리를 차지하고 있다고 여겨졌습니다. 세상 사람들은 그렇게 이른 출근길을 가득 메우고 서로 몸을 부대끼며 살아가고 있었습니다.

그런 복잡한 길에서 어느 날은 고적하게 면벽했던 1군단 영창을 떠올렸습니다. 혼자 몸으로 부딪치며 지냈던 그토록 외롭고 고즈넉했던 세월이 그리 멀지 않았습니다. 그러다 문득 아직도 벽을 마주하고 있을 정종욱을 생각했습니다. 그는 어찌 지내고 있는지, 아직도 갇힌 그곳에서 무슨 생각을 하고 있는지, 그러나 심리적으로 아주 먼 곳에 그가 있었습니다.

회사는 그즈음 당시 멀티미디어 소프트웨어라고 불리던 'CD-ROM 타이틀' 개발과 유통에 들어갔습니다. 아직 길거리 좌판에는 불법 복제된 카세트테이프가 널려 있던 시대였지만 점점 CD가 새로운 저장매체로 떠올랐습니다. 필립스가 개발한 이 표준 저장매체는 지름 12cm의 원판에 640메가가 넘는 데이터를 담을 수 있었습니다. 겨우 1.2메가의 플로피 디스크와는 비교할 수가 없을 정도였지요. CD는 처음에는 음악용으로 나와 LP와 테이프를 밀어내고 있었습니다. 그러다 게임과 멀티미디어 소프트웨어를 저장하는 영역으로 확장되어 패키지 소프트웨어의 표준 매체가 되었습니다.

당시 IT 산업은 하드웨어와 소프트웨어 두 축에서 서로 주거니 받거니 하며 발전하고 있었습니다. CPU에는 이른바 '무어의 법칙'이 정확하게 적용되고 있었고 OS에서는 윈도우즈가 드디어 DOS 없이 독립하여 독자적인 운영체제로 나섰습니다. 그러나 아직은 네트워크 즉 인터넷의 세상은 아니었습니다. 와이어리스(wireless) 즉 무선의 시대도 아직 개념 속에서만 존재했습니다.

하지만 그때 PC통신이라는 것이 있었어요. 뿌지직 삐리릭 하는 뼈부러지는 소리 같은 굉음을 내면서 접속이 이루어지면 천리안의 파란 화면이 떴습니다. 입대하기 전에도 PC통신에 대해 알고 있었지만 몇 년 만에 다시 마주한 그 화면 속에는 이전부터 훨씬 많은 정보와 사람들의 이야기가 넘쳐나기 시작했습니다. 오늘날의 기준에서 보자면 조악한 것이지만 그 시절 나는 그 화면 속의 세상을 점점 경이롭게 보기 시작했습니다. 그때는 그걸 사이버 세계라고 부르기도 했으니 말입니다.

그때부터 오늘에 이르기까지 수십 년을 산업과 사회와 사람들의 일상을 가장 실감나게 변화시킬 정보통신의 거대한 물결이 초두를 열고 성큼성큼 다가오고 있었습니다. 앨빈 토플러가 예언한 '제3의 물결'이 드디어 그 모습을 드러내고 흘러넘치기 시작했습니다.

수연도 출판사 관련 일을 찾으면서 서울 명일동으로 다시 올라왔습니다. 그래서 이제 우리는 삼성동 코엑스에서 만나 데이트를 하고 새로 생긴 강남의 시네플렉스와 같은 개봉관에서 같이 영화를 보기도 했습니다.

생소했던 강남 거리도 점점 친숙해져서 발길도 편해졌고 완연한 봄날이 오자 얼었던 마음도 풀렸습니다. 출판도 이제 '하리꼬미', '돔보'와 같은 옛날 용어는 사라지고 매킨토시의 시대가 되었습니다. '디

더링(dithering)', '안티알리아싱(Anti-Aliasing)'과 같은 말들을 이해해야 했습니다.

군을 다녀온 남자들의 흔한 악몽 중의 하나로 '다시 군에 입대하는 꿈'이 있는데 살면서 나도 비슷한 꿈을 몇 번 꾸었던 것 같습니다. 하지만 다른 사람과 달리 내 꿈에는 항상 끝에 기무사가 등장했습니다. 어떤 꿈에서는 내가 근무한 곳이 아예 기무사였던 적도 있고, 어떨 때에는 기무사에 체포되어 어떤 '녹화사업' 같은 걸 받고 강남 같은 복잡한 거리에서 무고한 사람들을 나 혼자서 감시하고 있는 이상한 악몽을 꾼 적도 있었습니다.

두 번째 월급을 타고 이번에는 수연과 함께 전주로 한 번 더 인사를 드리러 갔습니다. 그래도 두 번째 방문인 데다가 이번에는 그녀와 함께 호남선을 탔기에 쑥스러움이 훨씬 덜 했습니다. 그녀의 어머님은 반갑게 맞아주셨습니다. 아버님께는 그녀가 어찌 얘기했는지는 몰라도 그냥 '제대했구나, 고생했네.' 하는 정도였습니다.

역시 수연의 가정은 심심할 정도로 조용했지만 내면의 따뜻함이 있었습니다. 내가 다시 도시로 돌아왔기에 그 방문을 통해 자연스럽게 양가(兩家)의 상견례 날짜도 잡혔습니다.

"근데 너희들 둘 다 아홉수라 이별수(離別數)가 있다는데… 괜찮을까?"

누나는 지나가는 말로 그런 걱정을 하기도 했지만 어머니는 개의치 않았습니다.

"그래도 여자가 많이 기다렸는데 빨리 서둘러야지."

양가의 상견례 자리를 가지자마자 결혼 준비는 일사천리였습니다. 수연과 내가 오래된 사이라는 것을 아는 두 집안은 바로 날짜부터 잡았습니다. 그해 5월 어느 날 수연과 나는 드디어 청첩장에 나온 대로 결혼식장에 섰습니다.

카메라가 귀했던 시절이었고 비합법 활동에 젖어 있었기에 같이 사진을 찍어 본 적이 별로 없었던 그네와 나는 그날 많은 사진을 찍었습니다. 아마 그때까지 찍은 사진보다 더 많은 사진을 결혼식 당일 날 찍은 것 같습니다.

예식이란 것이 경건함이란 전혀 없는 어떤 어수선한 일 치름 같은 것이었지만 그날의 따뜻하고 맑은 날씨처럼 모두들 웃는 표정이었기에 포근한 날로 기억됩니다. 나는 '자꾸 이제 돌아왔구나.' 하며 그때까지도 어딘가에 붙잡혀있다 돌아왔다는 그런 마음이 들기도 했습니다. 그런데 마음 한구석에는 반대로 무언가를 두고 온 듯한 느낌도 들었고요.

그네의 가족과 버스를 타고 온 그네의 친지들과도 같이 사진을 찍었습니다. 친구들과 모여서 사진도 찍었고 그네가 부케를 던졌고 모두 손뼉을 치고 웃었습니다. 그리고 사람들은 우르르 식당으로 몰려가기도 했습니다.

"민수. 멋지네."

하객으로 하태식이 왔습니다. 그때 처음으로 그가 양복에 넥타이를 맨 모습을 보았고 나도 그에게 생소한 내 모습을 보여줄 수밖에 없었습니다. 그때 하태식은 드디어 사법고시에 합격했습니다. 4년 만에 이룬 성취였습니다. 그는 어엿한 사법연수원생이 되어 내 결혼식에 하객으로 왔습니다. 우리는 봄날처럼 웃으면서 악수를 나누었습니다.

3년 동안의 옥중 생활을 마치고 출소한 이영기와 그의 연인인 후배 서정원도 나란히 참석했습니다. 그때 그들도 활발하게 혼담이 오가고 있었고 좋은 날을 잡고 있었습니다. 세상은 어떤지 몰라도 내 주변의 격랑은 이제 조금씩 가라앉은 듯했습니다.

제주도로 신혼여행을 다녀와서 어머님이 계신 본가로 갔을 때 누나와 동생 민희, 온 가족이 함께 우리를 기다리고 있었습니다. 아니 관심은 모두 새댁이 된 그네에게 쏠려 있었습니다. 어머니께서 신행 첫 밥상을 마련해 놓았습니다. 밥상 위에 정갈하고 정성스럽게 준비한 찬이 쫙 갈렸고 음식을 담은 그릇이 모두 한 번도 본 적이 없는 새 그릇이었습니다. 그네가 조심스럽게 수저를 놀렸습니다.

그렇게 수연은 이제 내 아내가 되었습니다. 옛날 학생회관 창가에서 눈이 마주쳤던 때로부터 만 6년이 지났습니다. 나의 그네를 이제 '아내'라고 지칭해도 될 것 같습니다.

행복하든 불행하든 모든 결혼은 격정적인 그 어떤 로맨스보다도 더 의미 있고 흥미롭다고 했던가요? 결혼은 낭만적 사랑의 탐스러운 열매이며 종착점일까요? 아니면 또 다른 삶의 출발점일까요?

욕망이 단순한 갈망이라면 낭만적 사랑은 도취하게 하는 광기일 것입니다. 그러나 애착은 살아있는 다른 한 영혼과의 화려한 연결일 수도 있습니다. 결혼은 애착으로 가는 먼 길이기도 했습니다.

일상을 함께하는 평범한 날들에서 오는 친밀감, 저녁 식사를 하며 대화를 나눌 때 느끼는 차분한 만족감, 잠자리에 들기 전 '잘 자'라고 속삭이며 인사할 때 느끼는 평온함. 생활과 일상의 자잘한 고단함을 함께 나누고 더위와 추위를 함께 느끼고 비 오는 날과 눈 오는 날의 고적함을 아무 약속 없이 함께 나눌 수 있는 것. 부부는 함께 가는 먼 여행길의 동반자와도 같습니다.

"수연아, 나 출근한다. 늦었다."

"응. 그래 잘 갔다 와."

우리는 좀 늦잠꾸러기들이어서 아침마다 바빴습니다. 나는 아침밥은 생략하고 버스 정류장으로 뛰어갔습니다. 그날 저녁에 또 아내를 만날 수 있음을 알고 있었습니다. 그 시절 우리는 같은 공간에서 살았고 신혼 시절이었습니다.

신혼 첫해에 대한 기억은 더웠다는 겁니다. 그 해는 여름날도 더웠고 한반도도 뜨거웠던 불바다의 해였습니다.

"서울은 여기서 멀지 않아. 전쟁이 나면 서울도 불바다가 될 거요."

그해 3월 남북 비공개 회담에서 북측 대표가 이른바 '서울 불바다' 발언이라는 무시무시한 말을 내뱉었습니다. 이 '서울 불바다' 발언은 그날 저녁 9시 뉴스를 타고 전국에 방영되었습니다. 비공개회담의 발언이 공개되어 버린 겁니다. 황당하고도 무서운 얘기였습니다.

실제로 그런 '불바다'가 발생하지는 않았지만 그해에는 다른 형태의 불바다가 찾아왔습니다. 그해 여름에는 기록적인 엄청난 무더위가 있었습니다. 지구가 점점 더워지고 있다고 하지만 그 해는 모든 이들을 나아가 신혼부부조차 힘겹게 만드는 불더위였습니다. 수은주가 38도, 39도를 넘어 날마다 새로운 기록을 갱신했습니다.

가정용 에어컨이 별로 많이 보급되지 않았던 그 시절. 아내 수연도 도저히 집에 있을 수가 없어 낮에는 커피숍 같은 데를 찾아다닐 수밖에 없었다고 합니다. 그런 더위 속에서 그동안 조금 쪘던 살이 빠질 정도였습니다. 셔츠가 땀에 젖고 소금에 절고 저녁에는 땀에 발이 부르틀 정도였어요.

'서울 불바다', 왜 그런 무서운 말이 나왔는가 하면은 그때가 이른바 '1차 북핵 위기'의 시절이었습니다. 그해 한반도의 운명은 일반 국민들은 알 수 없는 곳에서 요동쳤습니다.

소월의 진달래꽃이 활짝 폈던 영변 약산이 이번에는 전혀 다른 뉴스의 중심지가 되어 떠올랐습니다. 1992년 5월부터 국제원자력기구 IAEA의 핵사찰에서 신고되지 않은 북한의 핵시설이 지적된 이후 북한의 핵개발 의혹은 증폭되어갔습니다. 그 시설이 있던 곳이 평안북도 영변이었습니다.

사찰과 협상, 재사찰 등의 지루한 외교전이 벌어지다 급기야 그해 5월, 북한은 영변 원자로 가동을 중지하고 폐연료봉을 인출하기에 이르렀는데 이것은 재처리를 통한 핵개발을 의미하는 것이라고 합니다. 그해 6월, 영변 핵시설에 대한 IAEA 사찰을 둘러싸고 북미간의 대결은 극단으로 치달았습니다. IAEA는 대북제재 결의안을 채택하였고 유엔 안보리에 대북제재 조치를 요청하자 북한도 IAEA 탈퇴를 선언하고 미국과의 무력대결도 불사하겠다는 입장을 천명했습니다. 결국 1994년 6월 13일 북한은 IAEA에서 전격 탈퇴했고 한반도에 불안한 전운의 기운이 감돌기 시작했습니다.

미국의 대응도 강력했습니다. 동해로 항공모함을 이동시키고 북한을 공격할 만반의 준비 태세를 갖추도록 했습니다. 대규모 추가 병력과 전투장비들을 배치하는 등 군사력 증강을 통해 북한을 압박하는 한편 최첨단 폭격기와 미사일을 동원한 북한 핵시설에 대한 폭격을 포함하여 여러 가지 전쟁시나리오를 클린턴 대통령은 백악관에서 논의하고 있었습니다.

"진짜 어떻게 되려고 이러나? 이거 이러다 전쟁 날 것 같은데…."

"설마? 전쟁이야 나겠어요?"

"전쟁 나면 안 되지. 박민수, 인제 신혼인데 그러면 되겠냐? 크크."

직장 회식에서도 이런 말이 흘러나왔습니다. 이제 막 결혼한 내가 그렇게 '설마'라고 얘기하자 이 부장은 들은 소문을 널어놓았습니다.

"아니야. 지금 소문에 미국이 대사관 가족들을 미국으로 철수시킨다는 거야. 의정부나 용산 어딘가에서 모여서 헬기 타고 떠나기로 했다는데… 아이고 참. 그렇다고 사재기를 한다고 뭐 살아날 수나 있나. 참. 정작 우리는 이 정도이지만 미국 교포들이 지금 더 난리라는데. 미국에서 우리나라 살려달라고 기도회가 열리고… 미국에 있는 친척들한테서 매일 국제전화가 걸려온대. 걱정돼서."

미국이 자국 대사관 가족과 자국민 소개(疏開) 작전을 세우고 있다는 등의 미확인 소문이 돌았고 불안에 휩싸인 사람들의 어설픈 사재기 행동까지 나오고 있었습니다. 아무튼 휴전 이후 한반도에 닥친 최대의 위기라고 아는 사람들 사이에서 얘기가 돌았습니다.

나중에 밝혀진 사실들로 볼 때 실제 그때 한반도엔 전쟁의 유령이 떠돌고 있었습니다. 패트리엇 미사일이 한국에 전격 배치되었고 미군 선발대가 의정부 제2사단에 투입되었습니다. 한편 외신에서는 한반도의 전쟁 위기 상황을 앞다투어 보도했고 CNN은 생중계까지 계획하고 있었습니다.

정작 전쟁에 대한 위기의식은 한국보다 미국 교포들을 불안에 싸이게 했습니다. 교포들이 할 수 있는 건 기도뿐이었고 전쟁을 막아달라는 기도회가 교포들 사이에서 퍼져갔습니다. 유일한 분단국가인 한반도에 대한 과장 보도는 익숙한 것이지만 이번에는 달랐습니다.

"김영삼 대통령이 클린턴한테 전화해서 전쟁만은 하지 말아 달라고 부탁하고 있대. 미국이 북한 폭격에 들어가면 바로 전쟁이니까."

일촉즉발의 위기에 직면했는데도 그 땅 위에 살고 있는 한국인들은 자신들의 운명을 정확하게 알고 있지 못했습니다.

이런 일촉즉발의 상황에서, 미국 전 대통령 지미 카터가 전격적으로 평양으로 날아갔습니다. 6월 15일부터 18일까지 두 차례에 걸친 김일성과의 회담에서, 카터는 북핵 문제 해소에 극적으로 성공했고 백악관으로 긴급 전화를 걸었습니다. 한반도가 전쟁 문턱에서 극적으로 돌아섰습니다. 카터는 돌아오는 길에 서울에 들러 청와대에서 김영삼 대통령을 만났습니다.

북핵 위기를 해소하기 위하여 북한을 전격 방문했던 카터와 김일성의 만남으로 사태는 다시 급변했습니다. 북한이 남북정상회담의 개최를 희망하고 있다는 메시지를 전달하면서 상황은 반전되어 남북관계는 새로운 기대에 부풀었습니다. 이번에는 다시 남북정상회담에 대한 얘기가 나오더니 급기야 남북정상회담을 7월 25일 평양에서 갖기로 합의되었다는 소식이 나왔습니다. 그런데…

"소식 들었어? 김일성 죽었대."

"진짜 죽었어요? 하도 여러 번 죽었다고 해서."

"그랬지. 근데 이번에는 진짜가 봐. 카터 만날 때까지 멀쩡하다가 남북정상회담 한다더니 갑자기 죽네. 평생 안 죽을 것 같더니."

80년대부터 김일성의 사망 오보(誤報)는 심심찮게 나오는 것이라 처음에는 모두 반신반의(半信半疑)했습니다.

"역시 인간은 죽는군. 그것만이 진리다."

세상의 많은 진리가 세월 속에서 가뭇없이 변해가도 인간은 누구도 결국 죽는다는 진리는 영원히 변치 않았습니다.

남북정상회담의 준비가 한창이던 그해 7월 8일 북한 김일성 주석은 돌연 사망했습니다. 북한 전역에 통곡의 소리가 울렸습니다. 가슴을 쥐어뜯으며 눈물을 쏟는 북한 인민들의 처절하면서도 열렬한 울음이 TV에 방영되었습니다. 하늘이 무너진 것처럼 울어대는 그 길고 처절한 울음의 모습을 망연하게 바라보았습니다. 같은 한반도에 살고 있지만 북녘과 남녘의 동포들은 너무도 다른 감정의 세계를 살고 있었습니다.

남한 내부에서는 김일성에 대한 조문 여부를 놓고 격렬한 논쟁이 벌어졌고, 정부는 조문을 불허하는 쪽으로 결론을 내렸습니다. 북한은 남한의 이러한 조치를 초상집에 조의를 표하지는 못할망정 오히려 모욕하는 것이라고 분개했습니다. 이런 연유로 이후 남북관계는 약간의 변동은 있었으나 꽁꽁 얼어붙고 말았습니다.

서울 불바다 발언, 미국의 작계 5027 공개, 북한의 벼랑 끝 외교, 북한의 IAEA 탈퇴, 미국의 북한 폭격 계획, 한반도의 전쟁 위기, 카터의 방북과 극적 타협, 최초의 남북정상회담 합의, 김일성 주석의 갑작스러운 죽음, 조문 파동으로 인한 남북 관계의 경색.

'1차 북핵 위기'는 다시 작동된 이른바 '뉴욕 채널'을 거쳐 그해 10월에 제네바에서 이루어진 미국과 북한의 합의로 일단락되었습니다. 제네바 합의는 북한에 경수로발전소를 지어주고 북한은 핵시설에 대한 IAEA의 임시 및 정기 핵사찰을 수용키로 한다는 것이 큰 내용이었습니다.

한반도는 냉탕과 온탕을 정신없이 오고 갔습니다. 그해 내내 남북관계는 극단적 대결, 극적 화해 다시 냉전으로 롤러코스터를 탔습니다. 우리의 삶과 죽음이 걸린 한반도의 운명 앞에서 우리 정부는 이리저리 헛갈리며 가까스로 매달리기만 했습니다. 우리는 우리의 운명을 자결(自決)할 수 있는 위상에 있지 못했습니다.

하지만 정작 서민들을 괴롭혔던 것은 그 해의 기록적인 무더위였습니다. 한강 변에 마치 거대한 난민촌이 형성되었다고 할 만큼 많은 시민들이 도시의 열섬을 이기지 못하고 강변에서 노숙을 마다하지 않았습니다. 그 전해 결혼한 친구 홍성우 부부네가 한강에 텐트를 쳐놓고 지낸다 하여 놀러 갔다가 우리 부부도 더위를 피해 그곳에서 잠을 잤습니다. 그 캠핑 아닌 캠핑지에서 바로 회사로 출근했습니다.

어떤 프로젝트가 끝나면 그래도 긴장도 풀 겸 회사에서는 기분 좋은 회식을 마련했습니다. 일 때문에 늦게 시작한 회식 회합이 길어져 자정이 넘으면 우리는 신사동으로 찾아갔습니다. 그 시절은 밤 12시 영업 제한이 있던 시절이라 그 시간쯤이면 거리의 주점들은 문을 닫아야 했습니다. 리버사이드 호텔 뒤편 신사동에 가면 셔터를 내리고 안에서 몰래 심야 영업을 계속하던 곳을 알게 되어 택시를 나눠 타고 삼삼오오 찾아갔던 것입니다.

그 시절 사회 초년생으로 진입하기 시작한 우리 세대는 각자의 사정에 따라 앞서거니 뒤서거니 하며 평범한 직장인이 되거나 대학원에 진학하여 계속 공부를 하거나 사정에 따라 호구지책으로 사교육 시장에서 학원 강사를 하기도 했습니다. 또 어떤 이들은 시민운동이나 노동운동, 환경운동, 문화운동 등에서 실무 간사 정도의 자리를 맡으며 다양한 사회 운동에 참여하고 있기도 했습니다.

그 시절 우리는 별다른 모임을 잡지 않아도 봄가을로 친구, 선후배들의 결혼식에서 만났습니다. 주변에서 결혼이 잦아 모두들 결혼식만 쫓아다녀도 심심찮게 만날 수 있던 시절이었습니다.

그해 가을 드디어 이영기의 결혼식이 학교 대강당 아래 호젓한 돌벤치 옆 숲길 마당에서 있었습니다. 전대협 의장이었던 이영기는 3년의 징역을 만기출소하고 정원의 곁으로 돌아왔습니다. 예전 학생인권위에서 나를 도와주었던 후배 정원이는 진중하고도 담백하게 학생운동을 계속하면서도 영기를 만 3년 동안 기다렸습니다. 전대협 의장이었지만 시간이 가면서 잊혀가는 그를 끝까지 기다려 준 사람은 역시 그의 연인이었던 서정원이었어요. 젊은 날 다섯 달 동안의 비밀 연애가 가진 추억이 기다리는 힘의 원천이 되었습니다.

반애전 사건 당시 정원이는 나와 박현순 변호사와의 만남을 주선하기도 했었지요. 정원이는 어엿한 간호사가 되었습니다. 그녀는 햇볕이 아름다운 어느 가을날 10월의 신부가 되었습니다. 학교 캠퍼스에서 모두의 축복을 받으며 그녀는 푸른 하늘 위로 부케를 던졌습니다.

그 자리에 아내 수연과 함께 참석하여 축하했습니다. 친구 홍성우를 비롯한 총학생회 시절 친구들이 모였습니다. 그러나 우리 친구들의 결혼식에 정종욱만은 오지를 못했습니다. 그는 아직 원주교도소에 있었기에 올 수가 없었습니다.

"아! 부장님. 우리 어제도 그 다리 건너다녔는데. 어떻게 이런 일이 있는지?"

"그러니까. 사람 죽기 쉽지 않나 봐. 아니면 마른하늘에 날벼락으로 저렇게 허무하게 죽게 되는 것도 사람 목숨이고. 알 수 없네. 참. 어쨌든 우리는 아직 죽을 때가 아닌가 보다."

한반도의 위기와 무더위가 가라앉은 어느 가을날 황당한 사건 사고가 있었습니다. 그해 10월 어느 날 갑자기 한강 다리 중의 하나인 성수대교가 무너졌습니다.

그 시절 나는 선배이며 회사의 상사인 이 부장님을 따라 가끔 외근을 나갔었는데 당시 우리 거래처가 성동구청 근처에 있어 부장의 차를 타고 자주 성수대교를 건너더랬습니다. 그 전날도 우리는 작은 승용차를 타고 그 성수대교를 오고 가며 두 번이나 건넜습니다. 그

다리가 갑자기 무너진 것은 그다음 날 아침이었습니다.

"옛날에 건설하면서 해 처먹은 게 오늘 이런 사고를 가져온 거야. 죽은 애들만 불쌍하지 뭐."

애초부터 부실 공사와 안전 불감증이 불러온 황당한 사고였습니다.

그해 10월 21일 아침 7시 40분경 성수대교 제5, 6번 교각 사이 상부 트러스 약 50m가 갑자기 무너져 한강으로 뚝 떨어졌습니다. 사고 지점을 달리던 승합차 1대와 승용차 2대는 무너지는 상판과 함께 한강으로 추락했고, 붕괴되는 지점에 걸쳐 있던 승용차 2대도 결국 물속으로 빠졌습니다.

특히 16번 시내버스가 통과 도중 뒷바퀴가 붕괴 지점에 걸쳐 있다가 안타깝게 차체가 뒤집혀 추락했고 떨어진 상판에 박혀 찌그러지는 바람에 학생들을 비롯한 승객들이 사고를 당했습니다. 그 버스에 타고 있던 무학여고 학생 8명과 몇몇 학생들과 시민들이 안타깝게 젊은 생을 마감했습니다. 아침 출근과 등굣길에 일어난 사고였습니다.

이 사고로 49명의 사상자가 발생했고, 그중 32명이 사망했습니다. 무학여고 학생들이 교실 빈자리에 국화꽃을 올려놓고 울고 있는 장면이 TV 뉴스에 방영되었습니다.

"이거 이래가지고 우리 오늘 안에 한강 건널 수 있을까? 돌아버리겠네."

다리는 무너졌지만 며칠 뒤 이 부장과 나는 또 회사 일로 한강을 건너야 했습니다. 이번에는 동호대교를 건너기로 했는데 도산대로 초입부터 엄청난 정체를 만났습니다. 압구정동 쪽에서 계속 밀려 나오는 차량이 동호대교 진입 교차로에서 엉켜서 서로 오도 가도 못하고 있었습니다. 폐쇄된 성수대교가 그동안 감당했던 교통량이 갈 곳을 잃고 낑낑대며 몰려다녔습니다.

그렇게 나는 1990년대의 한복판을 지나가고 있었습니다. 회사 일을 하고 월급을 받고 회식을 하고 찬바람이 불고 눈이 내리고 해가 바뀌고 다시 꽃이 피고 잦은 야근을 하게 되고 봄이 되자 나는 회사에서 진급하여 '대리(代理)'가 되었습니다. 강남역 사거리는 여전히 붐볐고 회사는 본격적으로 CD-ROM 타이틀 사업에 뛰어들었습니다. 그사이 나는 전셋집을 성내동으로 이사했습니다.

그러나 더 끔찍한 사고는 성수대교 붕괴 그다음 해에 일어났습니다.

"이게 무슨 소리야? 시끄러워서 도저히 일을 할 수가 없네."

"어디서 큰불이 났나? 이 여름에 어디서 불난 거야? 오늘 퇴근길 장난 아니겠는데."

길이 문제가 아니었습니다. 날카로운 소방차 소리가 끝도 없이 이어졌습니다. 처음에는 단순한 화재사고라고 생각했는데 한 시간이 넘게 울리는 소리에 도저히 일을 할 수 없을 지경이었습니다.

"아이고, 시끄러워. 온 길에 소방차네. 서울 시내 소방차는 다 모이는 것 같네. 또 어디서 다리가 무너졌나?"

일손을 놓고 거리에 나와 보니 강남역 사거리에 온통 소방차의 행렬이라고 할 만큼 그 붉은 차량들이 길을 메우고 울어대고 있었습니다. 경찰 순찰차도 경고음을 울리며 내달리고 있었습니다. 그들은 모두 서초동 쪽으로 달려갔습니다. 귀를 막고 그 긴박한 행렬을 바라보았습니다. 그렇게 많은 소방차는 처음 보았다고 할 정도로 인상적이었고 잊을 수 없는 광경이었습니다. 긴급 뉴스보다 강남 전체를 뒤흔들었던 소방차의 긴급 출동 모습과 넋이 나가도록 울어대는 사이렌 소리가 그날의 참상을 먼저 알렸습니다. 그날은 옛날 '6·29 선언'이 있었던 때로부터 딱 8년이 지난 1995년 6월 29일이었습니다.

"서초동 쪽에 난리 났대. 건물이 무너졌다는데. 지금 긴급 뉴스 나온대."

"건물이 무너져? 다리가 아니고… 아이고 이번에는 건물이야?"

건물도 보통 건물이 아니었습니다. 강남역에 직장이 있었기에 이리저리 지나친 적이 많았고 당시 TV 광고로도 익숙했던 고급백화점이었지만 한 번도 들어가 본 적은 없었던 삼풍백화점. 그 백화점이 일순간 와르르 무너져 내렸습니다.

지상 5층, 지하 4층의 백화점. 그런 대형 건물이 마치 폭파당한 듯이 무너져 땅속으로 꺼져가는 데 20초밖에 걸리지 않았습니다. 놀라운 것은 그때까지도 백화점 영업을 계속하여 영문도 모른 채 쇼핑을 하던 애꿎은 사람들과 백화점 종업원들이 건물과 함께 매몰되었습니다.

그 사고 현장과 멀지 있지 않은 곳에서 일을 하고 있었기에 귀가 먹먹하도록 강남 하늘에 울려 퍼졌던 소방차 사이렌 소리와 끝도 없이 이어졌던 소방차의 행렬이 그날의 참사를 내 기억 속에 새겨 넣었습니다.

사고 당일 오후 5시 40분쯤 '현재 붕괴가 진행되고 있는 것 같다"는 보고를 받고 백화점 회장과 경영진들은 회의를 중단하고 일제히 건물 밖으로 대피했습니다. 그들이 대피하는 동안 백화점 매장에서는 천여 명이 훨씬 넘는 쇼핑객과 종업원들이 아무것도 모른 채 쇼핑과 영업에 열중하고 있었습니다. 5시 50분부터 삼풍백화점 직원들의 고함이 5층에서 터져 나오기 시작했답니다. 건물이 우르릉하면서 우는 소리를 내었고 긴급히 대피하라는 소리도 나왔습니다. 이 소리에 몇몇 사람들은 대피했지만 지하에 있던 사람들은 그 소리를 듣지 못했습니다.

그날 오후 5시 57분, 5층 바닥의 가장 약한 기둥 2개가 무너지며, 그 기둥이 옥상까지 끌어당기면서 건물 붕괴는 시작되었습니다. 쏟아져 내린 백화점 5층의 잔해와 콘크리트들은 아래층을 차례대로 무너뜨리기 시작했고 결국 지하 4층까지 완전히 매몰시켜 버렸습니다. 그와 함께 건물 안에 있던 1,500여 명의 사람들도 잔해 속에 묻히게 되었습니다. 그건 일종의 생매장이었습니다. 완전 붕괴에 이르는 시간이 불과 20초였습니다. 눈앞에 멀쩡하게 보이던 건물이 갑자기 사라져버린 것입니다.

붕괴와 함께 순간 태풍 같은 바람이 휘몰아쳤고 순식간에 뿌연 먼지와 회오리바람이 거리에 몰아쳤답니다. 백화점 앞 도로와 건너편 서울고등법원 청사에까지 건물 파편이 날아갔습니다. 사고 직후 잘라진 채 남아 있는 건물 잔해 사이에서 손수건을 흔들며 구조를 요청하는 사람들도 보였습니다. 백화점 상품들이 길거리에 나뒹굴었고 무너진 건물 더미 속에서 피투성이가 된 사람들이 스스로 기어 나오거나 어떤 이들은 죽은 듯 쓰러져 있는 광경이 속속 목격됐습니다.

이제는 대부분 원인이 다 밝혀졌지만 건설 당시부터의 비리, 최초 설계와 구조를 무시한 변경, 백화점 영업을 위한 잦은 구조 변경, 비용 절감과 매출 확대만을 내세운 안전 불감증이 이중삼중으로 겹쳐진 사태였습니다. 더구나 붕괴 조짐에 대해 대책회의를 하면서도 적절한 안전조치와 대피보다는 백화점 매출을 걱정하여 영업을 중단하지 않았습니다. 사고 당일 백화점의 경영진들은 그곳에서 회의를 하다 자기들만 먼저 피해버리고 사람들에 대한 적절한 조치를 취하지 않았다고 하니 어처구니가 없었습니다.

그 시절 한국 사회의 부실과 부패, 물신주의(物神主義)를 한꺼번에 보여주는 너무나 어처구니없고 참혹한 사고였습니다. 이른바 '참사(慘事)'였어요. 그 참사로 결국 오백 명이 넘는 사람들이 죽었고 구백 명이 넘는 사람들이 부상당했습니다.

소방차가 물을 뿌리면서 그로부터 보름이 넘게 시신 수습과 구조 작업이 계속되었습니다. 119 구조대, 경찰, 군인까지 사고 수습과 구조에 매달렸습니다. 시신들이 수없이 나왔고 간간이 부상자와 생존자가 구조되었습니다. 그런 여러 날들 중에 어느 날은 슬프게 비가 내리기도 했습니다. 당시 케이블 방송 시대가 막 열렸고 마침 YTN이라는 전문 뉴스채널이 삼풍백화점 사고 상황과 구조 상황을 24시간 안방에 전달했습니다.

충격 속에서도 구조 작업은 계속되었고 기적적으로 사고 17일 만에도 생존자가 119에 의해 구조되어 들것에 실려 살아나왔습니다. 인간의 한계를 뛰어넘는 극적인 마지막 생존자는 젊은 아가씨였습니다. 그녀는 무너진 건물 더미 속에 끼여서 명줄이 가물가물한데 똑똑 떨어지는 어떤 물로 목을 축이며 질긴 생명줄을 놓지 않았다고 나중에 증언했습니다. 그건 처음에는 소방차가 뿌린 물이었고 나중 것은 빗물이었습니다. 사람의 목숨은 그리 허망하기도 하고 끈질기기도 했습니다.

"여기는 북적북적 하구나. 직장 생활은 할만하냐?"

"다 그렇게 사는 거지 뭐. 정원이도 잘 지내지? 정원이가 아이 가졌다는 소식 들었는데."

"응. 그래. 정원이가 동아리 선배라고 너를 친정 오빠처럼 생각하던데… 니가 그런 말을 하니까 갑자기 처가 식구가 물어보는 것 같네. 하하. 몸이 무거운데도 병원 일을 계속해야 하니까. 잘 지내고 있는 건지, 아니면 나 때문에 맨날 고생만 시키는 건지, 하튼 반성하고 있어."

"에이 뭘. 사는 게 다 그렇지."

나는 웃으면서 영기 앞에 소주를 한 잔 부었습니다.

어느 저녁, 반갑게도 이영기가 나를 찾아 강남까지 왔습니다. 새해가 시작되고 얼마 지나지 않아 큰 눈이 내렸지만 강남대로는 일찌감치 염화칼슘을 잔뜩 뿌려 비 온 뒤의 도로처럼 질척거리기만 했습니다. 그러나 강남땅에도 뒤편 거리에는 아직 눈이 군데군데 쌓여 있는 때였어요. 그때는 나도 꽤나 회사 생활에 이력이 났고 테헤란로에 그저 넘쳐나는 평범한 직장인이었습니다.

이영기는 넥타이를 단단히 매고 트렌치코트까지 걸치고 강남역으로 왔습니다. 뉴욕제과 앞에서 그를 만나 인근 직장인들이 버글버글한 단골 고깃집으로 같이 들어갔습니다. 숯불 위에 삼겹살을 올리고 소주잔을 나누었습니다. 좋은 숯을 쓰는 집이라 숯내가 은은했고 일렁이는 숯불에 마른 손을 비비고 앉으니 따뜻했습니다.

학생 시절, 총학생회와 전대협을 함께 거치고 옛날 서울구치소에서 비둘기까지 주고받았던 우리는 이제 서른한 살에 접어들어 무슨 얘기든지 편하게 나눌 수 있을 정도의 정이 쌓여 있었습니다. 생각해보면 그날 이영기는 저절로 입김이 뿜어져 나왔던 그 옛날의 추운 겨울, 총학생회에 함께 하자는 제안을 하던 그 시절처럼 나를 찾아온 것이었습니다. 그러나 이제 우리는 학생이 아니었습니다.

"영기야, 그럼 너는 이제 '국민회의'에 입당한 거니?"

"그런 셈이지. 그것보다 너한테 할 얘기가 있어."

그때 이영기는 유명한 재야인사 김근태 씨가 주도했던 '통일시대민주주의국민회의'라는 단체의 청년위원장을 역임했었습니다. 한데 그 단체가 정계 복귀한 김대중의 신당과 통합하게 되면서 새로운 야당 '새정치국민회의'가 만들어졌습니다. 그 단체 자체가 이른바 재야의 정치 참여를 목표하고 있었으니 어쩌면 당연한 행보였을 겁니다. 그해 봄에 15대 총선이 예정되어 있었습니다. 김근태 씨는 그 당의 부총재가 되었고 그러므로 영기는 자연스럽게 입당이 되었습니다. 그로서도 처음 갖는 당적(黨籍)이었어요.

"'21세기 청년포럼'이라고. 전대협 친구들도 함께하고 시민운동 쪽에 있는 친구들도 함께하는 데. 주로 우리 세대의 조직이라고 할 수 있어."

"21세기 청년포럼? 시민사회단체 같은 거야? 이름은 좀 무색무취하네."

영원할 것 같던 20세기도 이제 몇 년 남지 않은 때가 되었습니다. 미래를 예측하는 전두엽이 발달한 인간들은 그때부터 '21세기', '21'과 같은 어휘를 사용하면서 내일을 향한 밝은 꿈을 꾸었습니다.

"좀 그렇지. 시민단체는 아니고. 일단 세대별 정치 참여 준비 모임이라고 할 수 있는 데. 우리 세대의 정치 조직을 지향하는 거야."

"정치?"

영기는 그날 이른바 '청년 정치 조직'이라는 개념을 설명하며 이런 저런 얘기를 했습니다. 자신이 '21세기 청년포럼'이라는 조직의 공동대표 중의 한 사람이라고도 말했습니다.

"그래, 정치. 결국 제도권이든 아니든 정치 참여가 없고는 실질적인 변화를 이끌어내기가 어려워."

"정치라… 정치, 중요하지. 근데 정치는 진흙탕에서 뒹굴 생각도 해야 하고 장사꾼 기질도 있어야 해."

"그럴지도 모르지. 정치에 대해 꼭 속물적 욕심으로 이러는 거 아니야. 우리 사회의 갈등 해소와 문제 해결에서 정치는 중요한 역할을 맡고 있으니까. 외면하거나 소홀하게 해서 해결될 문제가 아니라고 본다. 정치도 일종의 투신이라는 생각이 들어."

아, 혁명의 시대가 가고 정치의 시대가 다가오고 있습니다.

우리는 학생 시절부터 과도한 사회 참여 행위를 하면서도 한편에서는 마치 사림학파의 전통을 이어받은 듯 권력에 초연하고 제도권과 거리를 두는 것으로 순결함을 지켜야 한다는 관념도 있었습니다. 우리가 존경했던 어른들도 대부분 재야(在野)에 있었기 때문이기도 합니다. 그러나 시대는 그가 말한 대로 항쟁의 시대에서 정치의 계절로 넘어오고 있기도 했습니다.

물론 기존의 비제도권 청년 운동이나 노동 운동을 계속할 수도 있습니다만 왕후장상의 씨가 따로 없듯 정치지도자의 씨가 따로 있는 것도 아닙니다. 생각해보면 그 시절 이영기는 전대협 의장 출신의 준비된 청년 정치인이기도 했습니다.

그때에 우리 세대는 갓 30대로 들어서고 있었지만 80년대 학생운동과 6월 항쟁의 성과를 상징적으로 안고 있는 이른바 '젊은 피'로서 한편 의기양양했습니다. 정치 참여에 대한 당위성과 세간의 기대가 함께 어우러져 가던 시기였습니다. 전통의 노동운동뿐 아니라 시민운동이 활발하게 태동했고 청년운동, 문화운동, 환경운동과 지역사회에 대한 관심에 이르기까지 여러 가지 모색들이 물결치던 90년대 중반이었습니다. 총선 과정을 거치면서 민중당은 사라졌지만 대중적 진보정당으로써 새로운 진보정당 건설을 위한 흐름도 면면히 이어지고 있었습니다. 더불어 전통 야당으로의 진입도 쏠쏠하게 진행되고 있었습니다.

"근데, 정치는 패당(牌黨)짓기고 그냥 친소(親疎) 관계에 불과하기도 하더라. 어제 한 말 다르고 오늘 하는 말 다르고. 누가 유리한지 짱보다 우르르 몰려가고. 그런 세계 아니니?"

나는 그 시절 김대중의 '정계 은퇴 번복'에 대한 비판을 은연중에 깔고 기존 정치의 나쁜 점을 꼭 찍어 말했습니다.

"그런 점도 있지만… 하지만 민수 니가 잘 쓰는 말로 연꽃이 어디에서 피겠냐, 진흙탕 위에서 피는 것 아니겠냐. DJ가 말하기를 서생적(書生的) 문제의식과 상인적(商人的) 현실감각이 정치에서 요구된다고 했는데, 그게 정치뿐 아니라 운동이나 다른 것에도 요구되더라고. 정치는 나도 일종의 결단이야. 아니 무엇보다 지금은 정권교체가 선(善)이라는 생각이 든다. 6월 항쟁으로 직선제나 형식적 민주주의의 틀을 만들기는 했지만 우리는 아직 한 번도 실질적인 정권교체를 이루지 못했잖아. 지금은 정권교체가 무엇보다 중요하고 필요한 과제라고 생각해."

"정권교체라?"

"그래. 물론 정권교체가 모든 걸 이루어주는 건 아니겠지만 어쨌든 그게 당면한 가장 중요한 정치적 목표라는 생각이 든다. 그게 실제로 가장 강력한 변화의 출발점이 될 거고."

자연스럽게 우리의 화제는 그때의 정치 현황이나 다가올 총선 상황에 대해 이런저런 이야기를 나누는 것이 되었습니다.

"영기 너도 이번 총선에 적극적으로 참여해야겠구나. 출마해야 되는 건가?"

"글쎄… 출마까지는 아직 좀 이른 것 같고. 어떤 식이든 선배들을 도와서 적극 참여는 해야겠지."

"어쨌든 3김(三金)이 오래도 가는구나."

"아직 그렇지만 3김이 영원히 갈 수야 있겠니? 그래서 우리 청년 세대가 더 조직적이고 내용성 있게 3김 이후의 정치를 준비해 보자는 거야. 그래서 민수야, 직장도 다니면서 청년 정치, 생활 정치로 새로운 정치를 한번 만들어 보자고. 청년 정치 세력이 지금부터 21세기를 바라보면서 준비해야 하지 않겠니? 우리는 이제 제도권 진입을 한다 만다 이런 차원이 아니라 집권을 생각해야 될 것 같아. 비판세력에서 대안세력으로. 그건 정말 준비도 많이 해야 하고 또 다른 공부와 성장도 요구되고…."

"그래. 전체적으로는 니 말에 찬성인데. 집권도 쉽지 않겠지만 정권을 잡는다고 세상이 다 바뀌는 건 아니야. 나쁜 독재자들 때문에 세상이 이렇게 된 거라고 생각할 수도 있지만 꼭 그것 때문에만 우리 사회가 이렇게 된 건 아니라는 생각도 든다. 내가 회사 다니면서 느낀 건데 세상을 나쁘게 만드는 건 우리 마음속에 들어있는 욕심도 있더라고."

"그래. 니 얘기도 존중한다. 나라고 빵에서 3년 동안 이런저런 생각 안 해봤겠냐? 나는 권력을 잡는 집권으로써만 정치를 얘기하는 게 아니라 우리 사회와 우리 삶과 우리 문제를 풀어나가는 중요한 역할로써 정치를 하고 싶은 거야."

"음… 그래, 갑자기 건물이 무너져서 사람들이 죽어나가거나, 지하 단칸방에서 부모가 일 나간 사이 아이들끼리 문 잠긴 방에서 불에 타죽는 그런 비극을 해결할 수 있는 실질적인 길이 니가 말하는 정치에 있다면 나도 인정한다."

나는 그 대목에서 진심으로 이영기가 제도권 정치인이 된다면 인정받는 정치인이 되고 좋은 정치인이 되어야 한다고 생각했습니다. 아니 그나마 좋은 정치인이 될 것이라는 간절한 믿음을 가졌습니다.

"으흠. 그럼 너 일단 국회의원이 되어야 하겠네."

"뭐 국회의원보다 지금은 '21세기 청년포럼'에 먼저 내용성을 가져야지. 우리 세대의 정치는 과연 무엇인가 하는… 그래서 그런 건데. 민수야, 그래서 어때? 부문별 위원 정도로 니가 같이 참여했으면 하는데."

그는 내가 그 조직에 함께하기를 권했습니다. 물론 이제 나도 직장인이니 상근자와 같은 건 아니고 이름을 올리고 적당한 역할을 맡아달라는 겁니다. 직장 생활을 하면서 어떤 조직 같은 것에 지속적으로 나오기를 바라는 정도였습니다. 옛날, 총학생회 참여 권유와는 내용이 다른 것이었지만 모양은 유사했습니다.

많은 얘기를 했고 이제 그런 요청을 들고 멀리 찾아온 그에게 분명한 대답을 해주어야 했습니다. 내면을 열고 진심을 말해야 했습니다. 담배 한 대를 피우며 뜸을 들인 후 나는 천천히 입을 열었습니다.

"영기야, 솔직하게 말할게. 나는 그냥 근신(謹愼)하고 싶어."

"근신? 그게 무슨 말이야?"

"사실 내가 그동안 운동에 과오가 있어서 지금은 어떤 활동보다는 스스로 생각해볼 때 먼저 성찰과 반성이 필요한 것 같더라고."

"운동에 과오? 니가 무슨 과오?"

"그건 내 내면의 문제라 뭐라 딱 말할 수는 없고… 그러니까, 지금은 정치적이거나 사회적인 활동에 참여하고 싶지는 않다는 얘기야."

나는 담배 연기를 가늘고 길게 뿜어내었습니다. 그리고 옛날과 달리 그의 제안을 받아들이지 않았습니다.

"음. 그래….? 왜?"

"이렇게 하려고. 말하자면 한 10년간은 정치적으로 근신하고 싶어. 지금은 그냥 내가 마치 아무 일도 없었다는 듯이 나설 수는 없어. 아직 종욱이도 안에 있고."

"종욱이? 아. 너 그 사건. 그 사건 때문에 이러는 거야? 활동하다 그런 건데 뭐. 왜 그런 소리를 해?"

"아니, 꼭 그 사건 때문만은 아니야. 그냥 내가 나 자신을 좀 돌아보아야겠다는 생각이 들었어. 그동안 했던 설익은 생각이나 거친 말에 대해서도 좀 짚어보고. 그리고 여기 우리 주변에 있는 사람들과 어울려서… 평범하게 직장도 다니고 돈도 벌어보고 일도 하고. 그렇게 한 10년은 살아보려고. 그런 다음에도 내 마음속에 어떤 의식이 남아있고 의지가 들어있다면 그때 다시 나서도 늦지 않다고."

바위처럼 굳건해야 하는 것이 의지이겠지만 갈대처럼 흔들리는 것이 사람의 생각입니다. 그래요, 생각이란 달라질 수 있는 거겠죠. 하지만 큰 생각이 달라졌다고 바로 '나 변했어요'라고 또는 '나는 달라졌네요'라며 금방 나서는 것은 다른 문제라고 생각했습니다. 살면서 활동보다 성찰해야 할 때가 있고 가벼이 말하기보다는 무겁게 침묵을 지켜야 할 때도 있다고 생각했습니다.

"뭐 그렇다고 일부러 정신적 자해 같은 걸 하려고 하는 건 아니야. 더 열심히 살아보려고 그러는 거지."

"음. 그럼 포럼은 어렵다는 거니?"

"응. 누가 듣지도 않겠지만 나는 대(對) 사회적 발언이나 사회적 활동은 안 하려고. 그러니 정치적인 것도 그냥 투표 이외에는… 영원히 그러겠다는 건 아니고 한 10년 지나면 그때는 다시 생각해볼게. 그렇다고 뭐 10년 지나서 내가 정치한다는 얘기는 아니고."

"그렇다고 10년씩이나 그럴 필요 뭐 있니?"

"아냐. 세월은 끝없이 가는 거니까, 10년이라는 시간도 끝내 흘러

갈 거야. 그러면서 세상도 변할 거고. 그때까지 내가 할 얘기가 남아있으면 그때 가서 해도 늦지 않을 거야. 자자. 그 얘기는 그만하고 멀리 강남까지 왔는데 뭘 좀 더 시켜. 내가 너무 대접이 소홀한 것 같다."

너무 딱딱한 얘기만 한 것 같아 너스레를 떨었습니다. 영기는 가만히 혼자 남은 소주잔을 비웠습니다.

물론 정치는 중요한 것입니다. 그런 것에 나도 별다른 허무주의를 말하고 싶은 건 아니었습니다. 또 정치만이 세상 모든 것을 바꾼다고 영기가 과도하게 매달린 것도 아니었습니다. 그러나 그때 우리는 서로 다른 길을 걸어가기로 했습니다.

멀고 추운 나라에서 건너온 찬바람이 강남의 밤을 얼어 붙이고 있었습니다. 언제나 넘쳐나던 거리도 썰렁해졌고 사람들이 옷깃을 세우고 잔뜩 움츠린 채 종종걸음을 쳤습니다. 그날 영기도 코트 깃을 세우고 혼자서 돌아갔습니다. 그는 찬바람을 헤치고 천천히 정치의 길로 뚜벅뚜벅 걸어 들어갔습니다.

그때에 세상은 우리들을 일컬어 '386'이라고도 불렀습니다. 그 의미 박약하게 숫자로 만들어진 조어(造語)가 나는 마음에 들지 않아 '6월 항쟁 세대'나 '6월 세대' 정도로 부르면 어떨까 생각해보기도 했습니다. 하지만 미디어가 계속 그런 말을 사용하니 어느덧 하나의 보통명사처럼 되어갔지요.

기본적으로는 전후(戰後) 베이비붐 세대의 연장에 있었던 우리 세대는 비판적이면서도 한편 현실 적응력을 가진 한 무리였습니다. 다르게 표현하면 저항적이면서 기회주의적이기도 하다는 거지요.

우리 세대는 주로 박정희 정권의 유신 시대에 어린 시절이나 청소

년기를 보내고 전두환, 노태우 정권 시절에 대학을 다녔습니다. 그리고 우리는 인간의 평균 수명으로 볼 때 20세기와 21세기를 얼추 반반 나누어 살게 될 것 같습니다. 80년대 졸업정원제로 대학생의 숫자가 확대되었지만 입시 경쟁과 민주화 투쟁이라는 두 가지 경험을 동시에 하게 되었으며 80년대 중반을 넘어 정권에 반대하는 투쟁을 전국적이고 대중적으로 이끌어본 세대이기도 합니다. 이른바 언더 써클, 오픈 써클을 거쳐 학생회의 시대를 만들기도 했습니다.

'386' 세대는 앞세대와 비교하면 대체로 이념적이고 진보적이었습니다. 우리 사회의 불평등 구조와 군부독재에 맞서 싸운 경험을 공유하며 비판의식과 현실참여에 대한 열의, 진취적이고 개혁적인 성향은 1990년대 들어 봇물 터지듯 일기 시작한 시민운동의 주축으로 우리 세대가 활약하게 했습니다.

우리는 대체로 농촌이나 지방에서 태어나 어떤 연유로 도시로 이주한 도시화 과정의 아이들이었고 대학을 대도시에서 다닌 세대입니다. 마지막 타자기 세대이면서 컴퓨터를 업무적으로 다루기 시작한 첫 세대라고도 할 수 있습니다. 손가락으로 볼펜 돌리는 재주를 가진 친구들이 많았고, 대중가요와 민중가요 가리지 않고 노래를 즐겼으며, 기타를 좋아했고, 자유연애를 꽃피웠고, 세미나와 토론에 익숙했으며, 논쟁을 피곤해하지 않았고, 페미니즘을 이론적이나마 수용했고, 소수자에 대한 관점을 가지기 시작했으며, 이념 서적과 만화를 동시에 보았고, 절대 빈곤에서 벗어나 문화 소비의 맛을 보기 시작했고, 민족주의, 사회주의, 혁명론 등 이데올로기의 전시장을 보면서도 교회와 절과 종교도 버리지 않았고, 무리 짓기를 잘하면서도 개인적 성향도 때때로 드러내었던 이중성의 세대입니다.

우리보다 앞세대가 주로 지연과 학연을 통한 모임이 강하고 우리

뒷세대는 기호와 취향에 따른 커뮤니티가 강하다면 우리는 기본적으로 가치 지향의 결사(結社)에 대한 추억이 많았습니다. 그러다 보니 회사 일을 하면서도 동종업계 종사자 간에 정보 교환이나 정책적 문제를 의견 교환하는 모임도 만들고 아이를 키우다가 공동 육아 모임 같은 것을 만들기도 했습니다. 이런 정서와 문화는 샐러리맨에서 학부모 그리고 소시민으로 자리를 옮긴 지금까지도 우리 세대를 묶어주는 끈으로써 작용하기도 했습니다.

하지만 기실 '386'이라는 그 숫자 속에는 대학을 나온 사람이라는 전제가 깔려 있습니다. 그러나 80년대 내내 최고 35% 정도에 머물렀던 대학 진학률로 볼 때 또래의 많은 이들을 소외시키는 차별적인 용어이기도 합니다. 그리고 근본적으로 그런 용어가 잘못된 것은 하나의 세계와도 같은 한 사람 한 사람을 그런 덩어리로만 파악할 수 없다는 엄연한 진실 때문입니다. 개별적 인간에게도 우주와 같은 넓이의 다양한 삶과 운명이 있습니다.

한 세대가 가진 공동의 경험과 문화, 분위기, 습성을 통해 그 세대에 속한 한 인간을 파악하고자 하는 것, 어쩌면 그건 다 부질없는 소리입니다. 무슨 세대론(世代論)을 연구한다고 사회학적으로 꿰어맞추어 보아야 마치 혈액형 분석으로 심리학을 하겠다는 덜떨어진 소리에 불과합니다. 언뜻 보기에는 비슷한 사람이지만 똑같은 일을 겪더라도 다 결기에 따라 서로 다른 결론에 도달할 수 있고 서로 다른 추억으로 자리매김할 수 있습니다.

나무가 모여서 숲을 이루지만 숲과 나무의 운명은 다릅니다. 비탈진 곳에 위태롭게 서 있는 나무도 있고, 키가 작아 응달에 웅크리고 있는 나무도 있고, 오로지 위로만 올라가려고 하는 나무도 있고, 그냥 말없이 그늘을 드리우고 모든 것을 내어주려는 듯 사색에 잠긴 나무도 있습니다.

그리고 어떤 세대에게만 특별히 주어지는 그리 거창한 시대란 없습니다. 다른 세대와는 다른 그들만의 특별한 역사적 사명도 헛된 망상일 뿐입니다. 저마다 주어진 시대를 담담하고 소박하게 그러나 치열하게 살아내야 할 뿐입니다.

"여보. 당신, 요새 많이 피곤하나 봐."

"응. 좀 피곤하네."

출근 준비를 하다 요 며칠 사이 아내가 일찍 자리에 눕고 피곤해하는 것 같아 물었습니다. 그날 아침도 힘이 없어 보였습니다.

"왜 어디 아파서 그래? 어제 저녁에 보니 밥도 잘 안 먹고. 감기 걸렸니?"

한겨울은 지났지만 꽃샘추위가 남아 기승을 부렸습니다. 약간 감기 기운이 있던 건 오히려 나였지만 말입니다.

"아니. 근데 민수야. 나, 할 말이 있어."

"그래? 뭔데?"

셔츠 단추를 채우고 타이를 매고 있는데 아내가 천천히 다가왔습니다.

"여보."

다시 한번 나를 부르는 아내의 목소리에 힘이 없었습니다.

"무슨 얘긴데…? 요 며칠 날씨가 되게 춥더니… 병원에 가봐야 하는 것 아니야?"

아내의 이마에 손을 짚어 보았습니다. 열은 없었습니다.

"병원에는 갔다 왔어."

"그래? 병원에 가봤다고? 병원에서 뭐래? 어디가 아픈 거야?"

"아픈 게 아니고… 저기… 나, 애기 가졌어."

"애기…?"

"응."

아내 수연은 정말 짧게 대답했습니다. 나는 몇 초가 흐른 뒤에야 그 말을 알아들었습니다.

"아. 애기! 와아! 그래. 그래. 애기."

그건 남의 애기가 아니고 내 애기였습니다. 나는 아내의 손을 덥석 잡았습니다. 아내는 근심 어린 낯빛으로 미간을 살짝 찡그렸습니다.

"아! 내가 몰랐네. 그래 여보, 이거 어떻게 해야 되지? 병원에 가 봐야 하는 거 아닌가? 아 참, 병원에 갔다고 했지. 아, 그래 얼마나 됐대?"

"2개월이래."

"그래. 뭐 먹고 싶은 거 없어?"

"괜찮아. 없어."

아내도 나도 처음으로 맞이하는 사건이었습니다. 나는 금방 어찌 할 바를 모르고 매던 타이를 늘어뜨리고 거실에서 서성거렸습니다. 생각해보면 부부간에 있어 또 우리를 둘러싸고 있는 관계에서 볼 때 분명히 기쁜 소식인데 아내는 차분하다 못해 침울한 듯 낮은 목소리로 말했습니다. 나는 순서대로 무엇을 해야 할지 금방 알지 못하고 서성거리기만 했습니다.

"빨리 출근해. 늦겠다."

아내가 출근을 재촉했습니다. 구두를 신고 문을 열다 아내를 돌아보며 물었습니다.

"혹시 어머니께 말씀드렸어?"

"아니."

"어머니한테도 말씀드릴까? 내가…."

아내는 가만히 고개만 끄덕였습니다. 나는 출근길 내내 '아이'라는 단어를 마음속으로 되뇌고 '이제 아빠?'라는 생각도 하면서 대체로 멍하게 회사로 왔습니다.

점심이 지나서야 살짝 어머님께 전화를 걸어 그 소식을 알려드렸습니다. 저녁에는 누나에게도 알렸습니다. 누나는 이미 들었는지 축하한다고 말했습니다. 내가 말미에 어떻게 하는 것이 좋으냐고 물으니 일단 회사에서 별일 없으면 가능한 한 집에 일찍 들어가라고 누나는 충고했습니다.

시대는 1990년대의 한복판을 지나고 있었습니다. 이제 학생운동도 그리 격렬한 것 같지 않고 운동권이 만들어 내는 시국보다 총선을 앞둔 정치, 정당들의 각축이 뉴스를 주로 장식했습니다. 아니, 이제 그 세계로부터 멀어졌기에 더 그렇게 느꼈을지도 모릅니다.

결혼은 자체로 생활이었고 일상이었습니다. 나는 사회라는 거대한 함선 끝에 매달려서라도 당분간 열심히 따라가자는 생심(生心)이 있었습니다. 하지만 아내는 어떤 가치를 찾는 과정이었다는 짐작이 들었습니다. 아내는 결혼 이후 몇 가지 일에 종사했지만 그것들이 확실히 자신의 길이라고 여기는 것 같지는 않았습니다. 가까이 곁에서 지켜본 아내는 타고난 독서가였습니다. 아내는 책을 사는 것을 좋아했고 자기가 산 모든 책을 꼼꼼히 읽었습니다.

임신은 아내에게 특유의 침잠을 가져다준 것 같습니다. 겨울이 완전히 물러나고 볕이 점점 따뜻해졌습니다. 그때 아내는 동네에서 멀리 벗어나지 않고 책을 읽거나 가벼운 산책을 하는 것으로 하루를 보냈습니다. 어느 날은 저녁때도 불을 켜지 않고 식탁 의자에 가만히 앉아 있기도 했습니다. 식탁 위에는 이미 식어버린 차와 펼쳐 놓은 책만이 놓여있었습니다.

'내 내면이 이상하게 요동친다. 수연아. 너는 내가 느끼는 이 자괴감과 상실감을 알고 있니? 참을 수 없는 절망이 때때로 찾아오고 가끔 어떤 죄의식이 깊은 자괴감의 늪을 만들어 내가 허우적대고 있다. 이제 올해 말이 되면 종욱이가 나오려나…? 그리고 또 다른 사람들은…?

수연아, 왜 너는 나를 반제애국전선으로 끌어들였니? 내가 세 번이나 거부했는데… 그 조직이 나와 어울린다고 너는 생각했니? 결국 그 조직 활동은 우리에게 상처만 안겨준 꼴이야. 나를 사랑했다면 내 의견도 내 취향도 조금은 존중해줄 수 있었잖아.

수연아, 학교 앞 술집에서도, 남이섬에서도 또 명일동의 별을 보며, 찢겨나간 철창의 하늘을 바라보며, 때때로 성남 하늘 쪽을 보며 너를 그리워했던 나. 내가 진정으로 너를 사랑했다는 것을 왜 그냥 있는 그대로 받아들이지 못했니?

너는 나를 마음껏 휘두르고 싶었겠지만… 그 조직은 부부나 연인은 함께 해야 한다고… 너는 말했지. 하지만 그건 낭만적인 레토릭에 불과한 것이었어. 여자인 네게는 그게 너무나 마음에 들었겠지만… 세상은 그렇게 우리를 아름답게만 보지 않더구나.'

이제 이야기는 잊을 수 없는 그해에 접어들었다. 고요한 일상이 계속되던 시절에 갑자기 새로운 운명이 나를 불쑥 찾아왔던 그때 말이다.

"누나, 돌이켜보면 그때 내 내면에 수연에 대한 어떤 원망 같은 게 들어있었나 봐. 항상 지켜주고 싶은 마음도 있었으면서… 또 반대로 불만 같은 것도 내가 가지고 있었나 봐."

"민수야. 살아남은 자의 슬픔처럼 니가 그 사건으로 다른 이들이 겪은 고통에 대해 고뇌했던 건 이해하겠는데 수연이에 대해서 섭섭한 마음을 가진 게 된 건… 본질적으로 그건 니가 좀 옹졸했다는 생각이 든다. 아마 그것도 수연이를 사랑했기 때문에 반대로 그런 거라고 여겨지기는 하는 데… 서로 사랑한다고 사람이 모두 만족스러운 건 아니잖아."

"그래. 누나. 내가 옹졸했어. 사랑하게 되고 시간이 갈수록 나는 자꾸만 어떤 아집 같은 것으로 치닫는 것 같더라."

밖에는 비가 계속 내리나 보다. 비 오는 밤이 가지고 있는 그 특유의 스산함과 서늘함이 스며들어왔다.

"민수야, 연애하고 결혼은 다른 점이 많잖아. 기본적으로 결혼은 생활이고 일상이고 삶인데. 내가 볼 때 너도 수연이도 자기만의 세계가 강한 사람들이야. 너네는 각자 자의식 때문에 결혼에 대해서 서로 전혀 다른 생각을 했는지도 몰라. 자신의 것을 내려놓고 서로 양보하지 않고 자기만의 세계를 꿈꾸었는지도…."

"하긴. 연애와 결혼은 다른 건데. 인정할게."

누나와 나는 달그락거리며 꽤나 술잔을 나누었다. 우리 사이에 어느새 복어 맑은 탕이 오르고 수북이 쌓였던 미나리가 향을 내며 허연 거품 안에서 숨을 죽이고 있었다.

"누나. 수연이는 왜 그 시절 내게 반애전을 꼭 하자고 그렇게 매달렸을까? 내가 분명히 거부했는데."

꼭 대답을 듣자고 하는 질문은 아니었다.

"글쎄. 그냥 너와 함께하고 싶었겠지. 여자라면 모두 그런 생각이 들었을 것 같은데. 수연이도 그러고 싶었던 거겠지."

"으흠. 그러니까 누나. 그게 여자들의 대책 없는 사랑인지도 몰라. 여자들은 이기적이야."

"그게 왜 이기적이야?"

"여자들은 사랑에서도 존경스러운 점을 찾는다잖아. 그 남자의 존경스러운 점을 꼭 찾아본다던대. 그건 그 사람의 장점만을 사랑하겠다는 태도야. 사랑할 분명한 이유를 찾는 거지. 도대체 못난 남자를, 남자의 못난 점을 봐주지 않겠다는 거니까. 결국, '있는 그대로' 사랑해주지 않잖아."

"그게 그런 건가?"

"누나. 이런 얘기 웃기지만 그럴 때 남자는 좀 다르게 생각한다. 나도 좀 그렇게 생각했어."

"어떻게?"

"어떤 길이 있어. 그게 옳은 길이고 분명히 가치 있는 일이라 하더라도 만약 그게 위험한 것이라면 사랑하는 여자에게 별로 권하고 싶지는 않다. 내가 직접 하는 것과 그녀가 같이해야 하는 건 다르다는 생각이 드는 거지."

"그러니? 남자들은 그런단 말이지?"

"그래. 그게 실은 여자를 존중하는 게 아니고 무시하는 어떤 차별일 수도 있지만 마음이 그렇다는 거야. 그게 본질적으로는 여자에 대한 어떤 차별이고 어떤 허위의식인지는 모르겠지만…."

누나는 내 말에 빙긋이 웃었다.

"호호. 차별이라고 해도 뭐 그리 기분 나쁘지는 않다. 본심이 엿보이니까. 그래도 남자들의 착한 마음이 엿보이니까."

누나는 내게 향긋한 김을 피워 올리는 미나리를 먼저 건져 담아 내밀었다. 그리고 말을 이었다.

“가끔 보면 어떤 진보적인 생각을 가진 사람들이 오히려 사람에 대한 이해가 부족할 때가 있더라. 진보적이란 건 상대적인 의미일 뿐이지. 보통 사람들은 뭔지 몰라도 항상 자기 것을 지키고 자기감정을 고수하려는 것이 대부분이야. 그런 점에서 사람은 기본적으로 보수적이다. 사람을 믿는 건 좋은데 인간은 부족한 점이 많아. 사람이 부족하다는 걸 기본에 두고 이해해야 하는데 그런 것에 대한 성찰이 부족하더라. 꼭 너 잘못이라기보다는 그때 우리 모두의 부족함일 수도 있지.”

“누나, 그래도 나는 그때의 학생들을 떠올리면 항상 그들을 응원하고 지지해주고 싶어. 그 시절의 학생들은 착했어. 그 어린 마음들이 오히려 지금은 그립다.”

“그래, 그건 나도 마찬가지야. 상상하건대 만약 지금 길을 가다 그때의 그 학생들을 만난다면 먼저 다가가서 꼭 끌어안아주고 싶다. 격려하고 위로해주고 싶어. 그 속에는 너도 있고 수연이도 있고 그리고… 나도 들어있을 거야.”

그 말을 하면서 누나는 두 팔을 벌려 마치 사람을 안아줄 듯한 몸짓을 취했다.

“자꾸 시간이 가니까 변하지 않는 가치나 변하지 않는 사람의 마음이 없는 것 같더라고. 내가 근신하겠다고 했던 10년은 지나보니 긴 세월이더라. 시간이라는 게 저절로 가는 것 같지만 결국 아무 대가 없이 시간은 가지 않더라고. 그 시간 속에서 나는 많은 것을 상실한 것 같아.”

“민수야. 무언가를 상실한다는 게 꼭 삶의 실패는 아니야. 이런 말이 있어. 나이 든 사람이 지혜롭다는 건 무언가를 많이 이루었기 때문이 아니라 상실을 많이 경험했기 때문이라고 하더라."

"상실을 많이 경험한다… 좋은 말이네."

"본질적으로는 모두 무상(無常)한 거지만… 상실을 너무 두려워하지 마. 문제는 상실감을 어떻게 잘 갈무리하고 이겨내느냐 하는 거라고."

"그런데 그래도 놓치고 싶지 않았던 것, 지키고 싶었던 걸 잃어버렸다고 생각하니까… 마음이…."

'잃어버렸다'라는 말이 가지고 있는 냉혹함 때문에 나는 또 마음이 울적해졌다.

"그래. 무엇을 잃어버린 것인가를 알아채는 것이 첫 번째로 상실을 이겨내는 길이다. 우리 사는 세상에는 가볍게 변해도 되고 별 가치 없는 무상한 것이 많지만, 그래도 오랫동안 변하지 않고 지켜야 할 소중한 가치도 있지. 무엇을 지키고 무엇을 버릴까 하는 선택에서 사람이 달라지더라. 그 사람의 삶도 달라지는 것 같고."

이야기는 어느새 1990년대의 한복판으로 깊숙이 들어왔다. 이제 당신에 대해 이야기를 해야 할 차례가 온 것이다.

"음. 그 해에 말이야. 두 개의 새로운 인연이 나를 기다리고 있었어."

"그래? 두 개의 인연?"

"응. 하나는 성현이고."

"아, 성현이. 그렇지. 자식이야말로 인연 중의 인연이지."

누나는 어린 조카가 떠올랐는지 잠시 미소를 띠었다.

"그럼, 또 하나는?"

"또 하나는 비와 함께 찾아왔다고 할까. 그 여자 말이야. 그 여자가 두 번째 사랑으로 찾아온 거야."

"두 번째 사랑?"

"응. 수연이가 첫 번째 사랑이었으니까. 그 여자는 그냥 두 번째 사랑인 거지 뭐."

"음 그래… 빠져들었다고 다 사랑은 아니야. 그건 단순한 욕망일 수도 있거든… 하지만 남녀 사이에는 계산만으로 어찌할 수 없는 맹목적인 것도 있으니까. 그걸 어찌하겠니?"

"글쎄. 욕망이라, 그럴 수도 있겠네. 욕망인지 사랑인지는 딱 결정할 필요도 없고… 그게 뭐가 중요해, 하는 생각도 들어. 단지 난 그렇게 여러 명과 사랑해보지는 못했는데… 첫사랑과 두 번째 사랑을 통해서 사랑의 다양한 맛이랄까. 단맛, 상큼한 맛, 쌉쌀한 맛… 음 그리고 매운맛, 쓴맛도 본 것 같아."

"그랬구나. 나도 전혀 짐작하지 못한 바는 아니지만, 그 정도로 심각했던 거야? 두 번째 사랑이라…? 사랑만큼 사람이 바보짓 하기 쉬운 영역이 없다는데."

누나는 복어 맑은 국물을 두 국자 떠서 내 앞으로 내밀었다. 옅은 김이 눈앞에서 아롱거렸다.

"말하자면 그런 건데 지금 와서 사랑인가 아닌가 따져서 뭐하겠어? 그럼 그냥… 운명이라고 할까. 누나."

"그래, 그래도 잘났든 못났든 무슨 사랑이든 모든 사랑은 남는 장사라고 하더구나. 사랑은 반드시 남기는 것이 있다는데. 무얼 남겼는지…? 이제 그 얘기 계속 들어보자."

도대체 사람의 의지가 들어있지 않은 운명이란 있을 수 없다고 누군가는 책망할 수 있을 것이다. 숙명론은 그 자체로 삿된 의견이다.

그러나 이상스레 당신을 떠올릴 때면 어떤 의지로도 손닿을 수 없는 곳에서 고고하게 빛나는 어떤 운명이라는 생각이 자꾸 들었다. 닿을 수 없는 가파른 절벽 위에서 홀로 피었다 지는 꽃처럼, 손으로 꺾어내지 못해 더 아름답고 더 아련하게 여겨지는 그런 꽃 같은 운명 말이다.

오늘 밤 내내 비가 그치지 않을 것인가 보다.
그날 밤 빗속에서 당신이 떨고 있었다.

제4부

헤일 수 없이 수많은 밤을
내 가슴 도려내는 아픔에 겨워
얼마나 울었던가 동백 아가씨
그리움에 지쳐서 울다 지쳐서
꽃잎은 빨갛게 멍이 들었소_

비 오는 일요일 밤, 그 날

“강제징집 희생자 추모제?”

“그래, 다음 주 일요일에 잡혔는데….”

“2부를 하라고? 내가….”

“그래, 너 말고 누가 있어? 1부를 내가 할 테니까. 좀 해주라. 좀 도와줘. 민수야.”

일상은 느리고 아무 일 없다는 듯이 흘러갔습니다. 평온한 세월이었습니다. 꽃이 피고 질 때쯤 임신한 아내는 조금씩 움직임이 느려졌습니다. 다행히 입덧은 심하지 않았고 그래도 무탈하게 한 생명을 기르고 있었습니다.

그 시절, 나는 집과 회사를 왔다 갔다 하는 생활을 주로 했습니다. 잡무와 야근이 많았던 회사로 인해 아내와 저녁을 같이 해본 적이 별로 없었습니다. 주말이 그나마 함께했던 시간이었습니다. 퇴근을 하고 동네에 들어설 때면 큰 거리는 언제나 시끄러웠지만 뒷골목은 일순 조용했습니다. 온갖 야경에 생기를 잃은 달빛을 등지고 동네 거리를 아무 생각 없이 거닐었습니다. 장마가 곧 시작될 거라는 예보가 있었습니다. 특별히 보탤 것도 뺄 것도 없는 그런 날들이었습니다.

그런 때에 총학생회 시절 문화부장을 맡아 총학 집행부 활동을 같이했던 친구 홍성우가 나를 불렀습니다. 1980년대 초반, 전두환 정권하에서 강제 징집되었다가 비명(非命)에 희생된 선배들에 대한 추모제가 학교에서 있답니다. 나 역시 강제로 징집된 것은 아니지만 완전히 노출되고 고립된 상태에서 무섭게 군 생활을 했던 기억이 있어 옛날의 그 비극에 감회가 남달랐습니다.

80년대 초반의 강제징집은 당시 학생운동에 대한 탄압으로 실행되었는데 그렇게 입대한 사람들에 대해 보안사를 중심으로 이른바 '녹화사업'이라는 비인간적인 만행이 저질러졌습니다. 학생운동에 대한 정보 수집을 위해 대상자들에게 관제 프락치 활동을 강제하였고 군 복무 중 '특별정훈교육'이란 이름으로 구타와 기합 등 육체적 정신적 폭력을 가했습니다. 친구와 동지를 감시하고 고발하라고 강제하는 상황에서 수많은 젊은 영혼들이 죽음을 고민할 만큼 괴로워했습니다. 결국 그 과정에서 여섯 명의 젊은 목숨이 자살 또는 의문사로 주검이 되어 돌아왔습니다.

그 원통한 넋을 기리기 위해 나중에 학생들은 '민주광장'이라 불리는 교내 광장 한편에 아주 작은 비석 하나를 세웠습니다. 그 선배들이 강제 징집된 그 시절과 내가 입대한 시기가 10년이라는 세월의 간극이 있어 어쩌면 삶과 죽음을 갈라놓았는지도 모릅니다.

그 추모제의 공식적인 1부 순서가 끝난 다음, 2부 '친교의 시간'에 내가 사회를 보라는 겁니다. 행사 사회를 보는 것이 부담스러워 처음에는 사양했습니다. 홍성우는 자기가 1부 사회를 보니 2부는 내가 좀 수고를 해주어야 한다고 재차 재촉했습니다. 우리 학번에서 이번 행사를 맡았으니 책임이 필요하답니다. 이미 예산 집행도 되었다고 하더군요. 성우를 계속 곤란하게 할 수 없어 2부 사회를 맡기로 승낙했습니다. 그리하여 아직은 조그마한 배를 쥐고 있는 아내 수연을 그냥 두고 그 일요일 아침 나는 혼자서 집을 나섰습니다.

그러나 그 날, 그 어떤 운명의 소용돌이가 나를 기다리고 있었을 줄 과연 상상조차 할 수 있었을까요? 오랫동안 나를 괴롭혔던 죄의식 앞에 분명한 현신(現身)이 나타나서 결국 나를 울게 만들어버릴 줄은 꿈에도 몰랐습니다.

약속한 학생회관 4층 동아리 방에 들어가니 성우는 얼른 보이지 않고 이제는 학번 차이가 꽤 나는 몇몇 재학생 후배들이 있었습니다. 나를 알아보는 이도 있었고 처음 보는 애들도 있었습니다. 그들과 간단히 인사하고 자리에 앉아 성우를 기다리고 있는데, 저쪽 구석에서 어떤 여자가 신시사이저를 세팅하고 가볍게 연습을 하고 있는 것이 보이더군요.

그녀도 나를 힐끗 보았는데 서로 모르는 사람이니 그냥 그대로 자기 일을 했습니다. 그러다 잠시 눈이 마주쳤는데 아는 사람 같기도 하고 아닌 것 같기도 하고, 서로 인사를 나눈 기억이 분명하지 않아서 그냥 어색하게 외면했습니다.

'누군데 여기 있는 거지?' 하는 의문이 들었지만 그 이유를 당사자에게 직접 물어보지는 못했습니다. 잠시 후 성우가 나타났습니다. 그제야 성우가 그녀와 나를 곧바로 인사시켜주었습니다.

"민수 너, 잘 모르나? 인사해, 한지영."

"예, 안녕하세요. 박민숩니다."

"지영아, 여기는 내 동기 박민수야."

"안녕하세요."

그녀와 나는 그렇게 성우의 소개로 서로 간단히 인사를 나눌 수 있었습니다.

"여기, 지영이가 오늘 행사 반주를 맡았어. 내가 부탁했지."

아, 오늘의 행사 반주자이군요. 그래서 여기서 연습을 하고 있었군요.

연습을 잠시 쉬는 사이 그녀는 동아리 방 베란다에서 성우와 함께 담배를 한 대 피웠습니다. 그 방은 담배 피우기가 아주 좋은 방이었어요. 창이 크고 널찍한 베란다까지 있으니까요.

오후 2시쯤이 되어서야 추모제가 시작되었습니다. 생각보다 사람들이 많이 왔더군요. 여섯 학교의 희생자에 대한 연합 추모제이기에 다른 학교 출신들도 많이 왔습니다. 거창하게 준비한 추모제는 아니지만, 이 희생자들을 기억하고 추모하는 사람들이 모인 가운데 조용하고 차분한 추모행사가 순조롭게 진행되었습니다.

물론, 배경 반주는 아까부터 준비하던 그 반주자, 한지영 씨가 맡아주었습니다. 홍성우의 사회로 모두 묵념을 할 때 휑한 광장에 그래도 '꽃상여 타고' 라는 진혼곡이 신시사이저 반주로 흘러나와서 제법 추모제의 분위기가 잡혔습니다.

그렇게 학생회관 앞 민주광장에서 1부로 공식적인 추모 행사를 끝내고 어느 정도 휴식을 가진 다음, 운동장으로 옮겨 2부 '친교의 시간'을 갖기로 했습니다. 2부는 내가 사회를 맡기로 했는데, 사실 별다른 '사회'가 필요하다기보다는 일종의 '진행'이었습니다. 학교별, 학번별로 서로 소개하는 데에만 1시간이 넘게 걸렸거든요. 물론, '친교의 시간'에서 가장 중요한 것이 서로 소개하고 인사하는 것이겠지요.

이제는 재학생들이 아니고 사회의 여러 곳에 진출한 사회인들이지만, 대개 이십 대 후반에서 삼십 대 중반 정도로 아직은 이 사회의 시스템에 중추적으로 자리를 잡지는 못했습니다.

"오늘 여기 모인 사람들 징역 산 햇수를 모두 합치면 백 년도 훨씬 넘겠네요. 하하."

앞에 나온 어떤 선배가 마이크를 잡고 그런 우스갯소리를 할 정도로 팍팍한 별들을 달고 있어서 쉽게 자리를 잡기는 어려웠을 것입니다. 아직도 감옥에서 고생하는 사람들이 남아 있었던 시절이었으니까요.

그냥 소개하는 것은 심심하고 지루하니 각 단위별로 인사와 소개를 하면서 노래를 한 곡씩 하기로 했습니다. 그것만 해도 '친교의 시간'이 마무리될 것 같았어요. 그런데 어떤 준비된 공연이나 레퍼토리가 있는 것이 아니다 보니, 이른바 민중가요에다 어떤 경우에는 응원곡에다 대중가요까지 뒤섞여서 신청곡이 막 들어왔습니다. 문제는 그 큰 운동장에서 마이크를 잡고 생소리로 노래하기가 썰렁하니 음정이라도 잡을 수 있게 반주를 좀 깔아주는 것이 좋겠는데, 너무 신청하는 노래가 다양하고 즉흥적이라 반주자가 꽤 힘들겠더라고요.

"지영 씨, 되겠어요?"

내가 신청자들의 신청곡을 전해주니 그녀는 빙긋이 웃으면서 고개를 끄떡였습니다. 그리고는 곧잘 신청곡에 맞추어 반주를 해주었습니다. 그녀는 임기응변에 능하게 분위기를 잘 맞추어 주었어요. 악보 하나 없는데 정말 안 되는 반주가 없을 정도였어요. 나중에 시작 부분의 박자나 음정도 잡아주더군요. 하여튼 그 반주자가 없었으면 굉장히 진행이 어려울 뻔했고 썰렁할 뻔했습니다. 어쨌든 그렇게 그녀와 나는 서로 협력하며 2부 행사를 잘 마쳤습니다.

2부를 마치고 사람들은 농구나 족구 같은 체육 행사를 자발적으로 가지면서 운동장 여기저기에 흩어져 있었습니다. 그 후에 학교별이나 단위별로 뒤풀이를 가지기로 계획했고요. 사실 행사도 행사지만 뒤풀이가 가끔은 더 중요한 자리가 될 때가 많지요. 기일(忌日)에 친지 형제를 만났듯이 그 추모 행사를 계기로 모두 오랜만에 조우하는 자리였습니다.

2부를 마치고 나는 좀 피곤해서 별다른 운동도 하지 않고 스탠드에 그냥 앉아있었는데 어느 순간에 성우가 다가와서 말했습니다.

"너, 잘 모르나 보다. 지영이."

"오늘 반주자, 잘하던데…."

"아니, 모르겠어? 최제원의 부인이잖아."

"그래? 최제원…? 아, 그렇구나!"

그렇게 기억이 살아났어요. 분명한 기억이라기보다는 마치 빛바랜 한 장의 정지된 흑백 사진 같은 장면이 떠올랐어요.

내가 서울구치소에서 출소하고 얼마 되지 않은 어느 날, 정종욱을 어느 호프집에서 만나고 있을 때, 한 학번 후배라면서 최제원이 인사를 왔지요. 그때 그 후배 옆에 약간 부끄러운 듯이 한 여자가 있었는데, 최제원은 자기 애인이라고 소개를 했습니다.

그래, 그런 적이 있었어요. 그때 최제원의 옆에 있던 그 여자, 이대생이라던 그 여자가, 한지영 씨 바로 저 여자이군요.

그랬구나, 오늘의 반주자가 최제원의 부인이구나.

미혼처럼 보이던 그녀가 그렇게 기혼자라는 얘기를 듣고 그럭저럭 기억을 더듬고 있었는데 그때, 어떤 여자가 나를 쳐다보고 있다는 것을 느꼈습니다.

그 여자는 아까 2부를 같이 진행하고 호흡을 잘 맞추어 주었던 반주자, 바로 한지영 그녀였습니다. 처음에는 어디 딴 데를 보는 시선에 내가 걸려 있나 했는데, 내가 움직이는 대로 눈길이 따라오는 것을 느끼면서 그녀가 나를 보고 있다는 것을 알았습니다. 처음에는 물끄러미 그냥 바라보는 것이라 생각했는데, 내가 그녀의 시선을 의식하고 있는데도 그녀는 상관없다는 듯이 계속 나를 쳐다보았습니다. 나도 어느 순간 잠깐 눈을 돌려 그녀를 바라보았습니다. 그런데도 그녀는 마주치는 내 눈길을 피하지 않고 그냥 맞섰습니다. 그래서 마치 서로 '눈싸움'을 하는 것 같은 장면이 벌어졌어요. 오히려 내가 잠시 후 그녀의 눈길을 피해야 했습니다.

오, 그녀는 나를 그냥 쳐다보는 것이 아니라 무섭게 노려보고 있었어요. 갑자기 표정과 눈길이 돌변한 그녀의 그 무서운 시선 속에서 나는 아무것도 할 수가 없었어요. 무서웠습니다.

그녀가 나를 노려볼 때 나도 그 여자가 누구인지 거의 알아냈거든요. 이제 그녀가 누구인지 인지하게 되었습니다. 그러니까 그녀는 말이에요. 그녀는 반제애국전선 사건으로 8년형을 받고 아직도 복역중인 최제원의 아내였습니다. 반제애국전선의 대변인, 굽힘 없는 법정투쟁으로 8년이라는 장기형을 받아 장기수가 되어버린 최제원, 그 투사의 아내였어요.

내 아내 오수연이 나를 반제애국전선에 끌어들였고, 내가 정종욱을 끌어들였고, 다시 정종욱이 최제원을 그 조직에 끌어들였다고 알고 있었습니다. 그 옛날 호프집에서 만났던 네 사람 중 정종욱과 최제원은 반제애국전선 사건으로 아직 옥중에 있었습니다.

그때 최제원의 여자 친구가 지금 나를 노려보고 있습니다. 결국 나와 아무 상관이 없는 여자가 아니었군요. 그녀의 무서운 시선에서 어떤 깊은 원망의 질책을 나 스스로 느꼈는지 모르겠습니다.

그 무섭고 원망 어린 눈길이 그나마 거두어진 때는 세팅된 앰프와 신시사이저를 철수시킬 때였습니다. 그녀는 신시사이저를 홍성우의

차 트렁크에 넣고 나중에 찾겠다고 하더군요. 조용히 앰프 철수하는 일을 도와주고 있었는데 성우가 우리 학교 뒤풀이를 가자고 했습니다. 내가 오늘 행사 2부 사회자였으니 당연히 참석해야 한다고요.

나는 설렁설렁 걸어서 안암동 사거리 근처에 있는 뒤풀이 장소로 먼저 갔습니다. 잠시 뒤 성우가 한지영, 그녀와 함께 차를 타고 같이 그 장소로 왔습니다. 일반적인 호프집 같은 곳이었는데 여름철이라 창과 문을 활짝 열고 반은 실내이며 반은 야외인 곳에 일행들이 자리를 잡았습니다. 편안하게 호프 한 잔씩을 돌리고 둥글게 앉은 그런 전형적인 술자리였는데, 시작은 조금 소란스러웠습니다.

그러다 시간이 좀 흐른 뒤에는 아무래도 공통의 주제가 바닥이 나고 없으니 서로 각자 옆의 사람과 다양한 얘기를 나누는 그런 무작위의 전형적인 뒤풀이 자리가 벌어졌습니다. 어느 순간 내가 옆을 보니 너무 무섭게도 내 옆자리에 한지영, 그 여자가 앉아있었습니다. 그녀는 별다른 말이 없이 생맥주를 좀 마시더군요. 그녀는 일행의 대화에도 별로 끼지 않고 별 관심도 없어 보였습니다.

그런 자리에서 말이 적지 않았던 나도 무언가 조금씩 두려워서 할 말을 못 하고 있었습니다. 이유는 옆자리 그 여자 때문이에요. 2부를 같이 진행할 때는 잘 맞추어주고 호흡도 잘 맞았는데, 행사가 끝나자 갑자기 돌변한 그 눈빛이 무얼 말하는지 알 수가 없어서 말문이 조금씩 막혔습니다. 결국 나도 그녀도 말을 잃어버리고 물끄러미 다른 사람들을 쳐다보거나 그냥 맥주만 한 모금씩 계속 마셨습니다. 저녁이 되면서 날씨는 조금씩 흐려지고 있었어요.

뒤풀이의 왁자지껄한 소란함 속에 침묵으로 내동댕이쳐진 나와 그녀만 남은 것 같았습니다. 그런데 드디어 그녀가 나에게 말을 걸어왔어요. 설마 내게 말까지 걸어올까 생각했는데 소란함 속에서도 마치 적막강산에 있는 것처럼 그녀의 목소리가 또렷하게 들렸습니다. 축축한 습기를 머금은 바람이 가끔 불어오되 아직 비가 오지는 않는데도 그녀의 목소리가 천둥처럼 들렸습니다.

"당신이 박민수 씨인가요?"

"예? 아, 예…."

아까 그렇게 인사를 하고 2부 행사를 같이 치르고도 그녀는 이런 어처구니없는 질문을 던졌습니다. 그리고 내 대답은 관심도 없다는 듯 자기 얘기를 이어갔습니다.

"귀신인 줄 알았는데… 이렇게 있긴 있군요."

"예에?"

"박민수라는 이름이 쉽게 잊어지지 않더라고요."

"…."

정녕 무서운 얘기가 터져 나왔습니다.

'내가 귀신인 줄 알았다니…?'

아무 할 말이 없었습니다. 처음 통성명을 하고 인사를 나눌 때부터 내가 누구인지 알고 있었다는 건데요. 그러면서도 모르는 사람인 척하고, 아무 말 없이 같이 행사를 치르고 또 그렇게 노려보고 인제 와서 말을 붙이는 그녀의 내면이 무서웠습니다. 그녀는 애당초 내 대답은 관심도 없었다는 듯 자기가 처음 느낀 나에 대한 얘기를 계속 이어갔습니다.

"공소외 박민수. 공소외 박민수. 재판에 가면 계속 나오더라고요. 그 이름이."

'공소외(公訴外)'란 기소되지 않았다는 법률 용어입니다. 반제애국전선 1차 검거 당시 나는 군에 있었고 검거되지 않았기에 아마 '공소외'가 되었을 겁니다.

"재판 방청을 하는데 공소외 박민수가 수십 번도 넘게 나오는 거야. 민변에서도 민가협에서도 도대체 공소외 박민수가 누구냐고 서로 물어볼 정도였죠. 오늘, 그 신비의 인물을… 이렇게 만나게 되네요."

홀짝이던 술 때문인지 그녀의 초점 없는 눈빛에 냉소적인 웃음이 스쳐 지나갔습니다.

"처음에는 안기부가 만든 가상 인물인가 생각하기도 했고… 허접한 프락치인가 했는데, 그건 또 아니라고도 하고… 아니면 일찌감치 전향하고 수사에 협조하는 그런 인간인가 생각하기도 했는데… 도대체 박민수가 누구냐 말이야? 반제애국위원회 중앙위원이라고도 하는데… 에이 씨발… 개새끼…."

그리 주절대며 내게 잔을 내밀었습니다. 술기운이 느껴졌지만 그런 고운 목소리로 천연덕스럽게 욕을 할지는 몰랐어요. 어디에다 하는 욕인지 알 수 없어 듣기만 하면서 잔을 채워주었습니다.

대부분의 사람이 다 잡혀 들어온 상황에서 정황상 반드시 기소되어야 할 사람이 계속 '공소외'로 나오니 의문이 쌓일 수밖에 없었겠지요. 사실 나는 단지 군에 입대했을 뿐인데 말입니다.

"그때 귀신이라고 불렀어요. 그래서… '박귀신'이라고요. 처음엔 별명이 공소외 박민수였는데… 나중에는 그냥 '박귀신'이라고도 불렀죠. 그런데 나중에 들었어요. 기무사에 잡히셨지요. 몰라 봬서 미안해요. 이리 멀쩡한 분을… 더럽게 욕했는데…."

"아, 예…."

아무 할 말이 없더군요. 내가 의도한 바는 아니지만 부끄러웠습니다. 마침 마실 수 있는 맥주잔이 놓여 있어 다행이었습니다. 단숨에 비우고 내려놓자 그녀가 주섬주섬 잔을 채워주었습니다.

"혹시…? 지영 씨도 그때 같이 안기부에 잡히셨나요?"

그 순간에 내가 왜 그런 바보 같은 질문을 했는지 모르겠습니다.

"아뇨, 저는 괜찮았어요."

"다행이네요."

그리고 왜 그런 바보 같은 대꾸를 했는지도 모르겠습니다. 그녀는 그렇게 말을 하고 맥주 한잔을 단숨에 들이켰습니다.

그녀도 반제애국전선이라는 조직에 자기 남편이 어떻게 연결되었고 어떻게 시작되었는지 알고 있었을 겁니다. 그 사실은 이미 그 옛날 재판과정에서 다 나온 얘기이며 그 조직의 총책 이중하와 관련자들이 다 진술한 내용일 겁니다.

물론 사건의 내막에서 다소 복잡한 것이 있었습니다. 솔직히 나도 겪어보았지만 어설픈 것도 많았어요. 그리고 미안한 얘기지만 난 그 조직의 총책인 이중하에 대해 그렇게 좋은 감정과 기억을 가지고 있지 않습니다. 개인적 감정 이전에 전체적으로 볼 때 맹동주의라고 생각한 적도 있었습니다. 조직과 총책의 맹동주의를 내가 엄청나게 경계했습니다.

또 그 총책 이중하가 나와 아내인 수연과의 사이를 얼마나 방해했던가요? 나중에는 노골적으로 나를 폄하했던 사람이며, 기분 나쁘게 뒷담화까지 치면서 도덕적으로 비난했고, 그가 처음부터 나와 수연과의 사이를 반대했다는 그런 얘기조차 들은 나입니다. 내가 어떻게 그 조직에 감정이 좋을 수가 있겠습니까?

그러나 어쨌든 아직도 옥중에서 고통 받고 있는 사람들이 있는데, 어떤 입장의 차이를 떠나서 견결하게 시대와 맞서는 사람들에게 냉정하다는 이름으로 어떤 가혹한 평가를 내리고 싶지는 않았습니다. 더구나 나는 그 사람들과 직간접적으로 얽혀 있기도 했고요.

그녀의 남편이 재판 투쟁과정에서 문제를 더 크게 만든 것이 아니냐고 할 수도 있습니다. 그러나 그렇게 재판에 임하는 기술적인 문제로만 생각하고 싶지는 않았습니다. 그 자리에서 그 처지에서 당당하게 저항했고 자신의 의지를 용감하게 말했던 사람들의 '사상과 양심의 자유'는 보장되어야 합니다. 논쟁은 그다음의 문제입니다.

자신과 생각이나 입장이 다르다고, 자신이 겪은 사실과 다르다고, 그런 인간의 의지조차 폄훼하거나 외면할 수는 없다고 생각했습니다. 1군단 헌병대 영창에서 『한국 천주교회사』를 읽으며 눈물을 흘렸던 나였습니다. 그런 문제에 대해 예민한 감수성을 지니고 있었습니다. 진심이었어요.

나는 군사재판을 받을 때 그 어떤 대의나 활동의 의의를 얘기하지 않았습니다. 스스로 그럴만한 상황이나 감정도 아니었습니다. 그때 나는 국방부 장관상만을 쥐고 아주 기술적으로 진술하고 심리를 받았습니다.

이유는 여러 가지가 있지만 그래도 나를 기다리고 있을 수연에게 빨리 돌아가기 위해서였습니다. 나는 그때 삶에서 어떤 계산을 하고 본전 생각을 했는지 모릅니다. 의미 없는 투쟁을 고립된 상태에서 계속할 동력도 없었고 계란으로 바위 치기 따위를 하고 싶지도 않았습니다. 그 시절 내가 가장 갈구한 것은 수연에게 다시 돌아가는 것이었어요.

수연에게 돌아가는 것도 그리 쉽지 않은 하나의 투쟁이었습니다. 햇볕 한 줌 들지 않는 1군단 영창에서 아침 6시부터 밤 10시까지 부동자세로 앉아서 수많은 날을 면벽(面壁)했습니다. 그곳은 서울구치소와는 하늘과 땅 차이였으며 전혀 인권이라고는 존재하지도 않는 곳이었어요.

나는 전향서나 반성문을 쓰지는 않았지만, 골치 아픈 판단을 내리기 싫어하는, 겉모습은 무섭지만 실상은 조금 순진한 1군단 군사법정의 감성에 호소했습니다. 그렇게 나는 다시 세상으로 돌아왔습니다.

"왜 제원 씨만 8년을 받았죠? 종욱이 형도 좀 있으면 나오잖아."

치기 어린 말이지만 솔직한 그녀의 푸념에 아무 말을 할 수 없었습니다.

그녀는 나를 원망하고 있었던 것일까요? 사건이 일어나고 4년이 다 되어가고 있었습니다. 그때는 이미 그 조직에 선행되었던 사람들은 거의 다 나왔습니다. 그 조직에 고대 학생운동권을 끌고 들어가는 초창기 통로의 역할을 했던 나도 멀쩡히 그 자리에 앉아있으니 말입니다. 하지만 그녀의 남편인 최제원은 돌아오지 못했습니다.

"사람들이 제원 씨가 답답하대요. 앞뒤가 꽉 막혀서 그렇게 됐다고도 하는데… 박민수 씨, 생각은 어때요?"

"아닙니다. 왜 최제원 씨가 답답한 사람입니까? 아니에요. 전 그렇게 생각하지 않습니다. 솔직히 그 사람은 전향하지 않고 굴하지 않고 투쟁한 거잖아요. "

"그래요? 정말 그렇게 생각하세요?"

"예. 그렇습니다. 미안해요."

"뭐가… 미안하세요?"

"이렇게 있다는 것이… 여기 이렇게 있다는 것 자체가요. 정말 미안합니다. 지영 씨."

"있다는 게 미안할 정도면… 굉장한 자책인데요. 운동도 좋지만… 제원 씨가 앞뒤가 꽉 막힌 사람이라고 하던데요. 사람들이."

그녀는 앞에 놓인 맥주잔을 들어 마셨습니다.

"그래도 쉽게 말하는 사람들 하고는… 생각이 좀 다른가 봐요."

"…."

여자가 말을 너무 차갑게 해서 서늘할 정도였습니다. 쉽게 말을 내놓기가 어려웠습니다. 그래서 잠시 침묵이 흘렀습니다.

"혹시 동정하는 거예요? 그럴 정도로 파멸하지는 않았어요."

"아닙니다. 그런 거 아니에요. 동정하는 거 아닙니다."

"그럼 뭐죠?"

그녀가 다소 도발적으로 대꾸했습니다. 다분히 내면적인 얘기이기는 했지만 나도 다소 뜬금없는 말을 꺼냈습니다.

"같다 다르다, 그런 수준의 문제는 아니고요. 솔직히 저는 좀 경외합니다."

"호! 경외한다고요? 그럴 필요까진 없는데… 그렇다고 제원 씨가 다 옳은 건 아니에요."

"다 옳아서 경외하는 게 아닙니다."

"그럼 경외하는 이유는 뭐죠?"

"그는 굴복하지 않았습니다."

"뭘 굴복하지 않았다는 거죠?"

"생각이나 입장이 바뀔 수는 있지만… 하여튼 그는 어떤 상황으로 인해 굴복하지 않았다는 겁니다. 그래서…."

"그래서요?"

"누가 최제원을 답답한 사람이라고 한단 말입니까? 모든 걸 다 떠나서 우리가 사람의 생각을 단죄하고 사상을 검증하는 것에 동조할 수는 없습니다. 저도 공감하는 바가 있어서 그래요. 그렇게 이해해 주세요. 저도 좀 아픔이 있다고만… 감히 주절주절하지는 못하겠네요."

그 말을 마치고 나도 맥주 한 잔을 다 마셨습니다. 어느새 주변은 어두워진 듯했고 공기는 더 습기를 머금은 듯 느껴졌습니다. 왁자지껄한 주변의 소음도 들리지 않고 그녀와 나 사이에는 어색한 침묵이 잠시 흘렀습니다.

"그렇게 말씀해주시니 고맙네요. 그렇게 공감해주셔서 고마워요."

침묵이 이번에는 우리를 가라앉혔습니다. 그녀는 아까의 무서운 눈빛으로 나를 원망하지 않고 오히려 고맙다고 낮게 얘기해주었습니다.

이윽고 그녀는 한줄기 눈물을 흘렸습니다. 너무도 조용히 흐르는 그 눈물은 가까이서 얘기를 나누는 나도 금방 알아채지 못할 그런 눈물이었습니다. 조용히 흐르는 만큼 깊고도 진한 눈물이었을까요? 내 가슴이 답답하고 꽉 죄어오는 느낌이었어요. 나도 참기가 힘들었습니다.

"제가 무례하게… 싸가지 없이 얘기해서 죄송해요."

그녀는 단박에 시원하게 그런 사과를 했습니다.

"아뇨. 아닙니다. 무슨 그런 말씀을… 그렇지 않아요."

"착한 분이신데… 미안해요. 예전에 오해했던 것도… 제가 좀 이런답니다."

가슴이 먹먹해졌습니다. 어쨌든 나는 이렇게 비겁하게 이곳에 나와 있습니다.

"죄송해요, 전 전향자나 다름없습니다. 정말 죄송합니다."

이 말을 하면서 나도 결국 소리 없이 참을 수 없는 한줄기의 눈물을 흘렸습니다. 내가 너무 부끄러웠어요. 초창기 그 조직에 사람을 연결시킨 그 인연으로 항상 무거운 바위처럼 가슴을 억누르던 어떤 중압감이 그녀라는 분명한 현신(現身) 앞에서 결국 눈물로 터져 나왔습니다.

"아니에요. 괜찮아요. 형도 고생하셨잖아요."

"아닙니다. 고생은요. 말도 안 되는 얘기죠. 전 견결하게 투쟁하지 못했어요. 정말 고생하는 사람은 최제원 씨입니다. 그리고 지영 씨가 그 고생을 함께하고 있잖아요. 미안합니다."

"처음에… 재판 때는 좀 이상한 사람이라고 생각하기도 했어요. 박민수 씨. 나중에 2차 검거 때 성우 형한테 얘기 들었어요. 그때서야 꼭 그렇게 이상한 분은 아니라는 걸 알게 되었고요. 저도 미안하죠."

울고 있는 그녀에게 어떻게 해 줄 것이 없어서 옆에 냅킨을 뽑아 그녀의 손에 쥐여주었습니다. 나도 몇 장 사용하였고요.

"저기, 죄송한데… 어떻게 지내세요? 딸이 있다고 들었는데…."

지금 생각해보면 위로한다고 꺼낸 그런 말이 실수였나 생각도 듭니다.

"예, 은서라고요, 딸애 하나를 키우고 있어요. 그냥 지내고 있죠. 뭐… 사실 좀 힘들어요. 아빠도 아프시고요."

그녀는 솔직하게 내게 힘들다고 말했습니다.

"그래요, 죄송해요."

사건의 대의와 조직의 의미에 대하여 법정에서 굽히지 않고 견결하게 투쟁한 최제원의 소식을 건너 들었습니다. 그 대가는 8년형이라는 장기형을 선고받았고 이렇게 눈물을 흘리는 젊은 아내와 어린 딸을 홀로 남겨 두는 비극을 만들었습니다.

운다는 것은 그 대상과 이유에 상관없이 일종의 정서적 씻김입니다. 그녀와 나는 서로 다른 사연과 내용을 가지고 있지만 샤워로 몸을 씻듯이 눈물로 맺혀있는 어떤 회한과 감정을 씻어내려 했습니다. 그러나 한번 씻었다 하더라도 또다시 목욕을 해야 하는 것처럼 그날 그녀와 나의 동시적 눈물은 앞으로 더 많이 울어야 할 어떤 날들을 준비하는 것에 불과했습니다.

우리는 몇 장의 냅킨으로는 부족했어요. 나중에 보니 우리는 서로 손을 잡고 있었습니다. 그녀와 나는 서로 굳게 손을 잡고 본격적으로 울기 시작했습니다.

"어디 가잖아요. 행사 같은데요, 가면… 저를 전사의 아내라고 소개하기도 하거든요. 아는 척하면서요. 전 그게 싫어요. 뒤에서는 제원 씨가 답답한 사람이라고. 무슨 꼴통 얘기하듯이 하면서요. 웃긴다니까요."

"그런 사람들 얘기 너무 신경 쓰지 마세요. 우리 사건이 원래 좀 애매한 게 있어서…."

"실은 제원 씨도 좀 그런 구석이 있긴 해요."

그 뒤로 그녀는 극히 사적인 얘기를 꺼내기 시작했습니다. 소란한 뒤풀이 자리는 우리의 대화를 쉽게 눈치채지 못했습니다. 눈물의 공감 때문인지 그녀는 주절주절 자기 얘기를 늘어놓았습니다.

여성 특유의 은근하고 복합적인 진술은 하나의 사실도 단정적으로 규정짓기 어렵게 풀어냈습니다. 그녀의 서술에는 남편에 대해 사람들이 답답해하는 시선과 냉정한 평가를 섭섭해 하면서도 반대로 자신이 '전사의 아내'로 불리는 것도 싫다는 감정이 들어 있었습니다. 그녀는 이상한 양가감정에 빠져 있었어요. 그녀는 그때 '전사의 아내'로서 자기 존재를 솔직하게 부인했습니다. 그러나 한편 남편의 고초와 고난에 대하여 의리 있는 아내의 입장을 견지하고자 했습니다.

또 시댁과의 관계를 완전히 부인했습니다. 그것은 악몽이고 고통 그 자체라고 평가했습니다. 그러면서 그녀는 남편이 시댁의 아들이라는 사실을 완전히 분리하여 생각했습니다. 즉, 남편과 시댁을 전혀 다른 존재로 표현했습니다. 그것은 현실 인식에 대한 혼돈인데 말입니다.

인식의 혼돈이 있다고는 하지만 그녀는 감히 80년대 학생운동사(學生運動史)가 만든 비운의 여인이었어요. 찰랑거리는 긴 생머리를 뒤집어쓰고 가벼운 어깨를 들썩이며 흐느끼는 그녀의 울음은 전염성 강한 비극이었습니다.

눈물은 내 머리를 맹맹하게 만들었습니다. 오랫동안 가슴에 무거운 돌을 얹고 살았던 내 근신은 그날 그렇게 그녀의 눈물 때문에 먹먹해지면서 격한 소용돌이에 휘말리게 되었습니다. 더불어 내 마음의 깊은 곳에서 또 이상한 감정선이 발동되었습니다.

아내인 수연이가 미워졌어요. 내가 아내에 대한 사랑을 이루기 위해 시작하고 저지른 그 일의 결과가 엄청난 후과로 연결되었다고 내심 탓하게 되었습니다. 그네가 계획했던 것은 아니지만, 나에게 그런 인연과 그런 절망을 만들어 준 아내가 미워졌어요.

또 자학(自虐)도 일어났습니다. '나는 행복해서는 안 되겠다. 나는 반드시 불행해져야 한다.' 라고 곱씹었습니다. 그런 이상한 자학을 통해서라도 이 엄청난 부채감과 죄책감에서 내가 조금이나마 벗어날 수 있었을까요?

코까지 훌쩍이며 우리는 그야말로 눈물을 뚝뚝 흘렸어요. 이윽고 그 자리에 있던 홍성우와 이영기가 다른 어떤 이보다 그런 우리를 먼저 발견하고 어깨를 두드려주었습니다.

"민수야, 자식 왜 이렇게 울고 그래? 지영이는 왜 또 울리고… 자식이. 너부터 그치고 빨리 달래. 왜 이러니?"

이영기는 속사정까지는 몰랐지만 반제애국전선 그 사건을 알고 있었기에 우리를 각별하게 위로했습니다.

한참 울고 있는 우리 때문에 자리의 분위기가 이상해지는 것 같아서 나는 주변을 의식하고 눈물을 조금씩 멈추었습니다. 긴 울음 때문에 얼얼했습니다. 그녀에게 다시 냅킨을 쥐여주며 달래었습니다. 그 사이에 그녀는 내 한 손을 잡고 있었습니다.

긴 여름 해가 지자 날씨는 축축한 물기를 머금고 한바탕 비를 뿌릴 준비를 하고 있었습니다. 겨우 그렇게 그녀도 울음을 멈추게 했습니다. 그때도 자리는 떠들썩해서 구석에서 일어난 눈물 바람을 모두 알지는 못했습니다.

어느덧 자리가 파해 가는데 오랜만의 회동이라 몇 사람들이 한잔 더하자고 했습니다.

"좀 더 저랑 얘기하실래요? 할 얘기도 있고요. 괜찮으시겠어요?"

눈물을 닦고도 맹맹해진 콧소리로 그녀가 청했습니다.

오늘 이렇게 처음 알게 되었지만 그래도 내가 사건 관계자이기 때문에 그녀의 처지와 과거에 대해 이해도는 있는 것이니까. 그녀가 더 얘기하기를 원했습니다.

"예, 괜찮아요. 그러죠."

일어나면서 무심코 내가 명함을 한 장 그녀에게 주었습니다. 서로 알고 있는 것이 이름밖에 없는 상황이라 연락처라도 알려 주려고요. 그녀는 조용히 그 명함을 자기가 매고 있던 숄더백에 집어넣었습니다.

뒤풀이 마무리 단계에서 서로 인사를 나누는 어수선한 상황에서 그녀도 계속 함께하겠다는 뜻을 보였습니다. 나는 그때 혹시 돈이 필요할지 몰라 잠시 일행을 빠져나와 현금을 찾기 위해 ATM기를 찾았는데 쉽게 발견하지 못했습니다. 울었던 그녀가 걱정되어 빨리 돈을 찾아 돌아가야겠다는 생각에 막 뛰어다녔습니다. 겨우 ATM이 놓여 있는 어느 은행 오픈 코너에서 돈을 찾았습니다. 그러는 사이 생각보다 조금 시간이 걸렸습니다.

급하게 다시 돌아오니 길 위에서 그녀와 몇 사람이 서 있었습니다. 내가 다가가자, 그녀는 또다시 나를 새파랗게 노려보며 말했습니다.

"도대체 어디 간 거예요? 혹시 그냥 간 줄 알았잖아요. 정말 섭섭하게 생각했는데…."

"아뇨, 안 갔어요. 미안. 돈이 필요할 것 같아서, 캐시를 찾느라고… 그래서."

"미안해요. 그런 줄도 모르고… 안 가셔서 고마워요."

풍부한 그녀의 감정 표현에 사람의 표정이 카멜레온처럼 변화하며 요동칠 수 있다는 걸 알았어요. 분노와 원망과 안도와 감사의 표정이 한마디 말 속에서 모두 한꺼번에 나타났다 사라지곤 했습니다.

이제 나를 노려볼 때의 그 무서운 눈빛이 거두어지고, 아까 처음 말을 걸 때 그 원망 어린 눈길도 거두고, 온화하게 나를 바라봐 주었습니다. 덕분에 마음이 좀 진정되었습니다.

그런데 또 갑자기 이상한 얘기를 들었습니다. 그녀가 거의 귓속말을 하듯이 조용히 어떤 표정의 변화도 없이 담담하게 내게 상황을 전했습니다. 마치 그런 일이 가끔 있어서 별거 아니라는 식으로요.

"저기… 실은 약간 찝쩍대는 사람이 있어요. 그 사람 싫거든요. 같이 좀 계속 있어 줄래요. 부탁드려요."

"예, 그럴게요."

찝쩍댄다고? 찝쩍댄다. 도대체 이게 뭘 말하는 거지? 만약 그게 그런 거라면 세상에 뭐, 이런 새끼들이 있지. 어떻게 이런 여자에게 껄떡댄다는 것인지.

순간 화가 났는데 상황이 상황인지라 누구냐고 따져 물어볼 수는 없었어요.

그런데 그녀의 모습이 이상했습니다. 입술을 막 실룩거리고 몸을 벌벌 떠는 거예요. 표정이 일그러지더니 마치 무너져내리는 사람처럼 흐느적거리기 시작했습니다. 유월인데도 마치 추위를 느끼는 것처럼 몸을 떨었습니다.

발음으로 봐서는 술이 많이 취한 것도 아니고 계절적으로 날씨가 추운 것도 아닌데… 몸살인가?

하여튼 무언가 아픈 사람 같았어요. 다리에 힘이 빠지는지 비틀거리기까지 했습니다. 그러다 휘청대기에 순간적으로 내가 옆에서 팔을 끼면서 부축을 했습니다. 그녀는 가만히 내 도움을 받았습니다. 어느새 그녀는 내게 몸을 맡기고 기대어왔습니다.

그녀가 너무 몸을 벌벌 떠는 데다가 걸음을 걷는 것도 힘들어해서, 할 수 없이 바로 근처에 있는 노래주점으로 일행들을 인도했습니다. 그곳은 예전에 한번 와 본 곳이긴 한데 다른 이유보다는 마침 바로 근처에 있었기 때문이었어요.

다행히 그녀는 내 선택을 좋아했어요. 노래주점 룸이었기에 일단 자리가 편하고 옆자리도 신경 쓸 필요가 없었습니다. 집중성도 있었고 술도 있고, 노래방 시스템도 있고, 그리고 아늑했어요. 장마철인데도 추워하며 덜덜 떠는 그녀로 인해 내심 놀랐습니다. 장소가 편해져서인가 그녀는 아까 그 이상한 떨림이나 틱 증상 같은 것이 조금씩 가라앉았습니다. 내가 옆에 계속 같이 있었거든요. 안심하는 눈치였습니다.

그녀는 맥주를 한 잔, 한 잔 계속 마셨습니다. 내가 보니 술이 조금 오르는 것 같은데 처음 만난 술자리라 그녀의 주량을 모르니 어떻게 할 수가 없었습니다.

'지영 씨, 그만 마시세요.'라고 말할 수가 없었습니다. 그냥 나도 한 잔 마셨습니다. 그렇게 시간이 계속 흘렀는데요.

편한 자리에서 그냥 얘기만 하려고 했는데 노래주점이라 그런지 어느새 그 방에 음악이 흐르고 누가 먼저 시작했는지도 모르게 남은 몇 사람이 돌아가면서 노래를 불렀습니다. 나는 노래를 할 감정이나 에너지가 없어서 그냥 그렇게 맥주만 조금씩 들이켰습니다. 노래 때문인지 간간이 이어가던 대화도 끊어지고 시간도 무의미하게 흘러갔어요. 떠들썩하고 다들 조금씩 취해가서 상대적으로 멀쩡한 내가 나중에 계산도 해주고 자리를 정리해주어야겠다는 생각이 들었습니다.

어느새 보니 그녀가 일어나서 노래를 부르려고 했습니다. 그녀는 이미자의 〈동백 아가씨〉를 선곡했더군요.

> 헤일 수 없이 수많은 밤을
> 내 가슴 도려내는 아픔에 겨워
> 얼마나 울었던가 동백 아가씨
> 그리움에 지쳐서 울다 지쳐서
> 꽃잎은 빨갛게 멍이 들었소

연주도 잘했지만, 그녀는 참 노래도 잘하더군요. 이미자처럼은 아니지만 자기 스타일로 그 엘레지(elegy)를 부르는데, 뭐랄까 맑고 담백하게 부른다고나 할까요. 아니, 약간 젖은 듯이 들린다고 할까요.

마치 발라드처럼 불렀습니다. 그 고운 음성에 애절한 그녀의 노래를 듣는 그 순간에 나는 술이 절로 넘어갔습니다.

동백꽃 잎에 새겨진 사연
말 못 할 그 사연을 가슴에 안고
오늘도 기다리는 동백 아가씨
가신 님은 그 언제 그 어느 날에
외로운 동백꽃 찾아오려나

'동백 아가씨'. 화면에 직접 뿌려지는 그 가사의 내용처럼 그녀의 사연이 '동백 아가씨'와 별반 다를 바가 없었어요. 순간 울컥했습니다. 감정이 이입되어 다시 눈시울이 뜨거웠습니다. 목마른 사람처럼 어느 순간 나는 벌컥벌컥 맥주잔을 들이켰습니다. 마음이 짠했습니다.

노래를 부르고 나서 그녀는 또 내 옆자리에 앉았습니다. 표정이 좀 밝아지고 쾌활해진 것 같아서 안심이 되었습니다. 하지만 이내 그녀는 스르륵 내 어깨 쪽으로 쓰러졌습니다. 흘러내린 머리칼 몇 가닥이 내 입술에 닿을 정도였어요. 이야기에, 눈물에, 격한 감정에, 노래에 그녀는 너무 많이 토해낸 듯했습니다.

그런 것에 아랑 곳 없이 노래 때문에 소란한 시간이 계속 흘러갔습니다. 그녀에게 어깨를 내주어서 나는 꼼짝없이 앉아 있었습니다. 몇 안 되던 사람들이 한 명씩 집으로 돌아갔습니다. 소란한 자리라 특별히 인사를 할 것도 없었습니다. 어차피 공식적인 뒤풀이는 모두 마쳤으니까요.

어느 순간에 남은 한 사람이 화장실에 간다고 자리를 비웠습니다.

눈을 감고 내 어깨에 기댄 그녀와 나, 단둘만 방에 남아있었습니다.

"으음…."

그때 그녀가 뒤척이면서 눈을 떴습니다. 얼굴을 돌려 나를 바라보았습니다.

"괜찮아요?"

그녀는 아무 대답을 하지 않고 피식 하며 살짝 웃었습니다. 그건 또 처음 보는 묘한 표정이었어요. 그때 우리는 너무 가까이 얼굴을 마주 보고 있었습니다.

이번에는 그녀가 손을 들어 내 얼굴을 쓰다듬었습니다.

"지영 씨…."

나는 그녀의 그런 손을 뿌리치지 못하고 이름만 불렀습니다.

항상 그놈의 술이 문제였을까요? 정말 놀랄 일이 벌어졌어요.

그녀가 내 얼굴 앞으로 다가왔습니다. 정확하게는 그녀의 얼굴이 내 얼굴 앞으로 갑자기 다가왔습니다. 더 정확하게는 그녀가 내게 입술을 가져왔어요. 더욱 정확하게는 내 입술을 찾아서 키스를 하려고 했습니다. 나는 깜짝 놀랐어요.

아니. 아직 우리만 있는 것이 아닌데… 곧 화장실에 간 사람이 돌아올 수도 있는데… 아니, 아니, 그게 문제가 아니라… 이게 뭐지?

문제는 내가 거부하지 않고 그녀에게 입술을 내주고 있었다는 겁니다. 나는 그녀의 그런 행동을 제지하지 못하고 가만히 받았습니다. 아니, 나 역시 그녀의 키스를 받아 같이 나누고 있었습니다.

부드럽고 촉촉한 입술을 느끼며 장소의 불안함도 상황의 즉자성도 잊고 그 문제의 키스는 깊고 숨이 가쁘게 진행되었습니다. 숨을 쉬기 위해 떨어졌을 때, 그녀는 정념에 타는 듯한 눈빛으로 다시 나를 노려보았습니다. 한 손으로 자신의 입술을 살며시 닦으면서요.

화장실에 간 사람이 돌아오는 발걸음 소리가 들릴 만큼 그 방안은 조용했습니다. 인기척이 들리자 그녀와 나는 행위를 멈추었습니다. 그녀는 정색을 하고 내게 떨어져서 구석 자리 벽에 다시 머리를 기대었습니다.

"나도 화장실 좀 다녀올게. 그리고 너무 늦었다. 이제 정리하자."

돌아온 친구에게 내가 그렇게 말했습니다. 남은 그 친구도 취기가 올라 비틀거렸습니다. 그가 머리를 끄덕였습니다.

화장실보다 실은 머리를 식혀줄 바깥바람이 필요했어요.

그 잠깐의 시간에 내 머리 속에서는 엄청난 폭풍이 불었습니다.

지금 벌어지는 이 장면은… 이건 마치 영화 〈매트릭스〉에서 모피어스가 네오에게 파란약과 빨간약을 내미는 그런 장면이었습니다. 평범하게 살아가는 네오에게 모피어스는 그 삶이 거짓임을 인정하고 진실을 받아들이라고 말합니다. 그러면서 파란 약과 빨간 약을 내밀며 하나를 선택하라고 합니다. 파란 약을 먹으면 진짜 현실이 존재한다는 사실을 잊고 다시 평범한 일상으로 돌아가 거짓된 매트릭스의 세계에서 살게 됩니다. 반대로 빨간 약을 먹으면 매트릭스에서 벗어나 네오가 그동안 알지 못했던 진실이 나타납니다.

빨간 약과 파란 약. 그녀는 그 빨간 약을 내밀한 키스로 가져왔습니다. 그녀가 내민 그 빨간 약을 내가 먹는 순간 전혀 다른 세계로 가리라는 것을 예감했습니다.

그런 예감 속에서 결국 그녀가 내미는 빨간 약을 먹기로 결정했습니다. 그것이 어떤 세상이고 어떤 세계인지는 몰라도 슬픔에 잠겨있는 그녀의 세계를 내가 모른척하지 않겠다는 그런 생각이었습니다.

아, 그러나… 참으로 인간의 허위의식과 자기기만은 끝이 없군요. 돌이켜보면 정말로 그 순간의 내 생각이 그렇게 대자적(對自的)이었을까요? 가증스러운 자기 최면입니다.

솔직히 말해서 그녀의 유혹을 피할 수가 없었습니다. 아니면, 내 환상에서 그녀에게 최면을 걸었는지도 모릅니다. 나에 대한 원망을 나에 대한 갈망으로 바꾸어 놓겠다는 아주 위험한 생각을 했는지도 모릅니다.

다시 들어와서 자리를 정리했습니다. 그때부터 나는 대담하게 움직였어요.

"여기 계산 내가 하고 지영 씨는 내가 바래다줄게. 늦었는데 먼저 들어가."

그렇게 취기가 올라 약해진 마지막 남은 사람마저 보내며, 종업원을 불러 테이블 위를 정리하게 했습니다. 그녀는 구석에서 나의 그런 모습을 가만히 쳐다보았습니다. 어두운 조명 아래에서 그녀의 눈빛이 묘하게 반짝였습니다. 남자인 내가 무슨 일을 진행하고 있다고 느끼면서도 해 볼 테면 해 보라는 듯이 가만히 나를 바라보았습니다.

테이블을 정리하고 종업원이 나가자 나는 그 방의 문을 살짝 잠갔습니다. 그녀는 그런 나의 행동을 물끄러미 바라보았어요. 어떤 제지나 재촉도 없이 그냥 담담하게 쳐다보더군요.

이제 그녀와 나, 둘만 남았습니다.

'네가 나를 이런 곳으로 데려온 게 이런 의미니?'

하는 물음과 항의처럼 그녀는 나를 노려보았습니다.

'그런 건 아니야. 먼저 시도한 건 너잖아. 여자인 네가 먼저 시작하는데 남자인 내가 피할 이유가 없잖아. 이게 더 할 얘기였니?'

내 내면에서는 이런 대답이 또 내 눈빛을 통해 나왔습니다. 오후에 벌인 이상한 눈싸움이 다시 한번 벌어졌습니다. 나도 지지 않고 피하지 않았습니다.

이번에는 내가 그녀의 얼굴을 잡았습니다. 그렇게 한 번 더 키스가 이어졌습니다. 아까처럼 갑자기 기습 키스를 당하지 않고 천천히 내가 몰고 갔습니다.

애들도 아닌데 뽀뽀만 하겠습니까? 잠시 후 깊게 진행시켰습니다. 딥키스로 이어갔어요. 숨이 가빠 그녀의 입에서 '아하'하고 소리가 조금 새어 나올 정도였습니다.

그렇게 내가 주도한 키스를 마치고 놓아주자 그녀는 내 눈을 똑바로 쳐다보며 손등으로 자신의 입술을 한번 닦았습니다. 물론 그 순간에 내 뺨을 때릴 수도 있었겠지요. 허나 그녀는 그렇게 응답하지 않았습니다.

잠시 호흡의 시간을 가지더니 이번에는 그녀가 마치 갚아주겠다는 듯 나에게 다가왔습니다. 그녀가 내 뒷머리를 잡았고 가슴으로 밀고 들어와 몸이 비스듬히 기울어질 정도였습니다. '눈싸움'에서도 지지 않았던 것처럼 키스의 주도권조차 뺏기지 않겠다는 듯이 그녀는 거침없이 밀고 들어왔습니다. 어느 정도였느냐 하면, 내 셔츠의 두 번째 단추가, 그녀의 블라우스 윗단추가 하나씩 나란히 떨어졌습니다.

아침에 만나서 전혀 모르는 사람처럼 인사를 하고 낮에는 서로 '눈싸움'을 하더니 이제는 키스의 주도권 공방을 벌이며 서로 주고받았습니다. 하루 사이에 벌어지기 힘든 파격적 소용돌이가 거짓말처럼 전개되었습니다. 그렇게 세 번의 키스가 이어졌어요. 두 사람이 도대체 어디까지 계속 이 무서운 행동을 할지 모르는 상황에서 그나마 그 일탈을 깨준 것은 밖에서 일어났습니다.

누군가 잠긴 문을 두드렸습니다. 아마 그만 끝내고 계산을 하자는 종업원이겠지요. 어떤 상황이 벌어질지 몰라서 대비하기 위해 내가 미리 문을 잠가둔 것은 잘한 일이었습니다.

"저기, 잠깐만요. 조금 있다가… 열어주세요."

그제야 정신이 돌아온 그녀가 그 말을 하며 자신의 매무새를 돌아보았습니다. 단추가 터진 블라우스 윗단을 그녀가 손으로 꼭 쥐었습니다. 문을 잠갔기에 그녀가 자신의 흐트러진 매무새를 돌아보고 바로 잡을 시간을 확보해 주었습니다.

나 역시 내 매무새를 돌아볼 필요가 있었습니다. 나는 아예 물수건으로 내 입술을 닦았습니다. 여자로부터 무언가 묻었을지도 모르니까요. 그녀도 이번에는 내게 물수건을 건네받아 입술을 닦았습니다. 그렇게 일탈의 키스를 위한 그녀와 나의 협동과 공조는 잘 맞았습니다.

문을 열자 들어온 사람은 종업원과 마지막으로 나갔던 어떤 친구였습니다. 그가 밖에 비가 온다고 자기가 가져온 우산을 찾으러 왔다고 하더군요. 두 사람이 방으로 들어와 우산을 찾았습니다.

"저는 이만 갈게요."

그러자 그녀가 숄더백을 매고 한 손은 블라우스를 쥔 채 비틀대며 일어나 밖으로 나가려고 했습니다.

"지영 씨! 잠깐만 기다려요. 지영 씨!"

순간 내가 그녀의 손을 잡으려고 했지만, 그녀는 내 손을 뿌리치고 문을 열고 밖으로 나갔습니다.

"지영 씨! 잠깐 기다려요!"

그녀를 등 뒤에서 부르며 따라갔지만 그녀는 좁은 복도를 돌아 그냥 사라졌습니다.

"지영 씨!"

벌써 계단을 내려가는지 콩콩콩 구두 소리가 울렸습니다.

"저기… 손님. 계산부터 좀 해주세요."

우산을 찾은 친구도 돌려보내고 하는 수 없이 내가 카운터에 서서 카드로 계산을 했습니다. 먼저 나간 그녀가 걱정되어 발을 구르며 카드 승인이 떨어지기를 기다렸습니다. 영수증도 챙기지 않고 서둘러 밖으로 나오니 비가 내리고 있었어요.

그 날 밤, 장마가 시작되면서 마침내 비가 내리기 시작했습니다. 비도 그냥 비가 아니라 장대비로 쏟아지고 있었습니다. 마침 서울 지역에 순간적인 집중 호우와 함께 한반도의 장마가 시작되었습니다.

무섭게 울리는 장쾌한 빗소리. 살면서 몇 번 보지 못한 장대한 빗줄기였어요. 가로등마저 퍼붓는 빗물에 가려서 캄캄해진 거리에 신호등만이 모두 주황색의 점멸등으로 바뀌어 껌뻑거리고 있었습니다. 물속 같은 도로에 위험한 자동차 불빛만이 달려들었다 멀어지곤 했습니다.

그런데 그녀는 어디로 갔는지 보이지가 않았습니다. 나는 그녀가 걱정스러웠습니다. 내리는 비 때문에 더 불안해졌습니다.

"지영 씨! 지영 씨!"

우산도 없이 이 빗속에서 어디로 갔는지?

그녀의 이름을 불렀습니다. 그 정도 소리로는 퍼붓는 빗소리에 가려지고 말았습니다.

"지영 씨! 지영 씨! 지영 씨!"

나는 소리를 더 크게 높여 그녀의 이름을 불렀습니다. 빗줄기는 더 굵어지고 있었습니다. 나도 우산이 없었습니다. 금방 젖어서 온몸에 물이 줄줄 흘러내렸습니다. 하지만 우산을 찾는 것보다 그녀를 찾는 것이 급선무였습니다. 그녀의 이름을 더 크게 외쳤습니다. 정신없이 이리 뛰고 저리 뛰었습니다.

지영 씨! 그때 그녀의 이름을 부르는데 이상스럽게 낯설지가 않았습니다. 비 오는 밤이지만 그렇게 길에서 여자의 이름을 불러본 적도 없는데 말입니다. 그런데 자꾸자꾸 부를수록 왜 그런지 그냥 애틋하고 목이 메어오는 겁니다.

"지영 씨! 지영 씨!"

그러다 겨우 어느 건물 밑에 웅크리고 앉은 그녀를 발견했습니다. 쏟아지는 비 오는 그 거리 어느 건물 밑에서 그녀는 피할 길 없이 하염없이 비를 맞고 있었어요. 우산도 없이.

그 처량한 모습을 막상 보니 그렇게 불러도 대답하지 않은 그녀를 질책할 수도 없었습니다. 단추가 하나 달아난 블라우스만 한 손으로 쥐고 쓰러질 듯 비를 맞고 있었습니다. 순간 눈물이 핑 돌았습니다. 하지만 나는 정신을 차려야 했습니다.

그녀의 옷은 이미 다 젖었고 몸은 차가워져 갔습니다. 입술은 새파랗고 몸을 계속 부들부들 떨었습니다. 아까 보았던 그 증상이 다시 나타나고 있었어요. 내가 가까이 다가가 그녀를 불렀는데도 그녀는 아무것도 듣지 못하는 사람처럼 그냥 비를 맞으며 떨고 있었어요. 울다 지친 '동백 아가씨'처럼.

"무서워. 아, 무서워… 무서워요."

그녀는 나를 보자 '무섭다'는 말을 혼잣말처럼 하며 이미 새파래진 입술을 부르르 떨었습니다. 눈은 초점을 잃었고 몸은 천근마냥 무겁게 늘어지고 사지가 따로 노는 듯했습니다. 그녀의 무섭다는 그 토로는 순간 내게도 어떤 두려움을 몰고 왔습니다. 나 역시 어떤 공포에 휩싸여 잠시 어쩌지 못하고 비를 맞는 그녀를 그냥 내버려 두었습니다.

하지만 그녀를 계속 비에 젖게 내버려 둘 수는 없었습니다. 얇은 여름옷이 빗물에 다 젖어서 속살이 붉게 내비치고 있는 지경이었습니다. 먼저 그녀를 길바닥에서 끌어 올렸습니다. 그녀는 제대로 걷지도 못하는 것 같았습니다. 거의 부축을 하다시피 하고 길가로 나왔습니다. 겨우 택시를 잡아 뒷좌석에 그녀를 밀어 넣고 나도 그 옆자리에 앉았습니다.

"지영 씨. 어디로 가면 되죠? 얘기해줘요."

그녀가 마지막을 힘을 내어 겨우 내뱉었습니다.

"이수동… 이수동요."

달리는 택시 와이퍼가 빗물을 바쁘게 닦아내어도 앞이 보이지 않는 정도였습니다. 그렇게 우리는 그 무서운 비 오는 밤길을 달려갔습니다.

그녀가 너무 몸을 떨고 있어서 할 수 없이 그냥 손을 잡아주었습니다. 그녀는 내 손을 뿌리치지 않고 옅은 신음을 내거나 한숨을 길게 내쉬었습니다. 그녀가 다시 내 어깨에 힘없이 머리를 기대었습니다. 젖은 머리칼에서 물이 뚝뚝 떨어졌습니다. 팔을 늘어뜨리고 힘없이 손수건을 쥐고 있기에 그 젖은 손수건을 빼앗아 물기를 짜고 털어 그녀의 눈가를 찍어 닦았습니다.

그녀를 집까지 바래다주기 위하여 비 오는 밤, 어둠 속을 달리는 그 길은 무섭고 두려웠지만 아련한 길이기도 했습니다.

그렇게 은밀하고 우연하게 이 이야기의 주인공일지도 모를 그녀를 만났습니다. 비 오는 일요일 밤, 그 날.

한지영. '그녀'를 나는 이제 '당신'이라고 불러야겠어요. '그녀'라는 단순한 3인칭에서 벗어나 '당신'이라는 듣는 이의 2인칭으로 나아가 3인칭의 존칭인 재귀대명사로 당신을 불러야겠습니다.

사랑하는 당신.

이 이야기 전부가 내가 당신에게 들려주는 한 편의 이야기인 것을 아시지겠요?

당신도 기억하시지요? 그 날, 그 비 오던 밤을.

나는 그 후로도 오랫동안 그 비 오는 일요일 밤을 잊을 수가 없었습니다.

왜 우리는 그렇게 서로 울었을까요?

왜 우리는 아무도 모르는 비밀을 금방 만들었을까요? 우리가 서로를 처음으로 확실하게 알게 된 첫날부터 말이죠. 그 첫날 일어난 우리만의 그 사건은 이후로도 우리의 관계를 규정짓는 일이 되어 버렸습니다.

도대체가 우리는 알리바이가 없었습니다. 우리는 같은 학교도 아니고, 같은 공간에서 같은 프로젝트로 활동을 같이한 적도 없었습니다.

그 날 내 친구 홍성우가 당신과 나를 동시적으로 불러 그 자리를 만든 계기는 제공했지만 본질적으로 당신과 나를 이어준 사람은 없습니다. 있다면 알 수 없는 묘한 공감의 끈이 하나 있다 할 수 있는데 그 끈을 묶어준 사람이 너무나 아이러니한 사람입니다. 그 사람은 바로 옥중에 있던 당신의 남편일 수도 있습니다.

그래요, '반제애국전선'일 수도 있겠네요. '반제애국전선'이라는 그 반국가단체사건은 이미 끝났습니다. 그런데 마지막으로 그 조직이 이렇게 이상스럽게 당신과 나를 연결시켜 버릴지 과연 누가 알았을까요?

어떤 조직사건에서도 서로 연결되는 선의 인물들이 어떻게 처음 만났고 누구를 통해서 만났는지는 수사의 가장 기본적인 사항입니다. 그런데 우리는 그 어떤 연결선이 없는 겁니다. 굳이 들자면 감옥에 있던 당신의 남편이었고 세 차례의 검거로 완전 와해된 '반제애국전선'이라는 반국가단체였습니다.

슬프지만 우리를 지지해줄 아무도 없었습니다. 누구를 탓할 수도 없었어요. 그건 우리가 스스로 저지른 것이니까요.

내게는 한편의 기시감도 일어났습니다. 전혀 다른 존재인 당신과 아내가 보여준 다르면서도 같은 모습과 행동 때문입니다.

옛날 아내와 인사를 나누고 처음 만났던 곳이 학생회관이었는데 당신도 바로 그 학생회관에서 인사를 나누고 이름을 알게 되었습니다. 그리고 같이 술을 마시게 되었는데, 두 여자가 많든 적든 모두 내게 처음부터 눈물을 보였습니다. 또 용감한 여자들이 모두 자기들의 욕망이 이끄는 대로 내게 키스를 했습니다.

선배의 애인이라는 풍문이 있던 아내. 후배의 아내가 분명한 당신. 나는 무거운 심적 부담을 느끼면서도 당신들의 유혹을 피하지 못했습니다.

서로를 알게 되는 같은 장소, 같이 마신 술, 그리고 눈물과 키스. 서로 다른 두 여자가 왜 그런 묘한 일치를 보여주는지는 모를 일입니다. 왜 당신들은 갑갑한 일상의 일탈을 위한 대상으로 나를 택했던 것일까요? 알 수 없는 일입니다.

당신이 준 빨간 약을 먹었더니 과연 세상은 달라졌습니다.

당신은 그 자체로 일상의 틀을 깨면서 나타난 무서운 존재였어요. 당신이 가진 이야기, 당신을 둘러싼 관계, 그 모든 것이 새로웠습니다.

그 날 나는 당신을 집까지 바래다주고 어느 동네인지도 모르는 길에 서 있었습니다. 다행히 퍼붓던 비가 조금 그쳤고 나는 무조건 큰 길을 찾아서 나왔습니다. 빨리 집으로 돌아가기 위해서요.

이것이 꿈인가요, 생시인가요?

나는 정신이 없었습니다.

부러진 날개

"에이… 웰케 쫑이 나냐? 참 더럽게 안 맞네."

"박 대리, 안 된다고 생각하면 안 되는 거야. 흐름이 있으니까… 당구는 멘탈 게임이야."

당구공이 계속 살짝 빗나갔습니다. 비 오는 일요일 밤 그날 이후 나흘인가 닷새가 흘렀습니다. 실은 당신이 잘 기억나지 않더라고요.

꿈이었나?

당신의 얼굴이 가물가물했습니다.

그 날은 일이 조금 일찍 끝나서 직장 동료들과 쓰리쿠션 내기 당구를 쳤습니다. 원하지 않는 키스가 자꾸 발생해서 한 2만 원 넘게 잃고 있었습니다. 그때쯤 내 삐삐로 어떤 전화번호가 찍혔습니다.

내 차례가 아직 멀어서 당구장 카운터에서 전화를 빌려 걸었습니다.

"여보세요. 삐삐가 와서요. 누구시죠?"

"혹시 박민수 씨에요?"

수화기에서 어떤 여자 목소리가 들려왔어요.

"예. 그런데요."

"저기… 저기, 저 한지영이에요."

오! 당신! 당신이 연락한 거군요.

"아예… 지영 씨군요."

잠시 말을 찾지 못하다가 겨우 당신의 이름을 불렀습니다.

"예, 혹시 어디세요?"

당신은 금방 질문을 던졌어요.

"예, 저는 강남역 근처예요. 지영 씨는 어디신데요?

"전 집인데요. 강남역이면 가깝네요. 다행이에요. 혹시 저녁 드셨어요?"

"아뇨, 아직 안 드셨으면 같이 저녁이나 할까요?"

내가 당신에게 식사를 제안했지만, 누가 먼저랄 것도 없이 그런 자리를 서로 암시했습니다. 당신은 그러겠다고 했어요. 그러면서 자신이 오겠다고 하더군요.

"어디로 가면 되죠?"

"예, 강남역… 뉴욕제과 쪽인데요. 오시면 제가 뉴욕제과 앞에서 기다릴게요."

나는 동료들에게 일이 생겨서 당구를 그만 치겠다고 했습니다. 동료들이 '아니, 잃었는데 그냥 가는 거야?' 했지만, 내가 딴 것이 아니고 잃었기 때문에 그냥 갈 권리도 있으니 그러겠다고 했습니다.

나는 서둘렀습니다. 가슴이 조금씩 두근거리기 시작했습니다. 그렇게 뉴욕제과 앞에서 한 40분쯤 기다리니 저 멀리 어떤 여자가 눈에 들어왔습니다. 당신 모습에 대한 기억이 가물가물했는데, 지금은 이렇게 멀리서 보는데도 당신을 바로 알아볼 수 있었어요. 어깨에 작은 숄더백을 매고 여성스러운 투명한 우산을 들고 당신이 다가오고 있었습니다. 다가오는 당신을 보면서 '아, 꿈은 아니었구나.' 라는 생각이 들었습니다.

당신도 금방 나를 알아보더군요. 그 번잡한 뉴욕제과 앞의 수많은 사람들 속에서도 금방 나를 찾아냈습니다. 하긴 그날 엄청나게 나를 노려보았잖아요.

"안녕하세요?"

"예, 안녕하세요?"

우리는 서로 미소를 지으며 이런 의례적 인사를 나누었습니다. 반가웠습니다. 이제 당신은 그날과는 전혀 다른 사람처럼 맑고 투명했습니다.

비를 뿌릴까 말까 망설이는 찌뿌듯한 흐린 저녁이었어요. 저 멀리 양재동 쪽 하늘 위의 색채는 장엄했습니다. 물기를 머금은 구름과 노을이 더해져서 바야흐로 하늘은 그러데이션으로 물들어가고 있었습니다.

당신은 짙지는 않지만 투명하게 화장을 했더군요. 작은 귀걸이도 찰랑거리고 있었습니다. 얇은 아이보리 블라우스에 하늘색 스커트를 입고 그리 높지는 않지만 굽이 있는 여름 샌들을 신었더군요.

흐리기만 하고 비는 아직 내리지 않고 있었어요. 그렇게 우리는 아무도 모르게 그 강남역 길거리에서 만났습니다. 강남역 뉴욕제과 앞에 언제나 넘쳐나는 그 수많은 사람들도 우리가 누구인지 아무도 눈치채지 못했습니다.

"좀 걸을래요? 서초동 쪽에 괜찮은 집이 있어요."

"예. 좋아요."

지하철 한 정류장이 조금 못 미치는 그 길을 걷는 동안 당신은 물기를 머금은 청초한 난초처럼 낭창거렸습니다.

"그래도 오늘은 바람이 좀 시원하네요. 그쵸."

당신이 던진 그 말 외에 걷는 동안 우리는 내외(內外)했습니다.

말문이 터지자 당신은 수다스러웠어요. 서초동에 있는 한정식 '대원'에서 정식 코스로 주문을 했는데, 다행히 식사가 아주 천천히 나왔고 미닫이문이 닫힌 조그마한 2인실이라 조용했습니다. 내가 자리 선정을 잘한 것 같았습니다.

당신은 그 방에서 두 시간 반이 넘게 거의 혼자서 얘기를 하다시피 했지요. 여자들의 무시무시한 수다가 무엇인지 그 일면을 한번 본 듯했습니다. 마치 내가 당신을 인터뷰하는 것 같았어요. 하지만 내가 정교한 진행자도 아니고, 당신도 두서없이 얘기를 해주어서 우리의 토크쇼는 그리 매끄럽지는 않았습니다.

"집에 돌아오는데 웬 남자들이 서 있더라고요."

당신이 결혼하고 임신도 했을 때, 하루는 남편과 배드민턴을 가볍게 치고 집으로 돌아오는 길이었다고 했어요. 서 있던 그 남자들이 당신의 남편을 발견하고는 다가왔습니다. 그들은 안기부 요원들이었습니다. 그리고는 당신 앞에서 영장을 제시하고 남편을 데리고 가면서 수갑을 채웠습니다. 그들은 가택 수색을 한다며 당신의 신혼 방을 발로 밟고 쑥대밭을 만들었답니다.

그런 예고 없는 이별 후에 당신은 그 뒤로 남편과 한집에서 살지 못했습니다. 당신의 남편은 그때 대학원생이었고, 당신은 결혼한 지 겨우 7개월이 된 새댁이었는데 말입니다. 당신은 결혼하자마자 바로 애를 가졌나 봐요.

"지금 시댁에 안 있나 봐요? 친정인 것 같던데…."

"거기서 살 수가 없어요. 마녀가 있어서… 있을 수가 없어요."

무심코 던진 내 질문에 당신이 너무 거리낌 없이 그런 답변을 내놔서 깜짝 놀랐습니다.

가장 큰 이유는 시어머니 문제였습니다. 결혼할 때부터 당신을 그리 반가워하지 않았고, 시댁 식구 간의 불화도 있었답니다. 그런데 당신도 어렵게 안기부로 재판으로 감옥 접견으로 뛰어다녔지만, 시댁으로부터 경제적인 지원이 별로 없었답니다. 그런 지원을 기대하지도 않았다고도 했고요. 그러나 아이까지 가진 당신을 냉랭하게 대하는데 당신도 마음이 많이 상했답니다.

해가 바뀌고 갈수록 구박이 심해졌다고 했습니다. 당신도 활동이 있고 인간관계가 있고 돈도 벌어야 해서 어느 날 늦게 들어갔더니, 애를 두고 어디를 돌아다니느냐고, 시어머니가 당신을 몰아세웠답니다.

남편도 없는데 '미친년'이 늦게 들어온다면서요. 그러더니 결국에는,

"그 마녀가 나를 때리더라고요. 뭐 남자들 만나고 다니는 거 아니냐는 뭐 그런 욕도 하더라고요."

당신은 아예 시어머니를 '마녀'라고 부르더군요. 예의라고는 찾아볼 수 없는 말이었지만 당신에게 예의 운운하는 입바른 소리를 할 수 없었습니다. 고부(姑婦)간의 갈등과 불화가 깊었나 봅니다.

"재수 없는 년, 며느리로 들어와서… 창창한 자기 아들 망쳤다 뭐 그런 거죠."

또 그럴 때는 당신은 마치 남 얘기를 하듯이 툭 던졌습니다.

당신의 시모(媤母)는 법대를 졸업하고 판검사가 되어야 할 잘난 아들이 그렇게 재수 없는 년으로 인해 그런 고초를 겪는다는 비이성적 관념에 사로잡히기도 했군요.

'나가라'고, 소리치는 '마녀' 때문에 할 수 없이 어린 딸 은서를 데리고 밤중에 무작정 나왔답니다. 하지만 그날 밤에 그런 꼴로 친정에도 돌아갈 수가 없었답니다. 친정도 결혼을 너무 일찍 한다고 그리 찬성하지는 않았다고 했습니다.

"아빠도 아프시고, 나까지 걱정을 끼쳐 드릴 수가 없어서… 그런데 정말 갈 데가 없더라고요."

애를 업고 한밤중에 나왔다는 그 대목부터는 짐작하지 못했던 당신의 비극이 쏟아져 나왔습니다. 나는 가슴이 아련하게 아파 오기 시작했는데 당신은 그냥 담담하게 계속 진술을 했습니다.

그래도 그런 상황에서는 빨리 친정으로 돌아가야 하는데….

그렇게 한밤중에 잠든 애를 업고 모래내에 있는 선배의 신혼집을 찾아갔답니다. 그 집에서 겨우 며칠을 보내고 그래도 걱정이 되어 시댁에 전화를 했답니다. 그랬더니 '마녀'가 하는 말이,

"바람난 년이 애를 데리고 도망갔다고 또 욕을 하는 거예요. 애 데려오라고… 도저히 살 수가 없었어요."

그런 황당한 이야기를 하면서도 얼마나 굳은 마음인지 당신은 들어오는 음식마저 잘도 집어 먹었습니다.

"이건 무슨 죽인가요?"

"아마 흑임자죽일 겁니다."

"어머, 이건 너비아니네요. 그릇이 엄청 무거워요. 서빙하기 힘들겠다."

당신은 호기심도 많은지 음식 그릇을 들어보기도 했습니다. 가는 팔목에 푸른 정맥이 은근하게 비쳤습니다.

"와아. 새우도 나오네요."

심각한 표정을 짓다가도 웃기 잔뜩 들어간 화려한 음식 앞에서 '와아' 하는 탄성을 지르는 팔색조의 모습이라 마치 배우처럼 여겨졌습니다. 당신은 맨손으로 대하구이의 껍질을 벗겨서 그중 한 마리를 내 접시 위에 올려주었어요. 대하에서 미세한 화장품 냄새가 났습니다.

당시 옥중의 남편이 엄하게 부탁한 일이 있었답니다. 사건 관계자의 근황과 형량, 사건 개요 등등을 정리해달라는 것이었답니다. 그래서 급하게 아는 대로 정리해서 타자를 친 문서를 우편으로 보내고 그 상황에서 접견을 갔답니다. 그랬더니 남편이 너무 '탈오자'가 많다고 성의가 없다면서 질책을 했답니다.

"그냥 면회실에 세워놓고 막 뭐라고 하는 거예요. 제가 타이핑을 잘 못 치거든요."

겨우 멀리 찾아간 면회실에서 앉지도 못하게 하고 세워놓고 꾸중을 들으니 너무 섭섭했답니다. 남편이 힘든 건 알겠는데, 자신도 너무 속상했다고 하더군요.

면회실의 그런 소감을 당신은 그때까지 주변 누구에게도 말하지 못했다고 했습니다. 당신은 아무 비평 없이 들어주는 어떤 사람이 필요했던 것인가 봅니다. 그 순간에 나는 내 존재의 의미를 성실한 청취자, 즉 들어주는 사람이 되자고 생각했습니다.

그때 당신은 마치 말하지 못한 어떤 얘기든지 그 자리에서는 반드시 털어놓으려고 작정하고 나온 듯했습니다. 당신의 오래된 친구도 동료도 아닌 무심한 관계로서 오히려 내게 그런 역할을 요구하는 듯했습니다.

따지고 보면 내가 들은 당신의 얘기를 어느 곳에도 발설할 이유가 없더라고요. 나도 그런 의미를 내심으로 받아들이고서야 좀 편해져서 질문을 던질 수 있었습니다.

"결혼은 왜 그렇게 일찍 했어요? 졸업하자마자… 둘 다 직장도 없었잖아요."

"몰라요. 제원 씨가 막 서둘더라고요."

당신은 남편을 그냥 '제원 씨'라고 부르더군요. 졸업을 할 때쯤부터 남편이 결혼하자고 막 재촉을 하더랍니다. 오래 사귀면서 안 그러던 사람이 자기를 모텔에까지 데려가더랍니다. 그런 내밀한 얘기조차 내가 가만히 잘 들어주자, 당신은 아예 못할 말이 없는 사람처럼 되어갔습니다. 나는 당신의 친구도 아니고 오래된 지인도 아닌데 당신은 내가 누구라는 것도 상관없이 자신의 기막힌 사연을 마구 내놓았습니다.

"아마, 조직에서 빨리하는 것이 좋겠다고… 그랬대요."

그놈의 조직, '반애전', 말썽꾸러기 조직. 나와 수연은 그렇게 갈라놓으려고 하더니….

동지적 연인, 혁명적 부부 관계 다 좋지만 부부의 연이란 어찌 보면 혁명보다 더 복잡하고 길고 많은 사연이 기다리고 있는 것일 수도 있는데 그 낭만적이다 못해 한없이 가벼운 '조직'이라는 관념 덩어리에 내심 부아가 치밀었습니다.

"그래, 요새 면회는 가요?"

"요샌 잘 못 가요. 사실, 너무 멀고 쉽게 갈 수가 없어요. 인제 같이 갈 사람도 없거든요. 혼자서는 가기도 너무 힘들죠. 목포라 하루만에 갔다가 올 수도 없어요. 그래서 우편 영치금 부치고… 그냥 편지하고 그래요."

하긴, 그 사건이 일어난 지 만 4년이 되어가니까요. 사람들도 잊을 만할 때가 되었습니다.

"연락드리려고 했는데… 은서랑 같이 있느라고 연락을 못 했어요."

"아, 예."

아니, 괜찮아요. 나한테 연락하는 게 뭐 그리 중요하다고… 당신도 참 무슨 그런 말씀을 다 하십니까?

나는 속말만 넘치고 입 밖으로는 거의 "예… 예."만 주로 읊조렸습니다.

“그 날은 은서를 시댁에 보내놓아서 늦어도 됐거든요.”

당신이 ‘그 날’이라고 갑자기 지칭했습니다.

‘그 날’, ‘그 비 오던 날’, 며칠 전이 생각났습니다. 그 날을 ‘그 날’이라고 언급하는 것만으로도 나는 긴장했는데 당신은 아무렇지 않더군요.

“저기… 혹시 담배 있으세요?”

“예. 여기 있습니다.”

나는 담배를 꺼내 당신에게 주었습니다.

“학교 때는 안 피웠는데… 은서 낳고 피게 됐어요. 좀 늦게 배웠죠. 괜찮죠?”

아, 그럼요. 상관없어요. 나도 많이 피는데요.

또 그런 속말을 하면서 그렇게 뭐 그 자리에서 나도 담배를 같이 한 대 피웠습니다. 담배 연기 속에서도 당신의 아픈 회상은 계속 이어졌습니다.

“은서 낳을 때, 진짜 신음소리도 안 내려고 참았어요. 그러면… 혼자서 소리까지 막 지르면 너무 비참해질 것 같더라고요. 근데 정말 통증이 대단하더라고요. 나중에 이빨을 꽉 깨물었더니… 아휴.”

‘아휴’ 하며 당신은 가늘고 길게 담배 연기를 내 뿜었습니다. 그런 얘기는 내가 잘 짐작하기 어려운 얘기였지만, 그 대목이 나는 그렇게 가슴이 아프더라고요. 남편도 없이 혼자서 애를 낳는 산모가 통증은 왜 그렇게 무리하게 참으려고 했는지요. 잘 알지도 못하면서 갑자기 감정이 이입되어 하마터면 눈물이 날 뻔했습니다. 꾹 참았지요.

“사실 좀 아파요. 병원 갔더니… 자율신경 실조라고요. 자율신경이 잘 조절되지 않는 건데… 변비도 심하고, 실은 생리통도 무지하게 심하죠. 어지럽고… 맨날 끙끙대죠. 그 날 내가 갑자기 막 떨고 해서 놀랬죠. 그래도 간질은 아니에요."

'자율신경 실조?'. 그것도 뭔지 그때는 잘 몰랐습니다. 변비도 생리통도 내가 겪어보지 않았거나 겪을 수 없는 것이라 알 수 없었어요. 뭐라 응답할 수가 없었습니다.

"아빠도 아프시고, 후두암으로 수술하셨거든요. 말씀을 잘 못 하세요. 엄마도 원래 당뇨가 있으셔서…"

무슨 환자 가족입니까?

친정 아버님이 아프시니 친정에 계셔도 그리 편하지는 못하시겠네요.

그렇게 추측하고 있는데, 당신은 오늘 은서를 다시 시댁에 보냈는데 인제 다시는 보내고 싶지 않다고 했습니다.

"인제 은서도 엄마를 찾거든요. 내가 키울 거예요. 다시는 안 보낼 거예요. 다시 은서를 찾아와야 돼요."

당신은 결연하게 말했습니다.

"그래요, 은서를 찾아야죠."

순간 나는 당신의 결연한 의지에 홀린 듯이 당신의 인생에 참견을 했습니다. 당신은 그런 내 주제넘은 참견을 탓하지 않았어요.

식사가 다 끝났는데도 그렇게 한참 얘기했더니, 정말 당신을 오래 전부터 알고 지낸 사람이 된 것 같았습니다. 3시간이 흘렀을 뿐인데, 한 3년 정도는 아는 사람 같았지요.

"요즘은 어떻게 지내세요?"

"보습학원에 나가요. 일주일에 세 번 정도… 그리고 노조 노래패 강사도 하구요. 그 날도 성우 형이 불렀는데… 전, 아르바이트였거든요. 돈을 받기로 했어요."

"아. 예…."

"혹시 무슨 일 하세요? 명함을 보니 회사인 것 같던데…."

그제야 당신도 처음으로 내게 질문을 던졌습니다.

"예, 전 회사 다녀요. 그냥 회사원입니다. 멀티미디어 소프트웨어 개발 같은 건데…."

당신은 그런 내 일 따위에는 별로 관심이 없는 듯했습니다.

"참, 결혼은 하셨죠?"

"예."

"애기는 있어요?"

"아직은요. 실은 지금 임신 중입니다."

"어머, 그래요. 축하드려요."

당신은 그렇게 물어보고는 후식으로 나온 매실차를 마셨습니다.

"이게 한정식인가요? 한정식도 맛있네요. 부모님하고 오면 좋을 것 같아요. 나만 먹으니 좀 미안한데요. 이 매실차도 맛있어요."

그래요, 맛있었다면 다행입니다. 사장님이 데려와서 알게 된 곳인데… 사실 예약도 없이 왔어요.

또 속말만 하고 겉으로는 "아… 예." 정도로 때웠을 겁니다.

"휴, 나만 너무 많이 얘기한 것 같다. 오늘 맛있는 것도 사주시고, 고마워요."

"아휴, 별말씀을요."

"근데요 혹시 또, 연락해도 돼요?"

그렇게 물어보고는 당신도 스스로 좀 당돌하다 생각했는지 고개를 숙여 매실차가 담긴 찻잔을 내려다보았습니다. 그때 당신의 그 모습이 청순하고 아련하게 보였습니다.

"예, 괜찮아요. 그러세요."

나는 말은 그렇게 했지만, '꼭 연락주세요. 당신을 더 알고 싶습니다.'하는 심정이었습니다.

한발 더 나아가 나도 그 자리에서 당신에게 연락처를 물었습니다. 그러자 당신은 아주 쉽게 당신의 무선호출기 번호를 적어주더군요.

우리는 긴 얘기를 마치고도 밖으로 나와 바로 작별 인사를 하지 않았습니다. 아마 길을 따라 조금 걸었을 겁니다. 뒷길로 돌았기에 따각따각 대는 당신의 샌들 소리가 들렸습니다. 다행히 빗방울이 떨어지지 않아 우산을 펴지는 않아도 되었습니다. 그 거리에서 우리는 목적지를 서로 말하지 않고 하릴없는 사람처럼 긴 여름 해마저 떨어진 밤거리를 걸었습니다.

"얼마 전에 비디오로 리빙 라스베가스(Leaving Las Vegas), 저기 〈라스베가스를 떠나며〉를 봤는데. 되게 좋더라고요."

당신이 일전에 본 비디오 얘기를 꺼냈습니다.

"아, 니콜라스 케이지랑 엘리자베스 슈 나오는 거요. 저도 봤어요. 굉장히 좋던데요. 좀 슬프잖아요."

"어머! 봤어요? 남자들은 잘 안 보던데."

"헤. 그것도 편견입니다. 남자라고 꼭 멜로 영화를 안 보는 건 아니에요."

"호호. 그러네요. 엘리자베스 슈 되게 예쁘게 나오던데. 혹시 극장에서 봤어요?"

"아뇨 저도 그냥 비디오로 빌려서 봤습니다."

살짝 웃는 당신의 모습에서는 이면에 숨어있는 어떤 비극도 엿보이지 않았습니다. 아무도 당신을 기혼자 내지는 아이 엄마로 도저히 볼 수가 없었습니다. 이 도시에 넘쳐나는 그저 그런 젊은 처자로만 보였어요.

이런저런 잡담을 나누다 한참 뒤에야 택시를 탔습니다. 당신은 자연스럽게 뒷좌석 안쪽으로 앉았고 문을 닫지는 않았어요. 그렇게 당신을 따라서 내가 옆자리에 앉았는데도 당신은 그냥 목적지를 기사에게 말하더군요. 그 목적지는 멀지 않은 곳이었습니다.

우리는 당신의 친정집이 있는 이수동 근처에서 내렸습니다. 지금 당신의 집이기도 하고요. 거기서는 또 내외하는 사람처럼 서로 약간 떨어져서 걸었기에 별다른 얘기를 이어갈 수가 없었습니다. 그렇게 걷다가 집이 가까워 오자 당신은 인사를 했습니다.

“여기서 그만 갈게요.”

그 말과 동시에 나는 그 자리에서 멈추어 섰습니다. 당신의 그 말이 오늘 작별의 말이라고 알아들었습니다.

뭐, 사실 ‘그날’은 여기보다 더 많이 같이 갔잖아요. 저 길을 돌아 골목길 끝에 당신의 집이 있잖아요. 내가 거기까지 당신을 부축하고 갔었잖아요.

그렇게 생각할 때쯤 앞서간 당신이 뒤를 돌아보며 말했습니다.

“다음에 영화 같은 거 한번 볼래요? 영화 본 지가 하도 오래돼서….”

나는 대답 대신 웃으며 손을 흔들었습니다.

당신의 수다는 말이에요. 이른바 일종의 ‘부러진 날개 전략’입니다. 새가 날개가 부러져서 땅에 떨어졌습니다. 날지도 못하고 숨을 할딱거리고 있습니다. 그 새를 발로 밟아 버려야 되겠다고 생각하는 잔인한 사람들이 얼마나 될까요?

당신이 말하는 내용의 대부분은 당신의 취약점입니다. 웃기는 얘기이지만, 대체로 호감 있는 여자의 곤궁과 어려움은 남자의 용맹과

로맨스를 촉발시키기도 합니다.

만약 그 자리가 맞선이나 미팅 자리라면 그런 식으로까지 얘기하지는 않을까요? 또는 자존심이 강하고 능력 있는 21세기 현대 여성들은 그런 식으로 하지 않을까요? 글쎄요. 여자들은 은연중에 자신의 허점을 드러내고 무의식적으로 자신의 취약점을 엿보게 합니다. 이는 이를 통해 상대의 반응을 알아보고 역으로 자신을 대하는 남자의 태도를 알아보려는 것입니다. 자신의 약점에 대해 상대가 어떻게 받아들이느냐 하는 점은 여자가 보는 중요한 태도입니다. 물론 일단 답은 공감입니다만.

과연 자신에게 '연민'을 느낄 것인가? 그런 점에서 이것은 분명한 여자의 전략입니다. 사람에 따라서 연민까지는 아니라 하더라도 그 전략의 질문은 간단한 것입니다. '나에게 관심 있니?'

반대로 남자는 본능적으로 자신의 취약점을 드러내려고 하지 않습니다. 오히려 대부분의 남자들은 약점을 드러내기보다는 너무하다 싶을 정도로 허풍을 떱니다. 해결사를 자처하고 자신의 용맹과 힘을 과대선전하고 결국에는 건방져지기까지 합니다. 문제는 이런 남자의 '허풍 전략'도 일정한 성과가 있다는 데 있습니다.

여자들은 익히 남자의 허풍과 거짓말을 잘 알고 있기 때문에 사실 그 내용이나 논리적 개연성을 따지지는 않습니다. 일단 허풍을 떨어준다는 것에 좋은 평가를 내립니다. 아무 관심이 없는데 남자라고 뭐 할 일이 없어 허풍을 떨겠습니까? 사람에 따라서 그 강도는 조금씩 다르더라도 그 행동의 대답은 간단한 것입니다. '너에게 관심 있다.'

이 현상은 연애 과정의 초창기에 나타나는 남녀행동의 대표적인 한 표상입니다. 어쨌든 그건 성공적인 전략이라고 여겨집니다.

나는 도파민이 확 분비되었거든요. 나는 알 수 없는 전의(戰意)에 불탔거든요. 나는 막 당신 편에 서서 당신의 적들과 싸우려는 그런 건방져지는 내 허세도 느낄 수 있었거든요. 내가 잘하면 당신의 고통을 덜 수 있다는 그런 허풍의 단계로 접어들었거든요. 어쩌란 말입니까?

다음날 당신에게 연락을 한번 해 볼까 했습니다. 오후에 일을 하다 당신의 무선호출기 번호가 적힌 쪽지를 물끄러미 혼자 내려다보았습니다. 하지만 나는 그냥 당신의 연락을 한 번 더 기다리기로 했습니다. 임신한 아내를 가진 내 처지가 그런 치기조차 금방 용납하지 않았습니다.

"전주에 좀 갔다 오려고…."

오히려 그다음 날 아내가 짐을 챙기더니 친정에 갔다 오겠다고 했습니다. 조금씩 몸이 무거워지니 친정엄마 옆에서라도 쉬고 싶었나 봐요.

"그래 좀 쉬었다 와."

아내가 친정으로 떠난 그다음 날 당신으로부터 또 연락이 왔습니다. 이번에는 회사에 있는 내 자리로 바로 당신의 전화가 걸려 왔습니다.

"아, 너무 떨렸어요."

"지영 씨, 괜찮아요? 좀 아파 보여요."

"후유… 괜찮아… 괜찮아요. 그래도 재미있었어요."

영화 〈미션 임파서블〉을 보고 나오는데, 당신은 또 자율신경을 실조하고 있었습니다. 입술이 새파래지고 실룩거리면서 후드득 몸을 부들부들 떨더군요. 괜히 영화를 봤다는 생각이 들었습니다. 당신은 내가 괜스레 후회할까 염려했는지 그렇게 안심시켜 주더군요.

당신과 같이 불쑥 영화관에 오긴 왔는데 볼 영화가 마땅하지 않았습니다. 미리 약속을 하고 만난 것이 아니라서 예매도 하지 못했습니다. 볼만한 멜로 영화가 없었어요. 그래서 그냥 톰 크루즈 주연의 그 액션 영화를 보았는데 영화 그 자체로는 그리 나쁘지 않았지만, 첩보 액션 영화라 긴장감이 상당했습니다.

시작하자마자 갑자기 폭탄이 터지는 폭발 장면이 있었는데 그때부터 당신은 깜짝 놀라면서 부들부들 떨더군요. 마치 공포 영화를 보는 사람 같아서 나도 완전 긴장 상태에서 영화를 보았습니다. 당신의 그런 증세가 아주 심하면 중간에 나오려고도 생각했어요. 하지만 오랜만에 보는 영화라 그런지 당신은 꿋꿋하게 영화를 다 보았습니다. 영화 〈미션 임파서블〉에서 결국 작전이 성공했다는 얘기인지 실패했다는 얘기인지 결론은 헷갈리더군요.

'빠앙! 빠앙!'

그 순간 앞차가 길을 열어주지 않는다고 길거리의 어떤 차가 갑자기 클랙슨을 울렸습니다.

"아이, 새끼… 이런 길에서."

그 소리가 너무 커서 깜짝 놀랐습니다. 이런 소리를 하고 돌아보는 데 당신이 갑자기 사라졌어요. 이런… 당신은 그 소리에 놀라 그 자리에 털썩 주저앉아버렸습니다.

"지영 씨!"

당신은 너무 놀랐는지 그대로 엉금엉금 기어서 어떤 건물의 그늘진 계단 쪽으로 갔습니다. 차가운 도시 여자처럼 원피스를 입고 나온 꿋꿋한 당신의 그 추태에 오히려 가슴이 아렸습니다. 당신은 길거리 어떤 계단에 앉아 숨을 길게 내쉬면서 호흡을 조절하려고 했습니다.

"조금만 쉬었다… 아아. 걱정 마요. 괜찮아요. 휴…."

"에이 개자식. 내가 쫓아가서 아주 차를 박살을 내야겠다."

자율신경 실조 환자인 당신을 백주 대낮에 놀라게 한 그 몰지각한 운전자를 잡으러 가는 시늉으로 일어났더니 당신이 내 바지 끝을 붙잡았습니다.

"그러지 마요. 가지 마요. 아하. 이제 괜찮아…."

내 바지 단을 잡고 있는 당신의 모양이 처량하면서 반대로 우습기도 했습니다.

"그냥 제 옆에 있어요."

"예. 나도 깜짝 놀랬네. 앉은 김에 쉬었다 가죠."

나도 털썩 주저앉았습니다. 내 말에 당신이 은은하게 웃었습니다. 가슴을 얕게 할딱이면서 당신이 머리를 내 어깨에 기대왔어요. 당신의 머리칼에서 샴푸 냄새가 났습니다. 장마가 그친 거리에 햇살이 가득했어요.

"잠깐 우체국에 들릴 일이 있는데."

잠시 뒤 내 셔츠를 잡아당기며 당신이 말했습니다.

"여기보다는 우체국 계단이 더 낫겠네요. 갑시다."

"호호호."

웃음이 헤픈지 당신은 썰렁한 농담에도 반응이 좋았습니다.

그렇게 우리는 우체국을 찾아서 천천히 걸었습니다. 이윽고 도착한 우체국에서 뭘 하나 보았더니 당신은 우편환으로 영치금을 보내려고 하더군요. 어깨너머로 넘겨보니 당신은 겨우 몇만 원을 꺼내서 보내려고 했습니다. 한 사오만 원쯤 됐나요?

"저, 지영 씨, 저기 잠깐만요. 이것도 같이…."

왜 그랬을까요? 나는 급하게 지갑에서 있는 대로 돈을 꺼냈습니다. 한 15만 원정도이었던 것 같은데요. 왜 그랬는지는 모르겠지만 마치 무언가에 이끌리듯 그렇게 당신에게 돈을 내밀었습니다. 당신은 금방 받지 않고 그런 행동을 하는 나를 잠시 쳐다보았습니다. 덕분에 조금 어색한 침묵이 흘렀습니다.

그 순간 당신에게서 숨길 수 없는 그늘진 표정을 보았습니다. 당혹스러웠나 봅니다. 속으로 뭔가 '실수했구나' 후회도 들었지만 그렇다고 나도 다시 집어넣을 수는 없는 거잖아요.

"고마워요."

당신은 망설이더니 이윽고 내가 내민 그 돈을 받았습니다. 그래서 그 순간의 어색함이 해소되었습니다.

당신은 내게서 돈을 받아서는 자신의 돈과 합친 다음 꼼꼼하게 돈을 세었습니다. 그리고 그 돈의 액수를 또박또박 우편환 영치금 증서에 적어 넣었습니다. 그곳은 강남 역삼 우체국이었어요.

그 '영치금'이 내가 당신에게 처음으로 건넨 돈이었다면, 내가 당신에게 처음으로 선물한 것은 '변락'이라는 다소 코믹한 이름의 변비약일 겁니다. '안전하면서도 효과 좋은 순수생약 성분의 변비약'이라는 것이 그 약을 만든 제약회사의 주장인데요. 그러니까 당신은 변비가 좀 심했습니다. 그래서 그 약을 일상적으로 복용한다고 하더군요.

하여튼 그 '변락'을 무지하게 많이 오랫동안 사게 되었습니다. 같이 길을 가다가도 가끔씩 약국에 들러 그 약을 샀을 정도이니까요. 대체로 남자보다는 여자들이 더 많이 변비 증상이 있는 것으로 알고 있는데, 당신은 그것보다 더 심각한 병증을 가지고 있었습니다.

나는 당신의 변비를 일종의 합병증으로 이해하고 있습니다. 그 근본 원인이 다른 데 있었거든요. 그 시절 당신은 '자율신경 실조증'의 환자였습니다.

당신이 앓았던 자율신경 실조는 아주 다양한 증세를 가져왔어요. 실은 당신이 '자율신경 실조증'이라는 병증을 앓고 있다는 얘기를 듣고 인터넷에서 의학 정보를 뒤져보았습니다. 의학적으로 상당히 의견이 분분한 병증이었는데, 대체로 이런 것이었습니다.

자율신경에는 교감신경과 부교감신경이 있는데 이 두 신경이 전신의 각 기관에 고루 분포되어 있어 인체 내부 장기의 활동은 대부분이 두 신경의 조절을 받고 있다. 인체는 교묘하게 설계된 유기체로서 낮에는 교감신경이 우월하게 작용하여 약간의 긴장된 상태가 유지되고 밤에는 부교감신경이 우월하게 작용하여 심신이 풀어진 상태로 지내게 된다. 그러나 이러한 교감 신경과 부교감신경의 균형이나 리듬이 부조화 또는 난조를 가져올 수 있는데 이 두 신경 조절의 밸런스가 깨진 상태를 우리는 '자율신경 실조증'이라고 부른다.

일단 실조가 오면 몸에 여러 가지 신체적 생리적 기능의 부조화나 위화감을 일으켜 특별히 생각되는 원인이 없이 몸이 무겁다든가 머리가 띵하고 어지럽고 다리에 힘이 풀리거나 어깨가 뻐근하고 가슴이 울렁거린다거나 몸을 떨면서 표정이 일그러지고 잠이 오지 않거나 갑작스러운 복통이 일어날 수도 있다. 설사, 변비 등이 교대로 또는 단독으로 올 수 있고 신체의 통증이 배가되어 나타나서 신체상의 불편한 증세를 호소하게 된다. 일반적으로 자율신경 실조증의 특징은 증상이 하나가 아니고 동시에 여러 가지가 나타나는 것으로 또 그것들이 시시각각으로 또는 매일같이 변동하거나 달라지면서 나타난다. 이는 해당 장기의 문제가 아니라 신경 조절의 문제이기 때문에 그렇다.

왜 '자율신경 실조증'이 생기게 되는가는 상세하게 말하자면 여러 가지 이유가 있겠지만 실제로 가장 큰 문제가 되는 것은 오랫동안 계속되는 정신적 스트레스가 그 주범이다. 해부학적으로 자율신경의 중추는 간뇌의 일부인 시상하부에 위치하며 이 부분에 근접된 주변에는 인간의 정동(情動)과 밀접한 관계가 있는 대뇌변연계라는 신경조직체가 존재한다. 그러면서도 그 상부에 위치하는 대뇌피질의 영향도 끊임없이 받고 있는데, 자율신경은 우리의 이성이나 의식보다는 무의식적인 정동의 영향을 아주 강하게 받고 있다.

일시적이고 일과성이 강한 스트레스는 일시적인 교감신경의 흥분을 가져오기는 하지만, 자율신경 실조 상태까지는 이르지 않는다. 그러나 만약 수많은 나날을 고부간의 갈등과 불화 속에서 살거나 매일 직장 상사와의 갈등과 긴장 속에서 살아가는 경우. 즉, 정신적으로 불편한 어떤 관계를 가지면서 일상을 계속하게 되면 서서히 자율신경의 밸런스가 깨질 수 있다.

또한, 임상학적으로 우울증이 흔히 자율신경 실조를 수반하는 경우가 많기 때문에 대부분 우울증에 대한 검사를 병행하는 것이 필요하다. 일상화된 정신적 스트레스가 우울증을 가져오고 이 우울증이 자율신경의 밸런스를 깨뜨리는 것으로 나타날 수 있다.

치료 방법을 기술하기는 전문적인 영역으로 대단히 어려운데, 간단히 살펴보면 일반의나 신경의만이 할 수 있는 요법으로 기본적인 '수용', '지지', '보장'의 세 가지 요소가 있다.

'수용'이란 환자의 호소를 비판 없이 그대로 깊은 관심과 흥미를 가지고 다소 동정적으로 참을성 있게 들어주고 받아들여 주는 치료

태도를 말한다. '지지'란 환자로 하여금 병에서 치유될 수 있다는 소신을 심어주고 이것을 강조하고 의사의 인격적 직업적 권위로 격려하여 주는 것을 말한다. '보장'이란 환자의 증상과 병태의 형성이나 발전과정과 인과관계를 성실한 과학적 논리와 심리학적 논리로 환자에게 알기 쉽게 설명해주고 환자 자신 속에서도 이를 치료할 수 있는 잠재적 가능성과 능력이 있다는 사실을 보장해주는 것이다.

어느 요법이 적용되든 간에 제일 중요한 것은 환자와 의사간의 인격적 신뢰감을 바탕으로 한 인간관계가 필요하다.

그렇게 긴 글을 꼼꼼히 다 읽었는데 이게 뭐예요?

그러니까 아주 간단히 이 병증을 정리하면, 매일 매일 정신적 고통에 시달리다가 이 병증에 걸린 것이며 여기저기 안 아픈데 없이 날마다 아픈데 정작 문제는 별다른 '약'이 없다는 겁니다.

'수용', '지지', '보장' 이런 게 도대체 무슨 소리인지? 마음의 병이 육체의 병으로 나타난 것이기 때문에 그냥 얘기 잘 들어주고 환자에게 잘해주라는 것이 대부분이었습니다. 특히 중요한 것은 환자와의 신뢰를 바탕으로 한 인간관계라고 했습니다.

"배고프죠? 뭐 좀 먹으러 갈래요?"

"칫, 아까 돈도 다 보내고는… 이제 밥 먹을 돈도 없잖아요."

"카드라는 게 있지요."

"그럼 빨리 가요. 배고파서 성질날라 그러네요. 호호."

웃음이 헤픈 것인지 웃으려고 노력하는 것인지, 당신은 손을 이마에 붙이고 6월의 따가운 햇볕을 가리면서 찡그리듯 웃었습니다.

"나리스시라고 논현동에 초밥 맛있게 하는 집 있거든요."

"초밥? 앗싸! 내가 초밥 되게 좋아하는데. 어떻게 알았어요?"

'앗싸!' 라는 감탄사를 말할 때 당신은 주먹을 가볍게 쥐고 당겼습니다.

즉시 감탄하는 당신의 발랄함이 귀여웠습니다.

"문제는 택시비가 없으니 여기서 좀 걸어야 되는데…."

"그게 문제겠어요? 얼릉 앞장서요."

그러면서 당신이 더 앞장서 나갔습니다. 우체국에서 보았던 그늘이 전혀 보이지 않았습니다. 묵은 업무를 해치우고 즐거운 회식을 가듯이 당신은 6월의 햇살 아래로 걸어갔습니다. 뒤 지퍼가 달린 원피스를 입고 온 당신의 뒤태가 보였어요. 예리한 지퍼가 위에서부터 밑에까지 달려있어 그 옷을 어떻게 벗고 입는지 알 수 없지만, 무슨 방법이 있겠지요.

"이런 건 어떻게 만드는 걸까?"

"뭘 말이에요?"

"이거 말이에요. 이거."

당신이 일식 달걀찜이 담긴 작은 그릇을 숟가락으로 탁탁 쳤습니다. 전채 음식으로 나온 달걀찜을 한 입 베어 물더니 당신은 이런 의문을 가졌습니다.

"다시마 물로 섞은 다음에 체로 걸려야 한다고요?"

"예. 그런 다음 찜통에서 쪄야 돼요."

종업원이 들어오자 그 레시피를 물어보기도 했습니다.

"음. 할 수 있을 것 같아."

당신은 간단한 설명만 듣고도 자신감을 피력했습니다.

"왜, 집에서 해 먹게요?"

"예. 은서한테 해주려고요. 이유식으로 좋잖아요. 애 어른 다 좋아할 것 같은데."

그러면서 당신은 그 달걀찜을 한 번 더 떠먹으면서 음미했습니다. 마치 성분을 조사하는 연구원처럼요.

잠시 뒤 광어, 도미, 장어, 연어, 새우, 성게 알 등등 초밥이 두 개씩 짝을 지어 접시에 담겨 나왔습니다.

"와! 정말 맛있어요."

"지영 씨, 밥을 간장에 찍지 말고. 여기 회 끝을 간장에 살짝 찍어 드세요. 그게 초밥 먹는 법이에요."

"이렇게요."

당신은 내가 가르쳐 준 대로 간장에 살짝 찍었습니다. 그러더니 그 초밥을 내 입 앞에 내밀었습니다. 나는 금방 당신이 내민 초밥을 받지 못하고 쳐다보았습니다. 아까 내가 돈을 내밀었을 때의 당혹함을 앙갚음하려는 듯 당신은 빙긋이 웃으면서 꿋꿋하게 들고 있었습니다. 하는 수 없이 입으로 받았습니다. 당신은 뭔가 해낸 듯 젓가락을 놓고 손을 탁탁 털었습니다.

"청하라도 한잔할까요?"

"전 그냥 사이다 마실게요. 술도 넘 약하고. 요새 술주정이 좀 늘은 것 같아서… 좀 자제하려고요. 한잔하세요. 사이다로 대작해 드릴게요."

우리는 그때까지 '비 오는 그 일요일 밤'의 일탈에 대하여 시치미를 뚝 떼고 서로 아무런 성찰을 하지 않았습니다. 당신이 '술주정'이라고 슬쩍 눙치고 나를 용서해주려고 하는 것 같았습니다.

스시 집 그 방도 얘기를 나누기는 좋았습니다. 몇 번 왔다고 좋은 방으로 내주었습니다.

"문화 운동을 하시는군요?"

당신은 보습학원 이외에 어떤 노래패 활동을 한다고 했습니다. 학원은 일주일 세 번 정도 나가고 나머지 시간은 함께 하는 그룹에서 연주 연습을 하거나 노조 노래패 강사도 한다고 했습니다.

"글쎄. 문화 운동이라고 까지 해야 할지? 문화부 출신이거든요. 4학년 때 총학 문화부장 내정자였는데. 선거에서 졌죠."

"아, 그래서, 성우랑 잘 알겠군요."

"예. 성우 형이랑은 전대협 문화국에서 만났죠. 같이 일도 했고요."

오랜만에 '전대협'이라는 말을 들으니 당신도 우리의 동지였다는 생각이 들었습니다. 비밀과 사연이 가득한 신비로운 여성 동지이지만요.

"우리 밴드(band)도 있는데."

"그래요. 밴드 이름이 뭔데요?"

"이름? 이름은 글쎄… 이름은 없는 데. 고상하게 말하면 프로젝트 밴드고요. 뭐 그냥 오부리 밴드죠. 호호."

"거기서 신디 치시는 거예요?"

"원래는 피아논 데. 밴드에서는 신시사이저 반주하는 거죠. 지금은 기업은행 노조 노래패 강사도 하고요."

당신은 내게 청하를 한 잔 곱게 따라 주었습니다. 그 바람에 몸을 숙이느라 당신의 가슴골이 살짝 보였습니다.

그 날도 당신의 이야기는 많았습니다. 전문의는 아니지만 당신의 병증을 조금 이해하게 된 나는 '수용'의 자세를 견지하며 성실한 청취자가 되었습니다.

"사실, 자살한 적 있어요. 응급실에 실려 갔죠."

엄밀하게 말해서 '자살한 적 있어요.'는 어법에 틀린 말입니다. 그런 적이 있는 사람이 여기 앉아서 초밥을 먹을 수는 없잖아요. 정확하게는 자살에 실패한 적이 있는 거겠죠. 하지만 그걸 따지지는 않았습니다.

결국 그런 이야기를 나에게 했습니다. 바다에 빠져서 죽으려고 한 적이 있었다고 했습니다. 정확한 시점을 얘기하지는 않았는데, 지금으로부터 한 일 년 전 정도인 것 같아요.

"속초 갔을 땐가? 술 때문인 것 같기도 하고. 같이 갔던 친구들이 그러는데 내가 갑자기 사라졌대요. 방파제였는데.

바다에 빠졌죠. 그때… 내가 많이 힘들었나 봐요. 친구들이 찾았죠. 그리고 응급실에 실려 갔어요."

아이를 둔 어미가 절대 저질러서는 안 되는 그런 바보 같은 짓이라고 당신을 나무라지 못했습니다. 하긴 내가 무어라고 당신을 나무라겠습니까?

"병원에서 우울증이라고 약을 주더라고요."

생각해보니 우울증이 심했다고 당신은 말했습니다.

내가 읽은 의학 정보가 과연 틀리지는 않았군요. 우울증과 자율신경 실조. 이 두 가지 병증이 서로 주고받으며 전이를 시키고 있는 형국이었습니다. 지금 변비나 생리통은 문제도 아닙니다.

어디 가나 그놈의 우울증이 항상 문제입니다. 남자보다 생리적 감정적 변화가 많은 여자들이 우울증에 더 많이 노출되어 있다는 것이 임상학적 결론입니다. 남자들과 달리 결혼, 시댁, 출산 이 자체가 여자들에게는 우울증 발생의 환경적 요인이 되기도 하는데요. 당신은 보통의 이야기보다 진폭이 너무 컸습니다.

밝고 따뜻한 친정에서 피아노를 뚱땅뚱땅치며 예쁘게 자랐을 당신이 급격한 환경의 변화에 얼마나 당혹스러웠겠습니까? 애를 가진 상태에서 신혼 7개월 만에 남편과 생이별을 하였고 혼자서 출산을 하고 시모에게 구박받아 집을 나오고 친정아버지도 암 발병으로 걱정이었습니다.

그 비 오는 일요일 밤에 내가 들은 얘기로는 더 미묘한 내면이 있었습니다. 그 조직과 사건에 대한 사람들의 시선과 평가가 엇갈렸습니다. 조직은 성과도 없이 피해자만 잔뜩 양산한 꼴이었습니다. 망각과 회피가 뒤따랐고 사건 자체에 불만을 표하는 이들도 있었습니다.

그 시절, 남편에 대한 당신의 인식은 일종의 아노미(anomie) 현상에 빠져있었습니다. 당신은 남편으로부터 규정 받고 싶지 않다고 했습니다. 그러면서 남편을 완전히 끊어내고 싶어 하지도 않았습니다. 그건 사랑의 아노미였어요.

하여튼 자율신경 실조증에 몸까지 아프기 시작하니 도저히 우울증이 안 생길 수가 없는 스토리였습니다. 사실 자율신경 실조보다 더 무서운 것이 우울증입니다. 우울증은 소리 없는 어둠 속의 살인자입니다. 마땅히 경계해야 할 대상입니다.

정말 그냥 내버려 두면 최제원이 나오기도 전에 어느 날 당신이 죽을 수도 있겠다는 걱정이 들 정도였습니다.

당신이 말한 '자살한 적 있어요.' 하는 그 얘기가 내게는 '살려주세요.'로 들렸습니다. '자살, 자살, 자살', 그게 '살자, 살자, 살자'로 들렸습니다. 왜 그렇게 들렸냐 하면은 나도 그때쯤 하나의 병을 얻게 되었거든요. 일종의 정신병을요.

고백하건대 나도 그때 아주 큰 병에 걸린 것 같습니다. 정말 약도 없는 병, '연민병(憐愍病)'요. 참으로 무서운 병, 당신에 대한 '연민병'에 걸렸습니다. 당신이 아시는지는 모르겠지만 나는 아주 오랫동안 그 병을 혼자서 앓아야 했습니다. 세계 정신의학계에 한 번도 보고된 적이 없는 아주 무서운 정신병이 바로 이 '연민병'이랍니다.

자율신경 실조가 다양한 통증을 불러오고 또 일상의 통증을 배가시키는 고통의 병증이라면, 내가 앓았던 일종의 정신병인 '연민병'도 상당한 합병증을 불러오는 병입니다. 이 병은 신체적 통증은 별로 없는데 오히려 마음의 통증이 더 커서 아주 이상한 행동을 촉발시킵니다.

가끔은 계산 능력을 상실하고 또 경우에 따라서는 판단력이 흐트러지며 연민의 대상에게 과도하게 의미부여를 하거나 상징 조작을 하는 그런 일종의 망상증이기도 합니다. 대상에 대한 집착을 불러일으켜 일체의 이성적 도덕적 판단을 흐리게 하기도 합니다. 앞으로 두고 보면 알게 되겠지만 말입니다.

게다가 이 병은 어떤 병원에 가도 진단도 나오지 않고 치료약도 전혀 없는 그런 병입니다. 임상 사례나 병리 연구도 별로 보고되지 않았던 그 병을 나는 오랫동안 홀로 앓았습니다.

그래서 나는 오로지 당신이 행복해지기만을 기원했는지 모릅니다. 당신의 "나 정말 행복해요." 하는 말만이 내 '연민병'을 낫게 할 유일한 치료약이었으니까요. 또 그것만이 당신의 '우울증'과 '자율신경 실조증'을 낫게 할 유일한 요법이기도 했고요.

"혹시 노래 좋아하세요?"

당신이 물었습니다.

"노래 싫어할 사람이 있나요? 제가 원래 학교 다닐 때 짝사랑을 해도 주로 노래패 여자 가수로 했습니다. 제가 또 '오해투' 위원이었어요."

"'오해투'가 뭔데요?"

"오선지 해방 투쟁위원회라고."

"오선지 해방 투쟁위원회?"

"오선지에 얽매이지 않고 노래를 한다 이거죠. 오선지가 음악을 억압하고 있어요. 빨리 해방시켜야 합니다."

"호호호. 오선지가 음악을 억압한대… 아 웃겨. 우리 밴드 이름을 '오해투'라고 할까. 호호호."

그래요, 일시적이나마 웃음이 당신에게는 일종의 진통제가 될 수도 있을 겁니다. 근본적인 치료약이 나오기 전에는 크든 작든 이렇게 조금이라도 웃으면서 견뎌야겠지요.

"혹시 뮤지컬도 좋아하세요?"

"그럼요. 없어서 못 보죠."

초밥이 맛있기로 소문난 논현동 나리스시에서 당신은 나를 마구 전염시키고 있었습니다. 우리는 그렇게 중증의 환자가 되어 갔어요.

이미 그때에 내가 당신에게 엮였다는 것을 알았습니다. 서로 병증은 다른데 치료약이 같은 그런 환자의 인연, 아주 특이한 병리학적 인연이 맺어졌습니다.

그 유일한 약은 오로지 '당신의 행복'이었습니다.

"예매하면 되죠. 뭐…."

"정말? 토요일에 시간 돼요?"

정말 미안한데요. 당신을 살짝 속였습니다. 사실 뮤지컬 〈레미제라블〉, 이미 보았습니다. 아내와 얼마 전에 봤습니다. 그런데 그때 안 본 척한 겁니다.

당신이 직수입된 뮤지컬 〈레미제라블〉을 보고 싶다고 했어요. 그런데 내가 어떻게 '나 이미 봤어요.'라고 김이 팍 새게 할 수 있겠어요? 그래서 '뭐 어려울 것 없죠.'라고 했습니다.

돈만 한 10만 원 내면 좋은 자리에서 감상할 수 있습니다. 당신에게 미리 말할 수는 없었지만 작품성도 아주 뛰어나답니다. 당시 그 뮤지컬은 예술의 전당에서 공연되고 있었는데 호평이 뒤따랐고 장안의 화제였지요. 오케스트라가 직접 연주를 하고 무대장치도 대단했습니다. 무대 바닥에서 지하 감옥이 솟아오르고 무대 위는 고적한 숲속이었다가 갑자기 파리 시내로 변하기도 한답니다. 마차가 달리고 가슴을 울리는 바리케이드 전투와 그 총성 소리, 그리고 음악은 또 얼마나 감동적이라고요. 거기다 오른쪽에 광목을 걸고 거기에 자막을 뿌려주기 때문에 내용도 다 알 수 있었습니다.

지금은 한국 뮤지컬의 수준도 뛰어나지만, 당시에만 하더라도 한국 뮤지컬과는 어떤 수준차가 느껴질 정도였습니다. 그때가 아마 브로드웨이 공연팀의 국내 첫 공연이었을 겁니다.

더구나 원작이 너무 대단하잖아요. 서정과 서사가 씨줄과 날줄로 엮인 대문호 빅토르위고의 작품. 혁명과 사랑의 소용돌이 속에서 피어나는 인간의 고뇌. 그리고 여주인공 코제트는 우리가 돌보아야 할 아이이며 끝내 포기할 수 없는 민중의 아름다운 희망과 미래를 상징하죠. 그렇게 느꼈어요. 난 그런 스토리 너무 좋아하거든요. 두 번 보아도 될 정도로 좋습니다. 괜찮아요, 또 보죠 뭐.

그렇게 그 여름날 당신이 예술의 전당 오페라 하우스 앞에 나타났습니다. 당신이 얇은 볼레로를 훌쩍 벗어 팔뚝에 걸었습니다. 당신은 등이 훤하게 파진 옷을 입고 왔더라고요. 실은 등이 파였다기보다는 엑스 자로 라인만 엮인 아예 백리스라 할 의상을 입고 왔습니다. 그런 옷도 있었나요? 지금 이 장소에서는 그래도 어울리지만, 여기를 벗어나면 일상적이지는 않은 옷이었습니다. 당신의 과감한 패션에 놀랐습니다.

"엄마가 그런 걸 입고 어디 가느냐고 그러시더라고요. 호호."

당신은 무안해하는 게 아니고 그런 상황을 즐기고 있더군요. 당신도 참, 자신의 여성적 매력과 아름다움을 뽐내고 싶어서 그동안 어떻게 참았습니까? 당신의 비극적 처지와 당신의 그런 발랄함은 완벽한 양면성을 띠고 있었습니다.

생각해보니 당신의 스토리도 〈레미제라블〉만큼 대단합니다. 사상과 사랑, 고난과 비극, 젊음과 기다림, 혼자서 딸을 키우며 수절하고 있는 젊은 '전사의 아내', 오디세이를 기다리는 아름다운 페넬로페의 메타포를 가진 당신. 당신의 이야기도 명작입니다. 소설 한 편 충분히 쓰고도 남겠더라고요.

당신 같은 명작과 함께 이런 명작을 같이 감상할 수 있다니, 세상에 이런 행운의 남자가 과연 몇 명이나 될까요? 나는 샘솟는 엔도르핀을 어찌할 수 없었습니다.

그 뮤지컬은 공연 시간이 약 4시간에 달하는 대작입니다. 2시간이 지나고 관객들을 위해서 약 20분간의 휴식 시간이 있었는데, 우리는 그때 화장실도 가고, 허기가 져서 당신이 성질내기 전에 간단하게 빵도 사 먹었습니다.

"재미있어요?"

"예, 정말 재미있어요. 노래도 너무 좋고… 에포닌 노래가 너무 좋네요. 〈on my own〉인가?"

안 그래도 슬픈 당신이 많은 레퍼토리 중에서 유독 그 슬픈 사랑의 노래를 좋아했어요. 오페라하우스 로비에서 당신은 당당하게 내게 팔짱을 끼고 매달려서 공연 CD도 샀습니다. 거기에 그런 커플들이 하도 많아서 아무도 이상하게 보는 사람이 없었습니다.

"저기요. 근데 다리가 아파요. 저려요."

당신은 다 좋은데 다리가 아프다고 호소했습니다. 그 옷이 타이트하고 의자가 좀 높았나 봐요. 그래서 당신은 대뜸 내 허벅지 위에 당신의 종아리를 좀 올려놓자고 부탁했습니다.

자율신경 실조는 보통의 통증을 2배 내지 3배 이상 끌어올리는 병증입니다. 당신이 좀 아프다고 하면 그건 사실 꽤 센 통증이라고 나는 알고 있었습니다.

그래서 2막이 시작될 때쯤 당신은 약간 비스듬히 앉아 내 무릎 위에 자신의 다리를 걸쳐서 마치 비즈니스 클래스에 앉은 편한 자세가 되었습니다. 뭐 처음에는 가볍고 괜찮았어요. 그렇게 공연이 2시간

더 진행되었습니다.

하루 앞으로 다가온 혁명의 날, 각자의 얽힌 운명은 엇갈렸습니다. 에포닌은 짝사랑으로 슬프고, 마리우스는 코제트를 그리며 바리케이드 앞으로 나가고, 코제트는 마리우스를 걱정하고, 장발장은 젊은이들을 염려하고, 자베르는 구체제의 위기를 염려합니다. 무대 아래에서 오케스트라가 장엄한 연주를 계속하고 무대 위에는 주인공들이 가득 소리를 높이고 있습니다. 'One day more'가 나오는 장면이었습니다. 박수가 절로 나왔습니다. 당신의 다리가 조금씩 무거워오는데 당신은 두 손을 모으고 정신없이 뮤지컬을 보고 있었습니다.

정말 명작이 아니었으면, 힘들어서 죽을 뻔했을 겁니다. 공연 시간이 길기도 긴 데다가 당신의 다리도 점점 무거워져 왔습니다. 바리케이드를 치고 혁명의 젊은이들이 〈Do you hear the people sing?〉을 부를 때 내 다리가 저리기까지 했습니다. 하지만 태산준령도 넘어야 할 남자가 그런 것으로 아프다고 할 수 없어서 아무렇지 않다는 듯이 참고 있었습니다.

덕분에 장발장이 코제트를 위해 마리우스를 엎쳐 메고 하수구를 헤쳐 나오는 그 무게감이 내게도 실감이 날 정도로 전해졌습니다. 무심한 당신 때문에 작품의 묵직한 무게감과 함께 뻐근한 아픔과 엄청난 감동이 나에게 밀려오더군요. 당신은 이제 자세가 편한지 아주 정신없이 공연에 몰두하고 있었습니다. 이런 것도 당신에게 도움이 된다고 생각하니 기분은 좋았습니다.

〈레미제라블〉의 그 주옥같은 레퍼토리에서 당신은 〈On my own〉을 택했다면 나의 테마는 무엇일까요? 나는 장발장이 노래한 〈Who am I?〉라고 생각했습니다. 과연 나는 누구일까요? 장발장도 나도 서로 정체성을 먼저 찾아야 했습니다.

나는 도대체 누구일까요? 나는 한 여자의 남편일까요? 아니면, 나약하고 변절한 운동권 출신의 생활인일까요? 아니면, '연민병'에 걸린 또 다른 정신병적 환자일까요? 아니면, 당신 말대로 나는 귀신일까요?

당신은 그 뒤로 시간이 나면 내게 연락을 해 왔습니다. 당신이 집에 있을 때는 내게 삐삐를 쳤고 밖에 있을 때는 회사로 전화를 걸어왔습니다. 당신의 집으로 내가 전화를 걸 수는 없었지만 이제 나도 이따금 당신에게 삐삐를 쳤습니다.

다행히 우리는 멀지 않았기 때문에 번잡한 강남역 근처에서 만나서 재빨리 인파 속으로 사라졌습니다. 당신이 일하는 학원이 있던 서초동이나 집인 이수동, 자주 들렀던 방배동에서 강남역은 멀지를 않으니 금방금방 움직일 수 있었습니다. 그 시절 모든 자투리 시간은 우리 만남을 위해 서로가 내놓았습니다. 우리는 서로 협조했고 그냥 서로가 보고 싶었을 겁니다.

그 날은 번잡한 강남역에서 벗어나 가장 가깝고 한적한 리츠칼튼 호텔 이탈리안 레스토랑 '더 가든'으로 당신을 안내했습니다. 마침 촉촉하게 비가 내리는 그 저녁 나는 미처 우산을 준비하지 못해 당신의 우산을 같이 썼습니다. 퇴근길 밀려가는 사람들의 무리와 군데군데 섞여 있는 연인들의 풍경 사이로 도시의 가로등이 비에 젖고 있었습니다. 그 속으로 우리도 묻혀 들어갔습니다. 로우 네크라인의 물방울 원피스를 입고 온 당신의 우산도 물방울 프린트의 투명 우산이었어요. 복잡한 강남 거리, 한 우산 밑에서 서로 의지하며 천천히 걸었던 그 로맨틱한 풍경은 내 기억 속에 오랫동안 남았습니다.

리츠칼튼 호텔 '더 가든'은 도심 속의 비밀 정원과 같은 곳이었어요. 테이블 바로 옆으로 신록이 푸르른 나무들이 있었고 나무데크 바닥에 간접 조명이 아늑하게 깔려있었습니다. 테이블마다 디너 세팅이 완료되어 있어 꽃장식과 함께 와인 잔이 주르르 놓였습니다. 차양이 있어 비를 그을 수 있는 야외 테이블을 우리는 원했습니다. 호텔 서버가 당신의 의자를 빼주었습니다.

자리에 앉자 당신은 손수건을 꺼내어 이마에 대고 몇 방울 물방울을 찍어내고는 내 어깨에 대주었습니다.

"어깨가 다 젖었어. 닦아요."

당신이 건네준 손수건에서 은은한 향수 냄새가 났습니다.

주문하는 데 당신은 해산물을 좋아하는지 가능한 한 육고기보다는 바다 쪽을 원했습니다.

"와! 브로콜리다. 나, 브로콜리 좋아해."

"그래. 그럼 내 것도 먹어. 난 브로콜리 별로 안 좋아해요."

"왜? 브로콜리 좋은 데. 이유식으로도 좋고 건강에도 좋아요."

"그래요. 많이 드세요. 또 집에서 해 드시는 거 아냐?"

"그럼요, 집에서도 하죠. 브로콜리 줄기는 자르고 윗부분만 데친 다음에 믹서로 갈아서. 미음으로 만들면, 은서도 잘 먹었는데. 에고 참, 그때는 브로콜리 살 돈도 없었네."

미음 얘기를 하다가 당신은 잠시 표정이 침울해졌습니다. 변덕이 미음 끓듯 하는 당신은 브로콜리를 먹다가도 두어 번 감정이 요동쳤습니다.

"글쎄. 그 분홍색 잇몸에서… 쌀알 같은 이가 세 개나 나온 거야. 나는 그것도 모르고. 젖만 먹이려고 했으니."

애가 살이 안 붙고 자꾸 마르는 것 같아 애탔다는 얘기를 했을 때쯤이었습니다. '쌀알 같은 이'라는 그 선명한 비유로 나는 순간 아직 만나지 못한 내 아이에 대해 상상했습니다. 당신은 아이 치아에 따라 어떻게 이유식이 미음에서 죽으로 발전하는지에 대해 얘기했지만 내가 이해하기에는 쉽지 않은 것이었습니다.

"하우스 와인이라도 한 잔 어때요?"

"싫어요. 술은."

"그럼 커피?"

"요새 커피도 카페인 때문인가, 가슴이 두근두근해서 그냥 차로 하죠."

당신은 재스민차를 시켜놓고 따뜻하게 얼굴을 비추었습니다.

"향이 너무 좋아요."

찻잔을 든 당신의 손을 보니 그 계절 신록의 색깔과 비슷한 연두색 매니큐어가 새로이 칠해져 있었습니다. 어느 때 호텔 서버가 다가와 테이블 위에 촛불을 밝혀주었습니다. 그 노오란 빛이 당신의 얼굴에 천천히 번져서 비에 젖은 수선화처럼 당신은 물들어갔습니다. 당신이 여자라는 느낌이 확 들었습니다. 쏟아진 머리칼을 아무렇지 않게 당신은 귀 뒤로 쓸어 넘겼습니다.

이제 우리는 본격적인 이야기 친구가 되어 그 날도 이런 저런 얘기를 나누었지요. 그동안 서로에 대한 스키마가 꽤 형성되어 별다른 서두 없이도 어떤 이야기든지 바로 이해가 될 만큼이 되었습니다.

"왜, 그런 남자들 있잖아요."

당신이 시댁을 나와 어려웠을 때에 어떤 소개로 파트타임 아르바이트를 갔다고 했습니다. 거기서 어떤 껄떡쇠가 있었는데 하도 귀찮게 해서 괴로웠던 일을 애기했습니다. 무슨 팀장 일을 맡고 있는 자였다고 했어요.

"지영 씨, 지영 씨. 그러면서 매일 일하는 데 찾아오는 거야. 삐삐

번호 알려달라고 껄떡대는데. 내가 일을 못 하겠더라고요. 챙피하고. 옆에서는 내 사정을 잘 모르니까. 애기 엄마라고 했는데, 안 믿어."

"하하. 뭐야 듣고 보니 자랑 같네."

사실 당신은 그런 면에서 좀 위험스럽기는 했습니다. 그런 일에 노출될 개연성이 충분했거든요. 시시콜콜 본말을 따지지 않고 그런 얘기는 여유 있게 받아주려고 했습니다.

"그래, 오늘 우산 같이 씌워 준 보답으로 뭐 인정해주겠어요. 그러탐, 그게 다 당신의 미모 때문에 일어난 건데. 걔만 뭐라 하면 안 되죠."

"피, 뭐야. 미모는 무슨. 몰라요."

"나라도 삐삐 알려달라고 했을 것 같은 데 뭐. 아 참, 난 이미 받았구나. 그래, 내일은 지영 씨한테 삐삐나 한번 쳐봐야겠네."

"치. 나 말고 몇 여자나 번호 가지고 있는데?"

"그러는 지영 씨는 나 말고 몇 명이나 가르쳐 줬는데?"

"몰라. 얄미워. 안 가르쳐 줘."

말은 그렇게 했지만 당신은 혀를 반쯤 내밀며 귀염을 떨었습니다.

"하튼 고민을 했죠. 때려치울까. 그러면 너무 나약하잖아. 소개한 사람도 곤란하고. 안 되겠다. 이대로 물러서서는 안 되겠다 생각했죠."

"그래서?"

"은서를 업고 갔어요. 은서가 거기서 엄마 엄마 한 거야. 그랬더니 옆에 아줌마들이 아이고 애기 엄마였구나 하면서 나를 도와줬죠."

시위용으로 은서를 업고 나갔다는 얘기를 하면서 당신은 마치 무용담을 말하듯이 했습니다.

"은서를 업고 있으니까. 걔도 훅 간 거지."

"하하하. 아니. 이 여자, 시위할 때마다 애를 업고 다녔네. 뭐 애를 시위용으로 낳았어?"

"아니. 아니. 안기부 앞에서 항의 시위할 때는 진짜 애 볼 사람이 없어서 그랬다니까. 뭐야 시위용이라니. 너무 해."

당신은 손사래를 치며 밉지 않게 눈을 흘겼습니다.

그렇게 지나간 일상이나 곤란했던 일도 아팠던 사연도 이야기 속에서 조금씩 녹아갔습니다. 어떤 슬픔도 그것이 이야기가 된다면 견뎌낼 수 있다고 했던가요?

서로 가벼운 대거리를 하다 보니 말끝도 조금씩 짧아지고 있었습니다. 그 시절 당신은 내가 편했나 봐요. 이야기를 듣는 내 태도가 마음에 들었나 봅니다. 긴 얘기를 서로 나누다 보니 우리는 이제 평어와 경어가 조금씩 뒤섞였습니다.

"저기, 나한테 지영 씨라고 하지 말고. 부를 때는 그냥 이름 불러 줄래요. 나, 지영 씨 하는 건 좀 싫어. 옛날 그런 느낌 때문에."

"알겠어요. 그러죠."

"지금 한번 불러 봐요. 지영아, 하고."

"지금?"

"응. 불러 봐."

당신도 만만찮았습니다. 빙긋이 웃으면서 손짓으로 나를 어르며 재촉했습니다.

"지영아."

"네. 오빠."

바로 만나면 쑥스럽다가 조금 시간이 지나면 금방 친밀해졌습니다. 나아가 당신도 나도 헤어져야 하는 시간이 아쉽기까지 했습니다.

그 시절 나는 최대한 당신을 대접하려고 했습니다. 리츠칼튼 호텔은 내가 자주 오는 곳이라기보다는 어쩌다 한두 번 와본 곳인데, 번잡한 강남역 인근에서 제일 조용하고 로맨틱한 곳인 것 같아서 예약했습니다.

나는 노력했어요. 당신을 만날 때마다 어디로 갈까, 무엇을 할까를 미리미리 생각했습니다. 허세, 허영, 과소비 그런 것도 있었겠지요. 하지만 무언가 해주고 싶었습니다. 아니 뭐라도 해주고 싶었습니다. 내가 할 수 있는 것이 별로 없다는 것을 알면서도 그런 마음이 들었습니다.

당신은 옛날 당신의 애인을 따라왔다가 우연히 나를 만난 그때를 기억하시나요? 혹시 그 날 도시의 밤하늘 위로 떨어지는 별똥별을 보신 적이 있나요? 어느 때부터 나는 그 날의 기억이 살아났습니다. 내가 정종욱을 만날 때 당신이 연인을 따라 그 자리에 들렀잖아요. 그 날 서울 하늘 아래로 유성(流星)이 떨어질 것이라는 보도가 있었습니다. 나는 실제로 월곡동 하늘 위로 떨어지는 그 별똥별을 보았어요.

아무 준비 없이 우연히 그 장면을 보았거든요. 그걸 본 사람이 나밖에 없나 봐요. 아무도 그 '유성의 날'을 얘기하지 않았습니다. 그게 그 날이었습니다.

세상에 태어나 우리가 처음 만났던 '유성의 날' 이후로 다시 만날 때까지 우리는 서로 엇갈렸습니다. 엇갈리면서도 서로 인연의 근처를 맴돌기도 했습니다.

당신도 나도 우리에게 반제애국전선에 대해서 맨 처음 얘기를 해준 사람은 서로의 연인이었습니다. 나는 아내에게, 당신은 남편에게 그 조직에 대한 이야기를 처음으로 들었습니다. 물론 시간적 차이는 있지만요.

내가 수연을 떠나 비진도로 내려갈 때쯤이었을 거예요. 당신은 연인으로부터 어떤 조직을 하게 되었다고 고백을 들었습니다. 당신의 연인이 그 조직에 헌신하겠다는 결의를 들었을 때쯤 나는 조직을 스스로 탈퇴하겠다고 했을 겁니다.

젊음의 열병과도 같았던 학생운동을 마무리 짓고 내가 입대를 결심할 때쯤 당신은 연인으로부터 청혼을 받았습니다. 당신은 그것도 조직 역시 권유하는 바라고 말했지만 그래도 기본은 그가 당신을 사랑했기 때문일 겁니다.

내가 복학을 하고 마지막 학기 교생실습을 나갈 때쯤 당신은 결혼식을 올렸습니다. 누구나 돌이켜보면 짧게 지나가는 신혼 시절이지만 당신의 그 시절은 어처구니없이 짧았습니다. 예고 없이 당신이 남편을 안기부에 빼앗기고 압수수색으로 신혼 방이 짓밟힐 때 나는 각개전투 훈련으로 진흙탕을 기고 있었습니다.

내가 신병훈련소를 나와 박현순 변호사를 면담하며 처음 사건을 접할 때쯤 당신은 안기부의 문을 두드리고 민변을 찾아가고 민가협과 함께 이리저리 뛰어다녔습니다.

내가 아침저녁으로 기무사를 기다리며 어두운 참호 속에서 홀로 있을 때 당신은 혼자서 딸을 낳았습니다. 내가 행군과 훈련으로 산과 들로 총을 들고 나갈 때 당신은 은서를 업고 안기부 앞으로 항의 시위를 나갔습니다. 그 애잔한 모습으로 인해 외신 카메라는 당신과 은서에게 포커스를 맞추었습니다.

법원 방청석에 앉은 당신은 피고석의 남편이 견결하게 재판 투쟁을 벌이는 모습을 불안하게 지켜보았습니다. 그때 무수히 쏟아져 나오는 내 이름을 들으며 혹시 귀신이 아닐까 생각하기도 했습니다.

그리곤 너절한 한 활동가 나부랭이쯤으로 치부하고 넘어갔습니다.

내가 60트럭에서 밥과 페타이어를 내릴 때 당신은 8년 형이 내려지는 그 법정에 앉아 있었습니다. 내가 기무사로 끌려갈 때 당신은 아이를 업고 대전교도소로 남편을 만나러 갔습니다. 내가 집행유예를 받고 드디어 서울로 걸어올 때쯤 당신은 목포교도소로 점점 멀어지는 남편을 붙잡지 못하고 아스라이 교도소 담장 밑을 걸었습니다.

내가 취직을 하고 돈을 벌기 위해 직장으로 나갈 때 당신도 돈을 벌기 위해 딸을 업고 아르바이트를 나갔습니다. '애기 엄마'라는 사실을 되새기며 팍팍한 현실을 이겨보려고도 했습니다. 내가 정치적으로 10년을 근신하겠다고 했을 때 당신은 문화 운동에 나서며 자신의 삶을 찾으려고 했습니다. 내가 아내로부터 임신 소식을 들을 때쯤 당신은 동해 어느 바닷가에서 몸을 던졌습니다.

어느 날 내가 홍성우로부터 '강제징집 희생자 추모제' 2부 사회를 보라는 권유 전화를 받을 때, 당신도 성우로부터 행사 반주자로 아르바이트를 하자는 연락을 받았습니다. 그래서 내가 그 일요일 아침 학교로 가기 위해 집을 나설 때 당신도 무거운 신시사이저를 들고 집을 나섰습니다.

'유성의 날' 이후로 우리는 한 번도 정식으로 만나지도 못하면서 각자의 삶을 비슷하면서도 다른 방식으로 빙빙 돌았습니다. 하지만 그리 멀리 가지는 못했습니다. 어찌 보면 언젠가는 이렇게 만날 수 있을 그런 시공간을 맴돌았습니다.

막상 만나고 보니 이렇게 잘 어울리는 우리인데 왜 주변에서는 한 번도 우리를 소개시켜주지 않았던 거지요? 정식으로 한 번 사귀어 보라는 떠들썩한 호들갑과 함께 축복을 해주면서 말이죠. 꼴랑 두 학번 차이인데. 살다 보면 그런 건 사실 아무것도 아니잖아요.

운명론에 사로잡힌 누구나 그렇게 생각하겠지만, 누구의 도움 없이도 우리가 가진 운명 그대로 우리는 스스로 드라마틱하게 만났습니다.

촛불이 하늘거리는 그 로맨틱한 자리에서 당신은 갑자기 또 자율신경을 실조하고 있었습니다. 입술을 실룩거리면서 육신의 어떤 깊은 곳에서 올라오는 통증을 가만히 견디려고 했습니다.

"왜 또… 아퍼?"

"아, 씁… 아… 아니요, 괜찮아요. 하아."

말은 그렇게 하지만, 표정의 일그러짐이나 턱의 떨림 같은 증상 때문에 병증이 도진 것을 숨길 수 없었습니다. 당신은 호흡을 가누기 위해 한숨을 쉬기도 하고 얕은 신음을 내기도 했습니다. 그냥 눈으로 보기에 당신이 아무리 매력적으로 보여도 솔직히 그런 이상한 떨림이나 틱 장애 같은 모습으로 맞선 같은데 나갔다가는 바로 퇴짜 맞겠더라고요. 환자라고요.

"아, 추워…."

한여름 저녁에 그런 말을 했습니다. 내가 직접 레스토랑에 부탁해서 얇은 담요를 한 장 받아왔습니다. 그걸 덮고도 당신은 한참 몸을 떨었습니다.

그런 모습을 바로 마주 보는 것 자체로 마음이 아팠습니다. 그 약도 없는 자율신경 실조에 떨면서 얕은 신음을 내뱉는 당신에게 내가 금방 해줄 수 있는 일이 없는 거예요. 때문에 내 연민병도 깊어갔습니다.

그리고 내 병은 아주 이상한 감정선을 발동시키며 어떤 미친 증오심을 불러오기 시작했습니다. 내가 조금씩 아내를 미워하기 시작했다는 겁니다. 아니 아내 수연을 미워하고 있었다는 감정을 발견하게 되었다는 겁니다.

'당신과 내가 저지른 사랑놀음에 유탄을 맞아 이렇게 쓰러져가는 이 여자를 봐.'

나는 내가 가진 정신병력(精神病歷)에 의해 자신도 모르는 사이에 서서히 악마로 변해갔습니다.

그때 우리의 만남이 시작된 초창기에는 어쩐 일인지 하도 당신이 강남역으로 찾아오고, 내가 또 이수동이나 서초동으로 당신을 찾아가면서 어떨 때는 일주일에 세 번도 만난 적이 있었습니다. 사태가 점점 걷잡을 수 없는 지경으로 가고 있다는 느낌이 들었습니다.

그러나 전혀 멈추거나 피하고 싶은 생각이 들지 않았어요. 그건 서로의 병증 때문일 겁니다. 다른 사람들은 어떻게 생각할지 몰라도 우리는 아픈 사람들이었습니다. 환자였어요. 아파서 그랬던 겁니다. 너무 아파서 나도 당신도 자신의 정체성을 제대로 찾지 못하고 있었습니다.

Who am I? Who are you?

"배 아프다는데 뭐 하는 거예요?"

침대 위에서 당신은 나를 노려보았습니다.

당신은 참 나쁜 여자예요. 도대체 배가 아프다는 그런 말은 무슨 말입니까? 그 밀폐된 공간에서 왜 느닷없이 배가 아픈 것입니까?

물론 자율신경 실조는 갑작스러운 복통을 가져오기도 합니다. 그 병증이 원래 대책 없이 다양한 신체적 수소(愁訴)를 호소하잖아요. 그런데 그때 상황이 마님이 돌쇠를 유혹할 때나 쓴다는 그런 모양이 되고 말았어요.

그 날은 너무너무 더운 날이었습니다. 아침부터 수은주가 치솟아 사람들 모두가 더워서 지치고 짜증이 나는 그런 한여름 날이었습니다. 강남, 도시는 열섬과 차량들의 열기로 가득 차서 에어컨이 켜진 실내가 아니면 야외는 아예 걸어 다니기가 힘들 지경이었습니다. 그 날의 무더위 때문에 나는 완전 초긴장 상태였습니다. 당신이 덥다고 픽 쓰러질까 봐요.

토요일, 점심을 같이하기로 했는데 실제 점심을 같이 한 시간은 오후 2시가 넘은 늦은 시간이었습니다. 뜨거운 날인데도 우리는 무슨 해물탕 같은 걸 먹었습니다. 식당은 늦은 시간이라 조용했고 에어컨을 가득 틀어 놓아 그 날의 불지옥을 잠시 잊었습니다.

그 날 당신은 부모님이 아프셔서 걱정이라고 말했습니다. 그리고 우리는 처음으로 형제 관계를 내놓았습니다. 나는 위로 누님이 한 분 계신 1남 2녀의 장남입니다. 당신은 제일 위로 큰오빠를 둔 1남 2녀의 막내딸이었습니다.

그리고 당신은 시댁에 갔던 은서를 데려왔다고 이제 시댁에는 보내지 않을 거라고 했습니다.

"오늘 은서, 데려왔어요. 인제 그 집에 은서 안 보내려고요. 내가 잘 키우면 되죠 뭐."

"그럼 은서도 있는데 오늘… 어떻게?"

"엄마가 봐 주세요."

"다행이네요."

"그래도 애는 엄마가 키워야죠. 나 잘할 수 있어!"

"잘할 수 있을 거야. 자기는 잘해왔잖아. 용기를 내요! 애기 아빠들이 뭘 아나. 아빠들 있어 봐야 별거 없어요. 내 친구들 보니까. 별로 신경도 안 쓰더라고."

당신을 격려한다는 말이 엇나가서 별 미친 개소리를 늘어놓고 있었습니다.

"그나저나 아빠가 아프셔서 걱정이에요."

"많이 아프셔?"

"수술을 하셔서 고비는 넘겼는데. 후두암 수술이라 말씀을 못 하셔."

우리 가계에 암 환자가 별로 없어 그게 뭔지 잘 실감이 나지 않았습니다.

"엄마한테도 잘해야죠. 엄마 안 계시면 은서도 키우기 힘들어. 내가 결혼할 때도 많이 걱정하셨는데… 결국 불효녀가 되어버렸어요."

"너무 그렇게 생각하지 마. 보통 아이 키우는 데 친정 엄마 도움 받을 수도 있잖아. 많이 그렇던데. 모두들."

우리는 식후에 같이 담배를 피웠습니다. 이번에는 내가 당신의 담배를 하나 얻었습니다.

"다음에 우리 서점에 한번 같이 안 갈래요?"

"서점에?"

"응. 은서한테 한글하고 숫자 공부를 좀 시켜야지 해서. 책을 좀 사려고. 애를 그냥 놔두기만 하면 안 될 것 같애. 교보나 영풍까지 가야 하나?"

"코엑스에도 있어. 서점."

"코엑스에? 잘 됐다. 그럼 다음에 코엑스에 가요. 네?"

'네?' 하고 끝말을 올리는 귀여운 말투와 애틋한 당신의 표정에 미소를 짓지 않을 수 없었습니다. 거부하기는 더 어려웠지요.

그렇게 얘기를 나누었는데도 아직 해가 지지 않고 밖은 찜통처럼 들끓었습니다. 계속 식당에 있을 수가 없어서 밖으로 나왔는데, 어디 멀리 갈 수도 없었어요. 저녁에는 당신이 보습학원에 일하러 가야 한다고 했습니다.

"아휴. 너무 덥다. 숨이 꽉 막히네요. 덥죠?"

문제는 그사이인데, 밖이 너무 더워서 당신이 무척 힘들어했습니다. 아니 당신만 힘든 것이 아니라 나도 너무 더워서 힘들었습니다.

"어디 커피숍이라도 들어갈까요?"

"아니… 배도 부른데요 뭐."

'어딜 가지?'

또 어느 그늘진 계단으로 갈 수는 없잖아요. 그래서 무심한 척 한마디를 던졌습니다.

"그럼 어디 가서 좀 쉴까요?"

"…예."

그렇게 아직 밤이 오지도 않았는데 우리는 더위로 축 늘어진 그 오후, 조금씩 비틀거리기 시작하는 당신을 이끌고 모텔로 들어갔습니다. 다시 강남역으로 오면서 그 근처에 모텔이 어디에 있는지 몰라서 아예 택시를 타고 찾아갔습니다. 도저히 길거리를 그냥 걸을 수 있는 날씨가 아니었습니다.

방으로 들어오자마자 에어컨을 켰습니다. 실내라 일단 시원했어요. 미친 태양의 열기를 피해서 들어온 그 방은 직사광선이 내리지 않아 그 자체로 서늘했고 벽걸이 에어컨이 성능 좋게 돌아서 우리는 몸의 열기를 식힐 수 있었습니다.

다른 것보다도 내열이 후끈후끈하고 땀으로 온몸이 젖어서 찬물에 확 씻고 싶은 생각이 간절했습니다. 당신이 권해서 내가 먼저 샤워를 하기로 했어요. 욕실에서 찬물에 샤워를 하고 나는 양말을 빼고는 다시 그대로 옷을 다 입고 나왔습니다.

다음으로 당신이 욕실로 들어갔습니다. 욕실에서 물소리가 들렸습니다. 당신은 한참 시간을 보내더니 아예 가벼운 슬립 차림으로 나오더군요. 그래요, 당신은 저녁에 일을 해야 하기 때문에 당신의 원피스를 구길 수가 없었습니다.

그런 이너웨어 차림으로 나오는 당신을 똑바로 쳐다보기가 민망하여 나는 다른 쪽으로 눈을 돌렸습니다. 당신은 큰 수건을 들고 얼굴을 닦으면서 가볍게 침대 위에 살짝 누웠습니다. 나는 그런 모습을 똑바로 쳐다볼 자신이 없어 창도 없는 벽을 보며 의자에 앉아있었습니다.

정말 무더운 여름날입니다. 밖은 덥고 괴롭고 힘든 날이지만 지금 여기는 시원하고 아늑하고 불지옥을 피해서 들어온 피안(彼岸)의 공간과 같네요. 마치 시간조차 멈춘 듯한 그런 공간입니다. 뜨거운 열기를 내뿜으며 막힌 길거리에서 시끄럽게 빵앙대는 차량의 소음도 사라지고 윙 하는 에어컨 소리만 들려옵니다. 저절로 나른해지는 늦은 오후 무렵입니다.

"아하, 배 아파."

그런데 당신은 시트도 덮지 않고 누워있더니 배가 아프다고 했습니다.

"나, 배 아파요. 뭐해요?"

못 들은 척하고 있었는데, 당신이 재차 배가 아프다고 끙끙댔어요. 나를 불렀습니다. 침대 위에서 당신은 답답한 나를 노려보고 있었어요. 물론 그 눈빛은 싸우자는 것은 아니고 고통을 호소하는 의미이겠지요. 이번에는 복통으로 통증이 찾아왔나 봐요. 정말 아프다고 하면서 호소하더군요.

"이리 와요. 오빠, 거기서 뭐 해요? 저기, 나 배 좀 만져줘요."

당신은 배를 만져달라고 했습니다. 너무 아프다고요. 할 수 없이 나는 침대로 올라갔습니다.

그렇게 슬립 위에서 당신의 배를 마치 엄마손은 약손처럼 어루만졌습니다.

"좀 괜찮아요?"

"음…."

입술이 메마른지 당신은 혀를 내밀어 자기 입술을 돌아가며 적셨습니다. 내 손은 매끄러운 슬립 위에서 자꾸 미끄러졌습니다.

"저기… 직접 좀 만져주세요."

직접? 어떻게?

"아직 아파요? 지영아, 직접 만지라고?"

"응. 아파. 아직… 직접 좀 해줘."

슬립 밑으로 손을 넣기가 망설여지더군요. 얇은 그 속옷이 찢어지면 어떡하나요?

"옷 찢어지면 어떡해?"

어찌해야 하는데 어쩔 줄 모르자 당신이 어떤 해결책을 제시했어요.

"아이. 걷으면 되잖아요."

그래서 나는 슬립을 걷고 당신의 배에 직접 손을 대었습니다. 그 모습은 결국 당신의 아랫도리가 고스란히 드러나는 그런 모습이 되고 말았겠지요. 그 짧은 슬립을 걷어 올렸으니 말입니다.

매끈하고 하얀 당신의 단단한 허벅지가 그대로 눈앞에 드러났습니다. 왜 이런 멋진 하체를 가지고 당신은 그렇게 휘청대는 거예요?

당신은 눈을 감고 애처롭게 통증과 싸우고 있었습니다.

여자의 몸을 가진 당신은 부드럽고 서늘했어요. 끙끙대고 응응대던 당신의 얕은 앓는 소리가 아하 아하 하는 묘한 소리로 변해갔습니다. 불규칙했던 당신의 호흡이 조금씩 리듬감을 찾아갔습니다. 봉긋한 가슴이 흉식호흡으로 떨리고 있었습니다. 이제 내 손이 당신의 배를 애무하는지 당신의 배가 내 손을 애무하는지 알 수가 없었습니다.

당신의 배는 조금 괜찮아졌는지 모르겠지만, 이제는 내 손을 느끼고 있었어요. 복통보다 더 심각한 문제가 생기기 시작했습니다. 당신은 참지 못하고 나를 끌어서 자기 가슴 쪽으로 안으려고 했어요. 그렇게 우리는 이끌리듯이 키스를 나누었습니다. 키스를 마치고 버릇처럼 손으로 살며시 입술을 닦으며 당신은 눈을 뜨고 나를 정열적으로 쳐다보았습니다. 우리는 그렇게 또 한 번 눈과 눈이 마주쳤습니다. 나는 잘한 것도 없지만 잘못한 것도 없기에 피하지 않고 당신을 마주 보았습니다.

그리고 이쯤에서 남자인 내가 진행해야 한다는 생각이 들었습니다. 더 내버려 두는 것이 오히려 비겁하다는 생각이 들 정도였습니다.

"괜찮아요?"

사실 별 필요 없는 질문이었습니다. 당신은 아무 대답이 없었어요.

나는 일단 엉덩이 밑에 걸려 있는 당신의 슬립을 좀 더 위로 끌어올렸습니다. 당신은 협조의 표시로 엉덩이를 살짝 들어주었습니다. 그 약간의 협조로 세상 어디에서도 얻을 수 없는 엄청난 용기와 에너지가 생겼습니다. 당신의 그 미세한 움직임이 나의 남성을 폭발시키며 정염의 뇌관에 불을 붙였습니다.

당신이 스스로 슬립 끈을 내렸습니다. 내가 도와서 머리 위로 벗겨냈습니다. 나는 당신의 허리를 가만히 안고 편하게 몸을 뉘었습니다. 나도 벨트를 풀었습니다.

그렇게 별다른 전희(前戲)도 없이 당신과 처음으로 성적 결합이 시도되었습니다. 나도 이제는 총각이 아니고 마냥 서툴지만은 않은데 처음에는 가만히 있었습니다. 아픈 당신이 걱정되었거든요. 힘을 주고 몸을 움직일 수가 없었습니다.

스프링이 약해서인지 두 사람의 몸이 겹쳐지자 침대가 푹 꺼지면서 삐걱거리기 시작했습니다. 당신이 가볍게 도리질을 치면서 끊어질 듯 이어질 듯 소리를 내었는데 그것이 아직도 배가 아파서 내는 소리인지 아닌지 하면서도 내심 걱정이 되었습니다.

당신은 나를 느끼면서 허리를 틀었습니다. 내 목에 손을 두르고 당기면서 귓불을 깨물었습니다. 에어컨 바람이 직접 내려 등줄기가 서늘했습니다.

"아하, 저기··· 안에는 하지 말아줘요."

당신이 그렇게 속삭였습니다.

"아, 예···?"

나는 금방 알아듣지 못했어요.

"밖에··· 밖에 해요. 부탁해요."

아, 그러고 보니 콘돔도 하지 않고 그렇게 대책 없이 시작되었군요. 그래요, 당신을 그렇게 위험하게 할 수는 없지요.

그런데 그 마지막 예의를 끝으로 우리를 막고 있던 그 어떤 껍데기도, 경계선도 무너져 내렸습니다. 나는 조금씩 움직이기 시작했습니다. 당신의 팔에도 힘이 가득 들어가며 참을 수 없는 신음소리를 뱉어냈습니다.

당신은 어느 때 몸을 한 번 부르르 떨었습니다. 이것이 그런 것인지 아니면 자율신경 실조 때문인지…

"아직… 아퍼?"

내가 쓸데없는 말을 했어요. 눈을 감은 당신은 아무 말 없이 천천히 고개를 가로저었습니다.

나는 한때 호흡이 엉켜 한숨을 내쉬었습니다. 그러자 당신이 눈을 뜨고 나를 올려다보았어요. 그렇게 우리는 눈이 마주쳤습니다. 때문에 나는 잠시 멈추었습니다. 다시 당신이 슬며시 눈을 감으며 손을 뻗어 내 어깨에 걸쳤습니다. 그러더니 손을 쭉 내리뻗어 내 몸을 쓰다듬으며 허리까지 왔습니다. 나아가 서늘한 손이 내 엉덩이를 쥐며 이번에는 당신이 허리를 들어 치받아왔습니다.

들썩일 때마다 뿜어져 나오는 향긋한 당신의 몸 내음. 삐걱삐걱 불협화음처럼 끼어드는 침대 스프링 소리. 이윽고 느낌이 온 나는 당신의 부탁이 떠올라 손가락을 꽉 깨물며 가까스로 몸을 뗐습니다.

아아. 마침내 아까 당신의 아팠던 배 위에 사정을 했습니다. 약속은 지켰는데 당신의 복부가 더럽혀졌어요. 바로 티슈를 찾아서 닦았습니다. 남자의 욕구가 채워지자 당신에게 그런 짓을 저지른 현실이 눈앞에 드러나며 순간적으로 번쩍 정신이 들었지만 이미 늦었습니다.

당신은 잠시 누워 있다가 벌떡 일어나 던져 놓은 슬립을 들고 욕실로 들어갔습니다. 물소리가 들리자 나는 옷을 입기 시작했습니다. 그리고 참을 수 없이 담배를 한 대 피웠습니다.

에어컨이 잘 돌아서 실내는 시원했는데, 이제 다시 밖으로 나가면 불지옥이 기다리고 있을지도 몰라요. 빨리 밤이라도 와야 할 텐데요. 어둠이라도 우리를 숨겨주어야 할 텐데요.

나와 그런 일을 겪고도 당신은 편히 쉬지도 못하고 일이 있다며 학원으로 가야 한다고 했습니다. 모텔을 나와 아직도 해가 길게 늘어진 그 거리에서 택시를 잡아 타고 서초동에 있는 학원 앞에까지 당신과 함께 갔습니다.

아직도 더워서 걱정이었고요. 그리고 당신이 '그래도 그렇지 저에게 그런 짓을 하면 어떡해요?'라고 항의할까 봐 겁도 났는데 당신은 그런 말은 하지 않았습니다.

학원까지 가는 그 길에서 그렇게 대화가 많았던 우리가 마치 할 말을 잃은 사람처럼 서로 침묵했습니다. 나아가 서로 얼굴도 마주 보지를 못했습니다. 당신은 말없이 반대편 차창을 내다보고 있었습니다.

무너진 삼풍백화점이 있던 자리에서 내렸습니다.

"고마워요. 여기서부터 내가 갈게요."

당신은 혼자서 가겠다고 학원 쪽으로 발길을 옮겼습니다.

나는 한참을 그 자리에 서서 멀어지는 당신을 지켜보았습니다. 그 더운 날 일을 해야 하는 당신이, 또 나와 그런 일을 겪고도 혼자서 처량히 걸어가는 당신이, 아픈 당신이 엄청나게 걱정이 되었거든요. 그 길가에서 혹시 쓰러지면 어쩌나 걱정이 들었습니다.

여름 해가 느릿하게 지기 시작하면서 집으로 돌아오는 길에 내 그림자는 길어져 갔습니다. 그러나 세상은 너무 평온했습니다. 강남의 길거리는 아무것도 변하지 않았어요. 거리도 사람도 차도 아무렇지 않게 그대로입니다. 온종일 도시를 달구고 사람들을 괴롭히던 태양만이 내일 또 보자며 빌딩 숲 뒤로 몸을 숨기고 있었습니다.

그래요, 태양, 저 자식 때문에 그런 일이 벌어진 거예요. 적당히 좀 하지, 왜 이렇게 뜨겁게 달구는 거니? 이 미친 해야.

집으로 돌아가자마자 욕실부터 들어갔습니다. 그 사이 몸은 또 땀으로 차올랐고 정신도 차려야 했습니다. 찬물로 확 씻었습니다.

아내는 반바지를 입고 식탁 위에서 책을 읽고 있었습니다.

"저녁은 먹었어?"

"응. 먹었어."

"오늘 되게 더웠지?"

"응. 되게 덥더라. 자기, 몸은 괜찮아."

"괜찮아. 선풍기 틀고 가만히 있었지. 움직이면 더워."

"음. 너무 더워서… 피곤하네."

먹지 않은 저녁을 먹었다 하고 조용히 방으로 들어갔습니다. 아내와 대거리를 할 자신이 없었습니다.

밤이 되어 아내 옆에 누웠는데, 도무지 잠이 오지를 않더군요. 한밤중에 일어나서 자고 있는 아내를 물끄러미 바라보았습니다. 아내는 어떤 것도 모르고 편안하게 자고 있었어요.

'맙소사! 우리가 뭘 한 거죠? 당신과 내가 오늘 한 게 도대체 뭐죠!'

그 옛날 아내와는 추워서 들어갔던 모텔을 당신과는 너무 더워서 들어갔더군요.

'내가 아내 이외의 여자와 그러다니. 내가 당신과… 학교 후배의 아내인 당신과 그렇게… 더구나 감옥에 있는 사람의 아내와 그러다니.'

하지만 엎어진 물이었어요. 나는 어두운 방에서 도저히 그냥 잠을 잘 수도 앉아 있을 수도 없어서 밖으로 나왔습니다. 담배를 찾아서 피웠습니다. 동네 골목을 정신없이 걷다가 새벽까지 동네 놀이터 벤치에 혼자 앉아있었습니다. 정말 잠이 오지 않더군요.

후회라고 할 수도 없고 회한이라고 할 수도 없는, 알 수 없는 두려움과 설렘이 음습해 왔습니다.

'당신은 지금 이 순간 어찌 지내고 있나요? 주무시고 계신지? 우

리 어쩌면 좋죠?'

나는 여자처럼 떨리면서 또 여자처럼 설레었습니다.

어떤 인연으로 우리는 사랑할 수도 있는 특별한 '그' 또는 '그녀'를 만나게 됩니다. 그러면 마음속에서 불길이 일어나며 뇌 속에서는 도파민이라는 아주 강력한 흥분제가 분비됩니다. 이 중독성 호르몬인 도파민은 우리가 술, 담배, 마약 심지어 초콜릿에 중독될 때도 분비됩니다.

이런 중독이 끊어졌을 때 신체와 마음이 괴로워지는 것은 이 도파민의 분비가 급격히 멈추면서 일어나는 고통입니다. 그래서 의사들은 낭만적 사랑의 갑작스런 실종, 그러니까 실연 상태를 어떤 마약 중독이나 알콜 중독에서 깨진 것으로 일종의 금단현상과 비슷하게 봅니다. 이 현상은 인간종인 우리뿐 아니라 침팬지나 들쥐, 기러기에 이르기까지 대부분의 포유류와 조류가 모두 해당됩니다.

잠깐, 착각하지 말 것은 도파민이 분비되어 사랑이 생기는 것이 아니고 사랑으로 인해서 도파민이 분비되며 다시 분비된 도파민이 사랑의 열정을 증폭시키는 과정이라고 이해하여야 합니다. 이 표현을 잘못 이해하면 '호르몬 환원주의'로 오해할 수 있습니다.

낭만적 사랑은 두 개의 짝짓기 욕망과 깊이 얽혀 있습니다. 하나는 성적 결합을 갈구하는 정욕이며, 또 다른 하나는 오랜 시간이 주는 깊은 이해와 든든함, 하나 되는 느낌에서 오는 만족감 즉, 애착 또는 따뜻한 애정입니다.

낭만적 사랑이 일어나고 도파민이 분비되면, 이는 반드시 테스토스테론 호르몬을 불러오고 상대와 성적 결합을 자연스럽게 갈망하게 됩니다. 낭만적 사랑은 반드시 정욕을 불러일으키고 성적 결합을 건드립니다. 그러므로 정신적 사랑이 어쩌고저쩌고하는 것은 다 개소리에 불과합니다. 그것은 사랑을 알 수 없는 것으로 만드는 관념적 불가지론(不可知論)일 뿐입니다.

사랑은 우리 뇌 속에 도파민이란 분명한 흥분제를 분비시키고 이에 자극받은 테스토스테론은 성적 욕망을 폭발시킵니다. 유성생식을 해야 하는 생물들은 유한한 자신을 버리고 무한한 DNA를 역사 속에 남기기 위해서 그렇게 해야 합니다. 우리 종족은 그렇게 해서 지금껏 이 지구상에서 살아남은 겁니다.

현실적으로 서로의 삶이 있기에 당신과 나의 만남은 드문드문 이어졌습니다. 상대적으로 짧은 만남과 긴 기다림이 우리를 더 애태우게 했는지 모릅니다. 휴대폰도 없던 그 시절, 우리가 가지고 있는 통신수단이라고는 무선호출기와 내 자리의 전화가 대부분이었습니다.

하지만 업무용 전화를 들고 또는 길거리 공중전화 박스에서 우리의 길고 복잡한 이야기를 편안하게 나누기는 어려웠습니다. 그 전화 통화조차 시간에 쫓기고 상황에 쫓겼습니다. 전화 통화는 매번 아쉽고 점점 안타깝게 느껴지기도 했습니다.

그렇게 아쉬운 통화 끝에 학원 영어 강사이기도 했던 당신은 간혹 간단한 생활회화 한마디를 남기며 끊은 적도 있습니다.

"I miss you."

당신도 나도 서로에 대한 호감을 감추지 않았습니다. 그렇게 꿈같은 시간이 흘러갔습니다.

한 번 터진 봇물을 누가 막을 수 있을까요? 다 아시는 얘기겠지만 처음이 어렵지 한번 시작된 육체적 관계가 어떤 브레이크도 없이 멈추겠습니까? 그런 성적 결합에서도 서로 터부시하는 행동이나 어떤 단점이 나타나지를 않았는데요. 한 번이나 두 번이나 열 번이나 본질적 차이도 별로 없는 것이 아니겠습니까?

어느 저녁 방배동에서 우리는 또 한 번 모텔에 들어갔습니다. 만날 때 꼭 그런 걸 계획하지는 않았지만 주어지는 기회를 회피하지도 않았습니다.

이번에는 당신이 먼저 욕실로 들어갔고 내가 다음으로 들어갔습니다. 욕실에서 나올 때 당신은 어떤 표정으로 어떤 옷을 입고 어떻게 나올까 여성 특유의 망설임을 가졌을지도 모릅니다. 겉옷을 벗고 욕실에 들어갈까 아니면 들어가서 벗어 들고 나올까 고민했을지도 모릅니다. 허나 어떤 모습이든지 내게는 상관없었습니다. 그런 공간에 당신과 함께 있다는 것만으로도 나는 가슴이 대책 없이 두근거리고 새로운 열정이 용솟음쳤습니다. 당신도 두근두근한 지 침대 시트를 움켜쥐고 아랫입술을 꼭 깨물고 있었습니다.

그 시절 우리는 정열적 사랑의 초입에 서 있었기에 발화점이 낮아져서 확확 불이 붙었습니다. 당신도 나도 새로운 관계와 새로운 경험에 들떠있었고 빈틈없는 친밀감에 울렁울렁했습니다. 반가움과 안타까움과 아쉬움과 두려움과 친밀감과 그리고 긴장감이 뒤엉켜서 열기를 더했습니다. 정염(情炎)을 간직한 당신의 육신을 비밀리에 탐험하는 것은 높은 곳에서 떨어지는 것처럼 아찔했습니다.

"불 다 끄지 마요. 나 깜깜하면 무서워."

당신의 요청으로 붉은빛의 스탠드 간접 조명 하나는 남겨 놓았습니다. 덕분에 당신의 빗장뼈 위로 불그스름하게 빛이 지나갔습니다. 아직 귀걸이가 매달려 있는 당신의 귓불을 물었습니다. 그 모텔 베드 머리맡에 콘돔이 있어서 적당한 때에 내가 이빨로 포장을 뜯었습니다.

일을 마치고 그 날은 모텔 침대에 걸터앉아 같이 담배를 나누어 피웠습니다. 커튼을 젖히고 창문을 살짝 열었습니다. 긴장이 풀어지고 땀방울이 맺히면서 적당한 피로감이 찾아오는 그 쾌락의 마무리에 담배는 참을 수 없는 유혹이었습니다.

"이거 좀 올려줄래요?"

밖으로 다시 나오기 위해 당신의 원피스 지퍼를 올려주었습니다. 직접 해보니 생각보다 아주 쉬운 일이었어요. 우리는 모텔 문을 열고 나오기 직전에는 대개 마지막으로 포옹하고 가볍게 입맞춤을 하기도 했습니다.

어느 때부터 당신은 큰 목욕용 타월을 두르고 나오는 것을 좋아했습니다. 그런 곳에는 당신이 몸에 두르면 딱 좋을 미니 원피스만한 사이즈의 타월이 꼭 있었습니다.

당신이 자율신경 실조로 또 숨이 가빠지고 어깨와 종아리에 통증이 왔습니다. 타월을 벗기고 따뜻하게 주물러다가 그렇게 시작한 적도 있었습니다.

날은 더웠고 일은 바빴고 밤은 늦었고 나른한 피로가 끝없이 밀려와서 우리는 깜박 잠이 들기도 했습니다. 겨우 몸을 일으켜 서로의 집으로 돌아가는 것이 큰일이었습니다. 그래도 나는 이수동에 먼저 들러 당신을 보내고 집으로 돌아갔습니다.

결국 우리의 육체적 관계는 서로에게 엄청난 친밀감을 주었고 서로를 확실히 특별한 존재로 보게 만들었습니다. 우리는 그런 육체적 욕망조차 서로 인정해주었고 팍팍한 세상의 날 선 시선으로부터 서로의 품위와 평판을 지켜주려고 했습니다.

하긴 우리가 미팅으로 만난 대학생 애들도 아니고 어떤 경계선마저 다 무너진 그 마당에 더 이상 할 것도 못 할 것도 없게 되었습니다. 서로 사정을 모르는 것도 아니고 각자의 사정을 숨긴 것도 아니었습니다. 그런 걸 맞추어 보고 각자 자기의 길로 돌아서 간 것도 아닌 마당에 이제 저지를 일도 다 저질렀는데 지금 와서 후회한들 무엇 하겠습니까?

그리고 솔직히 우리는 그럴 생각이 전혀 없었습니다. 우리는 도덕적이지도 양심적이지도 못했습니다. 마치 아편을 하듯이 도파민 중독으로 정욕에 눈이 멀어 가는데 그걸 자발적으로 끊는다는 것은 전혀 가능하지 않은 얘기입니다. 다 떠나서 병든 육신과 정신으로 아파서 죽겠는데요 뭐. 일단 사람이 살고 볼 일이지요.

더구나 우리의 그런 관계와 사실을 아는 사람이 아무도 없었기에 '너희들 그러면 되겠니? 안 돼!' 라고 단호하게 질책할 사람도 없었습니다. 모두들 자기 살기 바쁜데 누가 관심이나 두려고 할까요? 그 시절 사회 진입의 초입에 들어선 우리 세대는 한때의 시절인연을 끝내고 완전한 개인으로 흩어지고 있었습니다.

"모임에 왔는데. 여기 너무 재미없어. 혹시 지금 볼 수 있어요?"

"예, 괜찮아요. 어딘데? 내가 데리러 갈게."

"아냐. 내가 갈게. 오빠, 어디세요?"

"여기, 신사동이야."

당신은 참가한 어떤 모임이 재미없어서 그 불만으로 갑자기 나를 만나려고 할 정도였습니다. 회식 중이었지만 나도 당신이 온다면 어떤 자리라도 박차고 나올 수 있을 마음의 준비를 하고 있었습니다. 우리는 그렇게 아무런 약속도 없이 번개처럼 만나기도 했습니다.

만난 지 한 달 만에야 서로 말을 놓기로 했습니다. 그러나 여러 가지 이유로 서로 주고받는 우리의 말투는 일관성을 유지하지 못했습니다. 반말과 존댓말을 자기 마음대로 사용했거든요. 나는 이 우리의 말투가 우리 관계의 본질을 대변해주는 것이라고 이해하고 있습니다. 어떤 때는 '야자'를 했다가 어떤 때는 '다요'를 하는 그런 언어의 혼돈 상태가 말입니다.

어쨌든 그 시절 우리는 서로 말을 놓았습니다. 그리고 이제 당신은 나에게 '오빠'라는 호칭을 썼습니다. 우리 세대는 주로 '형'이라는 호칭을 많이 썼는데 당신은 그냥 나를 '오빠'라고 불렀습니다.

그게 얼마나 다른 것인지 아는 사람은 알 것입니다. 그건 하늘과 땅 차이입니다.

"오빠! 오빠, 여기야 여기!"

당신에게 '오빠'라는 말을 듣는 나는 오랫동안 행복했습니다.

on my own

"여보세요?"

"지영아, 나야."

"응. 오빠."

"그래, 몸은 괜찮아?"

낮엔 그래도 삐삐를 하거나, 회사에 있는 내 자리로 전화를 걸 수 있었지만, 밤이 되면 당신은 그것조차 할 수가 없었습니다. 밤에 우리 집으로 전화를 걸어 내 아내에게 '오빠 좀 바꿔주세요. 우리 친하거든요.', 이럴 수는 없잖아요. 급하게는 삐삐를 칠 수도 있었겠지만, 밤이 되면 당신은 나에게 쉽게 연락을 할 수가 없었습니다.

그래서 그때, 우리에게는 '밤 11시에 당신의 집으로 전화하기'라는 비밀스러운 통로가 하나 있었습니다. 당신은 나에게 할 수 있다면 밤 11시에 자기에게 전화를 해달라고 했습니다. 그 시간이 보습학원 일을 마치고 집으로 들어오는 시간이라면서요. 그때 부모님과 함께 살았지만, 자기 방에 있는 전화는 다른 번호라고 했습니다. 마치 회사에 내 자리 번호가 따로 있듯이 말입니다.

신호가 네 번 울릴 때까지 당신이 받지 않으면 받기 곤란하거나 아직 없다는 접선 신호로 받아들이기로 했습니다. 항상 받았던 것은 아니지만, 거의 통화가 잘 되었습니다. 나도 그 전화를 공중전화로밖에 할 수 없었습니다. 덕분에 나의 산책 시간은 길어만 갔습니다. 세상에 밤의 대화, 밤의 전화통화가 없는 연인들이 존재하겠습니까? 할 수 없었던 거지요.

"응. 몸은 괜찮아. 오빠, 이번 주 되게 바쁜가 봐. 회사에 전화해도 안 받고 다른 사람이 받더라."

"누가 받았는데?"

"누군진 나도 모르지. 그냥 자리에 없다고 해서 끊었어."

"그래. 아까 외근 갔었어. 이번 주에 일이 좀 많네."

"에고. 더운 데 고생하시네요."

"지영이는 오늘 어땠어?"

"나? 오늘…? 오늘은 속상하네."

"왜? 또 어디 아프니?"

"아니. 그런 게 아니고. 아, 언니가 그러는데… 넌 왜 아줌마같이 하고 다니니… 그러잖아."

"에이 아줌마라니? 글쎄. 내가 볼 때는 전혀 그렇지 않던데…."

"진짜, 속상해."

언니의 지적으로 속상한데 마땅한 옷이 없다는 거예요. 원피스를 많이 입은 것은 덥기도 하지만, 코디가 편해서라더군요.

그런가? 그래도 보기에는 예쁘던데요.

얼마 뒤 누구 결혼식에도 가야 하는데, 마땅한 옷이 없어서 고민이라고 했습니다.

"내가 하나 사줄까?"

"에이, 여자 옷 비싸요."

"그래도 옷 한 벌인데. 뭐."

당신에게는 뭐라도 해주고 싶었습니다. 진심이었어요. 당신도 도저히 참지를 못하더군요.

"진짜… 진짜 사줄 거야? 앗싸!"

공중전화라 볼 수 없는데도 깜찍하게 기뻐하는 당신의 귀여운 모습이 상상이 될 정도였습니다.

우리는 돌아오는 토요일 이수동에서 만났습니다.

어디로 갈까? 태평데파트는 별로고, 무역센터 현대백화점으로 갈까? 그런데 강남 안쪽이 너무 막히는 것 같아. 그럼 차라리 신촌 현대백화점으로 가자. 그 길이 오히려 낫겠어.

택시를 타고 가는 동안 당신은 즐거워 죽겠다는 표정입니다. 내 손을 잡고 만지작 만지작거리면서 무얼 고를까 당신은 예쁜 눈을 반짝였습니다.

"오, 오브제다, 오브제는 미친 여자 옷 같아."

당신은 일단 무조건 백화점을 한 바퀴 휭하니 돌아보았습니다. 여기저기 돌아보는데 판매원이 다가와 당신에게 말을 붙여도 아랑곳없이 당신은 자기의 관심사에 집중했습니다. 나는 그냥 한 발짝 떨어져서 볼 수밖에 없었습니다. 계절을 앞서가는 그곳에는 이미 가을옷이 많이 나와 있었습니다.

남자는 화가 나면 술을 마시거나 다른 나라를 쳐들어가는데, 여자는 화가 나면 수다를 떨거나 쇼핑센터로 쳐들어간다는 말이 있습니다. 여자들의 쇼핑은 그 옛날 우리 여자 조상들의 채집 본능과 맞닿아 있다고 설명하는 것이 진화심리학의 견해입니다만, 어쨌든 남자와 같이 옷을 사러 오는 것은 전형적인 쇼핑 데이트의 한 모습이겠지요.

그렇게 한 시간이 넘는 아이(eye) 쇼핑을 끝내고 한참 뒤에야 '데무' 매장에서 드디어 피팅에 들어갔습니다.

"어때요?"

"그건 결혼식장보다는 장례식장 같은데… 아니야."

여기 옷은 너무 어두워, 별로 좋아 보이지도 않는데 비싸고.

"왜 그렇게 어두운 컬러를 골라. 좀 더 밝은 게 좋잖아. 화이트는 어때?"

"결혼식 가는데 흰옷을 어떻게 입고 가. 화이트는 신부한테 양보해야지."

아, 그런 묵계가 있군요.

따라다니면서 보니 '시스템'이나 '나이스클랍', '오즈세컨'도 괜찮은 것 같은데요. 다소 캐주얼해서 어정쩡한가요? '오브제'도 상상력이 풍부한 파격적인 디자인이지 미친 여자 옷은 아닌데.

하지만 당신이 어두운 색채가 가득한 '데무'가 좋다는데, 내가 뭐라고 하겠습니까?

하여튼 여자들 옷 사는 것 굉장히 복잡한 일이었습니다. 그런 힘든 일을 여자들은 아무렇지 않게 잘도 하더군요. 정말 노는 것으로 하지 않고 일로 한다면 상당히 피곤한 일일 것 같아요.

그런 데를 따라가면 판매원들은 항상 따라온 남자를 바로 결제자로 대접해줍니다. 당신이 계속 옷을 바꾸어 가면서 피팅을 하는 동안 샵 매니저가 의자를 내어 주면서 아예 나를 앉혀주더군요.

"여자친구분이 이쁘셔서 좋으시겠어요. 55사이즈가 딱 맞는데요."

지랄하네요, 멘트하고는.

당신이 피팅룸에서 옷을 갈아입는 사이 기다리는 내게 샵 매니저가 영업 멘트라고 날리는 것이 저런 상투적인 말입니다 그려. 당신과 나의 관계에 대하여 바른대로 설명하고 싶은 생각은 추호도 없었습니다.

물론 샵 매니저의 기대에 어긋나지 않게 결제할 때 나는 카드를 꺼내주었습니다. 그녀는 너무도 당연한 듯이 받아서 '무이자'라며 3개월 할부로 끊어주었습니다. 그 한 번의 구매로 당신은 바로 고객카드가 만들어졌고 구매한 상품은 피팅 이후에 택배로 받기로 했습니다.

그렇게 투피스를 맞추고 가을이 다가오니 가벼운 가을 재킷까지 해서 쓰리피스로 맞추었습니다. 그걸 입고 하객으로 참여하면 결혼식이 장엄하겠더라고요. 고르고 보니 나름 시크한 멋이 있었습니다.

여자 옷, 생각했던 것보다 진짜 비싸던데요. 한 50만 원이 넘게 나온 것 같아요.

눈매가 서늘하면서 도톰하고 날렵한 입술을 가진 당신. 어떻게 보면 약간 귀엽기도 하고 또 어찌 보면 다소 관능적인 모습을 가진 여자입니다. 예쁘게 보이고 싶어 해서 더 예쁜 여자가 당신입니다. 정확한 서울말을 쓰며 목소리가 나긋나긋하고 노랫소리조차 부드러운 당신은 애교가 몸에 밴 듯한 여성적 제스처를 자주 보여줍니다. 유려한 곡선으로 맵시를 내고 열정적으로 건반을 두드리는 모습에서 참을 수 없는 당신의 열정을 느낍니다.

감출 수 없는 당신의 관능미에 남자들은 열광하겠지만 나는 순수하고 당당한 당신의 내면을 알고 있습니다. 아파서 몸을 덜덜 떨 때를 빼고는 허리를 꼿꼿이 세우고 실루엣을 바로 잡으며 리드미컬하게 걷는 발랄한 당신. 천생 여자이고 싶었고 옷 탐이 많았던 당신은 그렇게 청순과 관능의 이중적 비주얼을 자유자재로 구사하여 더욱 매력적인 여자입니다.

그토록 발랄한 당신을 도대체 누가 울게 했나요?

외모는 중요합니다. 어떻게 보이고 어떻게 보느냐, 이것이 중요하다는 것입니다.

여자들은 남자들이 자신들의 외모에 너무 집착하고 평가한다고 불만스럽게 생각하기도 합니다. 문제는 남자들이 이 지구상에서 아주 시각적 능력이 뛰어난 동물이라는 겁니다.

남자의 눈은 만이천 컬러 이상의 트루컬러를 구분하고 평면과 입체를 공감각적으로 구성할 수 있으며 지도를 보면서 실제를 측량하고 날아오는 공의 궤적을 순식간에 예측하여 낙하지점을 정확하게 잡아냅니다. 진화론적으로 사냥꾼의 후손인 남자들은 복잡하고 위험한 정글이나 초원에서 바람에 살짝 움직이는 나뭇잎이나 풀잎을 보면서도 맹수의 움직임과 사냥감의 행동반경을 눈으로 직감하는 본능을 물려받았습니다.

침묵 속에서 사냥감을 바라보며 눈으로 세상을 받아들이는 남자들. 급기야 마치 눈에서 X선을 발사하듯이 옷을 입고 있는 여자의 벗은 몸조차 상상해내는 거의 레이저 아이(eye)의 수준에 도달해 버렸습니다. 그렇게 남자는 무시무시한 시각적 동물입니다.

보통의 경우 우리 뇌가 받아들이고 처리하는 정보의 대부분은 시각정보입니다. 눈은 뇌의 일부가 외부로 돌출된 것이라고 말하는 사람도 있습니다. 본다는 것은 너무도 일상적인 일이며 의식하지 않는 무의식의 입력 통로이기도 합니다. 그리고 우리가 가진 기억은 대부분 한 장의 흑백사진처럼 눈으로 받아들인 이미지 파일로 쌓여있습니다.

그러나 정작 중요한 것은 예쁘게 보이면 되는 것이지 반드시 예쁠 필요는 없다는 것입니다. 이 무슨 말장난이냐고 할 수도 있겠지만, 우리의 모든 감각은 어떤 자극을 지속적으로 받아들이려고 하지 않으며 무디어집니다. 후각이 그렇고 미각, 청각도 그렇고 시각도 마찬가지입니다. 매번 볼 때마다 점수를 따지면서 예쁜지 안 예쁜지를 판단하려고 하지는 않습니다. '감각의 중독 현상'이 일어나는 것이지요.

그래서 '저는 예뻐요.'라는 상징화만 성공시킨다면 그 뒤에 엄청난 대가가 기다리고 있습니다. 그러니 아주 밑지는 게임은 아닙니다. 하여 다소 귀찮더라도 노력할 필요가 있습니다. 그리고 대체로 젊고 건강하면 상당한 기본 점수를 주기 때문에 조금만 매력을 더 개발하고 표정만 잘 잡아도 충분합니다.

근본적으로 서로 다른 육체가 지닌 신비감. 서로 다른 신체의 화학적 반응과 더불어 여자들의 멋진 헤어스타일, 긴 생머리, 스커트, 스타킹, 힐, 샌들, 부드러운 손, 매니큐어, 립글로스, 샤이닝 펄, BB 크림, 색조화장, 스키니, 원피스, 백리스, 원숄더, 와이어, 수많은 액세서리, 그 매끄러운 슬립에 이르기까지 너무도 다른 소재로 무장한 그녀들.

머리끝부터 발끝까지 눈으로 보이는 것이 진실이라고 믿는 멍청한 남자들의 성적 판타지를 잡아줄 소재는 실로 무궁무진합니다. 절대 불리한 게임은 아니라고 생각하는데요.

남자들에게도 말하고 싶습니다. 여자라는 종족도 생물학적으로 아주 시각이 뛰어난 종족임에 틀림없습니다. 그녀들은 붉은색 계열만으로도 만이천 가지를 구분하여 볼 수 있을 정도로 색채감이 더 뛰어납니다. 물론 그녀들은 시각 이외에도 청각, 후각, 촉각, 미각 등 다양한 감각에 자신을 할애하고 정서적 일치감을 더 중요한 것으로 생각하고는 있지만, 그녀들도 일상적으로 당신들을 보고 있습니다. 좀 신경을 쓸 필요는 분명히 있어요.

낙랑공주도 자명고를 찢으려면 무언가 동기 부여와 에너지가 있어야 하지 않겠어요?

여자가 예쁘다는 것, 아름답다는 것은 이야기의 시작이며 끝입니다. 내러티브의 알파이자 오메가이며 피해 가지 못할 설정입니다.

만약 줄리엣이 예쁘지 않고 그저 그렇고, 춘향이도 그저 평범한 시골 아가씨에 불과하고 초선이도 그냥 어린 영계에 불과하기만 하고, 비올레타는 행실도 나쁜데 예쁘지도 않다면 도저히 이야기가 이루어지지를 않습니다. 만약 그렇다면 뭐하러 로미오가 가문을 배신하고 위험을 무릅쓸 것이며, 이 도령은 왜 신분을 초월하여 기생이나 다름없는 여자를 쫓아다니고, 동탁은 권력의 상실이라는 위험까지 감수하며 집착할 것이며 행실조차 나쁜 비올레타가 아름답지도 않다면 알프레도가 왜 순정을 바치겠습니까? 클레오파트라나 페넬로페나 코제트나 신데렐라나 모두 공통점은 미녀들이라는 바탕에서 전개된 이야기입니다.

디즈니의 공주들, 그러니까 백설공주, 인어공주, 알라딘에 나오는 공주, 그냥 잠만 자는 공주, 무슨 무슨 공주에 이르기까지 그런 로열패밀리들조차 예쁘다는 설정으로 동화를 만들어놓았습니다. 그걸 본 아이들이 어떤 고난 속에서도 꿈과 희망을 놓지 말아야 한다고 깨달을지 아니면 여자는 예뻐야 한다고 먼저 느낄지 알 수 없는 일입니다만. '미녀와 야수'라고 아예 제목부터 솔직하게 밝히고 시작하는 이야기도 있더군요.

나는 외모가 특별히 언급되지 않은 '효녀 심청'마저도 상당히 미인이었을 것으로 생각합니다. 도대체 예쁘지도 않은데 뭐하러 몸값으로 공양미 삼백 석이나 줄까요? 삼십 석만 줘도 될 것을요. 그리고 어떻게 예쁘지 않고서야 심청이 인당수에서 살아서 바로 왕후가 될 수 있었겠습니까? 그러므로 나는 '효녀 심청'을 '효녀이며 미녀인 심청'이라고 불러도 무방하다고 생각합니다.

계산력을 상실하여 값을 너무 후하게 지불하고, 순정을 바치고, 가문을 배신하고, 신분을 초월하고, 권력을 잃고, 어떤 경우에는 나라마저 잃게 만드는 그런 요인으로 작용하는 팜므파탈들이 그저 그렇게 평범하다면 그 이야기를 읽는 독자들도 짜증이 확 나겠지요. 개연성이 전혀 없다고 책을 확 집어 던질 수도 있습니다. 리얼리티가 전혀 없다고 아마 욕을 할지도 모릅니다.

그러므로 여자의 미모에 대한 예찬, 아름다움에 대한 설정은 어떤 대문호(大文豪)도 어떤 전설의 이야기꾼도 피해 가지 못할 상투적인 설정이 될 수밖에 없었습니다.

당신에 대한 설정도 이 정도로 하겠습니다.

어쨌든 당신이 외모에 신경을 쓰고 화장을 곱게 하려고 하고 링클케어를 하고 적당히 액세서리를 찾고 아줌마가 아니라 아가씨처럼 보이려고 노력하는 것은 잘하는 일입니다. 일찍 딸을 낳았다지만 겨우 우리 나이로 스물아홉에 불과한 데 아줌마처럼 보여서야 되겠습니까? 혼자서 외롭게 산다고 외모마저 초라하고 보잘것없을 필요는 없어요. 항상 예쁘게 사는 것이 좋겠지요.

나는 그런 당신을 지지합니다. 하늘의 별을 따자는 것도 아니고 아파트를 사자는 것도 아니고 겨우 옷 한 벌 사자는 것인데요 뭐. 그 까짓것 옷 한 벌 못 하겠습니까?

당신에게 뭐라도 해주고 싶은 마음이 내 내면에 충만한데, 더구나 당신이 그렇게 솔직하게 기뻐하고 즐거워하는데 못할 것이 없지요.

그런데 예쁜 것도 좋고 다 좋은데 일단 건강 합시다.

건강해야 더 미인이 되지 않겠어요.

장대비를 쏟아부었던 장마가 지나가고 불볕이 내렸습니다. 거리의 가로수는 무성한 잎으로 뒤덮였고 어두운 땅속을 뚫고 올라온 매미가 한 생애의 끝을 앞두고 짝짓기를 향한 힘찬 울음을 울었습니다. 여름 휴가철을 맞이하여 차량의 물결이 이글거리는 도시를 빠져나갔지만 임신한 아내가 있어 나는 그 도시에 남았습니다.

뜨거운 날들이었지만 가끔은 산들바람이 부는 그늘이 있었고 피안의 작은 공간도 숨어있었습니다. 예고 없이 아스팔트 위로 소나기가 내리는 열정의 계절이기도 했습니다.

그 열정의 계절에 당신이 나를 찾아왔습니다. 당신의 이야기는 잃어버린 낭만의 시대를 고스란히 간직하고 있었습니다. 새로운 삶의 가치와 애욕의 화두를 들고 긴장감 있게 나를 찾아온 당신은 하늘거리는 원피스를 입고 그 여름 눈부시게 서 있었습니다.

나는 당신에게 많은 이야기를 들었습니다.

나의 기억이기에 당신이 꼭 그렇게 말을 했는지는 정확하지 않을 수도 있습니다. 단지 내게 그런 정도로 말했고 내가 그렇게 들었다는 겁니다. 말투는 역시 그때그때 당신이 편한 대로 썼습니다.

사람들은 혹시 우리의 육체적 관계를 알게 되면 우리를 그렇고 그런 사이라고 생각할지도 모릅니다. 그렇게 생각하는 것이 편하겠지요. 하지만 우리는 알고 있습니다. 본질은 우리가 진정한 이야기 친구였다는 것을요.

여시아문(如是我聞). 나는 당신에게 이와 같이 들었습니다.

“매번 이수동까지 항상 바래다주고. 후후. 오빤 좀 매너남인가 봐요.

뭐랄까. 재미있다고 말하고 싶어. 아니 재미있게 하려고 노력하는 게 느껴졌어요. 그래서 나도 노력해야겠다는 생각이야.

그런데 가끔 떨기도 하더라고요. 남자가 겁이 좀 있어요. 오빤.

농담하는 거 재미있어요. 그런 유머 괜찮다니까. 호. 요즘 썰렁하고 안 하고를 떠나서 그렇게 유머를 하려고 하는 사람들이 별로 없어요. 특히 내겐 많이들 그랬죠. 자기네들 편한 대로 너무 딱딱했다고 할까.

마치 무슨 비련의 여자를 보는듯한 눈빛 말이에요. 날 보는 이상한 눈빛과 ‘전사의 아내’, 조국통일의 제단에 남편을 바친 그런 비운의 여자처럼 바라보는 게 더 웃긴 거죠.

오, 딱 질색이에요. 지들이 알면 뭐 얼마나 안다고.

더 웃긴 건요. 막 날 가르치려고도 들어요.

민가협에서 어떤 언니를 만났는데 혹시 향수를 쓰냐고 물어보는 거 있죠. 그러면서 날 좀 이상하게 보는 거예요.

향수를 좀 써요. 진한 건 아니에요. 오데 코롱 정도인데. 담배가 맛있어져서 백에 넣고 다니다 보니. 그래도 여자가 담배 냄새만 풍기는 것보다는 낫잖아요.

난요, 운동은 운동이고 향수는 향수라고 생각해요. 그런 것조차 이상하게 생각하니… 참.

여자 혼자 살면 향수도 못 써요?

'그 날' 있잖아요. 왜 '비 오는 일요일 밤' 그 날 요.

나중에 비가 막 왔잖아요. 우리 정말 쫄딱 비를 맞았잖아.

비를 맞으니 여름인데도 덥다는 생각은 싹 사라지고 나중에 춥기까지 했어. 그때 오빠가 나를 부르며 다가온 게 참 고마웠어요.

그 전에 무서웠거든요. 무서웠는데. 어디선가 오빠가 나를 부르는 소리가 들렸어요. 빗소리에 가려서 처음에 내가 잘못 들었나 했어. 자꾸 부르길래 대답을 하려고 했는데 목소리마저 나오지를 않는 거야. 무서웠어요.

그런데 오빠가 나를 찾아 왔어요. 같이 비를 맞으면서. 그때부터 난 오빠가 착한 사람이라고 생각했어요.

오빠가 오지 않았다면 난 아마 실조증 때문에 그 비 오는 길거리에서 대자로 누웠을지도 몰라요.

그 날 고대에서, 성우 형 동아리 방에 있는 데 갑자기 오빠가 나타났을 때 내가 오빠를 알아봤게요? 못 알아봤게요?

호호. 사실 알아봤어요. 우리 아주 예전에 만난 적 있죠. 물론 지금처럼 우리 둘만은 아니고요.

그래요, 그날 제원 씨도 종욱 형도 그리고 오빠도 다 같이 있었잖아요. 한 6년 전이죠. 생각해보면 그때가 우리의 빛나는 날인지도 몰라요. 젊은 날 말이에요. 그때보다는 조금 나이가 들어 보이던걸요.

하지만 내가 금방 우리 6년 전 만나 적 있죠? 그리고 제 남편 최제원 씨 아시죠? 하고 물어볼 수는 없잖아요. 오히려 날 금방 못 알아본 건 오빠였어요.

기억력은 별로인가 봐요.

그 날, 추모제 2부 할 때 재미있었어요. 자기가 뭐라고 한 거 기억해요? 못하죠.

오빠는 첫 멘트로 '오늘 여기에 모이신 각종 사모님들 안녕하십니까? 부군께서는 날마다 민주화 투쟁에 얼마나 노고가 많으십니까? 심심한 위로의 말씀드리면서 우리 외로운 사모님들 모시고 오늘도 노래하는 꽃마차, 2시간 동안 힘차게 달려보겠습니다.' 라는 거야.

난 놀랬어. 세상에 그런 날라리 같은 멘트가 어디 있어요?

하지만 난 속으로 킥킥 웃으며 마음이 일순 밝아졌어. 기분이 좋아졌죠.

그래요, 세상이란 '노래하는 꽃마차'처럼 살아가면 그뿐이에요.

내게 신청곡을 부탁할 땐 아주 진지하더라고요. 오빤, 노래 때문에 절절매었지만, 우리 '오부리 밴드' 실력을 몰라서 그래요. 현장에서 단련된 내 반주 실력을 무시하면 안 돼요.

난 드레스 입고 피아노를 치는 그런 여자가 아니야. 우리 학교도 NL이 선거에서 떨어져서 그렇지, 나도 총학 문화부장 내정자였다고.

우리 이화여대는 전통 있는 민주화 투쟁의 역사가 서린 학교랍니다.

그 날, 오빠, 내 손을 잡고 울더라고요. 찔끔찔끔이 아니고 정말로 남자가 울던걸요. 사람의 진심이 느껴졌다 할까요? 물론 나도 울었지만….

그리고 내가 〈동백 아가씨〉 부를 때 오빠 갑자기 맥주를 막 마시더라고. 그리고 어두운 조명 아래 주르륵 한줄기 눈물을 흘렸어. 오빠, 옆 사람도 모르게 소리 없이 뜨거운 눈물을 줄줄 흘리더라고. 난 남자의 그런 소리 없는 눈물을 보면서 깊은 슬픔을 느꼈어요.

노래하다가 순간 '울지 마세요. 왜 그래요?' 할 뻔했어. 다른 사람들은 막 흥겨운데 오빠 혼자 울고 있는 거예요.

이런 착한 사람 같으니라고.

학원 가기 싫은 이유가 하나 있어. 거기 원장도 별로지만… 삼풍백화점 알죠? 나도 그 백화점 있을 때 가봤지만, 작년에 끔찍했죠. 너무 많은 사람이 죽었잖아.

학원 가려면 거길 지나가야 되는데 나는 그쪽으로 안 가고 항상 둘러서 가요. 밤늦게는 당연하지만 난 낮에도 그쪽 길은 가지도 않아요. 무슨 소리까지 들린다는 소문이 있을 정도니… 참, 대한민국 문제예요.

되게 더웠던 날 있잖아요. 그래. 왜 우리 처음… 그 날 요.

그래도 오빠가 있어서 삼풍 앞에서 내린 거예요. 옆에 사람이 있으니 무섭지 않더라고. 그 길이 빠른 길이라.

그때, 오빤 나를 바라보며 한참 서 있었지. 어떻게 아냐고요?

호호… 여잔 가끔 뒤에도 눈이 달릴 때가 있어요.

사실 좀 아파요. 자율신경 실조라고 교감신경과 부교감신경이 언발란스한 거. 이것저것 약도 먹고 했는데….

그래도 이게 좀 나아진 거랍니다. 심할 때는 눈이 막 뒤집어질 정도였어요. 사건 관계자 언니인데 집유로 나오신 분이 소개해서 요가 하는 분을 만났어요. 서강대 나온 분이었는데 참 좋으신 분이었어요. 그분은 길거리에서 간질처럼 뒤집어진 내 사지를 주물러서 겨우 풀어주기도 했어요. 그래서 그분 따라서 요가도 좀 해봤지요.

참, 이제사 말하면 그때 나 진짜로 배가 아팠어요. 그것도 갑자기….

오빠 곤란하게 하려고 일부러 그런 거 아니야. 배가 갑자기 많이 아팠고, 오빠가 만져주었을 때 또 차츰 나았어. 괜찮아졌어. 모든 게 사실이에요.

참, 내 몸이지만 내 맘대로 되지 않네.

자꾸 아프고 그러니까 내가 좀 까탈스러워진 건 사실이야. 날 너무 촉촉하게 바라보아도 싫고 또 내 앞에서 다른 사람들이 너무 행복한 척해도 화가 났어. 자꾸만 나를 대하는 사람들이 '왜 저러지, 왜 이러지?' 하며 가식적인 것 같아 의심병만 도졌지요.

제일 먼저 오빤, 내 그런 태도부터 고쳐주었어요. 내가 까칠하고 공격적이었는데 오빠를 만나고부터 그런 게 좀 누그러졌어.

안기부가 제원 씨를 잡아가고 압수수색을 하고… 그 방에 한참 혼자 있었어요. 어두운 방에서 멍하니 혼자 앉아 있었는데, 그때 뱃속에서 애가 발로 한번 뻥 차는 거예요. 마치 '정신 차려 엄마.' 하는 것 같았어요. 그래. 그래. 아가야.

시댁에 알려야 한다고 생각이 들었어요. 제원 씨 친구들한테도. 친정에는 금방 얘기하지 않을 생각이었어요. 아직 무슨 일인지도 모르고….

또 이런 일로 아빠가 제원 씨를 이상하게 여기시는 게 싫어요. 뭔가 좋은 일이 있어 다음날이나 아니면 일주일 내로 제원 씨가 '일이 좀 꼬여서 그래, 괜찮아.' 하며 나올 수도 있잖아요.

그렇게 생각하다 내 친구를 먼저 찾았어요. '김영은'이라고. 친한 학교 친군데, 걔도 제원 씨를 알고 지냈거든요. 실은 제원 씨가 걔를 애국전선에 끌어들였어요.

그런데 영은이도 없는 거예요. 그제야 애국전선이라는 확신이 들었어요. 참, 걱정이 됐죠. 제원 씨에게 들으니 애국전선이 대단했거든요.

그때는 아직 은서가 뱃속에 있었던 게 다행이에요.

아휴… 고것이 갓난쟁이일 때는 어디 움직이기도 힘들었죠. 업어도 보고 앞으로 매달아도 봐도 어느 것 하나 모양이 안 나요.

애기도 못 보는 엄마라 할까 봐. 아빠도 멀리 있는데, 애도 못 보는 엄마. 그런 소리 들을까 한사코 은서를 안고 다녔어요.

걔 낳고 제원 씨한테 면회 가서 애기 이름을 지어달라고 했죠. 그래도 애기 이름은 아빠가 지어야 하니까. 제원 씨가 편지로 이름을 적어 보내왔어요. '은서'라고.

제원 씨가 재판에서 전혀 굴복하지 않는 거야. 특히 2심 가면서 항소 이유서를 썼는데. 아이 참. 씨발, 욕 나온다니까. 그 항소이유서가 제원 씨를 더 옥죄었는지도 몰라. 8년이나 나왔으니….

민변에서도 대책이 없대. 제원 씨는 법정에서 한마디도 피해 나가지 않았어.

제원 씨를 대학 1학년 때 미팅으로 만났어요. 그때 나는 문화패 활동하고 있었지만 제원 씨는 운동권도 아니었어요. 2학년이었는데 뭐 고시 볼까 하는 법대생이었죠.

나한테 엄청 잘 해주더라고요. 애프터 신청하고 날 따라다녔죠.

왜, 우리 학교 앞에 '바보 언덕'이라고 있거든요. 거기 좀 서 있었을 거예요. 호호.

그러더니 6월 항쟁부터 너무 열심히 참가를 하는 거예요. 우리는 6월의 거리를 함께 뛰었어요. 예, 제원 씨는 내가 의식화시킨 거라고 봐도 될 것 같네요.

연합 집회하면 제원 씨가 우리 이대 대오에 많이 찾아왔어요. 제원 씨 만나러 나도 고대 좀 갔죠. 주로 법대로 갔지만.

결혼식하고 나 신혼여행도 못 갔다. 제원 씨는 조직에서 빨리하는 게 좋겠다며 서둘렀어. 그래서 급하게 하다 보니. 그리고 조직에 일정이 있어서 신혼여행은 나중에 하기로 하고요. 롯데호텔에서 하루 자고 집으로 갔어, 그냥.

아 참, 별 얘기도 많이 하네. 나.

내가 정말 화가 난 건 제원 씨를 답답한 사람, 벽창호 취급할 때예요. 그렇다고 모두 제원 씨처럼 그러라는 얘기는 아니야.

아이, 모르겠어. 이 부분은… 하여튼 다른 사람들이 제원 씨에게 뭐라고 하는 건 싫어. 지들이 뭐라고.

시어머니와 처음부터 사이가 안 좋았어요. 사실 서로 성격도 맞지 않고. 너무 센 분이에요.

제원 씨는 자꾸만 자기 엄마 입장만 강조하고… 제원 씨가 아들이고 효자인 거는 인정하겠어요.

자꾸만 집에서 은서만 보라는 거예요. 물론 은서는 내가 봐야지요. 엄마인데. 하지만 나도 제원 씨 소식을 알아야 하고 내 친구도 걸려 있고… 그렇게 평온한 새댁처럼 은서만 안고 있을 수가 없잖아요.

지방에 있는 교도소로 접견 가야지, 애기 이유식도 만들어야지, 우리 '오부리 밴드' 활동도 계속해야지.

교도소 접견은 혼자서 가기 힘들다니까요. 길도 찾아야 하고. 처음에 친구들이 많이 도와줬죠. 지금은 세월이 많이 흘렀어.

결혼 패물은 진즉에 다 팔았죠. 별 미련도 없어요.

왜, 패물 같은 건 그럴 때 쓰라고 있는 것 아닌가?

얼마 전에 단식했나 봐. 제원 씨. 지금은 풀었고.

어제 집에 편지가 왔더라고요. 자꾸 항의 단식을 하니까 자꾸 멀어지나 봐. 지금 목포교도소에 있거든요. 그러니까 사람이 바짝 마르지. 단식은 그렇다 쳐도 그래도 건강하기만 하면 되는 데.

참, 편지에 힘들 텐데 웬 영치금을 그리 많이 보냈냐고 썼더라고요. 전번에 왜 역삼 우체국에서 오빠가….

이유식 만들 때는 아기 치아를 살펴서 하는 게 좋아요. 개월 수보다 그게. 이가 없을 때는 미음으로 하고 3개쯤 되면 죽으로 가는 거야. 5개 넘으면 무른 밥으로.

쌀을 박박 씻어서 미리 불리는 게 중요해요. 믹서에 갈아서 냄비에 끓이면서 거품기로 덩어리 안 생기게 저어줘야 해. 브로콜리도 잘게 다져서 넣고. 나중에 체로 걸러면 더 좋죠.

재료는 무조건 잘게 썰어야 돼요. 간장도 그냥 쓰지 말고 희석시키는 게 좋아. 채소도 그냥 쓰지 말고 익히는 게 좋고.

참기름 쓸 때 처음부터 쌀이랑 재료 다 넣고 볶다가 끓이는 것보다 먼저 냄비에 불린 쌀만 넣어서 볶는 거예요. 그럼 쌀에서 전분 성분이 나와서 그 자체로 담백하고 고소하다고요. 참기름 넣고 싶으면 그런 다음에 쓰고. 채소나 재료 넣고 한 번 더 볶은 뒤에 물이나 육수 넣고 끓이면 돼요.

그래서 그다음 날 아예 일부러 은서를 업고 갔죠. 애기를 업은 아줌마를 보고 '또 무슨 발동이 나리'하는 생각으로요. 나도 은서를 한번 방패 삼아 본 거예요.

'아이고. 애기 엄마였네. 애가 몇 개월이나 된 거야?' 하면서 그때서야 옆에서들 좀 도와주더라고. 그러면서 '그래도 그런 옷 입고 오지 마. 등짝이 다 보이잖아.' 라고 하더라고.

피트 되는 스판 티를 입었더니 숙일 때마다 등이 드러났나 봐. 여자 옷이 여름엔 다 그렇잖아. 그런 신경 쓰는 것도 귀찮지만 애기 엄마는 그런 것도 조심해야 하나 봐. 하지만 일부러 그러는 건 싫은데.

왜, 〈레미제라블〉 보러 갔을 때 그 옷은 좀 의식적이었네요. 큰오빠 회사에서 상품 티켓으로 나왔다나 해서 그런 옷이 생겼는데 입어볼 때가 한 번도 없더라고요.

오후부터 그걸 꺼냈다가 다시 옷장에 집어넣다가 했어요. 입어보고 거울을 보니, 어머나, 백리스라 등이 다 드러나는 거예요. 얼른 다시 벗었지요.

그러다, '에이, 이때 아니면 언제 입어보리' 하는 마음으로다.

코제트가 희망을 상징한다고요? 장발장에게는 바로 삶의 희망이고, 혁명의 실패에도 불구하고 결코 꺾일 수 없는 민중의 아름다운 희망을 상징한단 말이죠. 음. 그렇게 생각할 수도 있겠네.

난, 사랑받기 위해 태어난 그냥 좀 예쁜 애고 민폐만 끼치는 존재인가 했는데….

오빠, 국어교육학과라 그랬죠. 음, 사범대네.

난, 주로 노래만 들었는데 오빤 좀 다르게 보네.

그래도 난 에포닌이 좋아요. 〈on my own〉이 좋아.

CD 사길 넘 잘했어. 내 방에서 많이 들었어요. 악보도 있으면 한번 쳐보고 싶은데. 대충 코드는 다 알겠어.

대접받는 기분이 들어서 좋았어요. 한정식도 초밥도, 레미제라블도 리츠칼튼도 해물 요리도. 아니, 아니. 꼭 그런 게 중요한 게 아니고. 꼭 그런 거 아니라도 알 수 있어. 오빠는 나를 배려해 주려고 하잖아.

나를 위해 항상 느릿하게 걸어주는 그 리듬도. 오빠는 걸음을 재촉하지 않잖아.

참, 옷이 왔어요. 사은품이라면서 뭐 스카프도 하나 들어 있었어.

있잖아. 그 '데무' 샵마가 피팅 하면서 이런다. '남자친구 분 멋있고 되게 좋으시네요. 잘해주시죠?' 이러더라, 그래서 내가 '그럼요. 얼마나 잘 해주는데요. 엄청 잘해줘요.' 라고 했지. 호호.

현대백화점 갔을 때 난 참을 수 없었어. 후배 결혼식 갈 때 입을 옷도 생겼지만.

피팅룸에서 옷 갈아입다 '내가 지금 뭘 하는 거지?' 하는 생각도 들었는데… 빨리 갈아입고 나가서 이건 어떠냐고 물어보고 싶은 마음이 더 굴뚝같았답니다.

고마워, 오빠.

며칠 전에 몸이 좀 안 좋았어. 공연 연습에 좀 무리했나 봐요. 사실 생리통도 심한데. 이건 그런 게 아니야.

몸살 같았어요. 어슬어슬 춥고 뼈마디가 쑤셔요. 공연 연습 하다 겨우 들어 왔는데. 엄마도 주무시고… 은서도 자는 거 보고 그냥 내 방으로 와서 불도 안 키고 누웠는데. 천장이 빙하고 도는 것 같데요. 아….

점점 아파서. 샤워도 못 하겠더라고. 에이 더러븐 년이 되어 그냥 누워있었어요. 목이 말라서… 일어나서 냉장고에서 물을 꺼내먹기도 힘이 들어서 그냥 있었어. 약도 없고….

그럴 때 옆에 있으면 얼마나 좋아요?"

이토록 당신의 이야기는 솔직했고 애틋했고 감정이 풍부하고 용감했으며 안타깝기도 하고 재미있기도 했습니다. 한편으로는 요동치는 감정으로 잘 정리되지 않은 부분이 있어 혼란스럽기도 했고 많은 이야기를 파내었지만 매장량이 너무 많아 당신은 여전히 비밀이 가득한 여자였습니다.

하지만 만약 1987년 어느 봄날 내가 당신과 미팅을 했다면 나는 당신의 남편처럼 당신을 선택하고 쫓아다녔을까요? 미안하지만 별로 그랬을 것 같지는 않습니다. 그 시절의 나는 '불청학'의 이념적 지도자였고 다소 경직된 운동권 학생이었기에 당신 같이 낭창거리는 1학년 문화패 여학생에게 애프터를 신청했을 것 같지는 않습니다. 잘하면 그냥저냥 선후배 정도는 되었겠지요.

그런데 왜 지금 나는 당신에 대한 열정으로 절절매고 있는 것일까요?

사랑은 대상의 문제가 아니라 나 자신의 문제라고 하더군요. 어떤 대상을 만나느냐가 아니라 내 안에 잠재하고 있던 어떤 욕망이 표면으로 솟구칠 때 사랑이라는 사건이 일어난다고 들었습니다. 그러나 그것을 촉발시키는 어떤 인연법은 있을 것입니다. 생각해보면 그건 제일 먼저 당신이 가진 이야기 때문이었을 겁니다.

물론 사랑이란 깎은 듯 고정된 나와 당신이 만들 수 있는 것이 아닐 것입니다. 그 시절에 어떤 모습과 어떤 사연으로 회우(會遇)하는가 하는 연기(緣起)가 이루어 주는 것인지 모릅니다. 그토록 '절대적인 나'란 없습니다. 일어나고 사라지는 인연으로서의 '나'만이 있을 뿐입니다.

그리고 당신이 전화 통화로 가끔 들려주었던 한마디의 영어도 들었습니다.

"I miss you."

그리고 당신이 무언가를 만류하거나 거부할 때 자주 쓰는 한 마디가 있었습니다. 당신 특유의 억양과 어조로 애절하게 읊조리는 그 말을 들었습니다.

"그러지 마요."

마치 한 소절의 노래처럼 당신만의 독특한 억양이 실렸습니다. 아련하게 애원하는 듯한 그 말을 들으면 최면이 걸리듯이 이상스럽게 나는 거역하지 못했습니다.

그리고 내게 속삭이듯 들려준 슬픈 사랑의 노래 〈on my own〉도 들었습니다.

"On my own

Pretending he's beside me.

All alone, I walk with him till morning.

Without him

I feel his arms around me.

And when I lose my way I close my eyes

And he has found me.

In the rain the pavement shines like silver.

All the lights are misty in the river.

In the darkness, the trees are full of starlight.

And all I see is him and me for ever and forever.

And I know it's only in my mind.

That I'm talking to myself and not to him.

And although I know that he is blind.

Still I say, there's a way for us.

I love him.

나 홀로

그가 내 곁에 있다고 생각하네.

나 혼자, 아침이 올 때까지 그와 함께 걸어요.

그 없이도

나를 감싸고 있는 그의 손길을 느끼네.

길이라도 잃어버리면 두 눈을 감곤 하네.

그럼 그가 날 찾아오지.

비가 내리면, 이 거리는 은빛으로 반짝이고

모든 빛이 강가의 안개처럼 퍼지네.

어둠이 내리면, 가로수는 별빛으로 가득하고

세상에 보이는 건 오직 그와 나뿐. 영원히, 영원히.

상상뿐이란 건 나도 알아.

그에게 닿지 않을 혼잣말일 뿐이라는 걸.

사랑에 눈먼 그를 나도 알지만

그래도 여전히, 우리를 위한 길은 있어.

그를 사랑해."

당신의 아름다운 노래 속에 나오는 그 'him'이 부럽다가 밉다가 다시 부러워졌습니다.

일탈

"오빠, 오늘 빨리 좀 나올 수 없어?"

"왜?"

"응. 내가 오빠, 집에 데려다줄게. 나 많이 데려다줬으니까, 오늘은 내가 오빠 동네까지 모셔다드릴게요."

"아니, 뭐 모셔다드릴 필요까지는 없어."

"에이. 그래도 빨리 나와."

그 날은 당신이 오후에 회사로 전화를 걸어왔습니다.

"저기 실은, 나 차 생겼어."

"차?"

"응. 오빠. 우리 오늘 드라이브하자. 내가 운전하고 갈 테니까. 7시에 뉴욕제과 앞에 서 있어. 거기로 갈게."

드라이브를 하자는 귀여운 당신의 제안에 일이 손에 안 잡혀 하는 둥 마는 둥 했습니다.

"박 대리. 야근하려면 저녁 같이 먹자."

"오늘은 좀 먼저 퇴근할게. 집에 일이 있어서."

그렇게 둘러대고 아직도 날이 훤한 데 회사를 나섰습니다. 그러나 7시에 당신은 오지 않았습니다. 그 시절에는 길거리에서 연락할 길도 없으니 마냥 기다릴 수밖에 없었습니다.

그로부터 30분이나 넘어서 웬 세피아 한 대가 덜컹덜컹 대면서 다가오더니 낮게 클랙슨을 울렸습니다. 바라보니 당신이었습니다.

"오빠! 여기. 여기 타요."

그런데 당신은 내 앞에 차를 바로 대지도 못했습니다. 내가 그 차로 달려가서 앞좌석에 탔습니다.

"오. 운전할 줄 알았어?"

"그럼. 면허는 있었는데… 장롱에 한참 있다가 오늘부터 다시 찾았어요. 호."

"헉, 그럼 오늘 처음 몰고 온 거야?"

"약간 연습한 적은 있지. 그리고 오톤데 뭐. 오빠는 운전해요?"

"나도 잘 못 해. 차도 없는 데 뭐. 그래도 장롱 수준은 넘었고 내 면허증은 서랍에 있으니. 서랍 면허 정도는 되지."

"자 그럼. 오빠네 집으로 출발합니다."

평소보다는 차량이 적었지만 강남대로는 점점 차량이 밀려들기 시작했습니다. 당신이 테헤란로로 바로 좌회전을 하지 못해 일단 양재동 쪽으로 직진했습니다.

"거기서는 좌회전이 힘들다 그치."

"성내동이거든 우리 집."

"알았어요. 잘 모셔다드릴게."

말은 그렇게 했지만 맙소사 당신은 좌회전은 아예 못하고 직진만 계속하는 거예요. 그건 드라이브가 아니라 일종의 도로 주행 운전 연습이나 마찬가지였습니다.

"어디로 가는 거야?"

"몰라. 나도 몰라. 가만있어 봐."

생각해보니 아니, 당신은 자율신경 실조증 환자잖아요. 자율신경 실조증 환자가 초보 운전하는 차를 타는 나는 무슨 배짱이었을까요? 나는 그 날 목숨을 담보 잡고 당신의 차를 탔습니다.

좌회전을 해야 하는데 뱅뱅 사거리에서도 못하고 양재 사거리에서도 놓치고 직전만 하는 사이에 급브레이크는 세 번이나 밟았습니다. 안전벨트를 하고도 실내 손잡이를 쉽게 놓을 수가 없었습니다. 자동차라는 것이 그냥 앞으로만 가는 물건이 아닌데 사거리 신호동만 만나면 바짝 긴장하는 당신을 옆에서 보는 나도 오금이 저렸습니다.

"이대로 계속 가면 경기도로 간다고."

"어디라고 그랬죠?"

"그냥 잠실 롯데백화점 간다고 생각하면 돼. 잠실역."

성내동까지는 욕심이었고 그 정도만 가도 내가 그냥 걷고 말겠다는 생각이 들었습니다. 아직도 좌회전을 못 했습니다.

그래도 제일 먼저 자신의 도전을 신고하고 달려온 당신인데 너무 닦달하지 말고 풀어주자는 생각이 들었습니다. 나를 귀가시켜주겠다는 노력이 가상하잖아요.

"그래 뭐, 지구는 둥그니까 계속 가다 보면 언젠가 제자리로 오겠지."

"에이 썰렁해."

어찌어찌하다 보니 양재천 쪽으로 좌회전에 성공했습니다.

"오빠, 좀 쉬었다 가요. 힘들다."

차내 에어컨이 나오고 있었지만 당신은 손등으로 이마에 맺힌 땀방울을 찍어냈습니다. 나도 긴장했지만 당신도 스스로 긴장했겠지요.

"그래. 그래. 가까운 모텔 있으면 거기다 대자."

"왜? 더워요?"

"뭐 꼭 더워서 가나?"

"으이그. 엉큼하긴."

농이었을 뿐인데 내가 실망할까 봐 당신은 덧붙였습니다.

"다음에요. 다음엔 갈게."

한 손을 뻗어 내 얼굴을 쓰다듬으면서 달랬습니다. 당신은 애교덩어리 운전기사였습니다.

"초보가 이런 짓 하면 안 돼요. 두 손으로 핸들 잘 잡아. 위험해."

쉬었다 가기로 했는데 당신이 주차를 잘못하겠다고 하여 또 한참을 그냥 앞으로만 갔습니다.

"저기로 가."

다행히도 앞쪽에 '발렛 파킹(valet parking)'이 붙어있는 카페가 보였습니다. 양재천 인근에는 조용한 카페가 많이 있었습니다.

새로 산 자동차는 아니었고 중고였습니다. 출가한 언니가 차를 바꾸면서 그냥 내주었다고 했습니다.

"휴. 이럴 줄 알았으면 우황청심환이라도 하나 먹고 나올 걸 그랬나 봐."

당신은 우황청심환을 꽤나 애용했습니다.

"지영아, 오히려 내가 그 약을 먹어야 할 것 같다."

"호호. 너무 겁먹지 마. 오빠. 인제 감 좀 잡을 것 같아."

카페에는 먹을거리가 빈약했지만 저녁 겸 간단한 주전부리를 찾았습니다. 우리는 쿠키 따위를 나누어 먹었습니다.

"그나저나 연대 사태가 걱정이다."

당신이 이런 얘기를 꺼냈습니다.

"연대가 왜?"

"뉴스 안 봐?"

나는 그때까지는 전혀 몰랐던 소식이라 뜨악한 표정만 짓고 앉았습니다.

"그래. 회사 일 하느라고 요새는 그런 일 잘 모르겠구나."

당신은 내가 좀 한심스럽다는 눈빛으로 바라보다 이내 포기하고 말을 이어갔습니다.

"연대에 8.15 집회가 있어서 후배들이 공연도 하고 나 아는 팀들도 행사에 들어갔는데. 행사 준비할 때 나도 연대에 들어갔다고."

"그런데?"

"그런데… 내가 은서 때문에 연대 공연은 못 할 것 같다고 해서… 못 들어갔는데. 지금 경찰이 학교를 봉쇄해서 애들이 나오지를 못 하고 있나 봐. 경찰한테 밀려서 도서관이나 각자 건물로 흩어져서 들어가 있데. 내 아는 후배들도 있는 데. 삐삐를 쳐봐도 연락이 안 되네."

"얼마나 들어가 있는데?"

"글쎄? 정확히는 모르겠는데. 한 만 명은 넘겠지. 은서 아니었음 나도 여기 앉아있지 않고 연대에 갇혀 있을 거야. 벌써 사흘이 넘었어."

그렇게 말하며 당신은 어두워가는 창밖을 내다보았습니다. 그때는 그 옆모습이 너무 이지적이고 깊고 그윽한 눈매를 비추어 가끔 엉뚱하던 그런 여자가 아니었습니다. 머릿결이 흘러내려 내가 손을 뻗어 젖혀주었는데 당신은 그냥 내버려 두었어요.

"음. 마치 건대 사건 같네."

"건대 사건?"

"그래. 86년도에 건대에서도 비슷한 일이 있었지. 벌써 그게 10년

전 얘기네."

"아. 건대. 그래. 내가 1학년 때 선배들한테 들었다, 그 얘기. 그때 정말 다 연행되었어?"

"응. 보통 사오일째 되면 지치니까. 그때쯤 다 연행 작전에 들어가더라고."

"아 그래. 그럼 애들 다 잡혀가는 건가? 걱정이네."

10년이 지나면서 여러 사건과 사연이 지나갔지만 또 역사는 반복되었습니다.

그 시절 연세대 사태는 팔 일이나 지속되었습니다. 1996년 연세대학교 사건은 그해 8월 13일부터 8월 20일까지 학생 2만여 명이 경찰의 학내 진입에 밀려 도서관과 이과동 건물과 교내 시설 일부로 흩어져 포위당한 채 벌인 점거 사건입니다. 건국대 사건보다 규모가 더 컸고 경찰과 학생들의 충돌이 더 심각하고 피해도 컸습니다. 당시 의경 한 명이 사망하였고 학생들도 5천여 명이나 폭력적으로 연행되면서 무수한 부상과 피해를 받았습니다.

슬픈 것은 초기 진압에서 시위대에 당하는 경찰의 모습이 계속 방영되고 오랜 대치와 진압 과정에서 학교가 파괴되면서 국민감정이 좋지 않았다는 겁니다. 학생들의 피해도 막대했건만 방송이 주도하는 대로 여론은 싸늘하였습니다. 나중에 평가하기를 이 연세대 사건이 90년대 아니 이후 학생운동의 쇠퇴를 알리는 계기가 되었다고 말하기도 합니다. 안타깝지만 그 사건에 대한 평가는 지금도 냉랭합니다.

이제 내게는 이른바 오더(order)가 오지 않아 그런 일과 상관없지만, 그때도 당신은 그런 사건에 휘말릴 계기에 놓여있었어요.

"이제. 차가 있으니 악기 들고 다니기는 좋아졌지. 신디로 가슴을 꽝꽝 울려줘야지. 인제 다 죽었어."

당신은 다시 표정을 바꾸고 목소릴 경쾌하게 올렸습니다.

"연대 쪽에 한번 가봐야겠어. 차 타고."

당신은 덧붙였지만 나는 노파심이 생겼습니다.

"지금 상태라면… 자기가 가봐야 뭐 별 게 있겠어?"

"그래도, 우리 학교라도 한 번 들러 보려고. 이대나 연대나 거기서 그거잖아."

"나도 같이 가줄까?"

"아냐, 됐어. 오빠가 온다고 뭐. 그리고 아저씨가 여대를 어떻게 들어가려고…."

"아이, 참 걱정스럽네. 운전도 그렇고 하여튼 조심해. 좀."

내가 그렇게 말하자 당신은 환하게 웃었습니다.

"왜 웃어?"

"그냥요. 호호. 이렇게 걱정해주는 사람도 있고… 기분이 좋네요."

카페에서 나왔을 때는 헤드라이트를 켜야 할 만큼 어두워졌습니다. 누구나 처음에는 그럴 수밖에 없지만 직접 부딪치면서 도로 주행을 하니 그새 운전이 좀 는듯했습니다.

"저기 다음다음에서 좌회전이니까, 깜박이 키고 차선 바꾸기 시작하자."

"예, 알겠습니다요. 손님."

그 사거리 좌회전을 놓치면 돌아가기가 굉장히 복잡해지는데 이번에는 놓치지 않고 좌회전을 잘했습니다.

"지영아. 저기 그냥 송파구청 건너편에 내리면 돼."

내가 옆에서 비상 깜빡이를 켰습니다. 더 올라가야 하지만 그랬다가는 당신이 다시 빠져나오기가 난망일 것 같아 거기서 멈추게 했습니다. 이 무서운 초보운전자와 겨우겨우 왔기에 빨리 풀려나고도 싶었고요.

“휴. 다 왔다. 지영아, 조심해서 돌아가요.”

“치. 이 손님, 차비는 안 주고 가는 거야?”

알고 보니 포스트모던 시대의 이 ‘동백 아가씨’는 너무나 발랄했습니다. 안전벨트를 풀고 있는 나를 야릇하게 바라보았습니다. 당신이 혀로 윗입술을 살짝 적시면서 입술을 내밀었어요. 내가 중립에 있던 기어를 파킹에 놓았습니다. ‘차비’ 대신 깊고도 진한 키스를 당신에게 했습니다. 그런 ‘차비’를 달라는 당신이 귀여워서 좀 세게 몰고 갔어요. 당신은 안전벨트에 묶여있어 피할 수도 없었습니다.

“아하.”

당신은 숨이 가쁜지 한숨을 내쉬었습니다. 그리고 자기가 원했던 ‘차비’를 받았기 때문인지 흐뭇하게 웃었습니다. 나도 미소를 짓지 않을 수 없었지요.

“오빠, 잘 가요.”

“지영아, 저 앞에서 좌회전을 해야 이수동 갈 수 있어.”

“알았어. 잘할 수 있어. 걱정 마요.”

가는 걸 쳐다보니 이번에는 곧잘 좌회전을 했습니다.

당신은 감정이 풍부하고 호기심이 많아서 그렇지 결코 나약한 사람은 아니었을 겁니다. 당신의 그 무시무시한 운전 실력에도 나는 무사히 집으로 돌아왔습니다. 다행히 아무런 사고도 일어나지 않았습니다.

정작 사고는 그 날 밤, 우리 집에서 일어났습니다. 아마 그래서 당신은 그때 연세대 앞에 가보지 못했을 겁니다.

"아까 낮에 어머님이 왔다 가셨어."

"엄마가?"

"어머님, 무슨 말씀 없었어?"

아내는 살림살이 자체에 무심했고 나를 둘러싼 가족관계에도 무관심했기에 누구의 생일이 언제인지 챙기는 것은 둘째 치고 알려고 하지도 않았습니다. 대표적인 것으로 신혼 시절부터 집안 제사에 참석하지 않아 장남인 나로서는 입장이 난처했습니다. 자연히 고부 관계도 평안하지 않았습니다. 그 시절, 사회적 활동을 통해 자신의 가치를 추구해 왔던 아내가 임신으로 집에 있었던 것 자체가 깊은 무력감을 주었으리라 추측됩니다.

실은 지난달에도 본가에서 제사가 있었는데 아내가 한사코 가지 않겠다고 하여 그 일로 말다툼이 좀 있었습니다. 결국 퇴근하여 혼자서 갔다 온 적이 있었습니다. 물론 본가에서 굉장히 곤란했지요.

"너 처는 어디 있니? 또 안 오는 거야?"

"예. 몸이 좀 안 좋나 봐요."

"무슨 굉장한 노동 일을 시키는 것도 아니고. 몸이 안 좋다면 그냥 옆에 있기만 해도 되는 데. 집에 전화해도 받지도 않고. 전화 한 통화 없네."

어머니는 언짢아하셨습니다. 어머니 입장에서는 며느리와 같이 제사를 준비하는 것이 중요한 일 중의 하나였던 거죠. 집안의 각 상황에 따라 서로 다르겠지만 말입니다. 그렇게 둘러댔지만 그날 누나도 집에 왔고 고모님네도 왔기에 내 입장이 계면쩍었습니다.

"제사 때 뭐라고 했기에 어머님이 그러셔?"

"뭘 뭐라고 해. 그냥 당신 몸이 안 좋다고 했지."

"나 제사 같은 거 안 가고 싶어."

아내는 천주교회를 다시 다니는 것도 아니고 또 시대가 흘러 이제 천주교도 제사에 대해서는 상당히 포용적인데 그런 말을 했습니다. 아내는 무심했습니다. 나도 제사 신봉주의자는 아니지만 뭐라고 할 말이 없었고 아내가 이기적으로 느껴졌습니다. 그날 아내는 전화코드를 뽑아놓고 책을 읽으며 방안에 앉아 있었다는 겁니다.

낮에 어머니께서 김치와 과일 따위를 들고 오셨나 봅니다. 실은 아들 내외가 사는 것이 궁금해서 그런 모양으로 오셨겠지요. 그리고 낮에 아마 어머니께서 지난달 제사 불참 문제로 한소리 하셨나 봅니다. 그래서 아내는 속이 상해 있었을 겁니다.

"회사 일이 많아? 요새 매일 늦고."

"일이 그렇지, 다."

실제로 회사 일이 적진 않았습니다. 거기에 더 보태 당신과의 저녁이 있었기에 더했을 겁니다.

"요새 왜 그렇게 정신이 없어? 밤에 동네는 왜 그렇게 돌아다니고?"

"내가 정신이 없는 게 아니고. 당신은, 엄마와 좀 안 싸울 수 없니?"

나와의 결혼 생활이 그리 만족스럽지 않다는 건 느끼고 있었습니다. 우리가 아무리 오래 연애를 했고 다소 복잡다단한 사연이 있었다지만 사람이 살면서 어떻게 아무것에도 그렇게 애착이 없는지. 아내의 그런 무심한 태도에 내가 질려버렸습니다.

모든 사랑은 도덕성과 법률의 저주가 아니라 항상 시간의 저주를 받는다고 했습니다. 즉, 무쇠도 녹인다는 세월은 사랑하는 사람들에게 주어지는 가장 큰 난관입니다. 모든 사건과 오해와 실망과 배신은 반드시 시간의 흐름 속에서 일어납니다. 세월은 무쇠뿐만 아니라 사랑의 열정도 식히고 그 깨끗한 감정과 관계도 녹슬게 합니다. 흐르는 세월 속에 아내는 세상에 무심해졌고 나는 아내 수연에게 무심해졌습니다.

돌이켜 보면 내 잘못이었습니다. 아이를 가진 무거운 몸에 여자들이 느끼는 그런 미묘한 감정에 대한 이해가 없었습니다. 또 한편 일상의 무게에 짓눌린 나도 곧 아빠가 되는 무거운 부담도 작용했겠지요. 그리고 당신도 있었습니다.

저녁도 먹지 않고 말다툼이 일어났습니다. 한 줄기 이상한 바람이 불어 지나가듯이 내 내면에서 이상한 감정이 발동되기 시작했습니다. 연민병이 가진 정신병적 증상이 발현된 것인지도 모릅니다. 대안 없는 말다툼이 시작되었습니다.

"좀 그러지 마. 엄마가 이상한 건 아니야."

"당신하고 별로 얘기하고 싶지 않아. 강요하지 마."

"내가 할 말이 있어."

그래 내가 어차피 불행해지기로 했는데 이런 결혼 생활을 계속할 필요가 없지. 한 여자를 파탄 내놓고 뭘 그리 우리가 행복해야 하는데.

나는 순간적으로 미친 생각에 사로잡혔습니다. 남들이 뭐라고 생각하던 이런 게 '연민병'의 한 증상일 수도 있습니다. 단숨에 이야기를 주고받으며 거기에까지 치달았습니다.

"그래, 내가 말할게. 우리가 이렇게 아무렇지 않게 살 수 있을 것 같지 않다. 난 그게 좀 힘드네."

"무슨 말이야 그게? 민수야. 뭐가 힘든지 말해봐."

"당신, 반애전 알지? 내가 그 미혹에서 얼마나 빠져나오지 못한 줄 알아?"

"……."

"반애전 사건에서 종욱이가 4년을 받았잖아. 8년을 받은 사람도 있어."

서로 다투다가 아내는 점점 말이 없어졌고 나는 말이 많아졌습니다. 그게 실수였어요.

"8년 받아서 지금 4년째 살고 있는 최제원도 있고… 하여튼 그런 후배가 있다는 건 당신도 알 거야. 그치. 그 사람이 부인이 있거든… 혼자서 딸 하나를 키우면서 그렇게 살고 있더라. 내가 만났어."

"만났다고?"

"그래, 만났어. 만났는데… 몸도 많이 아프고… 울고 있더라. 내가 그냥 살아가기가 미안할 정도로. 당신은 도대체 내 말을 한 번이라도 들어줘 본 적이 있니? 항상 자기 맘대로."

'왜 나를 반애전에 끌어들였어?' 또는 '왜 내 의견을 존중하지 않았던 거야?'라고 하려고 했던 것 같은데 아내가 그 순간에 말을 자르고 들어왔습니다.

"아니 어떻게 만났는데?"

"뭘 어떻게 만나. 그냥 오다가다 만났지."

"나도 지나는 얘기 들은 적은 있어. 그래, 많이 어려운가 봐?"

그쯤에서 멈추었어야 하는 데 아내가 던지는 말을 계속 받았습니다.

"그래. 시댁에서도 나왔고. 몸도 많이 아프더라고. 죽게 생겼더라고."

"만나서 도대체 무슨 얘길 한 거야?"

"만나서 얘기한 정도가 아니라… 같이 잤어."

"같이 잤다고?"

"그래. 같이 잤다!"

이 말로 모든 것은 끝났습니다.

아내는 이제 정말로 할 말을 잃었습니다. 나도 더 이상 할 말을 잃었습니다. 불의의 일격을 맞은 아내는 순간 멍했습니다. 엎질러진 물처럼 주워담을 수 없는 말을 쏟은 나도 순간 아찔했습니다. 아내는 입술을 꼭 깨물고 나를 노려보았습니다.

그때 왜 나는 아내에게 당신을 말했을까요?

이런 문제에 노련한 남자들이 볼 때는 내가 아주 멍청한 짓을 했다고 생각할 수도 있습니다. 반대로 여자들은 내가 아주 잔인한 짓을 했다고 질책할 수도 있습니다. 하지만 그때 나는 다르게 생각했습니다. 물론 그 다르게 생각한 내 생각을 지금도 주장하고 싶은 마음은 조금도 없습니다. 그냥 '연민병'의 한 증상이 발현된 것으로 나중에 자각하게 되었습니다.

만약 내가 당신과 '바람'을 피우고 있는 것이라면 아내는 반드시 몰라야 합니다. 그러나 내가 만약 당신의 편에 서서 어떤 병마와 싸우고 있는 것이라면 반드시 아내는 알아야 합니다. 한때 내 아내는 조직에서 내 윗선이기도 했기에 알려주어야 할 이유가 있습니다.

나는 당신을 감히 '바람'의 대상으로 규정할 수가 없었습니다. 차라리 당신이 나를 유혹했다고 하는 편이 낫겠습니다. '바람피우는 대상'이라는 그런 엿 같은 리스트에 당신을 올릴 수는 없었습니다.

동네 사람은 다 알아도 자기 마누라는 모르게 하는 것이 이른바 '바람'이라면, 동네 사람은 다 몰라도 아내는 반드시 알아야 하는 그것은 차라리 '불편한 진실'일 겁니다. 주변 사람들에게는 절대로 당신이 누구인지 당신과 무슨 일이 있었는지 말하지 않을 겁니다. 그러나 아내 수연은 알아야 합니다.

나와 당신은 반제애국전선의 인연으로 만났습니다. 굳이 아니라고 말할 수는 없습니다. 내게 반제애국전선과의 인연을 만들어 준 사람이 내 아내였기에 자신이 만들어 준 인연으로 펼쳐지는 또 다른 인연을 알아야 합니다.

왜냐면 당신은 그러저러한 '바람'의 대상으로 나락에 떨어지면 안 되기 때문입니다. 당신을 그런 대상으로 생각하고 싶지 않았습니다. 당신을 그렇게 모욕할 수는 없었습니다.

또 아내에게 어떠한 정보도 주지 않고 놀리듯이 속이고 싶지도 않았습니다. 아내도 그렇게 모독할 수는 없었습니다.

그리고 벌도 좀 받고 싶었고 내면에서 자학도 좀 하고 싶었습니다. 자살까지는 아니더라도 자해 같은 것을 하고 싶었습니다. 끓어오르는 죄의식과 연민, 이상한 배려심과 자잘한 불만이 마녀의 수프처럼 들끓어서 상상 초월의 사태를 만들어냈습니다.

그러나 당신과 아무런 상의가 없었다는 점은 깊이 사과드립니다.

"나, 물 한 잔 줄래?"

담배를 한 대 피우면 더 좋겠지만 아내는 아이를 가지고 있어 참았을 겁니다. 아내는 물을 마시면서도 내 눈을 바라보았고 이윽고 내가 고개를 숙였습니다.

"민수야. 그래. 당신이라는 사람, 힘들었을 수도 있었겠구나."

아내는 지난날을 회상했습니다. 그리고 나를 바라보며 그 진술의 진위를 탐색했습니다.

남자들은 그런 말에 돌아버리겠지만, 여자는 '같이 잤어.' 정도로 모든 것을 파탄 낼 만큼 어리석지 않습니다. 그것이 일시적인 충동인지, 영원히 소년 같은 낭만인지, 남자들의 동물적 욕구였는지 그냥 분위기와 유혹에 굴복한 것인지 아니면 그보다는 심각한 낭만적 사랑의 시작인지 아직 알 수 없기 때문입니다. 물론 남녀 공히 엄청나게 분노가 치미는 상황임에는 틀림없습니다.

한때 전위로서 훈련받은 아내는 요동치는 분노를 붙잡아놓고 노련한 침묵 속에서 나를 살폈습니다. 시간이 갈수록 나는 점점 궁지에 몰렸습니다. 다음 수순이 없이 그냥 내지르기만 했으니 말입니다. 매복에 걸린 군대처럼 전진할 수도 없고 후퇴할 수도 없었습니다.

아내는 지적 수준이 대단했고 천성이 차분하고 소박한 사람이며 모든 일에 호들갑이라고는 별로 없습니다. 당신처럼 가벼이 눈물을 흘리지도 않았습니다. 어떨 때는 그 내면이 깊게 흐르는 물과 같았습니다.

그리고 아내는 누구보다 나를 잘 알고 있었습니다. 사태가 심상치 않음을 눈치채고 있었습니다.

"그 여자 이름이 뭐야?"

아내가 당신의 이름을 물었습니다.

"한지영이야."

"음. 내가 한 번 만나볼게."

이윽고 아내가 내린 결론이었습니다. 아내가 그런 말을 하는 순간 나는 그것이 이루어질 것이라고 짐작했습니다. 아내는 허투루 하는 말이 별로 없는 사람이었습니다.

"시간도 좀 늦었고, 내가 바로 하면 놀랠 테니까, 당신이 지금 먼저 전화해서 잘 얘기해서 나 좀 바꿔줘."

그리고 당신에 대한 배려도 가졌습니다.

"지금?"

"응. 지금 해. 전화번호 알 거 아냐?"

거역할 수 없는 명령이었습니다.

"빨리해 봐. 그냥 얘기만 한다니까. 그래야 약속을 잡을 거 아냐."

재차 재촉했습니다.

방에 있는 전화기 앞으로 내가 갔고 아내가 벽을 기대고 앉았습니다. 그때가 자정을 조금 넘겼는데 당신이 전화를 받았습니다.

"저기, 전데요."

아내 앞에서 '나야' 하거나 당신의 이름을 다정하게 부를 수는 없었습니다.

"오, 오빠, 이렇게 늦게… 웬일이야? 어디에요?"

"집이에요."

말을 놓고 대화할 수도 없었습니다.

"집? 혼자예요? 아무도 없어?"

"아니, 옆에 있어요. 내가 얘기했어요."

"얘기를 하다니? 무슨 얘기?"

"지영 씨 얘기를 아내에게 했다고요."

'지영 씨'라고 부르지 말라고 했지만 지금은 그렇게 할 수가 없을 때입니다.

"예? 아내에게…?"

"예, 지금 제 처가 지영 씨하고 통화를 좀 하고 싶다는데요."

"통화를요? 저 잠깐만. 잠깐만요."

당신의 놀란 모습이 목소리를 통해서도 느껴졌습니다.

"나 우황청심환 하나만 먹고요. 오빠, 잠깐 기다려줘요."

당신이 전화에서 잠깐 사라졌습니다.

"잠깐, 기다려 달래. 좀 놀랬나 봐. 우황청심환 먹는 데."

아내에게 당신의 말을 전하고 잠깐 기다리자고 했습니다. 아내는 말없이 고개를 끄덕였습니다.

다시 당신이 전화에 나온 다음, 그 전화를 아내에게 바꾸어 주었습니다. 그렇게 아내와 당신, 두 사람은 전화를 사이에 두고 통화를 하게 되었습니다.

"당신은 좀 나가 있어."

아내는 나를 방 밖으로 몰아냈습니다. 그렇게 두 사람이 통화하게 하고 나는 거실에 나가 앉았습니다. 일은 내가 저질렀지만 이제 사태는 두 사람의 손으로 넘어간 형국이었습니다. 이 사태를 두 사람에게 맡길 수밖에 없었어요.

방 밖에서 당신의 이야기는 들을 수 없었고 아내의 통화 내용만 들을 수 있었습니다.

"한지영 씨."

"예. 전 박민수 씨 부인이에요. 오수연이라고 합니다."

자기 이름도 알려주고 아내의 태도는 정중했습니다.

"예. 그래요. 남편한테 얘기를 좀 들었는데요."

"지금 전화로 긴 얘기를 할 수가 없으니… 내일이라도 봤으면 해요."

"예. 저도 할 얘기가 있으니. 내일 시간을 좀 내주세요."

"그래요. 내일요."

통화는 부드럽게 물 흐르듯 이어졌습니다. 아내는 차분했고 조금도 소리를 높이지 않았습니다.

"그래요"

"내가 몸이 무거워서 멀리 갈 수가 없거든요. 우리 동네에서 봤으면 하는데…."

"7시쯤. 그래요. 잠실역 지나서 교통회관 쪽에서 좌회전해서 쭉 올라오면 국민은행이 보일 거예요. 거기까지 오면 민수를 보낼게요."

"남편도 오라고 할 테니까… 너무 걱정하지는 말고요. 그럼 그때 봐요."

당신이 우황청심환을 먹는다고 하니 그랬는지는 몰라도 아내는 전화통화에서 별다른 얘기를 하지 않고 만남을 위한 약속만을 잡았습니다. 오히려 아내는 나도 부르겠다며 당신을 안심시켜 주려고 했습니다. 당신도 순순히 그 약속에 응했나 봅니다. 그렇게 두 사람의 통화는 생각보다 짧았고 조용했습니다.

"당신도 회사 빨리 마치고 7시까지 와. 누군지 얼굴이라도 알아야 만날 것 아냐."

"알았어."

"국민은행에서 진주 상가 쪽으로 오는 사거리 2층에 '큐피드'라고 커피숍이 있어. 거기가 널찍하고 시원하고 좋아. 거기로 와. 7시까지."

심각해 죽겠는데 커피숍 이름이 '큐피드'가 뭐예요. 참네. 이게 모두 다 엉뚱한 큐피드의 화살을 맞고 벌어지는 사태일 수도 있는데. 그래서 차라리 적당한 이름인가요?

아내는 방문을 탁 닫고 들어가서 불을 껐습니다. 따라 들어갈 자신이 없어 그냥 거실에 있었습니다. 잠시 뒤 아내가 베개와 이불 하나를 던져주었습니다. 나도 불을 끄고 거실 구석에 기대어 앉았습니다. 집안에 무거운 침묵이 내려앉았습니다. 당신에게 따로 연락할 길이 없었습니다.

"요새 집에 뭔 일 있어?"

이틀 연속 일찍 퇴근한다고 하니 직장 동료가 물었습니다.

"응. 처가 좀 아파서."

꼭 뭐 틀린 변명은 아니었습니다. 아내가 아픈 것은 사실이니까요.

7시가 아니라 6시 30분쯤에 그 커피숍 '큐피드'로 갔습니다. 이미 아내가 먼저 와서 창가에 자리를 잡고 그 순간에도 무슨 책을 읽고 있었습니다.

"벌써 왔어? 한지영 씨는?"

"아니. 당신이 걱정돼서 먼저 온 거야."

"나는 괜찮아. 그 여자 여기가 어딘지 모르잖아. 국민은행 앞에 가서 기다렸다가 당신이 같이 데리고 와."

사태를 아내가 진두지휘했습니다. 지금은 시키는 대로 할 수밖에 없습니다.

그렇게 길에서 기다리니 당신이 숄더백을 삐딱하게 매고 조금씩 비틀거리면서 걸어오는 것이 보였습니다.

"지영아!"

"아, 오빠."

그렇게 결국 당신은 송파구청 건너편이 아니라 우리 동네 국민은행 앞까지 왔습니다.

"오빠, 어떻게 된 거야?"

"미안해, 그렇게 됐어. 몸은 괜찮니?"

"우황청심환 또 먹고 오는 거야. 그거라도 안 먹으면 가슴이 떨려서… 아하."

어제의 그 쾌활한 모습은 사라지고 당신은 수심이 가득한 표정으로 긴 머리칼을 축 늘어뜨리고 있었습니다.

"어디까지 얘기한 거예요?"

"미안해. 그냥… 잤다고 얘기했어."

"아휴. 오빠도 참. 그런 얘길 하면 어떡해?"

"미안해."

"그래, 어디 계셔?"

당신은 나를 앞장세우고 따라왔습니다.

"오빠, 나 오늘 죽는 거야?"

그 커피숍까지 걸어가는 길에 당신이 이런 유치한 말을 해서 하마터면 웃음이 나올 뻔했습니다.

"아냐, 그런 사람 아니야."

"오빠는 괜찮아?"

뭐 얼굴에 상처라도 났을까 봐 당신은 나를 이리저리 살펴보았습니다.

"응. 괜찮아."

나는 당신을 안내하여 함께 아내가 기다리고 있는 2층 커피숍으로 올라갔습니다. 그렇게 그 커피숍 '큐피드'에서 아내와 나, 당신 세 사람은 아무도 모르게 삼자대면을 하게 되었습니다. 반제애국전선은 일망타진 당하고 조직이 와해된 다음에 그렇게 이상하게 마지막 접선을 악연으로 가동시키고 있었습니다.

당신은 금방 앉지도 못하고 그냥 서 있었고 나도 서 있는 당신 때문에 앉지를 못했습니다. 아내는 몸이 무거워 일어나지 못하고 그냥 앉아있었습니다.

"앉으세요."

불쌍하게도 당신은 고개를 폭 숙이고 천천히 앉았습니다. 그 모습을 보니 내가 저지른 경솔한 짓이 실감 났습니다. 내 실수로 이런 자리까지 나온 당신에게 미안했고 당신이 불쌍하게 여겨져 '연민병'이 또 발동되는 듯했습니다.

"먼저 차를 시키죠. 지영 씨 뭘로 할래요?"

아내는 친절한 말투로 부드럽게 시작했습니다. 당신은 그런 권유에도 아무 말 없이 고개를 숙이고 있었습니다.

"그럼, 그냥 여기 생과일주스가 괜찮으니 그런 쪽으로 할게요."

"예."

아주 작은 목소리로 당신이 대답했습니다.

당신은 감히 주스에 꽂힌 빨대에 입도 갖다 대지 못했습니다.

"드세요. 지영 씨."

그래도 아내의 부드러운 권유로 당신은 빨대에 살짝 입을 대었습니다. 나에게는 그런 권유도 없었습니다.

"멀리 오라고 해서 미안해요."

"저기… 애기 가지셨다고. 건강하시죠?"

그렇게 당신도 입을 열었고 인사를 했습니다.

"저는 괜찮아요. 그동안 여러 가지 힘드셨죠?"

정전 회담장같이 긴장되게 시작할 그 자리가 시작은 화기애애했습니다.

그러나 그 순간에 아내는 나를 집으로 돌려보냈습니다.

"참, 당신은 됐어. 집에 들어가 있어. 내가 한지영 씨하고 할 얘기가 좀 있으니까. 얘기 끝나면 집으로 연락할게. 그때 나와."

그 상황에서 아내의 지시사항을 거부할 수는 없는 거지요. 그 자리에서 내 역할은 길 안내자에 불과했습니다.

"걱정하지 마. 괜찮으니까."

아내는 그런 말까지 보태었습니다. 걱정하지는 않았습니다. 아내는 당신의 머리끄덩이를 잡거나 주스를 뿌리거나 뭐 그런 행동을 할 사람이 아닙니다.

나는 알고 있어요, 아내 수연이 그럴 리가 절대 없다는 것을요. 그네가 얼마나 지적이고 수준 있는 여자인데, 아니면 아닌 거지 그런 추태를 보이겠습니까?

나는 천천히 일어나서 집으로 갔습니다. 아내의 지시를 어길 수가 없어서 당신을 남겨두고, 그리고 아내도 남겨두고, '큐피드' 그 운명의 자리에서 물러설 수밖에 없었습니다.

그래서 나는 두 사람이 나눈 대화의 내용을 자세히 알 수가 없습니다. 다만 그 이후에 아내와 당신이 서로에 대한 인상, 그 날 나눈 이야기의 요지를 각자의 입장에서 일방적으로 들려주었기에 들었을 뿐입니다.

어두운 방에 혼자 있었습니다. 그러다 아마 잠깐 문밖으로 나가 담배를 피웠을 겁니다. 1시간이 흘렀습니다. 회담장에서는 아무런 소식이 없었습니다.

2시간쯤이 다 되어갔습니다. 그때쯤 전화가 걸려왔습니다.

내가 아내의 전화를 받고 다시 그 커피숍으로 갔을 때, 그 자리에 앉아있는 아내와 당신의 모습은 내가 그 자리를 떠날 때와 하나도 변한 것이 없었습니다. 단지 테이블 위에 두 사람이 다 마신 주스 잔이 있었습니다. 물도 마셨더군요. 그렇게 흔적만 있고 모든 것이 평온했습니다.

다시 돌아온 나를 보고 당신의 모습에서 순간 감출 수 없는 반가운 표정을 얼핏 보았지만 나를 부를 수는 없었습니다. 그 자리에서 나에게 '오빠'라고 반갑게 부를 수는 없었을 테니까요.

"여보, 여기 한지영 씨, 집까지 데려다주고 와. 많이 힘들어하는 것 같으니까."

“아니, 저는 괜찮아요.”

당신은 사양했지만 아내는 자기 말 그대로 움직였습니다.

“나 먼저 집에 가서 좀 쉴 테니까. 계산 좀 하고… 지영 씨 바래다 주고 와.”

“아니, 저는 괜찮습니다. 그냥 집으로 가세요.”

두 여자들이 모두 나를 떠다밀었습니다. 나는 도대체 누구의 명령을 따라야 할지, 누구를 따라가야 할지, 어디로 붙어야 할지 그 순간에 헛갈렸습니다.

그러는 사이 아내는 그 자리를 먼저 나섰습니다. 일단 아내를 따라갔습니다.

“데려다주고 오라니까.”

아내가 너무 단호하게 얘기해서 멈추었습니다. 아내는 당신과 나를 남겨놓고 집으로 가버렸습니다.

당신은 숄더백을 제대로 매지도 못하고 또 몸을 덜덜 떨고 있더군요. 실조증이 도졌습니다.

“지영아. 왜 이렇게 떨어? 아프니?”

“오빠, 나 괜찮아. 약 먹으면 돼. 들어가. 언니한테 빨리 가. 집에서 기다리시겠다.”

빨리 집으로 들어가라고 당신은 손짓을 하면서 나를 보내려고 했습니다.

“지영아, 괜찮겠어?”

“이 바보. 언니한테 빨리 가! 언니 화낼지도 몰라.”

길가에서 택시를 잡았지만 같이 타지는 못했습니다.

“빨리 가.”

“그래… 그럼.”

당신은 문을 탁 닫았습니다. 그리고 차창을 열고 한마디를 남겼습니다.

"연락할게요."

당신도 걱정이 되고 집에 있는 아내도 걱정이 되었습니다. 집으로 오면서 또 담배 한 대를 피웠습니다.

"왜? 데려다주고 오라니까. 벌써 왔어?"

"그냥 갔어. 혼자서 가겠대. 그리고 지금 어떻게 데려다주고 온단 말이야? 참, 사람 곤란하게 만들기는."

"왜? 얼마나 걱정되고 할 얘기도 많겠어. 두 사람 시간을 좀 주려고 했는데… 그 정도로는 뻔뻔하지 못하나 봐."

할 말이 없었습니다. 그러나 나도 내심으로 굴복하지는 않았습니다. 그때 나는 내 내면의 사악한 중독을 들여다보았습니다. 사람이란 그렇게 변할 수도 있는 거더군요.

"벌써 10시가 다 돼 간다. 여보, 저녁 먹자."

"됐어. 싫어. 안 먹을래. 피곤해."

그런 분위기에서 혼자 밥을 차려 먹을 수도 없었습니다. 당연한 얘기겠지만 부부관계는 엉망이 되었습니다.

"그 여자도 부인(否認)하지 않데. 당신하고 관계를… 참 네, 사랑한다고 안 한 게 다행이야."

아내는 힘이 드는지 벽을 기대고 앉아 낮은 목소리로 한탄하듯이 읊조렸습니다.

"무슨 얘기 했는지 궁금하니?"

곧이어 나를 돌아보며 또렷하게 입을 열었습니다. 이제 읊조리지 않고 나를 쳐다보며 말을 해주었습니다.

"여자는 괜찮더라. 생머리 길게 해 가지고 아가씨같이 하고 있더만… 예쁘던데 뭐. 좋았어."

먼저 당신을 칭찬했습니다. 아내는 이상한 심리 기제가 작동됐어요.

당신과 아내는 어차피 같이 무언가를 도모할 수도 없고, 언니 동생 하며 선후배가 될 수도 없는 사이였습니다. 그렇다면 결국 연적(戀敵)일 수 있는데… 이 사랑의 전쟁에서 연적인 상대가 그래도 수준이 있어야 상대하는 자신도 그나마 자존감이 좀 높아지는 것이 아니겠습니까?

아내는 그런 표현을 내게 했습니다. 연적이 너무 형편없거나 비루하면 오히려 더 짜증이 납니다. 그건 내가 생각해도 그렇습니다.

"내가 '한지영 씨 생각이 뭐냐?'고 그랬더니… '일탈'이었다고 말하더라."

'일탈?' 당신이 처음 쓰는 단어였습니다. '일탈(逸脫)', 적당한 표현이라는 생각이 들었어요. 그래요, 우리의 그런 행동을 '일탈'이었다고 생각하면 되겠군요.

"그래서 내가 왜 그런 '일탈'이 일어났냐고 물었더니… 하는 말이, 표현도 좀 웃겨. 자기가 독수공방에 지쳐서 잠시 헛가닥했다고 말을 하더라. 참, 너무 솔직하게 말해서… 어이가 없었지. 더 따질 필요가 없겠더라고. 좀 안됐다는 생각이 들었어."

아내도 가끔은 황당하게 말하는 당신의 일면을 보았군요.

"왜 너랑 그랬냐고 하니까. 그냥 니가 좋아 보이더래. 여유 있어 보이고… 니가 착해 보였대."

아내는 마치 메신저처럼 당신의 말을 전달하고 있었습니다. 나도 궁금했지만 감히 당신에게 물어보지 못한 그 말들을 아무렇지 않게 얘기했습니다.

"당신이 착하다고 어떻게 확신하냐고? 지금은 알 수 없는 거라고 했지. 그랬더니, 죄송하다고도 하더라. 너무 죄송하다면서 인제 안 만나겠대."

아내 수연은 내가 예상했던 대로 결코 구질구질하게 얘기하지 않았군요. '당신의 남편을 생각하라', '내 남편이다', 그런 식의 접근을 하지 않았습니다.

"그래서 아니, 내가 너랑 헤어진다고 그랬어. 내가 헤어지고 나면 그때 가서 알아서 하라고 그랬다. 됐니?"

물론 그 말은 아내가 화가 나서 한 말이라는 건 알고 있습니다. 인간에 대한 이해가 깊은 아내는 그때 우리가 일시적 충동이 아니라 혹시 낭만적 사랑에 진입해 있는 것은 아닌지 경계했습니다.

나를 집으로 돌려보내 놓고 당신들은 무슨 얘기를 그렇게 우아하게 오래 나누었는지 나는 다 알 수가 없습니다. 단지 그런 모습을 연출하는 두 여자가 보통은 아니라고 생각했습니다. 내가 그런 두 여자를 안다는 것이 어린아이처럼 자랑스럽다가 한편으로는 두렵기도 했습니다.

그래도 그때에 인간이 보여줄 수 있는 최대의 품위를 보여준 것은 아내 수연이였습니다. 그 점은 우리 인정하자고요.

'연락할게요.' 라는 말을 남기고 떠난 당신은 나에게 연락하지 않았습니다. 나도 '밤 11시에 전화하기'라는 그 비상 연락선을 찾아서 금방 연락할 수가 없었습니다. 집에서 전혀 다른 사태가 벌어졌거든요.

아내가 밥을 먹지 않는 겁니다. 아이를 가진 아내가 곡기를 끊고 단식에 들어갔습니다. 알고 보니 당신과 만나던 날 아내는 그 '큐피드'에서 물과 주스를 마신 것이 다였습니다. 다음 날 아침도 밥을 먹지 않고 있길래 눈치만 보다 그냥 회사로 갔습니다.

그날에는 마음이 불안하여 일찍 들어 왔습니다. 그런데 집을 둘러보니 밥을 먹은 흔적이 없는 겁니다.

"왜? 저녁을 안 먹어?"

내가 저녁밥을 먹고 싶어서 한 얘기는 아니었습니다. 아내는 또 방문을 닫고 들어가서 불을 끄고 나오지 않았습니다. 산모의 단식이 만 이틀째가 되니 심각했습니다.

다음 날 회사 사정이 그렇지 않았는데 연차 신청을 했습니다.

"박 대리, 부인이 많이 아픈가 봐."

"응. 진짜 많이 아펴. 나 내일 연차 좀 쓰면 안 될까?"

그때 내가 진행해야 할 프로젝트도 바빴고 시간상으로 밀려있었습니다. 다음 날, 업체와 피할 수 없는 선약도 있었습니다. 동료에게 사정을 얘기하고 부탁을 했습니다.

"그래, 걱정이네. 와이프가 아프다는데 어떡해. 그럼 임시로 그 업체는 내일 내가 대신 들어가 볼게. 하루 쉬면서 좀 잘 보살펴. 내가 인생 선배로서 말하는 건데. 너, 임신했을 때 제대로 안 하면 평생 그 소리 들어야 한다."

"그래, 고맙다."

다음날 그렇게 연차를 내고 집에 머물렀습니다. 하지만 아내는 무려 나흘째 되는 날까지 아무것도 먹을 생각을 하지 않았습니다. 부엌에 설거지할 거리가 하나도 없었습니다.

글쎄, 모체(母體)가 계속 밥을 먹지 않고 있는 거예요. 산모도 군인처럼 단식을 금지하는 법을 만들어야 합니다. 모두 자신의 몸이 자신만의 것은 아니잖아요.

"회사 왜 안 가?"

"지금 회사가 문제니? 당신, 당신 왜? 밥을 안 먹어?"

밖으로 나가서 죽을 사 왔습니다. 사발에 죽을 식혀서 한 숟가락 내밀었는데 아내가 손으로 쳐냈습니다.

"왜 이래? 이러지 마. 내가 잘못했다. 당신, 지금 먹어야 돼."

죽이 튀어 아내의 옷자락과 내 옷에도 묻었고 방바닥에도 떨어졌습니다. 휴지로 방바닥에 흘린 죽을 닦았습니다.

그러나 나도 물러설 수 없어 다시 죽을 들고 다가갔습니다. 그때 처량하게 벽에 기대어 앉은 아내의 눈에 눈물이 그렁그렁했습니다.

"여보 내가 잘못했어. 내가 헤어질게. 밥 좀 먹자."

내민 죽사발 위로 눈물이 한 방울 떨어졌습니다. 아내 앞에 무릎을 꿇고 빌다시피 했습니다. 죽을 아내 입에 억지로 떠밀었습니다.

"나, 지금 너랑 못 헤어져. 나 지금 애기도 가졌잖아. 니가 그 여자랑 헤어져."

"알았어. 알았어. 헤어질 게. 나 다시 안 만나 그 여자. 제발 좀 먹자."

미안합니다. 말이나마 내가 당신을 버렸습니다. 아내가 울고 있었기 때문에 할 수 없었습니다. 아내 수연의 얼굴이 눈물로 얼룩졌습니다. 그렇게 그 시절 저지른 나의 악행은 내가 두고두고 갚아야 할 것이 되었습니다.

그때까지 의연했던 아내의 모습은 기실 인내한 것에 불과했습니다. 있는 그대로의 모습이 아니었습니다. 나에 대해 만족하는 것은 아니었지만 적어도 그때 나를 버리고 새로운 삶을 준비하고 있지도 않았습니다.

생각해보세요. 당신도 몇 년에 걸쳐서 생각하고도 아직 결론 내리지 못한 문제인데, 아내도 여자인데 그렇게 며칠 만에 결론 내릴 수는 없는 것이 아닙니까?

특히 그렇게 자존감이 무너진 상태에서 더욱 그렇습니다. 나와의 관계에 대한 결정보다는 자존감의 회복이 먼저 되어야 합니다.

더구나 나 역시 사랑하는 아내를 그렇게 내버려 둘 수는 없었습니다. 아직 사랑한다면서 왜 나는 그런 악행을 저질렀을까요?

아! 나도 당신처럼 이 부분에 대해서는 설명할 자신이 없습니다. 단지 우리는 모두 한때 자신의 배우자를 진정으로 사랑했고 궁극적으로 결코 미워하지는 않았다는 겁니다.

겨우겨우 죽 한 숟가락을 입에 들어 넣었습니다. 그리고 물을 한 모금 주었습니다. 들썩이는 어깨가 조금씩 가라앉기를 기다리며 또 한 숟가락을 내밀었습니다.

비겁하게도 나는 당신의 집으로 전화하지 않았습니다. 아내의 단식 투쟁이 너무 무서웠습니다. 그냥 '연락하겠다.'는 당신의 전화를 기다렸습니다.

그러면서 그래도 당신을 만나서 이별을 고해야 하나, 어째야 하나 망설였습니다. 그만 헤어지자는 그런 식의 얘기를 어떤 편지나 어떤 통신수단을 통해서 전달할 수는 없었습니다. 그런 가혹한 메시지는 만나서 할 수밖에 없고 그래도 상대를 위로하면서 전달해야 하는 것이 아닙니까? 살펴보면 제각기 상황과 처지는 다르지만 이별을 전달하는 방법에서 아내나 나나, 당신이나 모두 비슷한 부류의 사람들이었습니다. 우리는 통신 수단만을 이용해서 잔인하게 이별을 고하지는 못했습니다.

그리고 다시 나를 만나지 않겠다고 전한 당신의 진의(眞意)도 아직 알 수 없었습니다. 생각해보니 당신이 나를 다시 만나지 않으면 그뿐, 내가 '왜 나를 만나주지 않느냐'고 따질 어떤 자격도 명분도 없더군요. 하루 이틀 사흘, 일주일이 지나가는데도 당신은 연락이 없었습니다.

그다음 주 밀린 회사 일로 도저히 일찍 들어갈 수 없었던 날이 있었습니다. 오늘 늦을 것 같다고 저녁때 미리 집으로 전화를 했습니다. 회사 일로 업체 방문을 해야 해서 그렇게 그 날은 집에 늦게 들어갈 수밖에 없었습니다. 그런데 아내가 문밖까지 나와서 서성이고 있었습니다.

"왜? 나와 있어?"

"그 여자 만나고 오는 거야?"

아내는 억지를 부렸습니다.

"아니야. 왜 이래? 내가 회사 일 있다고 늦는다고 했잖아."

"너 진짜 어쩌려고 그래? 너 그 여자… 어떤 여잔지 알고나 그래, 너? 그래 진짜… 너 죽으려고 그래?"

아내는 왜 그런 무서운 말을 했을까요?

당신과 아내가 나눈 그 우아한 대화를 나는 다 알지 못합니다만 내가 보지 못하는 어떤 것을 아내가 보고 있는 것인가요? 내가 알 수 없는 당신들의 전쟁이 있었나 봅니다.

"아니, 일이 있어서 그랬어. 회사 일로 늦은 거야. 헤어졌다니까. 지영 씨도 나 안 본대… 헤어졌어. 진정해."

정신없이 둘러대느라고 앞뒤가 맞는 말이 하나도 없었습니다. 진실도 거짓도 아무것도 없었습니다.

겨우겨우 달래서 집안으로 데리고 들어왔습니다. 저녁을 해놓고는 아직 먹지 않고 있었더군요. 밥상을 내가 차렸습니다.

아내를 재워놓고 밖으로 나와 담배를 하나 피웠습니다. 별도 없는 밤하늘에 구름에 가린 달이 나타났다 사라졌다 했습니다. 남쪽에서 태풍이 올라오고 있다는 예보가 있었습니다. 밤바람이 점점 거세지고 있었습니다.

몸을 덜덜 떨며 우황청심환을 먹겠다고 떠난 연락 없는 당신도 걱정이 되었습니다. 당신은 당신대로 괴로웠겠지요. 당신은 또 어디서 울고 있는지, 어디서 또 초라하게 고개를 숙이고 있는지.

모두들 놀래고 떨고 굶고 울고 화나고 속상하고 초라하고, 그리고 아프게 만들었습니다. 결국 내가 멍청하고 잔인한 짓을 저질렀습니다.

두 여자에게 저지른 나의 악행에 대해 반드시 어떤 응보(應報)가 기다리고 있을 것입니다.

[3권에서 계속]